WALTER TEVIS

La couleur de l'argent

TRADUIT DE L'ANGLAIS PAR
GÉRARD PILOQUET
ET JOËLLE PEPIN

MAZARINE

L'édition originale de cet ouvrage est parue chez Warner Books sous le titre :

THE COLOUR OF MONEY

A Toby Kavanaugh,
qui m'a tout appris du billard.

Réduisant l'univers au néant
D'une Pensée verte, sous un Ombrage vert.

Andrew MARVELL, *Le Jardin.*

CHAPITRE PREMIER

Vu de l'autoroute, le Sunburst ressemblait à un banal motel. Mais sur l'arrière du corps de bâtiment principal s'élevait un ensemble d'une demi-douzaine de pavillons de béton entourés de minuscules jardins en rocailles. La résidence était bâtie sur l'un des Keys. Le plus proche de Largo. Au volant de la voiture qu'il avait louée à l'aéroport de Miami, Ed eut l'impression, en découvrant les terrasses et les courts de tennis du complexe, de contempler un hôtel de vacances au charme un peu vieillot. Il arrêta son véhicule à proximité d'un hibiscus pourpre et ouvrit la portière. La chaleur de la Floride était suffocante. Le pavillon nº 4, celui qui se trouvait de l'autre côté de l'allée de gravillons, disposait d'une vue bien dégagée sur l'océan. L'après-midi s'avançait, mais le ciel diffusait encore une lumière intense.

Au moment même où il mit pied à terre, la porte à moustiquaire s'ouvrit en grand pour livrer passage à un être d'un embonpoint phénoménal. L'homme portait un bermuda et tenait à la main un maillot de bain ruisselant d'eau. Il fit quelques pas sur l'étroite avancée de la véranda surélevée et entreprit en bougonnant d'essorer le maillot au-dessus d'un buisson. C'était bien lui. Il avait terriblement vieilli, et même engraissé, mais l'identité de l'individu ne faisait aucun doute. Ed s'avança vers le bas des marches en plissant les paupières pour se protéger du soleil.

« George Hegerman! » lança-t-il d'un ton enthousiaste.

Le gros homme émit un grognement et continua de tordre son maillot.

« Nous nous sommes rencontrés dans le temps... à Chicago », poursuivit Ed.

L'homme s'interrompit pour le dévisager.

« Oui, je m'en souviens.

– Je suis venu pour parler affaires. (Ed cligna des yeux dans le soleil. La chaleur accablante commençait à l'incommoder.) Et ma foi je boirais bien quelque chose. »

L'obèse acheva d'essorer son gigantesque maillot de bain et le disposa sur le rebord de la balustrade en l'étalant pour le faire sécher. Puis il se tourna vers Ed.

« J'allais justement faire une sortie dans la baie, ça te dit de m'accompagner? »

Ed le fixa pendant quelque temps avant de répondre.

« En bateau?

– On ne peut rien te cacher. »

Hegerman tenait la barre et pilotait le petit bateau d'une main experte, cap sur le soleil couchant. Il ne portait que son bermuda et des lunettes fumées. L'eau, sans profondeur et d'un bleu intense, était parfaitement immobile. Le bruit du moteur à l'arrière rendait toute conversation impossible. Il aurait fallu hurler pour se faire entendre.

Hegerman poussa d'un seul coup la manette des gaz. Le bateau fit un bond en avant, ricochant comme une pierre plate à la surface de l'eau.

L'accélération brutale écrasa Ed contre le dossier de son siège. Il se leva et se cramponna à la barre d'appui située devant lui pour se maintenir debout près de l'obèse. Une poussière de gouttelettes lui fouettait le visage et ruisselait sur ses lunettes noires. Ils doublaient maintenant des petits îlots touffus constitués d'une curieuse végétation faite de lianes rampantes enchevêtrées.

« C'est quoi? hurla Ed, alors qu'ils passaient tout près d'un bosquet.

– Des palétuviers », aboya le gros homme.

Ed n'ajouta rien. Il se sentait idiot d'avoir posé pareille question. Sa chemise était trempée et ses chaussures pleines d'eau. Il se rassit et tenta de se déchausser, mais ne put y parvenir tant le bateau faisait de bonds. La couleur de l'eau avait changé pour prendre des tons d'émeraude. Le ciel sans nuage était d'un bleu profond, presque aveuglant.

Hegerman réduisit brusquement le régime et le bateau cessa de ricocher. Le bruit du moteur tournant au ralenti n'était plus maintenant qu'un murmure. Ed retira ses chaussures. Devant eux, il y avait une île. Une vraie île, avec une petite bande de plage. Ils se dirigeaient lentement vers elle.

En arrière de la plage, une masse d'arbres leur cachait le soleil, dont les rayons filtraient pourtant à travers les feuillages. A quelques centaines de mètres de l'île, le gros homme coupa le moteur et laissa le bateau dériver. Puis il ouvrit le coffre situé sous son siège pour en extraire précautionneusement quelque chose de noir. Un appareil photo. Il puisa encore dans le coffre un étui cylindrique dont il fit jouer la fermeture à glissière et il en retira un objectif d'une bonne trentaine de centimètres de long qu'il fixa sur le boîtier de la caméra. Ed déposa ses chaussures près de lui et observa le gros homme. Celui-ci étirait à présent les tiges télescopiques d'un trépied qu'il disposa sur le pont, près de son siège. Après quoi il vissa l'appareil sur la couronne du trépied. Ed se dit que mieux valait ne pas poser de questions. Il garda donc le silence et continua d'observer. Le paquet de cigarettes neuf qu'il avait glissé dans sa poche de chemise avait été préservé de l'humidité par son emballage de cellophane. Il se décida à l'entamer. Quand il eut tiré quelques bouffées, il se dépouilla de sa chemise trempée, l'essora au-dessus du plat-bord et l'étendit près de lui sur le siège. A présent, le gros homme avait terminé ses préparatifs et pointait son objectif en direction des arbres. Son énorme fessier emplissait tout l'arrière du siège de timonerie. Il lui suffisait de se tourner un peu de côté pour coller l'œil au viseur. Ed se renversa en arrière et attendit. De petites rides couraient à la surface de l'eau, clapotant mollement contre le bordé, et leurs crêtes faisaient scintiller la lumière.

Soudain quelque chose bougea à la lisière des arbres, et trois grands oiseaux roses s'avancèrent vers eux. Leur apparition avait quelque chose d'un peu irréel. Le gros homme se pencha vers son appareil et appuya sur le déclencheur. Les oiseaux étaient étonnants, et Ed n'en avait jamais vu de semblables. Ils se dandinaient vers le bord de l'eau avec solennité, tournant la tête à gauche et à droite pour observer les environs. Comme dans un film muet, celui du milieu fit quelques pas saccadés, s'arc-bouta sur ses deux pattes cambrées, déploya ses rémiges frangées de rose, étendit tout droit son long cou et d'un seul battement d'ailes s'élança dans les airs. Soudain, affranchi de sa raideur un peu fantomatique, il volait. Les deux autres le suivirent à tour de rôle. Au moment où le troisième prenait son envol, Ed remarqua l'extrémité étrangement aplatie de son bec, qui semblait se terminer par une protubérance. Cela donnait au gros volatile une allure tout à la fois lugubre et cocasse. Mais sitôt qu'il s'éleva dans les airs à la suite des deux autres, il retrouva lui aussi toute sa grâce. Les oiseaux décrivirent un cercle complet autour de l'île avant de s'éloigner vers la gauche d'un vol nonchalant et silencieux, le cou tendu droit devant eux dans le prolongement du corps. On eût dit des prototypes d'avions supersoniques. Ed frissonna. Le gros homme continua de photographier les oiseaux jusqu'au moment où ils disparurent au loin. Puis il se redressa sur son siège, laissant son bras pendre derrière le dossier.

« Et voilà, dit-il d'une voix râpeuse.

– Quel spectacle! fit Eddie. (A présent, il se sentait beaucoup plus détendu.) Qu'est-ce que c'était, des hérons?

– Des spatules. »

Le gros homme démontait son attirail de photographe. Une fois qu'il eut rangé le tout dans le coffre, il se pencha en avant et souleva un panneau, découvrant ainsi sous le pont un compartiment duquel il retira une bouteille. Il la décapsula après avoir déchiré le papier doré qui entourait son goulot, puis la tendit à Ed. « Dos Equis », lut celui-ci sur l'étiquette. De la bière mexicaine.

« Merci, fit-il.

– Des spatules roses », grommela l'obèse.

Il se pencha de nouveau vers le pont et puisa dans le compartiment une petite bouteille verte et ventrue. Du Perrier.

« Si j'ai bonne mémoire, tu ne buvais autrefois que de la bière d'importation, fit Eddie.

– Autrefois oui. Aujourd'hui, je suis sagement les conseils de mon médecin. »

Ed but une grande lampée au goulot avant d'exposer le but de sa visite.

« Si je suis venu te voir, c'est pour te parler d'un projet de tournée. »

Le gros homme sirotait son Perrier sans rien dire.

« Je connais un type qui souhaiterait nous avoir tous les deux dans une série d'émissions. Une télé par câble.

– Je ne vois toujours pas où tu veux en venir, dit l'obèse.

– Il voudrait nous organiser une tournée. On jouerait ensemble et les parties seraient filmées en direct. Il pense que la série pourrait être rachetée par " Sports dans le Monde ".

– Et ça s'appelle comment? Une boîte connue?

– Mid-American.

– Jamais entendu parler. Ça se trouve où? »

Ed avala une autre gorgée de bière avant de répondre.

« Dans le Kentucky. A Lexington. Là où j'habite. »

Fats ne disait rien. Il se mit à dévisser les colliers de son trépied.

« Je voudrais rentrer avant la nuit », déclara-t-il.

Sur le retour, il poussa beaucoup moins le moteur et pilota en position assise. L'eau avait perdu de sa transparence et de sa clarté. On eût juré, tant elle était opaque, qu'on pouvait marcher à la surface. Le soleil se couchait derrière eux et Ed retira ses lunettes fumées. En regagnant la côte, ils passèrent de nouveau à proximité des îlots de palétuviers, et pendant de longues minutes l'obèse ne prononça pas un traître mot. Enfin, il se décida.

« On n'a plus entendu parler de toi depuis une bonne quinzaine d'années, dit-il.

– J'ai été patron d'un club de billard.

– Quel gâchis!

– Au début, c'était pas si mal. Mais qu'est-ce que tu penses de ce projet de série télé? interrogea Ed.

– Des chiffres.

– Six cents dollars chacun par exhibition pendant la tournée. C'est ce que prévoit le contrat. Plus une rallonge de ving-cinq pour cent des droits pour chaque passage à la télévision. Cela si ABC ou une autre grande chaîne achète la série. Et les frais de déplacement, bien entendu.

– On joue direct?

– Oui, au quatorze contre un.

– Combien de villes?

– Sept. On commencerait par Miami. Dans deux mois. »

Le gros homme vida son quart Perrier et se baissa pour déposer la bouteille vide dans le compartiment aménagé sous le pont.

« Sans intérêt pour moi, fit-il. J'ai décroché depuis six ans. »

Il tourna la barre pour mettre le cap sur un bosquet de palétuviers plus important que les autres. Quand ils furent un peu plus près, Ed aperçut une étroite trouée dans la végétation. Une sorte de tunnel dans lequel s'engagea le bateau. Ed se baissa au passage. A présent, ils débouchaient sur un plan d'eau couleur d'encre. Tout autour bruissaient d'innombrables insectes. Les racines humides des palétuviers s'enchevêtraient en un réseau dense et formaient au-dessus d'eux une voûte de feuillages impénétrable. On eût dit quelque caverne végétale contemporaine d'une ère géologique révolue, telle qu'on en reconstitue à la télévision lors des émissions sur l'origine de l'homme. Tout à fait le genre d'endroit où grouillent les reptiles.

Ed se sentait passablement mal à l'aise. Mais bientôt le plan d'eau s'élargit pour déboucher sur un lac plus vaste cerné lui aussi par les palétuviers. Le ciel crépusculaire ne diffusait plus à présent qu'une faible lumière et, au milieu de ce décor sans ombres, Ed avait l'impression de se trouver dans une église. Deux cannes à moulinet étaient arrimées le long du plat-bord, à la gauche du gros homme.

« Ça te dirait de pêcher un peu avant de rentrer?

– Pourquoi pas?

– Alors, ouvre le caisson, là, devant toi. C'est plein de vifs. »

Ed releva le panneau et se pencha au-dessus du caisson pour regarder à l'intérieur. La lumière déclinait rapidement, mais il faisait encore assez clair pour qu'il puisse voir dans l'eau du caisson les crevettes zigzaguer par brèves saccades. Quelques années auparavant, du temps qu'il cherchait n'importe quel prétexte à s'évader de chez lui, il avait pêché au lancer, mais en rivière, et en appâtant au ver ou à la sauterelle. Mais jamais encore en eau salée, au vif. Ni à plus forte raison à la crevette.

« Méfie-toi de l'hameçon. »

L'autre venait de lui tendre un lancer léger. Ed serra les dents, plongea le bras dans l'eau du caisson et parvint à se saisir d'une crevette. Il la sentit se débattre dans le creux de sa main et la remit à l'obèse.

« Comment fait-on? questionna-t-il.

– Tu l'enfiles sur l'hameçon par la queue. Lance près des racines, mais ne te prends pas dedans. »

Ed se baissa pour rattraper une autre crevette et la crocheta par la queue.

« Et qu'est-ce qu'on pêche?

– Des serrans. »

L'obèse détendit le bras d'un geste nonchalant, faisant décrire à sa canne un gracieux arrondi. Ed entendit sur la gauche un plouf étouffé et vit de petites rides concentriques se former à une trentaine de centimètres du bord. Une précision irréprochable. Ed s'y attendait. Il lança à son tour sur la droite. Un lancer parfait lui aussi. Il pouvait encore se fier à son bras.

Les deux cannes se ployèrent presque immédiatement. Ça mordait. Ils moulinèrent et remontèrent tous deux un poisson pas plus grand que la main, mais bien gras.

Vingt minutes plus tard, ils durent s'arrêter car il faisait trop sombre. Mais ils avaient sorti de l'eau une bonne douzaine de serrans.

« Et à Miami, on doit jouer où? interrogea le gros homme en rangeant les cannes.

– Dans un grand magasin d'un nouveau centre commercial. Sears.

– Et ensuite?

– Cincinnati, Chicago, Rochester et Denver.

– Toujours dans des grands magasins?

– Non. On doit jouer également dans un cinéma. Une nouvelle salle. Et aussi à l'occasion d'une foire, du côté d'Albuquerque. »

Le gros homme alluma ses projecteurs et lança le moteur. Il fit éviter le bateau et le dirigea vers le goulet par lequel ils avaient accédé au lac.

« J'espère qu'il n'y a pas trop de serpents dans le coin, dit Ed.

– Non, Eddie-Vite-Fait. Rassure-toi. »

Il engagea le bateau sous le tunnel végétal, et bientôt ils débouchèrent sur la baie plongée dans la nuit. Il mit alors le cap sur la côte et poussa le régime du moteur. Aussitôt le bateau se mit à tressauter. Ed se releva, et de nouveau il dut se cramponner à la barre d'appui pour se tenir debout. Il sentait l'eau ruisseler sur sa poitrine nue. Les feux d'Islamorada scintillaient à quelque distance dans l'obscurité.

Environ cinq minutes plus tard, le gros homme réduisit l'allure et dirigea lentement le bateau vers l'appontement éclairé par un lampadaire, sous lequel tournoyaient une nuée de moustiques.

« L'affaire ne m'emballe pas, dit l'obèse. Ça manque d'envergure.

– Ce n'est pas moi qui dirai le contraire.

– Alors, pourquoi avoir fait tout ce chemin jusqu'ici? »

Le bateau s'approchait très lentement de l'appontement, dont il n'était plus maintenant séparé que par quelques mètres.

« Disons que je n'avais rien de mieux à faire, Fats. »

Le pavillon que possédait Fats au Sunburst comprenait trois vastes pièces garnies de meubles apparemment coûteux. Avant d'aller nettoyer les poissons à la cuisine, il avait mis de la musique classique sur la chaîne stéréo. Installé sur le sofa, Ed buvait une bière. Il faisait maintenant tout à fait nuit et une brise tiède soufflait à travers les larges moustiquaires. Fats plongea les filets qu'il venait de lever dans la friteuse et vint retrouver Ed au salon. Il n'était toujours vêtu que de son bermuda.

« Et comment sommes-nous censés voyager?

– Voitures de location. Ou alors l'avion. Les deux.

– En première?

– Non. Classe tourisme.

– Les frais d'hôtel?

– Un forfait de soixante dollars par nuit. »

Fats hocha la tête.

« Ça fait pas lourd.

– Plus quarante pour les repas », ajouta Ed.

Fats fit une moue significative.

« Tu veux des câpres? demanda-t-il.

– Des câpres?

– Oui, avec le poisson. »

Ed n'avait pas la moindre idée de ce que pouvaient bien être les câpres.

« Essayons toujours », fit-il.

Fats regagna la cuisine, où il s'affaira pendant

quelques minutes. Il en revint avec deux assiettes, une dans chaque main. Eddie se leva et s'approcha de la table. Une présentation digne d'un chef : les filets bien dorés étaient disposés sur le côté du plat, accompagnés d'une garniture de haricots verts et de pâtes parsemées de grains de poivre. Fats retourna à la cuisine et en rapporta deux autres bouteilles, une bière pour Ed et un Perrier pour lui.

« Je n'ai pas touché une queue de billard depuis six ans, déclara Fats en prenant place à table.

– Peut-être, mais personne n'en saura jamais rien, fit Eddie avec un large sourire.

– Je ne suis plus en pleine santé, loin de là.

– Ça pourrait te donner un coup de fouet. »

Fats laissa sa fourchette en suspens.

« Un coup de fouet! De me produire dans des supermarchés et de loger dans des hôtels à la manque?

– Evidemment, on a connu mieux, admit Ed.

– Oublions le passé. (Il porta sa fourchette à sa bouche et mastiqua son poisson.) Je marcherais pour mille dollars la partie et cent pour les frais d'hôtel.

– Hors de question, fit Eddie. Sauf si on arrive à placer la série sur ABC ou sur une autre chaîne nationale.

– Alors, commence par décrocher l'affaire et rappelle-moi ensuite.

– Le type que je connais a essayé, Fats. Mais ils lui ont dit qu'ils veulent d'abord voir les images.

– Et pour nous, on a prévu une avance?

– Cinq cents chacun. A la signature.

– Arrange-toi pour m'avoir mille dollars la partie et nous discuterons. Vas-y, le téléphone est là.

– Mais Fats...

– Prends le temps de dîner, Eddie-Vite-Fait. »

Au dessert, Fats servit une tarte au citron, dont il mangea lui-même deux parts avant de préparer du café très noir. Eddie avait l'impression de se retrouver dans un de ces restaurants qu'il affectionnait tant jadis, quand il avait de l'argent plein les poches.

« Quand tu m'as battu à Chicago, dit Fats, j'étais persuadé que tu n'allais pas en rester là.

– Bert Gordon me pressurait.

– Il est mort depuis plus de dix ans maintenant. Et il y a bien longtemps que ces gens-là ne s'intéressent plus au billard. Plus du tout.

– Je sais. Mais je n'ai plus jamais remis ça.

– Pourquoi ne fais-tu pas cette tournée tout seul? J'ai vieilli. »

Eddie prit le temps de vider sa tasse de café avant de répondre.

« Ils nous veulent tous les deux ou rien. D'après le type du câble, nous sommes des figures légendaires. »

Fats se leva pour aller se servir une troisième portion de tarte au citron. Puis il referma le réfrigérateur et prit sur le lave-vaisselle un flacon de comprimés qu'il rapporta en même temps que son assiette.

« Ils m'ont écrit, dit-il.

– Je sais. Enoch me l'a dit. Et tu n'as pas répondu.

– Je n'aime pas la télévision. Je préfère lire et tirer mes photos en chambre noire. »

Des rayonnages bourrés de livres occupaient tout un pan de mur, et sur une table basse traînaient des magazines sérieux et un gros ouvrage de couleur foncée qu'Eddie avait feuilleté quand Fats préparait le repas dans la cuisine. *Encyclopédie de la philosophie.* Fats finit sa troisième part de dessert et avala deux ou trois comprimés qu'il fit passer en sirotant quelques gorgées de café.

« Tu m'as parlé de grands magasins et aussi d'une foire, fit-il. Ils allongent un peu d'argent?

– Je pense que ce sont eux qui couvrent les frais.

– A toi de convaincre le type du câble de payer davantage.

– Il dit que c'est un coup de poker. Rien ne garantit que la série sera prise par ABC.

– Ça ne tient pas debout, reprit Fats. Des figures de légendes ne signent pas pour une bouchée de pain. Nous valons mieux que ça.

– C'était il y a plus de vingt ans, fit remarquer Eddie. Pour la jeune génération, nous sommes de parfaits inconnus. Tous les grands clubs sont partis en digue-digue et à présent on joue à la huit dans n'importe quel bar en glissant une pièce dans la fente comme dans une vulgaire machine à sous...

– Je sais.

– Mais toi, tu te débrouilles comment?

– Des placements. Quelques actions. Je boursicote.

– Tu as toute la place voulue pour installer un billard chez toi, non?

– Je ne veux pas de table ici, dit Fats. Je fatiguerais vite des pieds en tournant autour.

– Au quatorze contre un, jamais je n'ai vu personne t'arriver à la cheville.

– Tu m'as pourtant battu.

– J'aurais mieux fait de rester avec Bert Gordon, même s'il me piquait la moitié de mes gains. (En parlant, Eddie gardait les yeux fixés sur les cadres pendus au mur : une demi-douzaine d'agrandissements représentant des oiseaux de mer.) Tu vois, pendant plusieurs années j'ai glandé ici et là dans des coins paumés. Ensuite, j'ai acheté une salle et je me suis marié. Quelle connerie! Mais ils m'auraient cassé les bras si j'avais tapé plus haut, et moi je ne voulais pas leur refiler la moitié du fric.

– Maintenant, c'est la drogue et la prostitution, dit Fats. Et le racket syndical. »

Eddie se pencha en avant.

« Je veux faire cette tournée, Fats. Je veux m'y remettre. »

Fats le regarda pendant un certain temps avant de répondre.

« Disons que je marche à huit cents dollars la partie et dix de mieux pour les repas, fit-il.

– Alors, il faudra que je les prenne sur ma part.

– On ne peut rien te cacher. »

CHAPITRE II

QUAND il eut ouvert la porte et fait quelques pas à l'intérieur, la chaleur était telle qu'il dut mettre en marche le climatiseur et ressortir pendant quelque temps pour attendre que l'atmosphère se rafraîchisse un peu. Il passa une dizaine de minutes à flâner chez Freddie, un magasin de cartes en tout genre jouxtant le parking, avant de retourner dans la salle. Les douze billards étaient recouverts d'une housse de plastique gris. Demain, les journaux annonceraient la tournée. Il serait obligé d'amputer sa part de deux cents dollars pour les remettre à ce gros fumier chaque fois qu'ils feraient une exhibition de quatorze contre un. Quant aux douze tables Brunswick en excellent état, elles seraient bientôt mises en vente. Durant des années, chaque matin, il avait épousseté soigneusement leurs tapis de feutre vert. Bientôt elles seraient dispersées. Certaines trôneraient dans le sous-sol d'une maison de médecin, et d'autres dans une salle de jeu à l'université. Jamais plus on ne mettrait correctement le bleu sur les procédés. Jamais plus on ne les frotterait amoureusement au papier de verre pour les ébarber. Les traditions s'étaient perdues. Il avait dû remplacer lui-même deux tapis en s'aidant d'une pince et d'une agrafeuse, car le vieil artisan qui jusque-là se chargeait de le faire était mort, et personne n'avait pris sa suite. Triste époque! Et dire que le juge avait attribué pour moitié le fonds à Martha! En plus de l'appartement et de la voiture. Mais elle n'avait pas demandé de pension alimentaire. Elle le connaissait trop bien pour savoir qu'il serait incapable d'en payer une régulièrement et elle avait préféré assurer ses arrières. D'abord, Martha, et ensuite Minnesota Fats. Décidément, on le posséderait toujours! Jamais il ne serait capable de conserver ce qu'il avait acquis. Un battu d'avance. Un perdant-né. Voilà ce que lui avait dit Bert vingt ans plus tôt. Et Bert était dans le vrai. Pourtant à l'époque, et lui-même le savait parfaitement, personne n'était de force à le battre. Et maintenant, à cinquante ans, il était quasiment foutu.

Pendant un long moment, il demeura immobile à regarder les tables massives, les alignements de queues dans les râteliers fixés aux murs, les distributeurs de talc, de Coca-Cola, de cigarettes, le revêtement de sol anti-dérapant acheté un jour de cuite et jamais posé correctement, la tache sur le tapis du numéro Trois, l'usure des poches du Sept, l'affaissement imperceptible d'une bande sur le Quatre, celui qui ramenait invariablement les billes vers la droite. Son regard se posa ensuite sur la caisse enregistreuse du comptoir, sur le calendrier du Metropolitan Museum que Martha avait acheté par correspondance, et dont chaque feuille reproduisait une œuvre de maître, sur quatre livres de poche que personne n'avait jamais lus, parmi lesquels un Graham Greene, sur le compteur électronique horaire, qui pendant douze ans avait fonctionné sans défaillance et indiquait encore que le tarif était de deux dollars de l'heure. Avec ses murs de béton peints en jaune, son revêtement de sol brun et son plafond de caissons isolants rendus poisseux par la fumée des cigarettes, le club ressemblait à une grande boîte rectangulaire. Une grande boîte qu'Eddie connaissait dans ses moindres recoins, comme on connaît la paume de sa propre main ou l'épouse dont on vient de se séparer.

Il se détourna du comptoir et fit quelques pas vers un râtelier à moitié vide. Celui des membres du club, contre le mur du fond, tout près de la radio. Il sortit une clef de sa poche et retira une queue d'un casier du milieu : une Balabushka à neuf cents dollars, dont le fût était revêtu d'une gaine de toile et la flèche tournée dans une pièce d'érable de toute beauté. Un embout d'ivoire la prolongeait pour soutenir la pastille de cuir du procédé parfaitement ajustée. De toucher cette petite merveille lui remonta un peu le moral. Il dévissa soigneusement la bague d'acier poli qui assemblait les deux éléments de la queue, finit par trouver sous le comptoir le fourreau en peau de serpent, y glissa le fût et la flèche et le referma en fixant le rabat par sa boucle de cuivre. Il coupa l'air conditionné, éteignit les lampes et sortit de la salle en emportant sa Balabushka. Sans un regard en arrière.

Son avion atterrit avec du retard, et il dut se rendre directement au centre commercial sans même avoir le temps de déposer son sac de voyage à l'hôtel. Le climatiseur du taxi fonctionnait mal, de sorte qu'en mettant pied à terre dans l'immense parking sa chemise trempée de sueur lui collait à la peau, et il toussait à répétition tant il avait fumé de cigarettes. Il était deux heures moins le quart. Le match commencerait dans quinze minutes. Au-dessus de l'entrée d'un gigantesque magasin de la chaîne Sears, on avait tendu une banderole sur laquelle on pouvait lire : SPÉCIAL INAUGURATION. Immédiatement au-dessous, une autre banderole annonçait en plus petits caractères : EDDIE-VITE-FAIT AFFRONTE MINNESOTA FATS. Et en plus petits caractères encore : LA RENCONTRE AURA LIEU A 14 HEURES. ENTRÉE LIBRE.

La table avait été disposée à l'extérieur, en bordure du parking, sur une estrade de bois d'une trentaine de centimètres de hauteur. Tout autour on avait improvisé des gradins, sur lesquels de rares curieux avait déjà pris place. Quatre petites filles de couleur, désœuvrées et moroses, étaient assises sur l'estrade. Un groupe de gamins bruyants, pour la plupart des Noirs, s'amusait à escalader les gradins. Eddie sentit sa gorge se nouer. On avait bien tendu une toile au-dessus de la table pour protéger les joueurs de la pluie ou de l'ardeur du soleil, mais on n'avait pas prévu la moindre mesure de protection contre les mômes, contre le vacarme de la circulation, ou contre les fluctuations de la lumière du jour. Recouverte, allez savoir pourquoi, d'un ridicule tapis rouge, cette table en plein air – une deux mètres soixante seulement – semblait dressée là pour jouer à la dînette.

Une caméra de télévision montée sur une dolly attendait à côté de la table, et une seconde à son extrémité. Eddie regarda sa montre. Deux heures moins cinq. Et aucune trace de Fats. Il monta sur l'estrade. Les petites filles noires l'observaient sans rien dire de leurs grands yeux écarquillés. Un homme en costume foncé et chemise de sport l'attendait près du billard.

« Felson, fit Eddie en se présentant.

– Eddie-Vite-Fait? »

L'homme regarda l'heure à sa montre.

« Moi-même.

– Et votre partenaire?

– Il ne va pas tarder. »

Eddie déposa son étui sur la table, et du bout des doigts effleura le tapis. Le tissu était mince et luisant. Cinquante pour cent de synthétique pour le moins. Mais il avait joué sur des tapis encore plus désastreux. L'estrade était assez vaste pour que les caméras puissent évoluer autour de la table sans gêner les joueurs, mais de gros câbles noirs couraient sur le plancher pour converger vers le camion de régie stationné à quelques mètres, sur l'asphalte du parking, dans l'angle formé par deux échafaudages de gradins. Sur le véhicule gris était écrit en grosses lettres le nom de la compagnie de câbles : WKAB-MIAMI. Un homme assis dans le camion lui fit un signe amical de la main et un sourire. Eddie n'avait jamais vu ces gens qui l'accueillaient et ne ressentait pas la moindre envie de leur adresser la parole. Des badauds intrigués venaient flâner autour de l'estrade, mais les gradins étaient toujours à peu près vides. Deux heures. Eddie observa les alentours et, loin derrière le véhicule de régie, vit une longue limousine grise surgir de la sortie de l'autoroute et rouler vers le lotissement du centre commercial. La lourde voiture se rapprocha, traversa lentement l'espace libre ménagé entre deux rangs de gradins, du côté opposé au camion, et s'immobilisa tout près de l'estrade. Le chauffeur en livrée grise contourna le véhicule pour ouvrir la portière arrière et un être énorme, mais d'une suprême élégance, mit pied à terre. Il portait un costume de toile fine bleu nuit de coupe irréprochable, une chemise blanche et une cravate rouge. Quelques applaudissements en provenance des gradins saluèrent son arrivée. Avec la distinction d'un banquier britannique serrant sous le coude un journal roulé, Fats tenait sous le sien son étui de cuir. En dépit de sa corpulence, il sauta prestement sur l'estrade, fit de la tête un signe cordial à Eddie, tendit la main à l'homme au complet foncé, et enfin ouvrit son étui pour en retirer les deux éléments de la queue.

« A nous de jouer, Eddie-Vite-Fait », dit-il.

L'homme au complet sombre était probablement l'un des responsables du centre commercial. Sans ajouter le moindre commentaire aux quelques mots prononcés par Fats, il quitta l'estrade, franchit les quelques mètres d'asphalte séparant celle-ci des gradins et prit place sur un banc de la seconde rangée. Un tiers des sièges était à présent occupé. Les spectateurs faisaient silence. Même les enfants avaient cessé de s'agiter. Les gamines noires avaient déserté l'estrade pour s'asseoir dans la seconde travée. Elles portaient toutes des robes sans manches et avaient noué des rubans de couleurs vives dans leurs cheveux. Elles semblaient prodigieusement intéressées par la suite des événements.

Les techniciens – deux jeunots en T-shirts et en jeans – avaient pris place derrière leurs caméras.

« J'aimerais qu'on éloigne ces câbles de la table », leur dit Fats.

Il assemblait les deux éléments de la queue. Ed nota la bague de fixation blanche et la virole en argent. Tout ce qui, autour de cette abominable table de billard rouge plantée là au milieu d'un parking, lui avait semblé confus et improvisé, retrouvait soudain sa cohérence. Fats serra fermement la bague de fixation, retira un petit cube de craie bleue de sa poche de veste et se mit à en frotter méticuleusement son procédé.

Quelques adolescents escaladèrent bruyamment les gradins et s'alignèrent en rang d'oignon sur la quatrième travée. Un chien aboya quelque part dans le parking. Deux billes avaient été placées sur la ligne du haut. Eddie assujettit fermement l'un à l'autre les deux éléments de la queue, fit glisser son étui sous la table et se plaça derrière l'une des deux billes. Fats attendait derrière l'autre. Les deux hommes se courbèrent et tirèrent pour déterminer par un aller et retour lequel des deux aurait le choix de jouer le premier ou de laisser le cassage à l'adversaire.

Les billes allèrent rebondir sur la bande du bas et revinrent vers la zone de départ. Celle d'Eddie s'immobilisa à moins de trois centimètres de la bande du haut. Mais celle de Fats, parfaitement maîtrisée, vint mourir en se collant contre elle.

« A toi de casser, Eddie-Vite-Fait », dit Fats.

Il disposa les billes dans le triangle, au bas de la table, puis traversa l'estrade pour aller s'asseoir dans une chaise pliante qu'on avait placée là. Eddie vint se positionner à la tête du billard, se pencha, fit la fourche et brisa le triangle en jouant prudemment. La blanche vint heurter la bille de coin en l'effleurant, rebondit sur les deux bandes du fond, puis roula vers la zone de départ. Deux billes de couleur firent elles aussi chacune deux bandes avant de revenir s'immobiliser dans l'aire du triangle. Un cassage irréprochable. Quelques applaudissements crépitèrent dans les gradins. Au moins certains spectateurs connaissaient-ils quelque chose au billard.

Fats se leva, s'approcha de la table, et sans même prendre le temps d'examiner le placement des billes tira en jouant lui aussi la défense, renouvelant à peu près le coup précédent et laissant à Eddie la même configuration de jeu. Les deux hommes continuèrent ainsi à jouer à tour de rôle sans que l'un prenne avantage sur l'autre, jusqu'à ce qu'Eddie, trompé par un effet de lumière sur la bille sept, ne manque sa carotte, laissant ainsi Fats prendre l'initiative. Il traversa l'estrade pour aller s'asseoir sur la chaise pliante.

Dans sa retraite de Floride, Fats lui était apparu sous les traits d'un homme vieux et usé. D'un homme d'au moins soixante-dix ans, avait-il estimé. Mais à présent qu'il le voyait évoluer avec une parfaite aisance au milieu de ce décor, tiré à quatre épingles dans son costume bleu nuit, il lui semblait beaucoup plus jeune. Et son jeu était de toute beauté. Il tirait sans le moindre à-coup, avec une parfaite décontraction et une totale maîtrise. Il tournait autour de la table exactement comme il le faisait vingt ans plus tôt à Chicago, du temps où Eddie, jeune loup aux dents longues, aurait tout donné pour battre ce mastodonte. Jamais, auparavant, il n'avait souhaité quoi que ce soit avec tant d'avidité. A présent, Eddie le regardait se mouvoir sur l'estrade comme s'il s'était agi d'un acrobate ou d'un magicien exécutant son numéro.

La plupart des spectateurs assis dans les gradins ignoraient probablement jusqu'aux rudiments du quatorze contre un, et la stratégie qui consistait à jouer serré, quitte à ne pas marquer, pour ne pas laisser l'autre reprendre l'avantage, devait leur sembler parfaitement incompréhensible. Mais ils regardaient Fats avec fascination. Il se déplaçait autour de la table avec grâce et harmonie, se courbait pour viser, assurer ses tirs et expédier une à une ses billes dans les blouses sans jamais précipiter son mouvement. Normalement, on aurait dû prévoir un arbitre. Mais c'était là sans grande importance. Fats occupait à lui seul tout le décor sans même se donner la peine de faire le moindre effort pour séduire son public. Quand il eut empoché les quatorze billes, laissant la quinzième parfaitement positionnée pour servir d'appui à la blanche lors du cassage suivant, Eddie se leva, vint reformer le triangle et retourna s'asseoir. Fats frotta son procédé de craie et se remit à jouer. Peu à peu les gradins se remplissaient. Les deux cameramen en chaussures de tennis déplaçaient silencieusement leurs chariots, collant l'œil à leurs viseurs pour vérifier le cadrage. De temps à autre, l'éclair d'un rayon de soleil réfléchi par le chrome d'un pare-choc éclatait quelque part dans le parking, et au milieu du va-et-vient incessant des voitures on entendait des voix s'interpellant au loin. Pendant quelques instants, une radio se mit à nasiller bruyamment, puis se tut. Fats continuait d'empocher sans défaillance ses séries de quatorze billes. A la fin de chaque série, Eddie se relevait pour former le triangle et regagnait sa chaise pliante. Peu importait qui sortirait vainqueur, songea-t-il. Le spectacle en lui-même était fantastique.

La limousine les conduisit à l'aéroport d'où ils allaient s'envoler pour Cincinnati. Eddie se cala contre le capitonnage de velours sombre de la banquette arrière. Fats était assis à ses côtés, les yeux clos, se relaxant dans le silence et la fraîcheur qui régnaient à l'intérieur de la voiture. Il n'avait pas quitté sa veste, et sa cravate était toujours impeccablement nouée. Au bout d'un certain temps, Eddie se décida :

« Je me demande comment tu t'es débrouillé pour garder la main, fit-il. Encore heureux que je m'en sois tiré avec soixante points. »

Fats ne dit rien.

« A Cincinnati, on va jouer dans une salle fermée. Au moins, on aura l'air conditionné. »

Fats gardait les yeux fermés, visiblement résolu à se reposer et à ne rien répondre. Ce n'est qu'en arrivant à l'aéroport international de Miami qu'il se tourna vers Eddie.

« Il est temps que tu portes des lunettes », fit-il.

Eddie se sentit piqué au vif. Le gros homme venait de lui parler comme on chapitre un môme.

« Tu ne joues plus avec la même précision qu'avant, Eddie, déclara Fats un peu plus tard dans l'avion.

– J'étais jeune à l'époque. J'arrive maintenant entre deux âges.

– Ça ne veut rien dire, entre deux âges, Eddie-Vite-Fait. Une invention des médias. On nous en rebat les oreilles. C'est comme " haleine fraîche ". Ils finiraient par tous nous persuader qu'on pue de la gueule.

– Tu as sans doute raison. »

Mais Eddie n'en était nullement convaincu. L'hôtesse leur apportait leurs consommations – un Manhattan pour lui, un quart Perrier pour Fats. Eddie retira la capsule du petit flacon déposé sur son plateau et versa la dose de cocktail dans le gobelet de plastique contenant une cerise.

« J'ai dépassé la soixantaine, reprit Fats en buvant son Perrier. A l'époque où j'étais soi-disant entre deux âges, je n'en savais rien, et ça ne m'a pas empêché de vivre. Simplement, on réduit la pression et on réfléchit davantage. Mais à part ça... »

Ce que lui disait Fats n'était pas vrai. En tout cas, pas pour lui. Il ne se sentait plus en possession de tous ses moyens, comme quand il était jeune. Il avait perdu pas mal de son ressort, de son assurance.

« Mon jeu n'est plus ce qu'il était, dit-il.

– Entraîne-toi.

– Mais, je m'entraîne!

– Combien de fois par semaine? »

A peine une fois, songea Eddie sans répondre à la question de Fats. Chez lui, du temps où le club était ouvert, il n'éprouvait pas la moindre envie de jouer et se bornait le plus souvent à marquer quelques points en série quand il n'avait vraiment rien d'autre à faire pour tuer le temps.

Fats croisa les mains sur son énorme bedaine et ferma les yeux. Eddie se pencha vers le hublot pour regarder fuir au-dessous les masses de nuages gris. Il but une gorgée de son Manhattan. Oui, le billard avait désormais perdu tout attrait pour lui. Et la jeune génération, celle des petits dégourdis qui jouaient à la neuf ou à une poche, lui portait sur les nerfs. La seule chose qui comptait pour eux, c'était de gagner. Décourageant. Mais que faire d'autre? Il avait tâté de l'immobilier, et cette tentative s'était soldée par un désastre, alors que son charme et sa prestance auraient dû constituer pour lui de sérieux atouts au départ. Mais il n'était pas fait pour s'aplatir vilement devant des gens dont la tête ne lui revenait pas. Même chose quand il avait fait de l'assurance. Il s'était cru débrouillard, véritablement débrouillard, jusqu'au jour où il s'était frotté à la triste réalité quotidienne de la vente et de ses combines. Cette expérience l'avait tout bonnement écœuré et effrayé. Au bout de cinq semaines passées à faire visiter des appartements-modèles et des maisons à louer dans tous les coins de Lexington, à faire des sourires, des ronds de jambes, des courbettes, à mentir sans vergogne, à se tirer d'affaire tant bien que mal au téléphone en répondant aux questions des râleurs, des arrogants, des sournois qui vous mènent en bateau, à balader à droite et à gauche des visiteurs qui, il le savait parfaitement, n'avaient pas la moindre intention de concrétiser, il avait récolté en tout et pour tout la somme mirifique de sept cents dollars. Une misère de sept cents malheureux dollars. Avant impôts. Le jeu n'en valait vraiment pas la chandelle. Il avait renoncé. Mais que faire d'autre? Les temps étaient durs. International Harvester venait de fermer son usine de Fort Wayne, annonçait le journal déplié sur ses genoux. Dès avant le jour, des chômeurs faisaient la queue dans l'espoir de décrocher un emploi qu'Eddie, lui, il le savait parfaitement, aurait été incapable de conserver seulement une semaine. Manœuvre. Massicoteur. Egoutier. Il avait abandonné le lycée avant d'avoir terminé ses études, et son compte en banque se montait en tout et pour tout à treize mille dollars. Il avait tout intérêt à se ressaisir au plus vite s'il ne voulait pas être obligé bientôt de décharger des cageots de choux-fleurs dans un supermarché.

Voilà où il en était. Alors que Fats, lui, à soixante-cinq ans ou quelque chose comme ça, n'avait nullement besoin de travailler, vivait comme un coq en pâte, passait son temps à photographier les oiseaux, jouait toujours aussi fabuleusement, se nourrissait de choses succulentes et se la coulait douce au soleil de Floride. Il n'avait certainement jamais dû travailler de sa vie.

Eddie se détourna du hublot pour regarder Fats. Celui-ci avait de nouveau ouvert les yeux.

« Comment t'es-tu débrouillé? lui demanda-t-il. (Comme Fats ne répondait rien, Eddie vida son verre.) Ma vie s'en va à la dérive, Fats, poursuivit-il. Ma femme s'est tirée et j'ai perdu ma salle. Je joue moitié moins bien que dans le temps. Et encore! Alors, explique-moi. »

Fats le dévisagea et plissa les paupières.

« J'ai continué à gagner, Eddie-Vite-Fait. Voilà tout. »

Ce soir-là, dans la chambre d'hôtel qu'on lui avait retenue dans la banlieue de Cincinnati, Eddie n'arrivait pas à s'intéresser aux images qu'il regardait à la télévision. C'était Fats qui avait raison : il avait besoin de lunettes. Il s'était senti tellement soulagé par la tournure qu'avaient pris les événements après l'arrivée de Fats au centre commercial, tellement heureux que Fats ne se soit pas retiré, furibard, ou ne lui en ait pas voulu de l'avoir entraîné dans cette tournée merdique, qu'il ne s'était pas préoccupé un seul instant de la qualité de son propre jeu. Quelle connerie! Il se leva pour éteindre la télévision. Il était neuf heures et demie. Il se dévêtit, passa un slip de bain, se munit d'une serviette et sortit de la chambre. Il fut surpris par la tiédeur de la nuit. Pour gagner la piscine, il fallait traverser une pelouse. Sur la façade de l'hôtel brillait en lettres lumineuses le nom de Minnesota Fats. En constatant que son propre nom n'était pas même mentionné, Eddie ravala sa rancœur et s'engagea sur la pelouse. L'air chaud qui courait sur sa peau nue l'apaisa. Dans la prochaine ville, il se promit d'avoir lui aussi son nom imprimé à côté de celui de Fats. Il se jura aussi de faire le lendemain meilleure figure qu'en Floride. Fats était assurément un joueur exceptionnel, mais il n'était pas imbattable. La preuve, c'est que lui, Eddie, l'avait bel et bien battu jadis. Sans compter que Fats était monstrueusement difforme et prenait de l'âge. Alors que lui, Eddie, avait gardé toute sa sveltesse sans prendre un soupçon de bourrelet.

A cette heure, la piscine était déserte sous la lumière crue de ses projecteurs. Il déposa sa serviette sur le bord, plongea et fit d'une traite une série d'aller retour dans l'eau étonnamment chaude du bassin. Quand il eut couvert vingt fois la distance, il s'accrocha pendant quelque temps à l'échelle pour reprendre son souffle, puis se hissa lentement hors de la piscine.

En maillot de bain, Fats était étendu sur un transatlantique.

Eddie reprit sa serviette et s'épongea les cheveux, puis le visage, avant de tourner la tête vers lui.

« Pour les lunettes, je crois que tu as raison », dit-il.

Le regard de Fats était sans expression. Il ne

répondit rien. Eddie se sécha le corps et s'assit sur la pelouse. On entendait à quelque distance le grondement des voitures sur l'autoroute.

« Il y a des années que je n'avais pas joué de vraie partie », reprit Eddie.

Fats continuait à se taire. Ils restèrent assis l'un près de l'autre pendant à peu près cinq minutes sans rien dire. Puis l'obèse se leva pour marcher lourdement vers l'échelle et descendre dans le bassin. Il commença par se laisser flotter passivement pendant quelque temps avant de se lancer dans une brasse lente et nonchalante. Il n'avait rien d'un bon nageur, mais il progressait régulièrement dans l'eau. Eddie l'observait, se demandant une fois de plus comment un individu aussi corpulent pouvait bien déployer tant d'agilité. Après quelques longueurs, Fats regagna l'échelle. Tandis qu'il se hissait sur les barreaux, l'eau ruisselait en cascades sur son torse et son ventre. Il marqua une pause à la moitié de l'échelle, entourant celle-ci de ses bras.

« Eddie-Vite-Fait, dit-il, il va falloir que tu t'améliores sérieusement. Tant que tu ne joueras pas mieux, te ne t'en sortiras pas.

– Soixante points, c'est pourtant pas si mal », répliqua Eddie.

Fats secoua la tête. L'eau dégoulinait de ses cheveux bruns.

« J'ai raté un coup exprès. Pour te laisser un avantage. »

Eddie ne répondit rien et fixa l'eau. Il n'avait pas suivi avec suffisamment d'attention le déroulement de la partie, et ce qu'affirmait Fats était probablement vrai.

« On devrait peut-être se remettre à jouer à l'argent », finit-il par dire.

A présent, Fats reprenait place sur le transat. Il déploya une serviette et entreprit de se sécher les cheveux.

« Je ne veux pas me compliquer l'existence, fit-il. Tu m'as dit que toi tu voulais t'y remettre, Eddie-Vite-Fait. Mais pourquoi, au juste?

– Besoin de fric.

– La tournée ne va pas te remplir les poches.

– Sauf si ABC achète la série.

– Et s'ils laissent tomber?

– Au moins, je me serai remis dans le bain.

– Combien te faut-il, Eddie-Vite-Fait? »

Eddie le dévisagea.

« Soixante mille. Pour acheter une salle.

– On ne trouve pas de salle à vendre pour ce prix-là.

– J'en ai déjà vendu une et j'ai obtenu la moitié.

– Tu ferais peut-être mieux de changer ton fusil d'épaule.

– Que veux-tu que je fasse, Fats? Je ne suis pas foutu de vendre des bagnoles ou de placer des assurances. Et j'ai plaqué l'école en seconde. »

Ils se turent pendant un long moment. Ce fut Fats qui se releva le premier. Il ramassa sa serviette, se tourna vers Eddie.

« T'as encore bien du chemin à parcourir, Eddie-Vite-Fait. »

L'exhibition avait pour cadre une salle de théâtre située en plein centre. On avait retiré les fauteuils des six premières rangées afin de libérer suffisamment de place pour installer une Brunswick de deux mètres quatre-vingts sous la scène. Des rampes à incandescence, placées au-dessus de la table, éclairaient d'une lumière crue le tapis vert. En pure laine, cette fois. On avait fixé à quatre dollars le prix des billets, et la salle était aux trois quarts remplie de spectateurs.

La station de télévision locale avait disposé dans

la salle trois caméras, deux autour de la table et la troisième en surplomb, sur l'avant-scène. Les organisateurs n'avaient pas lésiné pour reconstituer l'ambiance d'un tournoi professionnel. Eddie en ressentit un réel réconfort. On avait même prévu un arbitre.

Fats se jucha sur un tabouret rembourré de cuir, à l'extrémité de la table. Après avoir empoché une demi-douzaine de billes pour se mettre en forme, Eddie s'approcha de lui.

« Il faut que je me remette à jouer pour du fric », fit-il.

Le public continuait à envahir la salle. Fats le regarda.

« Tu ne fais pas le poids, Eddie-Vite-Fait. »

Peu après, l'arbitre vint épousseter la table. L'organisateur qui les avait accueillis à l'entrée s'avança sur le devant de la scène. « Mesdames et Messieurs, annonça-t-il, l'histoire du billard compte certaines figures véritablement légendaires. Nous avons ce soir le plaisir d'en accueillir deux dans cette salle. J'ai nommé Mr. Ed Felson, plus connu sous le nom d'Eddie-Vite-Fait, et l'incomparable Minnesota Fats. » Un tonnerre d'applaudissements gronda dans la salle. Après en avoir terminé de son époussetage, l'arbitre déposa deux billes blanches sur la ligne du haut.

« Ces messieurs vont maintenant jouer pour l'engagement », déclara-t-il. Il s'exprimait d'une voix onctueuse, avec la componction d'un maître d'hôtel de restaurant huppé.

Fats s'approcha de la table, totalement décontracté. Encore troublé par ce que le gros homme venait de lui dire, Eddie tira et réalisa un médiocre aller et retour. Sa bille s'arrêta une quinzaine de centimètres avant la bande du haut, alors que celle de Fats vint presque la toucher. C'était donc à Eddie de casser.

La table avait une vingtaine de centimètres de longueur de plus que celle de Miami. Mais c'était là une différence capitale, car il ne distinguait pas très nettement le contour de la bille de coin.

Il réussit un cassage honorable, mais la blanche s'immobilisa à une trentaine de centimètres de la bande du haut. Quand Fats se leva pour jouer à son tour, il réussit après deux bandes en coin à bloquer son adversaire. Au coup suivant, Eddie voulut continuer à jouer la défense. Il ajusta son tir en s'efforçant de distinguer avec netteté le contour de la bille de coin, mais la blanche vint percuter celle-ci sous un angle un peu trop accusé, et le triangle s'éparpilla. Le public gardait le silence. C'était un piètre tir. Un tir franchement déplorable.

Alors, Fats se mit à marquer. Il commença par empocher en série les quatorze billes, réussissant plusieurs carambolages avec la blanche pour dissocier les amas compacts, et positionna parfaitement sa quinzième bille à proximité de la ligne du bas, sous un angle irréprochable, pour préparer le bris suivant. Tandis que l'arbitre refaisait le triangle, Eddie regardait ses doigts crispés sur la Balabushka. D'un tir puissant, Fats dispersa les billes. Eddie s'efforça de se persuader que cette tactique n'avait aucun sens. Mais il avait beau chercher à se donner le change, il ressentait un tiraillement dans la poitrine chaque fois que Fats marquait un point. Il le regardait se ployer, viser et tirer en adoptant tout naturellement une position parfaite, se mouvoir prestement en annonçant d'une voix douce à l'arbitre le tir qu'il allait exécuter – « numéro sept, poche de coin, numéro treize, poche du milieu » – et ainsi de suite, jusqu'à ce qu'il ait expédié dans les trous ses quatorze billes et qu'il ne reste plus sur le jeu qu'une seule de couleur, celle que précisément il avait décidé de laisser là une douzaine de coups auparavant pour préparer le cassage suivant. Et quand cette fois encore son tir de catapulte fit éclater le triangle, dispersant les billes dans toutes les directions, le public applaudit bruyamment.

Fats exécuta une nouvelle série de quatorze. Puis une autre. Puis une autre encore. Pareille performance n'était pas chose commune, mais il arrivait pourtant qu'un joueur exceptionnel réussît à marquer d'affilée les cent cinquante points de la partie. Et Fats semblait bien parti pour réaliser pareil exploit.

Sur le parking de Miami, Fats avait joué magnifiquement. Mais ce soir il se surpassait. Cloué sur sa chaise dans l'attente de son tour, Eddie en était malade.

Au quatre-vingt-sixième point, Fats commit une faute insignifiante, et au coup suivant il fut forcé de rentrer la trois par une bande. Il visa soigneusement et tira. La bille traversa la table, rebondit, et au retour manqua la poche de quelques millimètres.

En se levant de son siège, Eddie comprit immédiatement que Fats lui laissait un jeu en or. Il avait le choix entre plusieurs tirs faciles, et l'une des billes était déjà parfaitement positionnée dans l'attente du cassage suivant. Un placement idéal. Mais Eddie ressentait une impression de malaise. Fats avait-il commis une faute intentionnelle pour lui arranger le coup? Il s'efforça de dissiper cette idée et de se concentrer sur l'ordre dans lequel il allait faire ses points. Une fraction de son esprit effectuait cette opération de façon machinale, un peu comme un caissier de banque compte des liasses de billets. D'abord la douze en coulé dans la poche de coin, pour faire suivre la blanche et préparer le tir suivant sur la neuf, près de la bande. Ensuite, la trois, la quatorze et la six. Et la onze pour finir la série, de sorte que la blanche reviendrait se positionner à une trentaine de centimètres de la poche latérale. Ensuite, il casserait après impact sur la deux, la bleu clair, celle qui déjà se trouvait en bonne position sur la table. Evitant le regard de Fats, il se pencha, fit une légère flexion du poignet vers l'arrière et tira. La douze tomba tout droit dans la poche de coin. Mais sa blanche s'immobilisa un peu trop vite, et il fut obligé de couper davantage sur la neuf pour assurer le coup. A présent l'angle d'attaque de la trois n'était plus celui qu'il avait prévu. Il dut modifier sa tactique et empocher d'abord la six. Mais il rétablit la situation et fit le point avec la trois. Les choses ne se présentaient pas si mal. Il termina aisément sa série, laissant la deux sur le tapis et positionnant la blanche très exactement où il le souhaitait.

Pendant que l'arbitre disposait les billes dans le triangle, Eddie fit quelques pas vers Fats, qui avait repris place sur son siège, à l'extrémité de l'avant-scène.

« C'est exprès que tu as loupé ton coup par la bande? » lui demanda-t-il.

Il s'était efforcé de poser sa question sur un ton désinvolte, mais la dureté de sa voix le surprit.

Fats le regarda pendant quelques instants avant de répondre.

« Tu tiens vraiment à le savoir? »

Et il détourna la tête. Eddie se sentait parfaitement idiot. Il revint à la table, remâchant un sentiment d'impuissance et de courroux. Il aurait volontiers cogné quelqu'un. Un placement superbe. La deux était magnifiquement positionnée, et sous cet angle, il était tout simple d'éclater le triangle en l'attaquant par le côté pour ouvrir le jeu. Eddie serra les mâchoires, se ploya lentement, fit prendre au talon de sa Balabushka beaucoup plus de recul qu'à l'ordinaire et détendit violemment le bras. La blanche vint heurter la deux, la propulsant tout droit vers l'ouverture de la poche de coin. Elle vibra contre le tampon de cuir de la poche, sembla hésiter un bref instant, puis rebondit et revint rouler comme un bolide sur la table. Le tir était trop puissant. Comme un petit animal déchaîné, la blanche ouvrit une brèche dans le triangle et dispersa les billes de couleur aux quatre coins du tapis.

Atroce. Hébété, Eddie contempla pendant un moment le désastre avant de se détourner de la table et de se diriger vers le coin de la scène sans même jeter un regard à Fats en le croisant. Il s'effondra sur le siège, tenant mollement la bague de sa Balabushka posée verticalement sur son talon. Fats se remit à marquer.

Eddie s'efforça de regarder ailleurs, mais malgré lui ses yeux revenaient se fixer sur la table, droit devant lui. Sur la table autour de laquelle le gros homme ne cessait de se mouvoir, passant d'un côté à l'autre sans même prendre le temps de se redresser entre deux tirs, marquant les points à la queue leu leu dans un claquement continu des billes chutant dans les poches et sans jamais, jamais commettre la moindre erreur de tir.

Eddie percevait la voix monotone de l'arbitre égrenant les points : « Quatre-vingt-dix-huit, quatre-vingt-dix-neuf, cent, cent un... » Puis vint le chiffre cent quarante-neuf, et sur un simple empochement de la sept dans la poche latérale la voix annonça : « Cent cinquante. » Un tonnerre d'applaudissements salua la victoire de Fats.

Le score était de cent cinquante à neuf. Eddie démonta sa Balabushka.

CHAPITRE III

QUAND il entra dans la cuisine, il trouva Jean devant l'évier, occupée à doser des comprimés de vitamines dans des coquetiers.

« Je te mets quatre vitamines C, dit-elle sans se retourner. Tu n'as pas arrêté de fumer de la nuit. »

Jean était obsédée par tout ce qui touchait à la santé. Sur le plan de travail, près du mixer, des flacons de lécithine en granulés, de levure de bière et d'extraits de foie voisinaient avec une grande bouteille d'huile de carthame. Durant leur premier mois de vie en commun, il avait eu droit aux croissants et aux œufs brouillés à la ciboulette. A présent, il devait ingurgiter ses vitamines et se contenter de café soluble.

Il revint au salon – une petite pièce garnie de meubles en bois d'érable – et releva les stores vénitiens. Déjà, le soleil brillait férocement sur les pelouses du voisinage. La journée s'annonçait torride. Eddie vit le Pakistanais d'en face, celui qui possédait une laverie automatique, sortir de sa maison de briques pour monter dans sa Toyota garée le long du trottoir. Du temps où le club de billard était ouvert, Eddie et lui échangeaient souvent quelques civilités quand ils se croisaient le matin, en bons voisins partant travailler à la même heure. Mais les choses avaient changé. Pour Eddie, la seule tâche de la journée allait consister à donner un unique coup de téléphone. Le Pakistanais mit son moteur en marche et déboîta. Debout devant la fenêtre, Eddie songeait à Minnesota Fats. Cent cinquante à neuf.

Jean entra dans le salon, munie d'une ration de vitamines et d'une dose de café dissous dans une tasse de plastique.

« Tu vas peut-être le battre la semaine prochaine à Chicago », fit-elle.

Eddie avala ses vitamines et s'abstint de répondre.

« Hier soir, tu semblais complètement retourné, reprit-elle. Tu ne devrais pas veiller si tard.

– Je ne pouvais pas fermer l'œil. Une défaite pareille, c'est dur à encaisser.

– Tu y attaches bien trop d'importance, Eddie.

– A quoi veux-tu que j'attache de l'importance, alors?

– Il faut que je parte, fit-elle. Je suis déjà en retard. »

A la télé, Phil Donahue présentait l'auteur d'un ouvrage sur la sexualité, en l'occurrence une femme. Il était grand temps, affirmait-elle, de se libérer en renversant tous les vieux tabous. Ensuite, Donahue entreprit de travailler au corps son public en lui décochant des sourires enjôleurs et en lui assenant des arguments qu'on eût jurés d'une absolue sincérité. Eddie éteignit l'appareil et appela le bureau d'Enoch. Enoch Wax dirigeait la compagnie de câble Mid-American. Enoch Wax ne rappelait jamais quand on lui laissait un message.

« Mr. Wax n'est pas là pour le moment, lui affirma la secrétaire. C'est à quel sujet?

– C'est au sujet de mon chèque, fit Eddie.

– Mr. Wax ne m'a parlé de rien, Mr. Felson. Il m'a simplement dit que Chicago avait annulé. A la place, ils ont décidé de prendre Rich Little. Vous savez, l'imitateur.

– Merci. Je sais qui est Rich Little. Vous avez prévenu Fats?

– J'ai laissé un message sur son répondeur. Si vous venez au bureau lundi après-midi, vous pourrez visionner les images de Miami. Mr. Wax sera là.

– Je passerai », dit Eddie.

Puisque Chicago avait annulé, il faudrait attendre dix jours pour rencontrer Fats lors d'un prochain match à Denver. Eddie ouvrit un annuaire et feuilleta les pages jaunes. Il chercha le mot « oculiste » et fut renvoyé à la rubrique « ophtalmologistes ». Il releva au hasard un nom et une adresse dans le centre, puis composa le numéro.

Le médecin lui déposa sur les deux cornées quelques gouttes qui le firent d'abord loucher, puis lui embuèrent la vue de halos flous teintés de franges iridescentes. Assis sur un siège articulé aussi peu confortable qu'un fauteuil de dentiste, Eddie dut ensuite lire à travers un œilleton des lettres gravées en noir sur un panneau mural, pendant que le médecin introduisait l'un après l'autre de petits écrans de verre dans une fente du dispositif de visée, ce qui avait pour effet de griser les lettres, puis de les noircir de nouveau, de les allonger, de les comprimer, de les estomper ou au contraire d'en augmenter la netteté. Tout en glissant les disques dans la fente, le médecin lui parlait des prochaines courses à Keeneland, interrompant de temps à autre son bavardage pour lui demander s'il y voyait distinctement.

Il semblait procéder par tâtonnements, mais peu à peu, au fur et à mesure que les écrans correcteurs se substituaient les uns aux autres, le contour des lettres se précisa jusqu'à se détacher sur le fond blanc avec une netteté remarquable. Eddie fut tout à coup submergé d'une bouffée d'espoir : il avait oublié ce que c'était que voir clair.

« Voilà l'affaire, déclara le médecin.

– J'aurai mes verres quand? interrogea Eddie.

– Dans huit jours. »

Le médecin fit pivoter l'appareil pour l'écarter du visage de son client. Eddie cligna des yeux.

« Impossible de les avoir avant?

– Passez les prendre lundi. »

Sur l'écran du moniteur, le rouge du tapis était encore plus éclatant, mais on différenciait assez bien les billes. Pour l'instant, c'était Fats qui s'apprêtait à tirer. De sa masse, il escamota pendant quelques secondes le jeu, jusqu'à ce que l'image soit relayée par celle de l'autre caméra. Eddie alluma une cigarette, se cala dans son fauteuil et s'efforça de garder son calme.

« Je suis franchement navré pour l'argent, Eddie, dit Enoch. Ce sera très certainement réglé mercredi. »

Eddie ne répondit pas. Une image fugace venait de capter son attention et de provoquer chez lui un étrange malaise. La caméra l'avait saisi alors qu'il était assis passivement sur l'estrade du centre commercial, dans une posture avachie, ne manifestant pas même d'intérêt pour le jeu de son adversaire. C'était la première fois qu'il se voyait sur un écran de télévision.

Il lui sembla ensuite que Fats jouait pendant une durée interminable. Insoutenable. Attendant de se revoir sur l'écran, Eddie fumait nerveusement et buvait à petites gorgées son café dans une timbale de polystyrène. Il évoqua le coup que Fats allait bientôt manquer. Un long tir coupé pour rentrer la trois dans une poche de coin.

Eddie retira ses lunettes de leur étui et les ajusta soigneusement. Ça lui faisait tout drôle de sentir le contact de leur monture sur son nez et ses oreilles, mais dès qu'il les eut mises l'image lui apparut avec beaucoup plus de netteté.

Fats s'apprêtait à tirer la trois. Eddie se pencha vers l'appareil pour observer attentivement. Fats manqua le point, mais de très peu. Rien ne laissait supposer qu'il l'avait fait exprès.

Sur l'écran, Eddie-Vite-Fait se leva et s'approcha de la table. En se regardant évoluer à la télévision, il était maintenant stupéfait de son manque d'aisance. Par comparaison, Fats avait la grâce d'un jeune homme. Le personnage qu'il voyait se mouvoir sous ses yeux, armé de sa Balabushka, hésitait longuement avant de choisir une tactique et de se pencher pour tirer. Et quand il se penchait, c'était avec une certaine raideur.

« Alors, ça vous convient? » interrogea Enoch assis dans le fauteuil voisin.

Eddie ne lui répondit pas. Il se regardait avec consternation.

En sortant du bureau d'Enoch, il roula directement jusqu'au parking du centre commercial et gara sa voiture sur l'emplacement qui avait toujours été le sien du temps où la salle était ouverte au public. L'enseigne avait été enlevée, et sur la façade les trous de scellement n'avaient pas été rebouchés. Contre une fenêtre on avait apposé une pancarte portant l'inscription LOCAL À LOUER. Eddie déverrouilla l'entrée – il avait gardé les clefs sur le même anneau que celles de sa voiture – et fit la lumière à l'intérieur. Le choc fut rude. Il ne restait plus que sept billards dans la salle. Sur les tables numéros Cinq et Neuf on avait collé une étiquette rouge portant le mot VENDU. La caisse enregistreuse et le compteur électronique avaient disparu, mais la fontaine réfrigérée était toujours là. Il y but une grande lampée d'eau après avoir mis en marche l'appareil à air conditionné. Puis il plia la housse de la table Quatre, sortit d'un placard un coffret de billes qu'il répandit sur le rectangle vert, retira la Balabushka de son étui, l'assembla et la déposa sur la table. Il sortit ensuite ses lunettes de sa poche et les éleva pour examiner leur transparence à la lumière d'une lampe. Elles lui parurent parfaitement propres. Quand il les eut mises, il reprit la queue sur le billard. Il était trois heures de l'après-midi.

Au début, se fut exaspérant, et il crut qu'il ne parviendrait jamais à s'y faire. Il n'arrivait pas à tirer sans regarder le jeu par-dessus le cerclage de ses verres. Il tenta de relever la tête, mais alors la monture divisait en deux son champ de vision. Pourtant, il avait vu bien des joueurs porter des lunettes. Ce ne devait donc pas être bien sorcier.

Il éleva encore la tête et tenta de tirer sans se courber au-dessus de la table autant qu'il avait l'habitude de le faire. Au début, il réussit dans cette position à exécuter quelques coups faciles. Mais très vite il ressentit de l'ankylose dans la nuque. Et puis, toute la perspective lui semblait bizarre. On eût dit que la table était plus courte. En revanche, il voyait le billes placées à l'extrémité opposée avec une acuité qu'il avait perdue depuis des années. Il persévéra, et vers les quatre heures il perçut clairement que quelque chose changeait. Tout dépendait de son port de tête et de la position de son corps.

Il se rappela combien sa gaucherie l'avait frappé quand il s'était regardé jouer sur l'écran de télévision. Etait-ce parce que sa vue avait baissé qu'il s'était raidi à ce point? A présent, il ressentait pleinement le grippage de ses gestes. Son manque d'aisance lui était insupportable. Insupportables aussi l'obligation de porter ces maudits binocles, et la douleur qu'il éprouvait en se penchant au-dessus de la table. Il s'obstina pourtant pendant plusieurs heures. Un peu plus tard il réussit des séquences de plus en plus longues et finit par rentrer près de cinquante billes d'affilée, sans commettre une seule faute. Il était maintenant sept heures. Jean devait se demander ce qu'il pouvait bien faire. Il replaça les billes dans leur coffret, donna un coup de brosse au tapis, rangea la queue dans le râtelier, coupa l'air conditionné et quitta la salle.

Six ans plus tôt, l'emprunt contracté pour acheter la salle était totalement remboursé, et pour fêter la levée de l'hypothèque Eddie et Martha avaient décidé de s'offrir un voyage dans le nord de la Californie. C'était elle qui en avait eu l'idée. Elle voulait que tous deux aillent se faire masser dans un établissement d'Esalen dont elle avait entendu parler.

« On se déshabille complètement, lui avait-elle dit, et on n'entend que le bruit des vagues. »

Eddie avait d'autant plus volontiers accepté que quelques jours passés loin des rampes fluorescentes et du crépitement des billes entrechoquées ne lui feraient pas de mal. De plus, il n'avait pas revu la Californie depuis qu'il en était parti vingt ans plus tôt, avec Charlie, pour tenter sa chance de blouseur à travers les Etats-Unis. Martha et lui avaient volé en classe économique jusqu'à San Francisco, puis loué une Ford dans une agence Avis pour continuer le voyage. Mais Martha avait attrapé un rhume et passé son temps à humecter des Kleenex et regarder l'heure à sa montre pendant qu'il conduisait sans dire un mot. Il avait fait de son mieux pour ignorer les jérémiades de sa femme, heureux de se retrouver en Californie.

Il ne s'attendait pas le moins du monde à ce que la masseuse soit totalement nue elle aussi. On l'avait prié de se dévêtir et de descendre s'allonger sur une plate-forme de bois surplombant la plage. Là, il s'était étendu à plat ventre sur un banc capitonné, face à la mer. Au bout d'une dizaine de minutes elle était apparue, mais il ne l'avait pas entendue arriver, car le grondement du ressac couvrait le bruit de ses pas. A demi assoupi, il n'avait pris conscience de sa présence qu'en apercevant près de lui sa peau tannée par le soleil. Dans ses cheveux châtains couraient des reflets mordorés, et elle avait sur le cou et les seins des taches de rousseur qui lui faisaient penser à des minuscules raisins de Corinthe. Il lui avait donné trente ans.

« Je m'appelle Milly. Pardonnez-moi ce retard.

– Je me trouvais bien au soleil, avait-il répliqué.

– Je vous masse avec de l'huile.

– C'est nécessaire ?

– Certains clients préfèrent. On se sert d'huile de sésame.

– Alors, allons-y pour l'huile de sésame. J'ai envie qu'on me fasse le grand jeu. »

Elle n'avait rien répondu, s'était versé dans le creux de la main un peu du liquide clair qu'elle avait fait couler d'un flacon, puis s'était frotté les paumes l'une contre l'autre.

« Détendez-vous », lui avait-elle conseillé en commençant à le masser.

Il avait alors fermé les yeux et s'était abandonné à la vigueur de ses mains expertes. C'était agréable. Elle lui avait massé longuement les mollets, en terminant chaque mouvement par une ferme pression autour des chevilles. Quand elle se penchait au-dessus de lui, il percevait la chaleur de ses seins sur ses jambes. Le contact de l'huile sur sa peau inondée de soleil lui procurait une sensation merveilleuse. Entre les grondements des vagues qui déferlaient sur la plage, il entendait Milly fredonner doucement. Martha avait préféré retourner à l'hôtel et s'enfermer dans sa chambre en croquant des comprimés antigrippe devant la télévision. C'était rudement bon de ne plus la voir pour un bout de temps. Milly s'était mise à lui serrer plus fortement les chevilles, en accentuant la pression autour du tendon d'Achille. C'était un peu douloureux et provoquait de brefs éblouissements. Mais le massage aboutissait à quelque chose de remarquable. Il avait l'impression de ne plus toucher terre et sentait qu'il entrait en érection.

Ensuite, Milly lui avait massé la plante des pieds en continuant à chantonner.

« Vous êtes en bonne forme physique pour un homme de votre âge, lui avait-elle affirmé. Vous faites de la gym?

– Trois fois par semaine.

– Ça se voit. Vous mangez de la viande?

– Naturellement. Pourquoi? Vous êtes végétarienne?

– En principe. Mais à midi je mange du salami. »

A cet instant, il s'était dit qu'il aurait bien aimé se la faire. Mais où aller? Ils étaient seuls sur la petite plate-forme, mais à tout instant quelqu'un pouvait venir. A présent, elle huilait un à un ses orteils en introduisant ses doigts dans les interstices pour mieux les séparer. Il ouvrit les yeux et se retourna pour la regarder. Penchée au-dessus de lui, elle lui faisait face, tête baissée. Entre ses pieds luisants d'huile, il pouvait voir la tache sombre de son pubis.

« Ça vous excite, n'est-ce pas? »

Elle avait posé la question sur le ton impersonnel qu'on adopte pour dresser un simple constat.

L'ardeur du soleil faisait fondre toute velléité de faux-semblant.

« Oui, avait-il répondu. Pas vous?

– Non. J'aime les femmes. »

Elle continuait de huiler ses orteils.

« Dommage, avait-il répliqué.

– Pourquoi, dommage? Je ne vois pas ce qu'il y a de répréhensible là-dedans. (Elle lui frottait toujours les pieds.) Mais parlons d'autre chose. Vous êtes sportif?

– Je suis propriétaire d'un club de billard dans le Kentucky.

– Tiens! Mon père a lui aussi une table dans le sous-sol. Dans le temps, je jouais à la huit. Je me défendais pas mal. Et vous, vous jouez?

– Naturellement.

– Vous vous défendez?

– J'attaque aussi. Mieux vaut gagner que perdre, non?

– Ah! bon? Et pourquoi? »

Il n'avait pas eu envie de répondre. On lui avait déjà posé la question. Elle était venue se placer près de lui pour appliquer l'huile sur le creux des reins.

« Pourquoi vouloir gagner à tout prix? avait-elle poursuivi. Quelle importance si on est le perdant?

– L'importance, c'est que si on joue à cinquante dollars la partie, on perd ses cinquante dollars.

– Et même cent, avait-elle corrigé : les cinquante qu'on perd et les cinquante qu'on espérait gagner.

– Continuez, et je vous engage comme agent. »

Elle s'était penchée sur lui et s'était mise à lui malaxer fermement les muscles du dos, de part et d'autre de la colonne vertébrale, en ajoutant de l'huile. A plusieurs reprises, il avait senti ses seins l'effleurer.

« Les hommes veulent à tout prix gagner pour le seul plaisir de gagner, avait-elle repris. Ils en tirent un plaisir physique. Comme à la guerre. Et on n'en sort pas.

– C'est pour ça que vous aimez les femmes?

– Oh! que non. »

Sa question l'avait fait rire et elle avait interrompu son massage pendant quelques instants.

« Ne me dites pas que vous n'aimez pas avoir le dessus dans une querelle, avait affirmé Eddie.

– C'est exact, mais je ne parie pas mon argent sur le résultat.

– Il ne s'agit pas de cela. Personne ne parie sur l'issue d'une guerre.

– J'en connais qui le font. Mon père avait misé sur une victoire allemande. »

Ensuite, elle lui avait appliqué avec douceur de l'huile sur les fesses et il avait gémi.

« Laissez-vous faire, lui avait-elle dit.

– Venez faire l'amour.

– Allons, allons, calmez-vous. »

Il s'était mis précautionneusement sur le dos, en veillant à ne pas tomber du banc, et s'était appuyé sur les coudes.

« Si, venez. On va fermer la porte.

– Je vous l'ai dit, j'aime les femmes. »

Elle avait semblé réfléchir un instant, puis avait pris son sexe dans sa main. Il s'était laissé retomber sur le dos.

« Oui, oui, venez sur moi.

– Je ne connais même pas votre nom.

– Eddie... Eddie Felson. On m'appelle d'habitude Eddie-Vite-Fait.

– *Eddie-Vite-Fait!* s'était-elle écriée. Seigneur! Mon père parlait continuellement de vous!

– Venez. Ne restez pas debout.

– Eddie-Vite-Fait, avait-elle répété. Mon Dieu! Et je n'ai pas mon diaphragme!

– Avec la main, alors. Et un peu d'huile. »

Soudain, elle avait ri et resserré sa pression.

« Je peux m'arranger autrement. »

Elle s'était courbée au-dessus de lui, avait glissé une main sous ses reins, et sa tête s'était élevée et abaissée lentement, plus ou moins en rythme avec le bruit des vagues qui se brisaient au-dessous d'eux.

Il en gardait le souvenir d'un merveilleux instant. Ensuite, il avait noté son adresse et son numéro de téléphone. Mais jamais il ne l'avait appelée. C'était la dernière fois qu'il avait pris un intense plaisir en faisant l'amour. Pendant le voyage de retour, il avait décidé de prendre une maîtresse. Pourtant, plusieurs années devaient s'écouler avant qu'il en trouve une. Mais avec Jean rien ne s'était jamais passé aussi simplement et agréablement que ce jour-là avec Milly à Esalen. Rien.

Avant cette date, jamais il n'avait voulu voir lucidement combien sa vie était celle d'un Américain moyen, combien ce partage du temps qui s'écoule entre le boulot, le foyer et le train-train conjugal se résumait en une lente dérive vers la tombe. Les cigarettes fumées machinalement, le verre de Manhattan avant de se mettre au lit, les reproductions de toiles de maîtres dans le salon, l'abonnement au *Times*... une révolte si férocement réprimée qu'elle lui semblait bien davantage suinter des murs de la maison que gronder en lui-même. Et bien sûr la télévision.

Il avait attendu de Martha il ne savait trop quoi au juste. Quelque chose de physique, mais de plus durable que le plaisir.

Elle voulait à tout prix un percolateur. Il s'était emporté en lui rappelant qu'il y avait déjà deux cafetières électriques à la maison, et qu'ils n'en buvaient pas moins du café en poudre. Sans parler des deux grille-pain, du congélateur bourré de surgelés, des magazines qu'on ne lisait jamais et qui vous arrivaient pêle-mêle au courrier avec un déluge d'offres spéciales d'abonnement à d'autres magazines qu'on ne lirait pas davantage, de réductions sur les travaux photo, de prospectus d'agences de voyage... Il y avait un téléphone dans chaque pièce, même dans la salle de bain, près de la cuvette des chiottes. Et pourtant il n'avait envie d'appeler personne.

Après une quinzaine d'années de mariage, il était convaincu d'avoir trouvé le moyen de se sortir de sa routine et de se ressaisir. Mais il avait fait fausse route, car dès le départ l'un et l'autre s'étaient satisfaits du confort douillet d'une liaison sans passion, et Jean menait une vie plus étriquée, plus insipide encore que la sienne. Tout s'était précipité du jour où Martha avait découvert qu'il avait une maîtresse. Le jour où sa femme lui avait déclaré qu'elle voulait divorcer, c'était tout juste s'il avait sourcillé, acceptant par avance sans protester une séparation qu'au fond de lui-même il souhaitait depuis longtemps. La seule chose qui le préoccupait vraiment, c'était de savoir comment il allait s'y prendre pour rompre avec Jean, dont la présence lui pesait désormais tout autant que lui avait pesé celle de Martha. Le lendemain, quand celle-ci lui avait annoncé qu'elle avait consulté un avocat, et qu'elle entendait bien garder pour elle l'appartement conjugal, il avait compris qu'il ne pouvait se passer de Jean. A tout le moins jusqu'à ce qu'il ait lui-même trouvé un logement.

Il avait vécu pendant vingt ans une existence rangée, une sorte de retraite peuplée de souvenirs qui surgissaient de temps en temps de son passé. Il se revoyait à l'époque où le jeune blouseur qu'il avait été se faisait les griffes. Alors il évoquait les parties qu'il avait remportées. Ces interminables parties qui parfois ne s'achevaient que bien après l'aube, quand la lumière crue et importune du soleil, forçant les volets clos des salles enfumées, venait inonder le tapis vert empoussiéré de craie. Des noms de petites villes lui revenaient en mémoire, Urbana, dans l'Illinois... Fresno, Stockton, en Californie... Johnson City, Valley Falls, Carson... Et aussi des images de groupes d'hommes debout, agglutinés silencieusement autour d'une table, la main refermée sur des sacs de papier contenant des bouteilles. Des images d'hommes immobiles venus le voir défier le caïd local du billard. Quarante dollars la partie à une poche. Cent dollars au quatorze contre un. Ou deux cents. Ou même mille dans certains cas. Des images de billes de couleur s'entrechoquant sèchement sur un tapis râpé avant de trébucher dans les poches de cuir. Des images de vieux billets de dix dollars tout froissés. De billets de vingt tout neufs qui sortent de la banque et craquent encore sous les doigts. Des billets qu'on bourre par poignées dans la poche d'angle et qui se tassent sous le poids des billes englouties. Il se revoyait comme si c'était hier empochant la bille victorieuse, puis s'y prendre à plusieurs fois pour retirer le magot de son trou avant de défroisser les billets un à un et d'en faire un rouleau qu'il enfonçait dans la poche de son pantalon, et dont ensuite il sentait la pression sur le haut de la cuisse tandis qu'un autre joueur plaçait les billes dans le triangle pour la prochaine partie. Ces nuits-là lui avaient semblé s'écouler en quelques minutes. Il se souvenait encore d'avoir joué devant des publics plus nombreux auxquels se mêlaient des étudiants, et parfois même des adolescentes qui voulaient se faire passer pour affranchies en dépit de leur puéril maquillage, de leurs jupes de tweed et de leurs cardigans d'angora. Cela remontait au début des années soixante. Il lui était arrivé aussi – à Columbus dans l'Ohio, ou à Lexington dans le Kentucky, ou encore à Chicago – de défier des hommes dont les noms lui étaient familiers, mais dont il n'avait jamais vu les visages : Shotgun Harry, Flyboy, Machine Gun Lou, Detroit Whitey, Cornbread Red... Jusqu'à ce jour où, en 1961, chez Bennington à Chicago, il s'était mesuré à Minnesota Fats. Ils avaient joué pendant plus de trente heures d'affilée, et pour la première fois il avait trouvé plus fort que lui. Jusque-là il les avait tous battus. Sans exception. Les célébrités de quartier comme les gloires dont les noms avaient bourdonné à ses oreilles dans la salle où il s'entraînait pendant cinq à six heures par jour, l'année où il avait plaqué ses études. Oui, jusque-là il avait battu tout le monde, et c'est comme cela qu'il s'était fait un nom : Eddie-Vite-Fait. Mais après sa première défaite, il ne s'était pas tenu pour définitivement vaincu. Il était revenu à la charge et avait fait monter les enchères. Et il avait battu Fats. Et Fats avait abandonné avec un geste d'impuissance en prononçant ce jour-là des mots que lui, Eddie, n'oublierait jamais, dût-il oublier tout ce qui pourrait bien survenir dans son existence, dont le cours lui semblait à présent de plus en plus dépourvu de sens : « Je renonce, Eddie-Vite-Fait. Tu es plus fort que moi. »

Et c'est après cela que Bert lui avait fait clairement comprendre qu'il n'était plus question pour lui de faire cavalier seul, que désormais on le prendrait en main et qu'il devrait partager ses gains avec ses protecteurs.

Alors il avait préféré tirer un trait. Renoncer aux nuits blanches passées autour d'une table avec des inconnus. Renoncer aux voyages, aux hôtels et aux grasses matinées. Jamais plus il n'avait revu Bert. Il l'avait éliminé de sa vie tout comme il en avait éliminé l'infortunée Sarah cet été-là à Chicago. L'été de ses vingt-huit ans. Et puis, un jour, on lui avait parlé d'une salle à vendre dans le Kentucky, et il avait emprunté à Martha de l'argent pour arrêter l'affaire. Une signature dans une banque pimpante de la proche banlieue de Lexington, le sceau d'un notaire apposé sur un acte de vente, et toute sa vie avait été changée. Ensuite, tout s'était enchaîné selon une progression quasiment inexorable, comme on empoche les billes en ordre croissant dans une partie de rotation.

Mais chaque fois que ses souvenirs remontaient à la surface, il se sentait brutalement submergé par cette même exaltation, cette même passion foudroyante qui jadis le possédaient quand il passait ses nuits à jouer dans des salles vétustes. La victoire qu'il avait remportée sur Fats avait fait du bruit à travers tout le pays, et quelques années plus tard un joueur de forte corpulence, mais dont le nom lui était parfaitement inconnu, avait fait une démonstration à la télévision. Le personnage lui avait rappelé Fats. Fats et le défi qu'il lui avait lancé un soir à Chicago. Ce souvenir lui avait soudain étreint la poitrine et fait courir des frissons dans l'échine. Pour conclure l'émission, le joueur avait exécuté quelques effets de rétro et de massé spectaculaires. C'était un dimanche après-midi et la salle de billard était fermée au public. Eddie s'y était rendu et s'était mis à jouer seul au quatorze contre un sur la table du centre. Les heures avaient passé sans même qu'il s'en rende compte, et il avait oublié de rentrer pour dîner. Pour la première fois, il jouait avec une fièvre qu'il n'avait plus connue depuis des années, s'imaginant aux prises avec les grands blouseurs qu'il avait défiés jadis, Tony le Borgne, Wimpy Lossiter, Weenie Beenie... et Fats. Fats l'obèse, qu'il revoyait se mouvant sans bruit autour de la table avec la grâce aérienne d'un danseur de ballet pour rentrer ses billes une à une avec une implacable précision. Ce n'est qu'après plusieurs heures de jeu solitaire dans la salle déserte qu'Eddie avait de nouveau éprouvé la même sensation de malaise qu'en regardant cette stupide émission de télévision. Une sensation qu'il n'aurait su définir avec précision. Quelque chose qui lui faisait mal. Ce qu'il y avait de meilleur en lui était mort, et à présent il se sentait accablé de chagrin.

CHAPITRE IV

IL avait déjà vu cette femme, et dans des circonstances à peu près comparables : l'un et l'autre attendaient. Il se souvint d'avoir été ce jour-là frappé par sa distinction. Il lui donnait environ quarante ans, et elle avait des cheveux bouclés blond platine. A son arrivée dans la minuscule salle d'attente d'Enoch, il l'avait trouvée là, assise sur l'une des deux chaises disponibles. Il avait pris place sur l'autre, mis ses lunettes, et s'était absorbé dans la lecture de *Entertainment Monthly*. Le magazine était rempli de photos d'enfants, et sous chacune d'elles figurait le palmarès de l'intéressé : la liste des spots publicitaires dans lesquels le garçon ou la fillette avait tourné. Tout en lisant, il jetait de temps à autre un coup d'œil à la femme. Une actrice de télévision? En tout cas, elle avait de la classe.

Alice, la secrétaire d'Enoch, lisait elle aussi derrière un petit bureau. On aurait juré une salle de bibliothèque. Eddie aurait volontiers fait quelques pas pour se dégourdir les jambes. Il n'avait pas besoin de son argent tout de suite, mais empocher quelque chose lui remonterait le moral. Jusque-là, il n'avait touché que l'avance, dont il avait remis le plus clair à Fats.

Le téléphone sonna sur le bureau d'Alice, qui

décrocha, et pendant une minute elle chuchota quelques propos inaudibles dans l'appareil. Puis elle se tourna vers les deux visiteurs.

« C'était Mr. Wax, leur dit-elle sur un ton d'excuse. Je suis désolée, mais il est très pris et ne pourra venir au bureau que demain. »

Eddie observa la femme qui lui faisait face. Elle était furieuse.

« Ça fait quarante minutes que j'attends, dit-elle, et hier j'ai poireauté une heure. »

Sa voix n'était pas celle d'une emmerdeuse. Elle exprimait posément et sans détour la colère. Eddie releva qu'elle avait un accent. Un accent britannique.

« Je suis réellement désolée, mademoiselle Weems, fit Alice, mais c'est à cause des courses de stock-cars de samedi...

– J'appellerai demain avant de revenir », dit la femme en gagnant la porte.

Eddie la regarda sortir. Elle avait une sacrée allure.

Il se leva pour se dégourdir les jambes.

« Qui est-ce, Alice, une Anglaise? interrogea-t-il.

– Arabella Weems. Elle cherche du boulot.

– On jurerait une star de cinéma.

– Allons donc! Mr. Felson. C'est une femme d'ici.

– Je sais. Je l'ai déjà vue je ne sais trop où...

– Je vous promets que vous aurez votre chèque demain, Mr. Felson.

– J'y compte bien », fit Eddie avant de quitter le bureau.

Il se dit qu'il aurait dû entamer la conversation avec Arabella Weems. Depuis bien longtemps aucune femme n'avait éveillé à ce point son intérêt.

Le lendemain à midi, Alice lui remettait son enveloppe. Le chèque ne couvrait que son cachet pour l'exhibition de Miami, plus les frais : six cent trente-deux dollars et des poussières, déduction faite des retenues. Il s'attendait à en recevoir plus de mille.

« J'aimerais voir Enoch, déclara-t-il.

– Mr. Wax est occupé pour l'instant, lui dit Alice. Mais prenez place, il va vous recevoir dans peu de temps.

– Je commence à en avoir assez de faire le pied de grue », répliqua Eddie.

Au même instant, il vit Arabella Weems sortir du bureau, Enoch sur ses tatons.

« Peut-être dans une semaine ou deux, lui disait Enoch. Nous vous appellerons si les choses prennent bonne tournure. Ah! Eddie! enchaîna-t-il. Je suis désolé pour le chèque. Cincinnati n'a pas encore envoyé le virement. Tout ce que je peux faire, c'est vous appeler dès qu'il arrivera.

– Vous avez un contrat avec eux, non? » fit Eddie en toisant Enoch.

Il détestait ces poches qu'avait Enoch sous les yeux, et aussi son costume havane et sa chemise rayée qui lui donnaient l'aspect d'un bonimenteur sur le retour.

« Bien entendu, dit Enoch en adressant à Miss Weems le même sourire contrit qu'il aurait destiné à sa propre fille. Mais que voulez-vous que j'y fasse? On ne peut tout de même pas les traîner en justice! »

Eddie le contempla pendant un moment, puis tourna les talons et quitta le bureau. Alors qu'il descendait l'escalier pour gagner la rue, il perçut derrière lui le bruit d'un pas de femme. Quand il fut dehors, en plein soleil, il s'arrêta pour allumer une cigarette. Arabella Weems sortit à son tour et il s'inclina devant elle.

« Fuyant comme une couleuvre, le bonhomme, non? »

Elle le regarda droit dans les yeux.

« J'ai eu un oncle du même acabit. Une véritable ordure.

– Vraiment rien à en tirer?

– Rien de rien. »

Elle était toujours en colère, mais moins que la veille cependant. Il aima cette façon de s'exprimer et de prononcer les mots.

« Je m'appelle Ed Felson, dit-il. Je crois vous avoir déjà vue quelque part.

– Au tribunal du comté. Le 14 juin.

– Mais oui, bien sûr! Vous étiez la dame dont le mari ne s'est pas présenté. »

Ce jour-là ils avaient attendu ensemble – comme la veille dans le bureau d'Enoch – d'être appelés par le juge des divorces.

« Il était également arrivé en retard le jour du mariage, dit-elle.

– Et... il a fini par venir au tribunal?

– Oui, un peu plus tard.

– Tout s'est bien passé?

– Comme sur des roulettes. »

Il n'aurait su dire pourquoi la franchise de cette femme lui plaisait. Ses cheveux semblaient encore plus lumineux à la lumière du jour.

« Si nous déjeunions ensemble? » proposa-t-il.

Elle le fixa.

« Je ne sais pas qui vous êtes, fit-elle, circonspecte.

– Chez Levas, on peut se faire servir une excellente salade à la grecque. »

Elle eut une moue désapprobatrice.

« J'ai goûté à sa fameuse salade. Vous avez essayé la cuisine japonaise?

– Japonaise?

– Oui, japonaise. Celle de nos ennemis pendant la guerre. Il y a un nouveau restaurant dans Upper Street. »

Cela lui disait quelque chose. Il avait vu des publicités faites par l'établissement, mais il ne lui serait pas venu à l'esprit d'aller y déjeuner. Tout à fait le genre de restaurant fréquenté par les gens huppés. Eddie considérait qu'il n'était pas de leur monde.

« Je ne sais pas manger avec des baguettes, affirma-t-il.

– Je peux vous apprendre. »

Les baguettes l'incommodaient, mais de temps en temps il picorait avec ses doigts. Elle avait commandé pour elle du sashimi – des morceaux de poisson cru qui ressemblaient à des bonbons de Noël – et pour lui de fines tranches de bœuf enrobant de petits oignons verts. Negamaki sur le menu.

« Vous êtes anglaise, n'est-ce pas? interrogea-t-il en saisissant avec les doigts un petit rouleau de viande.

– Originaire du Devonshire, mais je vis dans le Kentucky depuis quatorze ans. »

Elle ne portait aucun maquillage et avait des yeux très sombres. Elle avait posé près d'elle sur la table un livre dont le titre était formulé en langue étrangère.

« Universitaire?

– Non, c'est mon ex-mari qui est prof d'université. »

Voilà qui expliquait et le livre et le fait qu'il ne l'avait jamais vue ailleurs qu'au tribunal. L'université, il n'en avait guère entendu parler que par les journaux.

« Actrice, alors? »

Sa question la fit rire.

« Non plus. Je cherche un emploi à la télévision,

mais pas comme actrice. Je suis dactylo... ou tout du moins je l'étais avant de me marier.

– Aucun espoir de ce côté-là à l'université?

– Je n'ai pas envie d'y travailler. (Elle but une gorgée de thé tout en l'observant.) J'ai été l'épouse d'un prof pendant les douze dernières années de ma vie. Je préférerais encore me retrouver scripte dans une société de télévision merdique. »

Elle s'interrompit un instant.

« Sans doute aurais-je mieux fait de ne pas employer le mot " merdique ", reprit-elle. Vous travaillez peut-être avec ces gens-là, qui sait?

– Non, le mot leur convient à merveille. Et... quel effet vous fait votre divorce?

– Je me suis séparée de lui il y a six mois, fit-elle en saisissant adroitement un morceau de sashimi du bout de ses baguettes. Mais si ça se trouve il ne s'en est pas encore rendu compte.

– A sa place, j'aurais accusé le coup. »

Elle le regarda sans rien ajouter. Ils mangèrent en silence pendant quelque temps et ce fut lui qui prit l'initiative de renouer la conversation.

« Moi, je n'ai pas réussi à m'y faire, à me ressaisir.

– C'est difficile, je sais.

– Ma femme a obtenu presque tout ce que nous possédions.

– Et c'était?

– Oh! pas grand-chose, à vrai dire. Une modeste affaire. (Il préférait ne pas prononcer l'expression « un club de billard ».) Et maintenant je me bagarre... comme vous.

– Vous vous bagarrez? »

Elle avait posé sa question en levant les sourcils.

« Des exhibitions avec Mid-American. Une émission sportive. »

Il avait envie de se confier à cette femme, mais il

ne voulait pas qu'elle sache qu'il était joueur, ni non plus qu'il avait été jusqu'à une époque récente propriétaire d'une salle de billard.

« Ce n'est pas la fortune, reprit-il. Il faudrait que je trouve autre chose.

– Moi aussi. »

Pourtant, même si elle cherchait du travail, elle ne semblait nullement dans le besoin. Elle fréquentait de toute évidence un salon de coiffure coûteux, la veste qu'elle portait était admirablement coupée, elle avait de la classe et probablement de l'instruction, et elle n'aurait certainement pas eu de mal à diriger Mid-American avec plus de brio qu'Enoch.

« Vous ne cherchez vraiment rien d'autre qu'un boulot de dactylo?

– Cela m'est égal de taper. Pour le moment, j'aimerais trouver un emploi qui ne m'oblige pas à penser à quoi que ce soit. »

Elle avait terminé son repas et à présent repoussait devant elle le plateau de bois et le bol de riz intact.

« A vous voir, on se dit que vous pourriez exercer à peu près n'importe quel métier, lui déclara-t-il.

– Ce n'est pas tout à fait ce que je me dis.

– Prendrez-vous un dessert?

– J'habite à quelques rues d'ici. Allons chez moi boire un verre », fit-elle en le regardant.

Estomaqué, Eddie eut un battement de paupières.

C'était un appartement d'une seule pièce, au troisième étage, mais très vaste, avec des hautes fenêtres qui surplombaient Main Street. Les murs, le plafond, et jusqu'à la moquette, tout était blanc. Dès qu'ils furent entrés, elle se dirigea vers les fenêtres pour donner de l'air, et chaque fois qu'elle en ouvrait une en grand les immenses rideaux blancs ondulaient mollement de part et d'autre comme des parachutes. Un canapé-lit blanc, deux fauteuils blancs, et contre un mur une bibliothèque, blanche elle aussi. La pièce était haute, et du centre du plafond pendait un luminaire de verre taillé en forme de cloche inversée. Au-dessus du canapé, un tableau représentait une voiture roulant à travers un champ de blé mûr. Une toile d'amateur, de toute évidence – on eût dit qu'un enfant l'avait peinte –, mais chatoyante et vigoureuse.

Eddie se détourna du tableau pour observer Arabella. Elle avait retiré sa veste, et le T-shirt qu'elle portait révélait sa silhouette. Elle avait une taille étonnamment fine et ses seins pointaient, bien qu'elle ne portât pas de soutien-gorge.

« C'est la première fois que je rencontre quelqu'un qui vienne de ce milieu-là... je veux dire l'université. »

Elle eut un froncement de sourcils pour signifier qu'il lui déplaisait de remuer ce souvenir.

« Je vais nous servir quelque chose à boire », proposa-t-elle.

Contre le mur, près de l'entrée, étaient disposés les éléments du coin-cuisine : une plaque chauffante, un réfrigérateur et un évier surmontés d'étagères. Sur l'une d'elles s'alignaient quelques bouteilles.

« Un scotch, ça vous ira?
– Je préférerais un bourbon.
– J'en ai aussi. »

Elle se saisit d'une bouteille et d'un doseur, déposa deux gobelets sur le rebord de l'évier, versa dans chacun d'eux une rasade d'alcool, puis une petite dose supplémentaire pour faire bonne mesure.

Son verre en main, il se dirigea vers une fenêtre en louvoyant autour des rideaux qui ondulaient. Il observa la circulation intense de la rue en contrebas. Jamais encore, il n'avait imaginé qu'on puisse vivre ainsi, en plein cœur d'une ville. L'appartement était situé juste en face du drugstore Bradley, d'un magasin de prêt-à-porter et d'une boutique à l'enseigne d'Arthur Treacher. Des gens se pressaient sur les trottoirs. Il aimait ce décor, et aussi la rumeur qui montait de la rue. Il vida son verre sans se retourner. Il était deux heures moins dix. Quand il fit volte-face, il vit qu'elle avait pris place sur le canapé et l'observait, les jambes repliées sous elle. Elle n'avait rien bu du verre qu'elle tenait à la main.

« C'est chouette, chez vous, fit-il.

– Merci. On ne fait pas l'amour? »

Il la regarda.

« Pourquoi vous comportez-vous ainsi? »

Il eut le sentiment qu'elle allait répliquer, mais elle garda le silence et continua de l'observer. Les pointes de ses seins saillaient sous le T-shirt blanc. Elle était bigrement bien roulée. Elle avait un joli visage et il aimait l'intonation de sa voix. Mais elle ne l'excitait pas.

« Je ne me sens pas disposé à faire l'amour, fit-il. Tout cela est tellement nouveau pour moi : ce lieu... (Il désigna du geste l'embrasure des fenêtres). vous... je n'arrive pas à me sentir tout à fait détendu.

– Alors, je vais vous servir un autre verre.

– Vous croyez que c'est indispensable?

– Ça vous mettra peut-être dans l'ambiance. »

Il eut soudain un sursaut de colère.

« Ne me racontez pas d'histoires, dit-il. Vous n'en avez pas plus envie que moi. »

Elle le regardait sans mot dire.

« Vous cherchez simplement à m'allumer, ajouta-t-il.

– Vous avez sans doute raison, admit-elle après une brève hésitation.

– Naturellement, j'ai raison. Ce n'est pas toujours le même sexe qui cherche à tirer parti de l'autre. »

Il vit son visage s'assombrir. Elle but une longue gorgée d'alcool.

« Vous êtes terriblement séduisant, fit-elle. Je n'aurais pas cru que vous étiez si psychologue. »

Il revint à la fenêtre et de nouveau observa la rue. A quelque distance sur la droite, au-delà du premier croisement, il aperçut la façade d'un cinéma. Sur la rampe lumineuse, le titre du film à l'affiche était bien lisible.

Il se retourna vers le canapé. Elle avait étendu les jambes et se tenait assise dans une position normale, chevilles croisées. Elle avait de jolis pieds chaussés d'escarpins bleu pâle. La lumière provenant de la fenêtre donnait à sa peau une teinte cuivrée.

« Vous avez vu *Reds*? interrogea-t-il. Le film avec Warren Beatty.

– Non.

– Alors, allons le voir. »

Elle semblait surprise.

« A deux heures de l'après-midi?

– Il n'y aurait pas de séances l'après-midi si les gens n'allaient pas voir des films à ces heures-là.

– Ceux qui n'ont rien de mieux à faire.

– Et vous, vous avez autre chose en perspective? »

Elle le regarda un instant, puis haussa les épaules.

« Allons-y », dit-elle.

C'était un film de très long métrage projeté en deux parties séparées par un entracte, de sorte que la séance ne s'acheva qu'après cinq heures. En regagnant la rue, Arabella semblait se comporter de façon beaucoup plus naturelle. Alors que tous deux clignaient des yeux dans la lumière aveuglante de l'après-midi, soudain éblouis au sortir de la salle obscure, elle lui fit cette confidence :

« Dans le temps j'étais socialiste. Ma grand-mère voulait même que je travaille pour le Parti. Mais je ne l'ai jamais fait.

– Qu'est-ce qui vous a poussée à venir vivre en Amérique ?

– Je n'aime pas les hommes de mon pays.

– Laurence Olivier ! Mountbatten ?

– Ceux-là ne m'ont jamais invitée à dîner.

– J'aurais pu être socialiste moi aussi, fit-il. On prétend que c'est subversif. Mais c'est ce qui se passe quotidiennement dans les affaires qui est subversif.

– Quotidiennement dans les affaires ?

– Dans l'immobilier, dans l'assurance, partout... à Mid-American.

– Vous vous seriez parfaitement entendu avec ma grand-mère.

– Si on retournait chez vous ? proposa-t-il.

– On ne vous attend nulle part ?

– Non. Et vous ?

– Je n'ai pas envie de faire l'amour, déclara-t-elle.

– Encore heureux ! Moi, j'ai envie de revoir votre appartement. Toute cette blancheur me plaît.

– Eddie, fit-elle, vous êtes un gentleman. Que faites-vous dans la vie ? »

Il garda le silence pendant un certain temps avant de répondre.

« Je n'ai pas envie de vous le dire tout de suite. »

Après avoir frappé, Eddie ouvrit la porte et entra dans la chambre de Fats. Il trouva celui-ci affalé près de la fenêtre, dans un fauteuil baquet scandinave qu'il escamotait presque totalement sous sa masse, et dans lequel il ne parvenait pas à comprimer son énorme fessier, dont les chairs débordaient de part et d'autre. Sur une table proche du fauteuil, le globe de plastique d'une lampe jetait une lumière crue sur tout un déballage de friandises. King Dongs, Devil Dogs, Twinkies. Il tenait d'une main le Ring Ding Junior – une imitation de rondelle de hockey en chocolat – qui allait bientôt remplacer dans sa bouche celui qu'il était en train de mâchouiller. Le téléviseur était éteint, et dans la pièce régnait une immobilité totale. Pendant un instant, Eddie ressentit la même impression que s'il avait surpris Fats en train de se masturber, et il demeurait là, silencieux, la main sur la poignée de la porte, attendant que l'obèse ait fini.

« Entre, Eddie-Vite-Fait. »

Eddie fit quelques pas vers l'intérieur de la chambre.

« Tu bouffes des cochonneries pareilles? Et moi qui te prenais pour une fine gueule!

– Ne remue pas le couteau dans la plaie, dit Fats. Qu'est-ce que tu t'imagines qu'on trouve dans un Holiday Inn? Des pâtisseries françaises? Des éclairs? De la mousse au chocolat? »

Eddie haussa les épaules et s'assit sur le lit.

« N'empêche que tu t'en goinfres. »

Fats contempla avec dégoût le Ring Ding qu'il tenait à la main.

« Ce n'est pas pour rien que je cale la bascule. »

Il mordit dans le Ring Ding, en mâcha une bouchée, puis déglutit.

« Qu'est-ce qui t'amène, Eddie?

– Une idée comme ça... M'est avis qu'on ne bouclera peut-être pas la tournée... »

Fats le regarda sans rien dire.

« A moins que “ Sports dans le Monde ” ne nous prenne dans l'émission, continua Eddie.

– Tu as eu vent de quelque chose?

– S'ils ne se sont pas encore décidés, c'est probablement qu'ils ne nous prendront pas. »

Fats finit d'engloutir son Ring Ding et se saisit d'un paquet de Twinkies.

« En tout cas, fit-il, je me serai bien amusé. Enfin... tout est relatif. »

Eddie fit la grimace.

« Tu vas palper plus de fric que moi.

– Et gagner davantage de parties. »

Il pinça délicatement le haut du paquet de Twinkies et l'éventra d'un geste expert. Comme un sac à vin vous décapsule une bouteille de pinard, songea Eddie. Fats extirpa un Twinkie du sachet et le maintint entre le pouce et l'index.

« J'ai joué impeccablement et j'aime qu'on m'applaudisse, reprit Fats. A présent que tu portes des lunettes, tu devrais t'entraîner.

– Ça m'ennuie, Fats. (Il se pencha vers l'avant.) Je te le dis comme je le pense : ça m'ennuie profondément.

– Alors, c'est que ça ne tourne pas rond dans ta tête. »

Fats goba le Twinkie et tendit la main vers son verre de Perrier.

« De ce côté-là, tout tourne parfaitement rond, Fats. Seulement, je n'ai pas touché sérieusement à une queue de billard depuis trop longtemps, et je suis maintenant trop vieux pour espérer me remplir les poches de cette façon-là. »

Fats prit le temps de boire deux gorgées de Perrier avant de considérer son interlocuteur.

« Eddie-Vite-Fait, si tu ne t'y remets pas, tu es foutu, affirma-t-il.

– Ne déconne pas, Fats. Il y a plein d'autres choses à faire dans la vie.

– Cite-m'en trois.
– Ne dis pas de conneries.
– Je ne dis pas de conneries. Quel plaisir peut bien prendre au lit un homme diminué de moitié?
– Mais je ne suis pas diminué de moitié.
– Ce n'est pas mon avis, dit Fats. Je le sais rien qu'à ta façon de jouer. »
Il saisit un autre Twinkie dans le sachet et poursuivit.
« Après le sexe, l'argent. Ou avant c'est selon. Et je sais très bien que tu es sans un. »
Eddie s'efforça de garder son calme, incapable de grimacer un sourire.
« Donc, la baise et le fric? Ça fait deux. Ensuite?
– L'estime de soi, dit Fats.
– D'accord, mais cette estime-là, il n'y a pas que le billard qui puisse l'apporter à un homme.
– C'est vrai pour les autres, répliqua Fats. Mais pas pour toi.
– Et pourquoi? Je n'ai pas signé de contrat qui m'oblige à jouer au billard toute ma vie, non?
– Il a déjà été signé pour toi. »
Fats vida son verre de Perrier.
« J'ai joué contre tous les cracks, Eddie. Pendant quarante ans. Et jamais je n'ai rencontré personne qui t'arrive à la cheville. »
Eddie leva les yeux vers lui.
« C'était peut-être vrai il y a vingt ans. Mais on est en 83.
– En août, dit Fats.
– Ma vue baisse. Je ne suis plus tout jeune.
– Le 14 août, précisa Fats. Le 14 août 83.
– A quoi joues-tu, Fats? Tu te prends pour un calendrier?
– Non, Eddie-Vite-Fait, pour un joueur de billard. Sinon, j'aurais l'impression d'être un moins que rien. »

Eddie le contempla en silence. Il préféra changer de sujet.

« Et tes photos? demanda-t-il. Les spatules roses?

– Les spatules roses? Si je suis moi-même, c'est parce que je joue au billard, fit-il en suivant son idée.

– Tu as sans doute raison.

– J'ai raison et tu le sais. Entraîne-toi huit heures par jour. Joue pour de l'argent.

– Je ne sais pas... dit évasivement Eddie.

– *Moi*, je sais, répliqua Fats. Si tu ne t'entraînes pas sérieusement, tu seras incapable d'assumer tes coups et tu ne dormiras pas de la nuit. Reprends-toi, nom de Dieu! Tu t'appelles Eddie Felson. Eddie-Vite-Fait. Il faut que tu me battes, tu entends! Il le faut. Ou alors, c'est que tu es fou à lier.

– On dirait que tu en fais une question de vie ou de mort.

– Parce que pour toi c'en est une, Eddie. »

De retour à Lexington, il s'y remit dès le lendemain matin. A neuf heures, il arrivait au club désormais fermé, bien décidé à s'y entraîner pendant huit heures consécutives. Il ressentit un choc en déverrouillant la porte : à l'intérieur, il ne restait plus que trois billards. Il dut prendre sur lui pour dissiper sa contrariété et se forcer à jouer. Après avoir tourné pendant plusieurs heures autour de la table en se penchant à répétition pour faire des points en série, il finissait par éprouver une sensation de vertige. Pourtant, il persévéra, ne s'interrompant que durant quelques minutes aux environs de midi pour aller se munir de deux hot dogs et d'un gobelet de café chez Woolworth's. Ensuite, il cessa de jouer en direct pour jouer bande avant, mais bientôt l'exercice lui sembla fastidieux et il exécuta une série de tirs sur toute la longueur de la table, parallèlement aux grandes bandes, en coupant plus ou moins les billes de couleur pour les expédier dans les poches de coin. Son jeu commençait à s'assouplir, mais son épaule s'ankylosait. Fats était-il dans le vrai? Ses coups manquaient-ils d'assurance? Eddie se mit à tirer avec une plus grande fermeté, catapultant une à une les billes contre la partie postérieure des blouses avant de marquer. Fats avait compris un tas de choses. Avec sa bedaine et son gros cul, il avait beau se gaver de cochonneries et avoir passé la soixantaine, son jeu était de toute beauté. Il était sûr de lui, Fats. Et si Eddie s'était mis jadis au billard, c'était lui aussi pour être quelqu'un dans la vie. Comme tous les blouseurs. Des petits chéris à leur maman, bien souvent. Il se souvenait de ce qu'il était lui-même à douze ou treize ans : un môme sans aucune assurance. Jusqu'au jour où il avait touché une queue de billard. Alors, tout avait changé. Tout avait changé du jour où il avait découvert qu'il avait le don. Il aurait été bien incapable de se remémorer tout ce qui avait changé en lui à cette époque, mais ce dont il se rappelait fort bien, c'est qu'il avait modifié jusqu'à sa démarche. D'un tir puissant, il percuta la cinq, l'orange, et l'empocha par la bande. Puis il tira la trois, la quatorze et la douze avec une parfaite précision. Il poursuivit sa série. Mais la dernière bille manqua de peu le bord de la poche et rebondit cinq fois en zigzag contre les bandes avant de s'immobiliser. Il ressentait des douleurs dans les muscles du dos et aussi une forte migraine.

Bientôt, il serait cinq heures. Depuis des semaines, le téléphone du club était coupé. Eddie sortit de la salle pour appeler Arabella de la cabine publique du parking.

« J'aimerais bien aller boire un verre chez vous. Je peux?

– Je vais voir une pièce de théâtre à huit heures, dit-elle. Mais venez, il est encore tôt.
– J'apporte une bouteille », dit-il avant de raccrocher.

« Parlez-moi de votre mari. Il s'appelle bien Weems, n'est-ce pas? »
Eddie était assis dans l'un des fauteuils blancs, et elle sur le canapé.
« Non, Weems est mon nom de jeune fille. Il s'appelle Harrison Frame.
– Ce nom me dit quelque chose. J'ai dû l'entendre quelque part.
– Le contraire m'étonnerait, fit Arabella. Il avait une émission de télévision sur le canal de l'université.
– On dirait que vous le détestez cordialement.
– Je vous donne cette impression?
– Absolument. »
Elle resta pensive et but une gorgée de vin.
« Vous devez avoir raison. Mais parlons d'autre chose. Racontez-moi ce que vous avez fait aujourd'hui.
– J'ai essayé de me remettre à jour.
– Vous avez réussi?
– Réussi quoi?
– Votre remise à jour.
– Je n'en suis qu'à mes débuts. (Il se leva et s'approcha de la fenêtre pour regarder la rue et les immeubles d'en face.) J'aime vraiment cet appartement, ajouta-t-il sans se retourner.
– Eddie, fit-elle derrière son dos, je tourne en rond dans cette pièce depuis deux mois. De quoi devenir folle.
– Cela ira mieux quand vous aurez trouvé un boulot.
– Je n'en trouverai pas. On court à la récession,

quoi qu'en dise Reagan. Il est bien comme les autres.

– C'est-à-dire?

– Un va-de-la-gueule. Comme mon ex-mari. Pour se faire mousser, il se pose là, le Président. Assurer ses arrières et se faire mousser. L'enfoiré. »

Eddie se détourna de la fenêtre.

« Hé! oh! pouffa-t-il. Qu'est-ce qui vous arrive? Vous avez trop bu?

– Si on se soûle avec trois verres de vin, alors oui, je dois être complètement soûle.

– Dans ces cas-là, il faut manger. (Il traversa la pièce pour aller ouvrir le réfrigérateur. Celui-ci contenait en tout et pour tout une pointe de brie et quatre œufs.) Vous voulez que je vous prépare des œufs durs?

– Si vous pensez que c'est indispensable. »

Il fit bouillir deux œufs, les refroidit sous le robinet, les sortit de leur coquille, les plaça dans un bol, ajouta une pincée de sel et de poivre et les lui apporta. Il fit ensuite réchauffer du café et lui en remplit une tasse.

En la regardant penchée au-dessus de son bol pour manger ses œufs par petites bouchées, il la trouvait vraiment jolie. Ses cheveux platine resplendissaient dans la lumière de cette fin d'après-midi qui entrait à flots dans la pièce par l'immense fenêtre. Il se servit une tasse de café et reprit place en face d'elle dans le fauteuil pour l'observer.

« Merci, Eddie, fit-elle quand elle eut fini. Pourquoi avez-vous refusé de me dire ce que vous faites dans la vie? »

Elle avait déposé le bol sur ses cuisses et lui souriait.

Il hésitait.

« Il y a quelques mois encore, finit-il par lui dire, j'étais propriétaire d'un club de billard. Avant, quand j'étais plus jeune, je gagnais ma vie en y jouant. »

Il se sentait soulagé et avait envie de lui en dire davantage maintenant qu'il venait de faire les premiers pas.

« Une salle de billard? »

Elle ne semblait pas très bien comprendre.

« Oui.

– Mais... quel rapport avec Enoch Wax?

– Je fais des matchs en exhibition pour Mid-American.

– Alors, vous devez être fortiche.

– Je viens de perdre les deux premiers matchs. »

Elle ne semblait pas prêter attention à ce qu'il lui racontait et se contentait de le regarder fixement.

« Ça alors! Un joueur de billard... (Cette révélation semblait la ravir.)

– J'ai perdu la main. Toute la journée, je me suis entraîné et ça m'a foutu le moral à zéro. »

Elle se mordit les lèvres et se pencha pour déposer son bol devant elle sur la table basse, à côté d'un vase de glaïeuls orange.

« Ça vaut tout de même mieux que de rester assise à se tourner les pouces dans un appartement.

– C'est vous qui le dites. »

Elle s'étira et réprima un bâillement.

« Ecoutez, Eddie. J'étais au fond du trou et vous venez me sortir de là. A mon tour de vous remonter le moral. Et si vous veniez voir le spectacle avec nous? Je peux me débrouiller pour vous avoir un billet.

– Je ne suis jamais allé au théâtre.

– Raison de plus.

– Vous n'avez peut-être pas tort. Qu'est-ce qu'on joue?

– *Un tramway nommé Désir*. Dans la salle de

l'université. D'ailleurs, le personnage principal de la pièce vous ressemble un peu par certains côtés. »

Il la regarda.

« Quel personnage? Stanley Kowalski ou Blanche Du Bois?

– Tiens donc! Voilà un intellectuel qui cache bien son jeu.

– Non, j'ai tout simplement vu le film.

– N'empêche que vous n'avez cité ni Marlon Brando ni Vivien Leigh...

– Ecoutez, Arabella, répliqua-t-il d'un ton sec. Je suis d'accord pour aller voir cette pièce. Mais il ne faudrait tout de même pas me prendre pour un peigne-cul, et je sais parfaitement qui est Tennessee Williams. Simplement, je ne vais pas au théâtre, voilà tout. Jamais personne ne m'a encore invité à y aller. »

Ils dînèrent au restaurant japonais, et cette fois Eddie commanda du sushi. Dans l'appartement de Jean, il s'était entraîné à saisir des cigarettes en les pinçant entre deux crayons. Toute l'astuce consistait à maintenir fixe celle du bas et à mouvoir la baguette du dessus comme une mâchoire de pince. Il se tira fort bien d'affaire en mangeant son sushi. Arabella l'observa pendant un petit moment, mais ne fit aucun commentaire.

Ils retrouvèrent Roy et Pat Skammer devant l'entrée du théâtre, dans le bâtiment des Beaux-Arts. L'un comme l'autre enseignaient. Lui, l'histoire, et elle les maths. Tous deux étaient sveltes, portaient des tennis et des sweaters en coton de couleur vive. Au premier regard Eddie les jugea un peu m'as-tu-vu. Il releva que Roy avait au poignet une Rolex en or. Sa femme était rouquine et bien faite, mais sa beauté n'avait rien de sexy. Les deux couples ne purent bavarder que durant quelques minutes avant le lever du rideau.

La troupe était composée d'étudiants, et Eddie se demandait comment les acteurs allaient se tirer de leurs rôles. De son fauteuil au troisième rang, il distinguait parfaitement leur maquillage, et pendant un certain temps il ne put s'empêcher de les voir derrière leur masque tels qu'ils étaient dans la vie réelle. Mais bientôt il fut totalement pris par leur jeu. Stanley lui plaisait bien. L'étudiant qui interprétait ce rôle rendait son personnage avec une parfaite aisance. Et Blanche était une authentique vaincue. Ses reparties tombaient juste et ses attitudes n'avaient rien de forcé. Pas la moindre fausse note dans son jeu. Certaines de ses répliques faisaient rire bruyamment Arabella. Mais Eddie, assis près d'elle, ne trouvait rien de comique dans le personnage de Blanche. C'était proprement effrayant d'en arriver là, songeait-il, de vivre en permanence dans cette sorte de brouillard. C'était fascinant de l'écouter se raconter. De l'écouter reconstruire son passé et celui de sa sœur Stella et de la voir peu à peu se disloquer. Il avait vu bien des blouseurs suivre la même pente fatale. « Toute ma vie, j'ai été dépendante des égards que des inconnus avaient pour moi. » Pas besoin pourtant d'être courtisée par des hommes tirés à quatre épingles pour courir à ce genre de naufrage. Cela peut tout aussi bien arriver quand on ne bouge pas de chez soi et qu'on passe son temps à siroter de la bière devant la télévision. Cela arrive plus souvent qu'on ne le pense.

Et quand plus tard Skammer lui demanda s'il avait aimé la pièce, ce fut précisément cette phrase que prononça Eddie : « Cela arrive plus souvent qu'on ne le pense. »

Tout le monde éclata de rire.

« Eddie, vous m'apprendrez à jouer au billard? lui demanda Arabella.

– Tout de suite? »

Il se sentait détendu.

« Pourquoi pas? Où pourrait-on aller?

– Faire un billard? Fabuleuse idée, s'enthousiasma Roy Skammer.

– Superbe! » surenchérit Pat.

Elle avait pleuré durant la représentation, et ses traits étaient encore un peu tirés. Ils marchaient sur le campus pour regagner la voiture.

« Banco! fit Roy. Quand j'étais en seconde année, j'ai passé le plus clair de mon temps à jouer. J'étais devenu un véritable Eddie-Vite-Fait.

– Vraiment? dit Arabella en se tournant vers lui.

– Enfin... à l'échelle de l'Association des étudiants de Princeton.

– Il y a une table au club de l'université, enchaîna Pat. A la huit, Roy est le caïd. Personne ne lui tient tête à la fac de lettres. Ni non plus à la fac de sciences.

– Voyez-vous ça! s'exclama Arabella. Vous voulez bien m'apprendre, Eddie?

– Puisque vous y tenez. »

Il était encore tout pénétré de l'atmosphère de la pièce. La nuit était d'une grande douceur et le feuillage des grands arbres qui bordaient l'allée du campus filtrait la lumière des réverbères. Il n'avait pas vraiment envie de jouer au billard. Après les huit heures qu'il venait de passer à s'entraîner, son épaule droite était passablement endolorie, et cela ne lui disait pas grand-chose d'assister aux exploits de Roy Skammer. D'ailleurs, l'homme ne lui était guère sympathique, en dépit de son amabilité et de ses sourires répétés. Il n'aimait pas non plus ses fanfaronnades.

« J'aimerais vraiment apprendre, insista Arabella.

– D'accord. Je vais vous montrer.

– On va s'y mettre à deux », déclara Roy.

La porte d'entrée ouvrait sur un petit bar. Autour d'une table, des hommes discutaient en buvant de la bière. Deux d'entre eux saluèrent Roy d'un signe de la main.

« Ne vous risquez surtout pas à jouer avec lui pour de l'argent », plaisanta un troisième à l'intention d'Arabella et d'Eddie.

Au-dessus du bar trônaient quelques portraits de personnages vénérables. Probablement d'anciens professeurs.

La salle de billard se trouvait au premier étage. Un tapis d'Orient recouvrait le plancher du vaste local, dont les murs austères étaient ornés d'autres toiles représentant des visages tout aussi dignes que ceux du rez-de-chaussée. Eddie remarqua tout de suite les taches brunâtres sur le drap du vieux Brunswick à poches de cuir. Skammer actionna un interrupteur, et une rampe lumineuse déversa sur la table un flot de lumière jaune.

« Commencez, fit-il. Je descends chercher des bières. »

Dès l'instant où ils étaient entrés dans le club. Eddie avait éprouvé une légère sensation de malaise. Jamais encore il n'avait fréquenté de professeurs d'université, et depuis de nombreuses années qu'il vivait à Lexington il n'avait pas même mis les pieds sur le campus. Les Skammer n'avaient rien fait pour mettre en avant leurs diplômes et l'impressionner, mais il se sentait intimidé par ce couple d'intellectuels qui ressemblait tout à fait à ceux qu'on pouvait voir dans les magazines. Pourtant, quand il eut dégagé deux queues du râtelier et en eut donné une à Arabella, il commença à se détendre un peu. Il lui montra comment la maintenir en position d'équilibre, et comment placer le bras gauche pour le garder tendu. Il la fit se placer à ses côtés et lui apprit à se ployer, en basculant sur les hanches, et lui fit voir comment faire la fourche pour laisser coulisser la queue dans l'anneau formé par l'arrondi du pouce et de l'index, la main ouverte et fermement appuyée sur la table. Elle s'appliquait à suivre ses conseils et adoptait la bonne position avec une remarquable facilité. Quant à Pat, elle avait joué et n'avait nullement besoin d'une initiation.

« Tu nous avais caché tes dons, Weems, fit-elle en regardant Arabella tirer la blanche pour se faire la main.

– Tu sais, on ne tape pas cent quarante mots minute sans être douée. »

Arabella se ployait en avant pour viser la sept.

« N'attige pas! dit Pat. Personne ne tape cent quarante mots. Le ruban fondrait. »

Arabella visait avec application la sept. Elle se mordit la lèvre, fit un ou deux aller et retour du bras droit, et tira d'un coup sec. La queue percuta la blanche avec une puissance étonnante. La sept traversa la table et tomba dans une poche du milieu. Eddie aurait volontiers embrassé son élève. Arabella se redressa et dévisagea Pat.

« Dans mes bons jours, j'en tapais cent cinquante. Et jamais je n'ai fait fondre un ruban. »

Roy revint du rez-de-chaussée avec quatre boîtes de bière qu'il distribua.

« On joue à la huit, décida-t-il avec une pointe d'impatience dans la voix. Vous allez voir ce que vous allez voir.

– Je fais le triangle, proposa Eddie.

– Eh! là, pas si vite! intervint Arabella. J'aimerais tout de même connaître les règles. »

Eddie avait remarqué les queues démontables rangées dans des compartiments à serrure à l'une des extrémités du râtelier mural. Roy déverrouilla un fermoir et en retira une. Une vieille Willie Hoppe à bague de cuivre.

« On te les expliquera au fur et à mesure, affirma-t-il. Pat et moi jouons ensemble. Et toi tu fais équipe avec Ed. Les perdants sont à l'amende de la prochaine tournée.

– Alors allons-y, approuva Arabella en regardant Eddie.

– Deux manches et la belle, ajouta Pat.

– Comme ça j'aurai tout le temps de me mettre dans le coup », fit Arabella en frottant de craie son procédé comme Eddie le lui avait montré.

Les femmes tirèrent en premier. Le cassage de Pat manqua de vigueur. Ensuite, elle rata un point pourtant tout simple sur la quatre, ce qui laissa les pleines aux Skammer. Eddie expliqua à sa partenaire que le jeu consistait pour eux à empocher les rayées, et il lui fit voir comment elle devait jouer sur la treize pour faire le point dans la poche d'angle. Elle s'appliqua à suivre ses conseils. Son tir manquait encore d'aisance, mais elle empocha cependant la bille. Elle fit ensuite une fausse queue faute d'avoir adopté la bonne position pour assurer son coup. C'était à Roy de jouer. Mais, auparavant, il prit le temps de se rendre au distributeur de talc et se poudra exagérément la main gauche, pulvérisant un petit nuage blanc sous l'appareil.

« Et maintenant, ouvrez bien les yeux. (Il ne semblait pas plaisanter tout à fait.) Vous allez voir comment on joue à la huit conformément à la stratégie annoncée. (Il s'approcha de la table et désigna la deux avec l'extrémité de sa queue.) Je vais faire le point par une bande avec la deux dans une poche latérale. Celle-ci. Et ensuite la blanche va venir se placer en bonne position pour attaquer la six. Très peu de gens comprennent cette façon de jouer.

– Arrête de frimer et fais le point, lui dit Pat.

– C'est comme si c'était fait. »

Il se pencha, visa et se redressa. Un coup pareil par la bande ne constituait pas à proprement parler un exploit. Mais Eddie s'attendait à voir Roy le manquer, car le point ne pouvait se faire que par un rétro avec effet. Roy se courba de nouveau sur la table et, à l'étonnement d'Eddie, empocha la deux. La blanche vint ensuite se placer docilement en bonne position pour le tir suivant sur la six.

Pat battit des mains. Roy se tourna vers Eddie.

« Alors, vous doublez la mise? lui demanda-t-il.

– Pourquoi pas?

– Donc, on joue *deux* tournées de bière », fit Roy.

Il se baissa, visa et rentra la six. Puis la une. Mais au coup suivant la blanche roula trop loin et s'immobilisa dans une position qui rendait malaisé le coup suivant sur la trois. Il tenta de rentrer celle-ci par un tir indirect. Sans succès. Mais par chance pour lui la blanche vint mourir et se coller contre la bande du haut. Les billes rayées étaient toutes groupées à l'autre extrémité de la table, et le placement ne laissait pratiquement aucune chance à Eddie.

« Alors, claironna Roy. Quelqu'un a envie de parier quelques dollars?

– Ce n'est pas tout à fait comme ça que vous vouliez jouer, je me trompe? »

Eddie n'avait pas élevé le ton pour poser sa question en dévisageant Roy.

Il y eut un instant de silence gênant, qu'Arabella s'empressa de rompre.

« Je parie vingt dollars que c'est nous qui gagnons.

– Tiens, tiens, tiens! fit Roy. On demande des

conseils mais c'est pour donner le change. On va découvrir qu'en réalité tu es championne de Grande-Bretagne!

– Va savoir! Allez, allonge ta mise, on verra plus tard », lui répliqua Arabella.

Roy déposa la queue sur la table et sortit son portefeuille de la poche de son jean. Il en retira deux billets de dix pendant qu'Arabella prenait un billet de vingt dans son sac de cuir.

« Je prends les paris », fit Pat en ramassant l'argent.

Eddie s'approcha de la table. La seule chose à faire était de tirer la onze. Mais c'était du suicide. A peu près à équidistance des deux poches de coin, la bille n'était séparée de la bande du fond que par quelques centimètres. Eddie appuya la queue contre la table et chaussa ses lunettes.

« Sur la onze », annonça-t-il.

Il reprit la queue et se courba.

« Alors là, si vous faites le point, je démissionne », fit Roy d'un ton mi-figue mi-raisin.

Eddie visa et prépara son tir. A travers ses verres, le cercle rouge de la onze lui apparaissait aussi net que le bord d'un verre de cristal. D'une détente souple du poignet, il catapulta puissamment la blanche. La bille traversa d'un trait le jeu sur toute sa longueur et ne fit qu'effleurer la onze avant de rebondir contre la bande du bas pour continuer sa course en sens inverse et percuter un amas de billes avant de s'immobiliser. Projetée de côté, la onze tournoya lentement sur elle-même, son anneau rouge oscillant mollement comme un cerceau, longea paresseusement la bande du bas, s'attarda un moment, comme hésitante, aux abords de la poche de coin, et finit par y choir.

« Nom de Dieu! » s'étrangla Roy.

Eddie continua la série et rentra pour finir la huit dans une poche du milieu. Nul ne soufflait mot.

Ensuite, il tendit le triangle à Roy pour la seconde manche. La particularité du jeu de huit, c'est que chaque équipe, pour gagner, doit précisément empocher huit billes sur les quinze. Quand Roy eut formé le triangle, Eddie rentra deux billes au cassage et continua de jouer sur les pleines. Il mena sa partie comme au quatorze contre un, et tout en rentrant une bille d'un numéro d'ordre inférieur, il assura son dernier point en plaçant la huit dans une position qui rendrait le coup tout simple. Il exécuta impeccablement toute la série sans que jamais la blanche ne touche une bande et marqua le point final en expédiant très doucement la huit dans une poche du milieu.

« Seigneur! fit Roy. Si vous cherchez un manager, faites-moi signe.

– C'est lui, Eddie-Vite-Fait, lança Arabella.

– Ne te fous pas de moi, fit Roy incrédule.

– Demande-le-lui, tu verras. Tu viens de te faire posséder par Eddie-Vite-Fait, Roy. »

« Il y a des milliers de types comme ça, lui dit Eddie en la raccompagnant chez elle. Des types qui ne jouent qu'à la huit.

– Et des comme vous, il y en a beaucoup? »

Il hésita.

« Non, pas tellement.

– Je m'en doute. »

Elle s'arrêta devant la porte de son immeuble.

« Vous donniez l'impression de tout le contraire d'un homme qui s'ennuie mortellement.

– Je voulais le battre.

– Peut-être que tout le secret tient à cela. »

Il passa toute la journée du lendemain à s'entraîner. Il avait l'épaule endolorie par les efforts de la veille, et vers midi il commença à ressentir de la fatigue dans les pieds. Il s'accorda une heure de répit avant le déjeuner pour aller faire un peu d'exercice dans une salle de gymnastique. La douleur s'atténua sensiblement. Ensuite, il regagna directement le club et se mit à faire inlassablement des bandes selon tous les angles possibles, sur toute la surface du billard. Ce n'est qu'aux environs de trois heures trente, quand il s'arrêta pour faire une pause, qu'il se rendit compte que ses lunettes ne le gênaient absolument plus. Il n'avait plus besoin maintenant de lever la tête dans une position artificielle et inconfortable pour y voir parfaitement clair.

Cela faisait des semaines qu'il n'avait pas téléphoné à Martha, et il ignorait combien de temps les dernières tables resteraient là avant d'être vendues. Les deux distributeurs – celui pour le Coca-Cola et l'autre, pour les cigarettes – avaient disparu. Le téléphone avait été coupé. Sur le revêtement de sol marron, criblé de brûlures de cigarettes et empoussiéré, de larges rectangles plus sombres marquaient encore l'emplacement de tables qui avait séjourné là pendant quinze ans. Il faudrait encore un bon mois pour que le pâtissier qui avait l'intention de s'y installer occupe les lieux. Eddie avait entendu dire qu'il avait quelque difficulté à obtenir son crédit de financement. L'avocat de Martha continuait tous les jours à faire passer dans les journaux une petite annonce pour vendre les tables. Eddie s'en assurait chaque matin, et chaque matin il sentait son estomac se nouer en lisant le texte de l'offre : TABLES DE BILLARD HAUT DE GAMME, EXCELLENT ÉTAT.

Il ne lui servait à rien d'en faire une idée fixe. Déjà que la décision du juge l'avait complètement dézingué et qu'il lui avait fallu huit jours pour s'en remettre. Suffit comme ça. Il n'en ressentait pas moins un certain plaisir en se disant qu'il avait maintenant franchi un point de non-retour, et un plaisir plus subtil encore à l'idée qu'il était là, dans cette salle déserte portant à l'extérieur l'inscription FERMÉ, bien abrité derrière les volets tirés, en train d'empocher clandestinement ses billes. Il continua de le faire jusqu'à ce que la douleur de son épaule se manifeste à nouveau, plus intolérable que jamais. Mais en quittant la salle il se sentait en meilleure forme que la veille. Son jeu avait indiscutablement gagné en précision. La journée lui avait aussi semblé plus courte, en dépit de la pause qu'il s'était accordée pour aller faire des mouvements dans la salle de gym. Samedi, à Denver, il allait jouer contre Fats. Qui sait? Les choses prendraient peut-être meilleure tournure.

Comme à Miami, la rencontre avait été organisée en plein air pour l'inauguration d'un supermarché. Mais, cette fois, ils jouaient devant des tribunes bourrées à craquer, et trois caméras de télévision filmaient le match. En milieu de partie, alors que jusque-là il avait dû jouer la défensive, Eddie cassa en douceur et marqua soixante points d'affilée avant d'être contraint de recommencer à jouer la carotte pour bloquer son adversaire.

« Ta frappe est bien meilleure, lui glissa Fats en prenant la relève.

– L'entraînement », fit Eddie avec un sourire résigné.

Mais depuis le début de la partie, Fats avait déjà totalisé plus de quatre-vingt-dix points, par séquences de quinze à vingt empochages, et quand il reprit l'initiative, il conserva l'avantage jusqu'au bout. Le score était de cent cinquante à cent douze. Le match terminé, les deux hommes n'eurent pas même le loisir d'échanger quelques propos. L'avion qui devait ramener Eddie à Lexington, via Chicago, décollait dans une heure. Un peu plus tard dans la soirée, un autre vol ramènerait Fats à Miami.

Eddie était bien décidé à reprendre dès le lendemain son entraînement, mais il s'éveilla dans un état fébrile, avec un solide mal de gorge et les jambes en coton. Sa grippe dura trois jours. Au bout de vingt-quatre heures, il appela Arabella dès que Jean fut sortie de l'appartement pour aller travailler.

« Je m'en remets généralement en un rien de temps, affirma-t-il.

– C'est embêtant quand même. Avez-vous besoin de quelque chose?

– J'aurais dû commencer par vous le dire, Arabella, fit-il. Je ne vis pas seul.

– C'est tout aussi embêtant.

– Avec Jean, ce n'est pas une situation définitive. J'aurais mieux fait de vous en parler tout de suite et...

– Ecoutez, Eddie, coupa-t-elle d'une voix glacée. Je n'ai guère le temps de discuter.

– J'irai vous voir », bredouilla Eddie.

Il raccrocha.

Le quatrième jour, il se sentait encore mal assuré sur ses jambes. Il se munit cependant de sa Balabushka, la déposa sur le siège arrière de la voiture et se rendit au club. De l'extérieur, rien ne semblait avoir changé, mais quand il ouvrit la porte de la salle, il constata immédiatement que toutes les tables avaient disparu. Il contempla pendant une bonne minute l'espace vide, figé sur place et l'estomac noué, avant de se décider à refermer la porte et à tourner la clef dans la serrure. Cette fois, c'était bien fini. Il longea comme un automate l'allée du centre commercial, passa machinalement devant le magasin d'alimentation et la vitrine de chez Freddie puis entra dans le bar-grill. L'établissement venait d'ouvrir ses portes et il était le premier client.

« Sers-moi un Manhattan, Ben », demanda-t-il au barman.

Il se jucha lourdement sur un tabouret et déposa sur le bar l'étui de sa Balabushka.

Le lendemain, il s'éveilla avec une gueule de bois épouvantable, mais avec l'intention bien arrêtée de ne pas déguiser la vérité à Jean. Il se leva pour aller la retrouver à la cuisine.

« Je crois qu'il est temps que je déménage », dit-il.

Elle ne releva pas la tête et continua de rincer en silence une assiette sous le robinet.

« Pour aller où, Eddie? finit-elle par demander d'une voix neutre.

– A l'hôtel Evarts. Les chambres sont à vingt-huit dollars la nuit.

– Et tu veux t'y installer quand? »

On eût dit deux époux convenant d'un commun accord qu'il était temps de tondre la pelouse.

« Cet après-midi. »

Elle déposa l'assiette dans l'égouttoir et fixa sur lui un regard sans expression.

« Je vais te donner tes vitamines. »

Avant même d'ouvrir ses valises, il chercha dans l'annuaire le numéro du département d'histoire et demanda le professeur Skammer.

« Mr. Skammer vient tout juste de terminer son cours, lui déclara la secrétaire. Puis-je savoir qui le demande?

– Mon nom est Ed Felson. »

Il dut attendre quelques secondes avant d'entendre la voix de Skammer.

« Eddie-Vite-Fait! Quel bon vent vous amène?

– J'ai un service à vous demander, Roy. Pensez-vous que je puisse m'entraîner sur la table de votre club?

– Vous croyez vraiment que vous avez besoin de vous perfectionner?

– La table sur laquelle je m'entraînais d'ordinaire s'est volatilisée.

– Volatilisée?

– Mon ex-femme l'a vendue.

– Mon Dieu! s'exclama Skammer. A qui se fier en ce bas monde!

– Cela vous semble possible? Le règlement du club ne...

– La table n'est pas souvent occupée, mais le comité est assez sourcilleux sur ce point.

– Même si je n'y allais que le matin?

– Cela pourrait peut-être s'arranger. Le club ouvre à sept heures, personne ne joue si tôt.

– Comment faire pour m'introduire dans la place? »

Son interlocuteur devait juger son insistance quelque peu grossière, mais il n'avait pas le choix. Si Skammer attachait tant d'importance à se faire passer pour un brave type, autant le laisser mijoter dans son jus.

« Ecoutez... (Skammer ne semblait pas très enthousiaste.) Essayez d'arriver demain matin à l'ouverture et demandez Mr. Gandolf de ma part. Vous lui direz que vous êtes un ami du professeur Skammer. Je vais l'appeler immédiatement pour le prévenir.

– Où dois-je le demander?

– Vous le trouverez à la bibliothèque. C'est au rez-de-chaussée. Tout au fond. »

On lui avait donné une chambre sur l'arrière. Il fut éveillé à cinq heures du matin par la benne à ordures et ne put se rendormir. Il avait passé une bonne partie de la nuit à contempler le méchant papier revêtant les murs et le coin-toilette riquiqui occupant un angle de la chambre. Obsédé par Arabella. Il aurait dû lui dire dès le premier jour qu'il ne savait faire qu'une chose dans la vie : jouer au billard. Et aussi lui révéler l'existence de Jean. Fallait-il qu'il ait été con!

Etendu sur le dos, il attendait que le jour se lève en pensant à elle. Jamais encore il ne lui était venu à l'esprit qu'il pût séduire une femme comme elle. Une femme d'une telle distinction. Il se remémorait le profil délicat de son visage, sa vivacité d'esprit, son ironie un peu détachée. Sa voix, ses intonations, sa façon de s'exprimer et de former ses phrases, tout en elle l'éblouissait. Et elle avait semblé attirée par lui. Elle avait même admiré son habileté au billard. Et il avait tout gâché. Peut-être pas irrémédiablement, mais c'était tout comme. A présent, il la désirait de toutes ses forces. Plus violemment qu'il n'avait jamais désiré Martha ou Jean. Plus violemment qu'il n'avait jamais désiré aucune femme depuis ce jour lointain où, sous le soleil d'Esalen, Milly avait ployé au-dessus de lui son corps bronzé inondé de sueur pour le prendre dans sa bouche. Il avait l'impression d'être un adolescent que dévore le feu de ses premiers fantasmes. Impossible de chasser l'image d'Arabella de son esprit. Il se leva, se rinça le visage sous le robinet du lavabo, se rasa et fit couler de l'eau pour se débarrasser des traces de mousse sous le jet de la douche. Puis il s'essuya et, quand il eut fini de s'habiller, la fenêtre s'éclairait faiblement des lueurs grisâtres de l'aube. Alors, seulement, il cessa de la désirer.

Il sortit de l'hôtel à six heures trente. Quand le vieux concierge ouvrit les portes du club de l'université, Eddie attendait sur le seuil, muni de son étui.

En dépit de son manque de sommeil, il s'entraîna avec une vigueur surprenante. Il disposait de la pièce pour lui seul et n'entendait que le bruit intermittent de la vaisselle choquée dans la salle du dessous. Il frappait puissamment les billes sans relâcher son attention, et durant plusieurs heures il joua sans commettre de faute, ou presque. Il savait cependant que les choses lui étaient quelque peu facilitées par le diamètre des poches, plus évasées que sur une table normale et de surcroît un peu élimées sur leur pourtour, de sorte que certaines billes hésitantes finissaient par y choir. Mais ce détail était pour lui sans importance. Il avait avant tout besoin de reprendre confiance en lui-même, et pour ce faire un petit coup de pouce n'était pas de trop. Il continua d'empocher sans s'interrompre, en disposant de temps à autre à la main les billes sur la table selon un placement qui rendait le tir difficile. Il se sentait en pleine possession de ses moyens, et désormais ses lunettes ne l'incommodaient plus le moins du monde.

Jusqu'à la fin de la semaine, il revint s'entraîner chaque matin à l'aube. En sortant de l'hôtel, il suivait un itinéraire qui le faisait passer par South Broadway. A cette heure matinale, la circulation sur ce grand axe était pratiquement inexistante, et il garait sa voiture dans le parking de l'université réservé aux visiteurs. Puis il traversait à pied le campus pour gagner le club en suivant une interminable allée de dallage qui sinuait à couvert des arbres, en faisant craquer sous ses semelles les feuilles mortes tombées durant la nuit. Il rencontrait peu d'étudiants, mais croisait ci et là des employés du service d'entretien, moroses dans leurs uniformes gris et tirant sur leur cigarette, ou bien des infirmières qui se hâtaient en groupe vers la clinique universitaire, frileusement emmitouflées dans une veste cachant le haut de leur blouse blanche. Elles n'échangeaient que peu de mots entre elles, et ce silence paisible s'accordait tout à fait à ce que ressentait profondément Eddie à cette heure du jour. Il aimait cette activité feutrée qui peu à peu ramenait à la vie ce lieu imposant, avec ses salles de cours aux murs de briques, sa résidence pour étudiants haut dressée contre le ciel, plus à l'est, et sa vénérable bibliothèque, dont il longeait chaque matin la façade d'un pas vif, son étui sous le bras, le col de son blouson remonté pour se protéger du froid. Il avait l'impression de commencer une nouvelle vie.

Dès le mercredi suivant, il s'entraîna selon un certain rite. Il commençait par disperser à la main les quinze billes de couleur sur la moitié de la table opposée à la zone de départ, puis il plaçait la blanche à l'autre extrémité, repérait la bille sur laquelle il s'appuierait pour casser le prochain triangle et entreprenait d'empocher en série les quatorze autres. Il faisait invariablement en sorte de s'imposer un premier tir difficile, afin de ressentir, en cas de succès, un coup de fouet qui le stimulerait pendant toute la séquence. Tant qu'il ne réussissait pas ce premier tir, il s'obstinait à recommencer. Mais alors il supportait mal de manquer son coup à répétition, bien qu'il sût parfaitement qu'il en était ainsi parce qu'il se compliquait volontairement la tâche en choisissant des stratégies presque irréalisables. Mais ces pièges qu'il se tendait à lui-même faisaient partie du jeu. Il sentait qu'il lui était indispensable de se les imposer. Sa technique aurait assurément impressionné un joueur tel que Skammer, un peu comme le punch d'un boxeur pro fait à un petit loubard l'effet d'un cataclysme, mais Eddie n'avait pas pour ambition de s'imposer à des loubards. Dans une semaine il allait de nouveau se mesurer à Fats. Il était grand temps de redresser la situation. A présent, il était capable de marquer sans trop de difficulté ses quatorze points d'affilée, pour peu qu'il réussît à empocher la première bille. Mais tout n'était pas dit pour autant. Il jouait en ce moment sur une table qui lui simplifiait les difficultés, et en l'absence de toute tension. Or, même dans ces conditions, il n'allait guère au-delà des soixante-dix ou quatre-vingts points. Alors que dans sa jeunesse il n'aurait jamais manqué un seul coup sur un billard pareil.

De temps à autre, des curieux venaient le regarder s'entraîner, pour la plupart de jeunes professeurs qui bien souvent apportaient leur tasse de café. Ils se contentaient de rester debout dans la salle sans rien dire et se retiraient une demi-heure après comme ils étaient venus. Dieu merci, aucun d'entre eux ne manifestait jamais l'envie de jouer. Au bout d'une semaine, Eddie n'avait plus du tout l'impression d'être un intrus. Il se sentait même tout à fait chez lui dans ce club d'université. Allonger la longueur de ses tirs ne lui en semblait pas moins abominablement ardu, et il se demanda même s'il y parviendrait jamais, et si le feu sacré qui l'avait possédé naguère n'était pas définitivement mort. Mais il ne se découragea pas. Ce qui avait changé depuis l'époque qui avait précédé cette tournée de matchs-exhibitions entreprise avec Fats, c'est que dorénavant il savait très clairement qu'il ne lui restait plus qu'une seule alternative : s'obstiner ou couler à pic.

A Saint Louis, Fats le battit encore. Cent cinquante à cent quarante-deux.

« Je ne vois pas du tout comment faire pour m'en sortir, dit ensuite Eddie à son adversaire. La tournée ne va pas me rapporter un radis. A l'arrivée, j'aurai les poches encore plus vides qu'au départ.

– Le public ne dépense pas son fric pour aller voir une partie de billard. Nous ne sommes pas des chanteurs de rock », lui rétorqua Fats.

Eddie alluma une cigarette. Tous deux étaient assis côte à côte au premier rang des gradins, attendant la voiture qui déjà aurait dû venir les prendre pour les conduire à l'aéroport.

« C'est vrai, bordel. Mais il faut que je gagne ma croûte. Et je ne vois pas comment, Fats. La seule chose à faire serait d'acheter une autre salle.

– Je t'ai déjà dit ce que j'en pensais. »

Fats se leva et fit quelques pas vers la table.

« Je ne l'ai pas oublié, Fats. (Eddie se leva à son tour et vint le rejoindre. Une douzaine de personnes étaient encore assises dans les gradins, mais ne leur prêtaient plus la moindre attention.) Tu m'as dit d'avoir des couilles au cul, et il y a du vrai. Mais ce n'est pas ça qui me donnera de l'argent.

– Ça se discute. (Fats ramassa la trois sur le tapis et la fit rouler sur la table. La bille fit trois bandes et s'engouffra dans une poche de coin. Quelques coups de klaxon répétés se firent entendre, provenant d'une voiture manœuvrant dans le parking. Puis le klaxon se tut.) Je t'ai également conseillé de faire des compétitions.

– Ridicule, protesta Eddie. Le prochain tournoi mondial aura lieu à New York au cours de l'hiver, et le premier prix est de huit mille dollars. L'inscription en coûte cinq cents, et ça t'oblige à vivre à New York pendant deux semaines. Ce n'est avantageux que si tu remportes le titre.

– Alors, remporte-le, dit Fats.

– Tu rigoles! Contre Seeley et Dorfmeyer? Toi-même, tu ne les battrais pas. Alors moi, tu penses...

– Ce n'est pas à toi de venir me dire qui je peux battre ou pas, Eddie-Vite-Fait. »

Fats ramassa la sept et la projeta sur le tapis, répétant le coup précédent. La bille fit docilement trois bandes et vint chuter dans la poche du coin. Exactement comme l'avait fait la trois.

« Alors, fais-le, toi, le tournoi mondial », répliqua Eddie.

Il détourna le regard vers les gradins. Quelques spectateurs attardés se levaient pour partir. Il n'en restait plus qu'une poignée sur les sièges. Le match s'était déroulé devant une assistance clairsemée, et les joueurs n'avaient recueilli que de rares applaudissements, même quand Fats avait réussi la série finale de quarante points qui lui avait valu la victoire.

« M'intéresse pas, fit Fats. A partir du mois prochain, quand la tournée sera finie, je ne toucherai plus au billard. Fini. Plus besoin de ça. Mais toi, si.

– Je n'ai jamais joué en tournoi, Fats. Les gens comme moi ne cherchent pas à remporter un titre, mais à se faire du fric. Ils ne tiennent pas à occuper le devant de la scène.

– Les temps ont changé, Eddie. Le quatorze contre un est passé de mode. Mais si tu préfères rester dans la coulisse et crever de faim.

– Ou végéter dans l'immobilier... »

Fats le regarda pensivement.

« Aujourd'hui, c'est à la neuf qu'on brasse du fric.

– Je ne joue pas à la neuf.

– Ça s'apprend.

– C'est bon pour les gamins. On joue à ça dans les

bars. Une pièce dans le monnayeur du billard, une autre dans le juke-box, et en avant.

– N'empêche qu'en certains endroits on brasse pas mal d'argent.

– A Cincinnati, tu m'as dit que je ne faisais pas le poids.

– Tu t'es amélioré depuis. (Fats le fixa droit dans les yeux.) Tu as idée de ce qu'a empoché Earl Borchard l'an dernier à la neuf? Rien qu'en tournoi?

– Pas la moindre.

– Soixante mille dollars. Alors tu devines ce qu'il a pu se faire à côté. Dans les bars, précisément, à ce qu'on dit.

– Comment peux-tu savoir ce qu'il gagne?

– En lisant *Billiards Monthly.* »

Du temps où le club était ouvert, Eddie s'était abonné à la revue. Mais il s'était contenté de la feuilleter. On y trouvait surtout des publicités insérées par des fabricants de tables et de queues, ou des titres de livres sur la technique du billard. La revue présentait aussi à ses lecteurs de jeunes champions, dont le « profil » se résumait ordinairement à quelques lignes dithyrambiques accompagnant la photo sur papier glacé d'un personnage penché au-dessus d'une table, prêt à tirer. Eddie avait toujours ressenti un vague sentiment de malaise en regardant ces clichés. Le mensuel publiait encore le calendrier des tournois de neuf, qui généralement se déroulaient dans des bleds comme Asheville, Chattanooga ou Lake Tahoe.

« Soixante mille, tu dis?

– En sept tournois. Disons une dizaine de semaines de travail », dit Fats.

Eddie n'avait jamais songé que de telles sommes pouvaient être mises en jeu lors de ces rencontres.

« D'accord, fit-il, mais Borchard a des frais.

– Toi aussi tu avais des frais quand tu faisais la route, non? Et, sauf erreur de ma part, tu n'as jamais dû palper soixante mille dans l'année.

– Borchard est le meilleur. Combien peut se faire le numéro deux?

– Pas la moindre idée. (Fats fixa la table.) Quand on ne se fie pas complètement à sa vue, les tables de bar arrangent bien les choses. Plus petites. (Il se retourna vers Eddie.) Mais c'est surtout à la huit qu'on joue dans les bars. Et tu peux vivre très à l'aise en jouant à la huit.

– C'est un jeu stupide. Du pousse-pousse ou à peu près. »

Fats le dévisagea sans répondre. Puis il s'accroupit au bout de la table et retira une à une les billes du collecteur pour les placer dans le triangle, la noire au centre.

« On va faire une partie de huit », déclara-t-il.

Il alla reprendre son étui sur le siège qu'il avait occupé au premier rang des gradins et en retira sa Joss cerclée d'argent. Eddie l'observait, incrédule. Minnesota Fats jouant à la huit! Il le regarda assembler la queue, se positionner à l'extrémité de la table, assurer son équilibre et tirer, pulvérisant littérablement le triangle. La force de son tir était impressionnante. Les billes s'éparpillèrent sur le tapis dans toutes les directions. Deux d'entre elles tombèrent dans une poche.

« Au cassage, tu dois empocher au moins une bille, expliqua Fats.

– Facile à dire. Rien ne te permet d'assurer le coup.

– Sur les tables des bars, si. Je prends les rayées. (Fats venait d'empocher une pleine et une rayée, ce qui lui laissait la liberté de choisir entre les deux groupes de billes.) Tu comprends pourquoi? »

On eût dit un maître d'école devant un tableau

noir. Eddie examina le placement des billes sur la table.

« Pour rentrer les quatre autres rayées qui attendent seulement qu'on les pousse?

– Pas du tout. A la huit, l'important est de ne pas laisser l'initiative à l'adversaire. Pas dans les matchs décisifs, en tout cas. De temps en temps, tu peux le laisser empocher quelques billes, mais seulement quand tu le décides. Tu dois continuellement garder l'initiative. Je tire les rayées pour m'assurer le contrôle des pleines. »

Il se pencha, tira et empocha la treize. Eddie perçut un mouvement dans les gradins et tourna la tête. Les spectateurs encore présents – une demi-douzaine environ – se déplaçaient pour venir s'asseoir au premier rang et observer de plus près la démonstration.

« Maintenant, je vais tirer la neuf, annonça-t-il, et m'arranger pour faire rouler la blanche quelques centimètres de trop avant de tirer la douze. Un truc qui rend bien service de temps en temps. »

Il visa, tira et empocha la neuf. La bille blanche roula un peu trop loin, ce qui rendait malaisé le tir suivant sur la douze, qu'on ne pouvait plus empocher que par la bande.

« L'intérêt, continua Fats, c'est que maintenant je ne suis plus obligé d'empocher la douze. Regarde bien. »

Il tira sur la douze pour la rentrer par la bande, mais la bille manqua de peu la poche. La blanche roula vers un amas de billes et se positionna de telle sorte que la seule tactique possible était de tirer la quatorze.

« Si je réussis, tant mieux. Si je loupe mon coup, c'est sans importance.

– Je sais moi aussi jouer la carotte, fit Eddie.

– D'accord, mais maintenant on joue à la huit. Rien à voir. Ce que j'essaie de te faire comprendre, c'est que si tu piges toutes les astuces du jeu, tu peux facilement gagner ta croûte.

– Dans les bars?

– Dans les bars, Eddie-Vite-Fait. »

Eddie réfléchit un instant, et la partie de huit qu'il avait jouée avec Arabella et le couple Skammer lui revint en mémoire.

« Où ça dans le Sud? »

Fats le fixa.

« Bientôt l'hiver, Eddie-Vite-Fait.

– Tout à l'heure, tu parlais de tournois de neuf. Maintenant, tu me parles de gagner ma croûte à la huit. Faudrait savoir.

– On ne met pas la charrue avant les bœufs.

– Tu veux dire?

– Que tu n'es pas encore de taille à jouer à la neuf, Eddie-Vite-Fait. Borchard et une bonne demi-douzaine d'autres t'écraseraient. Commence donc par la huit en te servant de ta tête et de ton expérience. T'as la chance d'avoir les deux.

– Merci. »

Fats dévissait la bague de sa Joss. La brochette de spectateurs assis au premier rang des gradins le regardaient fascinés.

« En six mois, tu redeviendras celui que tu étais dans le temps. Ensuite, tu seras fin prêt pour la neuf.

– Les petits loubards qui jouent à la huit me sortent par les yeux.

– C'est ça ou l'immobilier.

– Et... j'irai gagner mon fric où ça?

– La voiture arrive. Je te noterai quelques adresses quand nous serons à l'aéroport. »

Sur le parking ralentissait une voiture bleue identifiable à l'inscription SERVICE AÉROPORT peinte sur sa carrosserie.

« Des adresses de bars où on joue à la huit? Où as-tu déniché ça? »

Fats refermait son étui.

« Comment crois-tu que j'ai gagné ma retraite, Eddie-Vite-Fait? Tu vois, pendant que tu faisais le billardier dans le Kentucky, moi, je poussais de la monnaie en Caroline du Nord dans les fentes du billards à sous. »

Eddie le regarda, stupéfait.

« Dans les bars... Sapé comme un prince?

– Je m'étais fait faire des blue-jeans à ma taille. Ça coûte douze dollars de plus. »

CHAPITRE V

DANS l'Ohio, du temps qu'il était môme, jamais on ne faisait le cassage avec une queue démontable. Ni non plus avec la blanche. On se servait d'une queue en une seule pièce – on en trouvait dans toutes les salles –, et on cassait avec une bille de choc spéciale. Une bille marron, plus lourde que les autres. Ça, c'était Charlie qui le lui avait appris. Tout comme c'était Charlie qui lui avait acheté sa première Willie Hoppe, une queue avec un revêtement de cuir noir sur le talon et une bague d'assemblage en cuivre. « Avec celle-là, tu ne dois *jamais* tirer comme une brute, lui avait dit Charlie. La jointure ne tiendrait pas le coup. » Eddie avait donc pris l'habitude de se servir d'un véritable bélier – un machin de six à sept cents grammes – pour percuter le triangle avant de continuer à jouer avec sa Willie Hoppe. Aujourd'hui, rien n'était plus pareil. On fabriquait les billes à partir d'une résine qui s'appelait phényl quelque chose, et leurs couleurs étaient plus vives : le bon vieux vert bouteille de la quatorze avait été remplacé par un vert émeraude qui en jetait plein la vue, et la neuf était devenue jaune canari, comme dans un film de Walt Disney. Et puis, on cassait désormais en se servant de la blanche, et avec les queues tournées à la main, comme les Balabushka, on pouvait cogner comme un sourd sans la moindre crainte d'endommager le filetage de la bague d'acier.

Eddie détendit puissamment le bras et fit exploser le triangle. La trois et la sept chutèrent dans les poches, mais la blanche s'immobilisa près du point du bas au lieu de suivre et de revenir choquer les billes comme il l'aurait voulu. Il examina le placement, repéra les positions des cinq autres pleines, et aussi celle de la huit, la bille à rentrer en dernier. Sur une table de dimensions aussi réduites, aucun point ne présentait de difficulté. Il se concentra sur son tir, s'appliqua et empocha les pleines les unes après les autres.

« Vous vous défendez pas mal. »

Ce n'était pas le même barman que la veille. Celui-ci – un blondinet en tablier blanc – avait l'air d'un tout jeune homme. Il était quatre heures de l'après-midi et, à l'exception des deux vieux zigues qui sirotaient côte à côte leurs *boilermakers*[1] à l'extrémité du comptoir, Eddie était le seul client.

« Merci, fit Eddie. (Il déposa la queue sur le billard et vint s'accouder au bar.) Je boirai une pression. »

Il devait prendre sur lui-même pour s'exprimer sur un ton jovial et désinvolte. Le barman remplit un verre de bière et le déposa devant Eddie.

« Vous n'êtes pas d'ici, je suppose. Je ne vous ai encore jamais vu.

– Je suis arrivé hier. »

Le blondinet hocha la tête et se servit une bière.

« Vous jouez à la huit comme un pro. »

Fats lui avait recommandé de ne pas chercher à donner le change, d'y aller franco en mettant toute la gomme. Ou presque. De ne tourner qu'à dix ou quinze pour cent au-dessous de son régime maxi-

1. *Boilermaker* : whisky suivi d'un verre de bière. *(N.d.T.)*

mum. Eddie venait de s'entraîner pendant une heure sans avoir jamais mis la pédale de frein. Il avait fait la même chose la veille. Mais personne ne lui avait prêté la moindre attention. Le seul inconvénient, c'était que la blanche était plus volumineuse que les autres et qu'il ne pouvait la ramener là où il le voulait avec une précision absolue, si bien qu'il lui était arrivé de se bloquer et de manquer le coup suivant. Cela mis à part, c'était une table bonne pour des gamins. Eddie enfonça l'une après l'autre des pièces dans la fente du monnayeur, retira les billes du collecteur, fit le triangle, le cassa et se mit à faire des points en série. Le tout était de s'habituer à cette maudite bille blanche qui refusait de réagir.

Le barman suivait attentivement le jeu. Eddie but une gorgée de bière et se tourna vers lui.

« Je suppose que ça ne doit pas manquer de bons joueurs dans le coin. »

Le blondinet fit un sourire entendu. Il avait une bonne tête, et Eddie lui donnait à peu près vingt-cinq ans.

« En vous regardant jouer avec ce machin-là (il désigna d'un mouvement de tête la Balabushka), je me doutais bien que vous me poseriez cette question.

– J'aime bien risquer un peu d'argent de temps en temps.

– Je connais un type, un dénommé Boomer.

– Boomer?

– Oui, c'est son vrai nom, je crois. Dave ou Dwight ou machinchose Boomer[1]. Il acceptera sûrement.

– Il accepterait à cent dollars la partie?

1. *Boomer* peut en effet s'entendre dans le sens de braillard, de grande gueule, et par extension de matamore. *(N.d.T.)*

– S'il les a en poche, dit le barman avec un clin d'œil.

– Il a un baron?

– Un baron?

– Oui, quelqu'un pour le baronner.

– Il vient parfois accompagné d'un type qui se contente de regarder.

– Vous pensez le voir bientôt? Je veux dire... dans la soirée?

– Je n'en sais rien. (Il déposa sa bière sur le comptoir et fit quelques pas vers la porte d'accès à la cuisine.) Arnie! cria-t-il. (Le visage d'un Noir apparut dans l'encadrement de la porte.) Il y a ici quelqu'un qui aimerait faire une partie avec Boomer. (Le Noir approuva d'une signe de tête et jeta un rapide coup d'œil à Eddie.) Tu sais où on peut le joindre?

– Son numéro est dans la caisse, sous les chèques. »

Le barman se déplaça vers la caisse enregistreuse, l'ouvrit et fouilla pendant quelque temps dans le tiroir avant d'en retirer une feuille de papier pliée en deux et de se tourner vers Eddie.

« J'appelle? » demanda-t-il.

Eddie sentit son estomac se nouer.

« J'aimerais bien. »

« Et merde! tonna Boomer en apercevant la Balabushka. J'suis chez moi bien peinard sans rien demander à personne, et qu'est-ce qui m'arrive? On m' tire de mon plumard pour me faire jouer contre un gaillard équipé d'un engin pareil! N'en jetez plus! (Il sortit de la poche arrière de son pantalon un mouchoir rouge à carreaux et se moucha bruyamment.) Jésus-Marie, protégez-nous des démons et de leurs Balabushka! (Il examina pour la première fois Eddie, les yeux mi-clos.) Je parierais ma chemise que ce gars-là vous mijote des coups vicieux. »

Boomer avait un large visage rougeaud sillonné de rides profondes. Il ressemblait à un cul-terreux surexcité par l'abus de gnôle. Il portait une chemise à épaulettes de l'armée, d'un beige délavé, et un pantalon de velours tirebouchonné qui recouvrait la cambrure de ses bottes de cowboy. Il était difficile de lui donner un âge – trente? cinquante? Impossible de le dire, songea Eddie –, mais il avait de la bedaine et des poches sous les yeux. Des yeux d'un bleu pâle, presque translucides. Des yeux froids et inquiétants.

« Je parie que sa Balabushka vous fait sauter les billes comme du pop-corn dans un poêlon, dit-il.

– Tout dépend du gars qui la tient, fit Eddie.

– Ma parole! Mais c'est qu'il a l'air de se prendre au sérieux! » lança Boomer à la cantonade.

Une vingtaine de clients occupaient maintenant la salle. Quelques rires fusèrent.

Eddie désigna d'un signe de tête l'étui de cuir qu'avait apporté Boomer.

« Pourquoi ne vous décidez-vous pas à l'ouvrir? dit-il. On pourrait faire une partie. »

Il tenait sa Balabushka de la main gauche et gardait la droite enfoncée dans sa poche. Tout ce qu'il souhaitait, c'était que personne ne se rende compte de sa nervosité. Il avait oublié depuis longtemps ce qu'on ressent quand on va défier chez lui, sur sa table, un homme entouré de sa clique. Boomer était ici en pays conquis, et il l'avait clairement démontré dès l'instant où il avait fait entendre sa grosse voix et claquer ses talons de bottes sur le linoleum de la taverne.

« Espérons qu' la petite va pas crever de honte et s' dégonfler en voyant Miss Balabushka », dit Boomer en ouvrant son étui par le bout pour en faire glisser les deux éléments de la queue.

Du matériel sérieux – une Huebler ou une Meucci –, dans les trois cents dollars, estima Eddie. Boomer assembla la queue avec une extraordinaire dextérité, une précision et une habileté qui stupéfiaient chez un homme aussi lourdaud. Dans le temps, Eddie avait rencontré bien des hommes comme Boomer. Sous des allures de péquenauds, ils se servaient de leurs mains avec une délicatesse de dentellière sitôt qu'ils se penchaient au-dessus d'un billard.

« Ici, ce qu'on joue, c'est la huit, déclara Boomer.

– Cent dollars la partie, ça ira?

– Putain de sort! Me v'là calé comme un pacha dans mon plumard parce que justement ils repassent *Magnum PI* à la télé. V'là que le bigophone sonne et que je m' retrouve ici en train de faire la causette à un type que j'ai seulement jamais vu. Un monsieur qui déboule dans le coin avec son outil haut de gamme et qui propose bille en tête cent dollars la partie. Décidément, on s'ra jamais peinards! »

Eddie sentait que l'homme faisait son numéro pour chercher à le désarçonner et qu'il s'en fallait de peu qu'il n'en vienne à ses fins. Il s'efforça de garder tout son sang-froid.

« On la fait, cette partie?

– Wayland, dit Boomer au barman (qui comme tous les clients présents dans la taverne n'avait rien perdu de l'échange de propos), tu me serviras un Drambuie dans un grand verre. Avec de la glace pilée. Et aussi une salade. (Il se tourna vers Eddie.) Vas-y, glisse une pièce dans le zinzin. »

L'engagement fut tiré à pile ou face et Boomer l'emporta. Il alla décrocher d'un râtelier mural une queue lourde et massive, avec laquelle il fit le cassage. Exactement comme autrefois Charlie avait conseillé à Eddie de le faire. Trois billes chutèrent dans les poches. Ensuite, Boomer reprit sa propre queue et rentra sans la moindre difficulté toutes les autres billes. Eddie lui tendit deux billets de cinquante dollars. Il était six heures. A présent plus nombreux, les clients se tenaient pour la plupart debout, appuyés de dos contre les deux autres billards de la salle, afin de mieux observer la partie. Les consommateurs qui avaient pris place au bar s'étaient eux aussi retournés sur leurs tabourets pour ne rien perdre du spectacle.

Eddie n'était pas autrement étonné de constater que Boomer jouait calmement, avec une aisance presque égale à celle de Fats. Il avait une façon de tirer bien à lui, en piqué, la main gauche reposant sur l'extrémité des doigts pour former un chevalet très élevé, et comme instable, au sommet duquel la queue venait prendre appui. Mais ses coups étaient parfaitement assurés, et il semblait faire ce qu'il voulait de la blanche. D'un simple rétro, il l'avait ramenée en douceur d'un bon mètre en arrière.

« Au gagnant de casser », dit Boomer.

Il se rendit au comptoir pour avaler une bouchée de salade et boire une gorgée d'alcool, revint vers la table en s'essuyant la bouche avec une serviette de papier qu'il tassa ensuite dans la poche avant de son velours, reprit la queue et brisa d'un tir puissant qui dispersa les billes sur toute la surface du tapis. Eddie n'avait jamais joué contre un adversaire sur une table de dimensions aussi réduites. Une table sur laquelle un bon joueur, s'il avait l'engagement, et si le cassage était attribué au gagnant de la précédente manche, ne devait laisser pratiquement que très peu de chances à son adversaire de reprendre l'avantage.

Boomer se baissa, empocha sans effort sa première bille et se redressa pour s'assurer d'un regard de la complicité de son public.

« Faut pas que j'en loupe une seule, de ces petites saloperies. T'as pas intérêt à la laisser prendre la relève, Miss Balabushka, ou alors tu te retrouves vite fait en maison de retraite.

– T'as la trouille d'une queue de billard, Boomer? lança une voix dans la salle.

– Une queue de billard? Faut pas m'la faire! Tu lui retires la virole et qu'est-ce que tu trouves? Un radar et des microprocesseurs. Avec un engin pareil, tu peux te pieuter peinard le samedi soir et laisser venir. " Balabushka, va me chercher cinq cents billets ", tu lui dis. Et la voilà partie. J' pourrais vous en dire long, moi, sur ces prétendues queues de billard qui sortent de Silicone Valley avec un doctorat en informatique. »

Il secoua la tête, se remit en position et rentra la sept en la prenant quart de bille. La blanche continua sa course et vint se positionner irréprochablement pour le tir suivant.

Eddie gardait le silence. Ce n'était pas la première fois qu'un advesaire lui faisait un numéro de cet acabit. La seule chose à faire dans un cas semblable, c'était de garder une attitude impassible, et surtout ne pas rentrer dans le jeu de l'autre ni de se laisser submerger par la rage. Impossible encore d'apprécier la force de Boomer. Fats lui avait parlé de trois au quatre caïds dans le coin. De trois ou quatre types qui ne vivaient que de ça en jouant dans les bars. Boomer était probablement le meilleur du lot. Pour l'instant, il continuait à marquer sans s'interrompre. Eddie s'écarta un peu de la table pour garder la tête froide. Boomer avait beau amuser la galerie, il y avait quelque chose de menaçant dans sa façon de s'exprimer et dans le regard glacial que de temps à autre il lui jetait.

Immobile, Eddie le regardait jouer, guettant sa première défaillance.

Alors que Boomer n'avait plus que deux billes à empocher, il donna un peu trop de force à un tir coupé sur toute la longueur de la table et la blanche roula un peu plus longtemps qu'il ne l'avait prévu. Il haussa les épaules, attaqua par la bande sa deuxième bille et la manqua. La blanche vint s'immobiliser dans une position qui rendait le coup suivant pratiquement irréalisable. Le blocage parfait. Exactement le « si je rate, c'est sans importance » dont Fats avait fait la démonstration à Saint Louis.

Eddie crispa la main sur sa Balabushka et regarda Boomer.

« Comment jouez-vous ici? Quelles sont les conventions si je n'en touche aucune?

– Alors je ramène la blanche dans la zone de départ et je joue le coup comme en début de partie. »

Le parfait coup fourré. La blanche était coincée derrière la six, et si Eddie ne réussissait pas à toucher l'une des rayées, il laissait Boomer finir dans un fauteuil. Il réfléchit pendant un instant en examinant la disposition des billes sur la table. La seule chose à faire était de jouer à fond la carotte : se servir de la bande la plus proche pour déloger la onze, avec l'espoir de bloquer le coup suivant en gelant la blanche. Tenter quoi que ce soit d'autre, c'était jouer avec le feu.

Tout à fait à l'autre extrémité de la table, la douze n'était qu'à quelques centimètres de la poche de coin. Un coup jouable par deux bandes pour dégager la blanche et la ramener selon la diagonale. Jouable, mais terriblement risqué. S'il ratait son coup, il livrait à Boomer la victoire sur un plateau. Un coup qu'on réussit une fois sur dix. Un joli casse-gueule en deux bandes. Il se tourna vers le barman.

« Je peux me faire servir un Manhattan? Avec de la glace. »

Il s'approcha de la table, assura de l'index l'équilibre de ses lunettes, appliqua soigneusement l'extrémité des doigts de la main gauche sur le tapis pour faire la fourche très haut, en surplomb de la six, releva le talon de la queue, se retourna pour vérifier une dernière fois la position de la douze à l'autre extrémité de la diagonale, et détendit le bras. Un tir en douceur, mais ferme et résolu.

La blanche rebondit à deux reprises dans le coin de la table, fila le long de la diagonale et vint heurter de plein fouet la douze qui s'engouffra brutalement dans la poche.

« Et merde! éructa Boomer. Fumiers de microprocesseurs!

– Ou de circuits imprimés », lâcha Eddie.

Il se rendit au bar pour se désaltérer. Les consommateurs juchés sur les tabourets l'observaient en silence. Il attendit que le barman dépose une cerise dans le verre et le lui tende, but une longue gorgée de son Manhattan et revint vers la table.

Boomer était un excellent joueur, mais il ne venait pas à la cheville de Fats. Il ne maîtrisait pas parfaitement ses coups par la bande. C'était surtout dans les tirs directs qu'il déployait toute son habileté. Il se serait défendu honorablement au quatorze contre un si ce jeu n'avait pas fini par tomber en désuétude, et il était assurément de force à gagner sa croûte en jouant à la huit dans les tavernes. Eddie continua sur sa lancée, et vers les dix heures il avait soulagé son adversaire de sept cents dollars.

Boomer lui remit deux billets de cinquante.

« Si tu veux continuer, l'ami, va falloir que tu me lâches un peu de lest », dit-il en fixant Eddie avec froideur.

Il avait renoncé à son personnage de valet de ferme haut en couleur et s'était exprimé d'une voix étrangement neutre.

Eddie finissait son sandwich aux tomates-bacon. Il alla déposer son assiette en carton sur le comptoir et revint vers la table. Les clients s'écartèrent pour le laisser passer.

« Quel genre de lest? demanda-t-il.

– C'est moi qui casse », fit Boomer.

Eddie le dévisagea. Les traits de l'homme exprimaient l'intelligence sournoise, vicieuse, ses yeux froids une menace à peine déguisée, et sa main délicate se serrait sur la flèche effilée de la queue.

« D'accord, tu casses, sauf si moi je fais la huit par une bande. Mais on élève la mise à cinq cents.

– J'avais déjà entendu parler de types dans ton genre, dit Boomer.

– Je l'aurais parié, Boomer. »

L'homme le fixa pendant quelques secondes et grimaça un sourire.

« Il faut que je donne un coup de fil.

– Alors, va le donner. »

Boomer alla s'isoler au fond de la salle et glissa une pièce dans un téléphone. Eddie demanda au barman un café. Son épaule commençait à le faire souffrir, et maintenant qu'il voyait Boomer appeler à la rescousse son baron ou qui que ce soit d'autre, il sentait de nouveau ses tripes se nouer. Quelque chose qu'il avait fini par oublier au fil des années l'envahissait à nouveau : l'abominable trouille.

Le protecteur de Boomer fut là en un rien de temps. C'était un petit homme bien mis, en costume gris et cravate foncée. Les clients appuyés contre un billard inoccupé se poussèrent pour lui faire place, et il se tint dans l'espace qu'on venait de lui ménager, sans prendre appui sur le bord de la table, pour observer le jeu. Eddie plaça les billes dans le triangle et Boomer fit aussitôt le cassage, marquant un point. Les choses s'annonçaient mal. A présent, il s'en voulait d'avoir accepté de laisser toutes ses chances à son adversaire. Rentrer la bille par la bande risquait pour lui d'être une catastrophe. Contre un joueur de la force de Boomer et sur une table de ce genre, il ne pouvait pas se permettre la moindre défaillance. Boomer empocha trois rayées, puis joua la défensive. Cette fois, Eddie ne prit aucun risque, et à son tour bloqua le jeu. Les deux hommes continuèrent ainsi pendant plusieurs coups à jouer la carotte et à se bloquer alternativement l'un l'autre, jusqu'à ce que, sur un rétro de Eddie, la blanche, plus lourde, ne revienne pas assez loin vers l'arrière pour empêcher Boomer de tirer en direct sur la onze. Celui-ci ne fit aucun commentaire, visa, percuta la onze quart de bille et l'expédia dans une poche latérale. Puis il empocha une à une toutes les rayées. Eddie retira cinq cents dollars de son portefeuille.

« Donne-les à mon ami », dit Boomer en désignant d'un signe de tête l'homme en costume.

Eddie fit quelques pas pour aller remettre les billets au gringalet en costume. Celui-ci les prit sans un mot, assouplit la liasse entre ses deux mains et se mit à compter. Eddie revint faire le triangle avant d'aller terminer son café au comptoir en surveillant la table. Le coup de boutoir de Boomer projeta d'un trait la blanche sur la bille d'impact et le triangle se désintégra. Une pleine et une rayée tombèrent dans les poches. Boomer choisit de tirer les pleines. Eddie s'approcha de la table. Ses pieds et son épaule lui faisaient mal, et le café n'arrangeait pas les choses. Quelle mouche avait bien pu le piquer pour qu'il soit venu claironner, dans ce trou perdu de Caroline du Nord dont il avait déjà oublié le nom – Haneyville, ou quelque chose comme ça –, qu'il se faisait fort de rentrer la huit par la bande, alors que l'advesaire qu'il avait provoqué jouait au milieu de sa coterie et sur une table qu'il connaissait comme sa poche? Haneyville, oui c'était bien ça. Le nom qui venait en tête de la liste que lui avait remise Fats. « Pas mal de flambeurs dans le coin », lui avait assuré l'obèse. Le tuyau était bon. Et la preuve, c'est qu'il en avait un sous les yeux, de flambeur, et qu'il était là, lui, en train de le regarder rentrer ses billes avec la régularité d'une machine. *Floc, floc*. Encore deux. Et ça y allait tout droit, dans les poches larges comme des entrées de four de cette table de gamin. *Floc*. Et la huit. Terminé.

Eddie sortit encore cinq cents dollars et les remit à l'avorton en costume gris. Après quatre heures de jeu, il en était maintenant à trois cents dollars de perte. Sans compter les pièces englouties dans le monnayeur. Il en glissa une autre dans la fente, en se disant qu'il ferait pourtant bien mieux de déclarer forfait. Dès que les billes furent tombées, il les prit une à une pour les disposer dans le triangle. La huit au centre. Et tout ça pour que Boomer le soulage de cinq cents billets de mieux, s'il vous plaît.

Boomer pulvérisa les billes. Trois points. Et ça continuait. Il carburait maintenant à plein régime, le Boomer. Et qu'est-ce qui prouvait que depuis le début ce fumier ne tournait pas volontairement au ralenti? Eddie ne le quittait pas des yeux, et pendant un instant il éprouva ce même sentiment d'impuissance qui l'avait accablé à Miami et à

Cincinnati quand il jouait contre Fats. Une sorte d'étreinte douloureuse au creux du ventre. A présent, Boomer se mouvait autour de la petite table avec davantage de vivacité, coulant une à une ses billes vers les trous sous l'œil fasciné des spectateurs en bleu de travail massés dans la taverne. La fumée grise des cigarettes était si compacte qu'elle obscurcissait le cône de lumière dirigé sur la table. Tout autour, des hommes immobiles buvaient sans échanger un mot. Aucun ne songeait même à faire tourner un disque dans le juke-box. Chaque fois que Boomer se déplaçait autour de la table, ses talons de bottes résonnaient aussi distinctement qu'une quinte de toux dans une bibliothèque. Cette fois encore, il rentra en série les rayées, puis fit chuter la huit dans une poche du milieu, et le personnage en costume compta les billets que lui remit Eddie.

« Décidément, je me demande si j'aurai l'occasion de te voir rentrer la huit par la bande », fit Boomer en le regardant disposer les billes dans le triangle.

Eddie s'interrompit pour le fixer droit dans les yeux.

« Mille la partie. »

Il n'avait plus que douze cents dollars en poche.

« Banco. »

Eddie finit de remplir le triangle, étonné de faire preuve d'une telle obstination. Il n'avait pas prévu de miser des sommes pareilles, et Boomer, c'était couru, allait encore mener de bout en bout la partie sans lui laisser la moindre chance de reprendre l'initiative. Pour l'instant, celui-ci discutait à voix basse avec l'homme en costume, dont le visage n'exprimait rien. Eddie les observait. Et d'un seul coup il sut que Boomer allait perdre.

Son adversaire revint se positionner à l'extrémité

de la table, ramena le bras en arrière et tira d'une vigoureuse détente. Un crépitement sec, les balles s'égaillèrent dans toutes les directions, mais aucune ne tomba dans une poche.

« Et merde! » jura-t-il.

Cette fois, Boomer ne cherchait plus à amuser la galerie. C'était sorti du fond de ses tripes.

Les billes s'étaient éparpillées sur le tapis, et la huit s'était arrêtée à deux centimètres environ d'une poche du milieu. Quand il aurait rentré les sept autres, Eddie devrait donc faire le point final en rappelant la blanche près de la huit pour rentrer celle-ci après un rebond sur la bande la plus proche. Il allait commencer par effleurer la sept pour l'empocher en douceur dans le coin, en faisant revenir la blanche sur toute la longueur de la table pour préparer le tir suivant sur la trois. Mais ce n'était pas gagné. Il regarda Boomer qui se tenait à quelques pas du jeu.

« Rate surtout pas ton coup, dit-il à Eddie.

– Tu veux que je te dise, Boomer, t'as la trouille. »

Eddie se courba, tira en finesse, coupa très légèrement la sept et fit le point. La blanche roula mollement vers l'autre bout de la table et vint docilement mourir derrière la trois. Il empocha ensuite cette dernière, puis la quatre, puis la deux, et ainsi de suite, et termina la série en ramenant la blanche en bonne position pour tirer la huit en aller retour. Il se redressa pour remettre du bleu sur son procédé, se pencha de nouveau sur la table, visa et tira. La huit heurta doucement la bande, puis traversa la table sur toute sa largeur et disparut dans la poche latérale.

Boomer retourna près du personnage vêtu de gris et revint donner une poignée de billets à Eddie, qui ne les replaça pas dans son portefeuille, mais les enfonça dans la poche de son pantalon. Boomer l'observait sans rien dire.

« J'espère qu'on ne va pas en rester là? » fit Eddie d'un ton dégagé.

Le son de sa propre voix le réconfortait.

De la tête, Boomer fit un signe de dénégation.

« Alors, à ton tour de faire le triangle, Boomer. »

Il obtint le numéro par les renseignements et le composa sur le téléphone de chevet. Il serait bientôt une heure. Il avait dormi jusqu'à midi, s'était douché et avait demandé qu'on lui monte du café dans sa chambre.

« J'ai appris par Pat que vous viviez seul », dit-elle.

Elle s'exprimait d'une voix neutre, mais au moins, elle ne coupait pas court à la conversation.

« C'est la vérité.

– Et d'où m'appelez-vous?

– Du Holiday Inn de Haneyville, en Caroline du Nord.

– Mais qu'est-ce que vous pouvez bien fabriquer en Caroline du Nord?

– J'essaie de gagner ma vie au billard.

– J'avais cru comprendre que vous aviez tiré un trait là-dessus.

– Je suis le premier surpris d'avoir remis ça.

– Et c'est pour m'annoncer la nouvelle que vous m'appelez?

– A six heures mon avion se pose à Bluegrass. Pourquoi ne viendriez-vous pas me chercher? On pourrait aller dîner au restaurant japonais.

– Voyez-vous, Eddie, j'hésite...

– Pas moi, répliqua-t-il. (Son regard se posa sur la liasse de billets qu'il avait gagnée en jouant contre Boomer. Quatre mille dollars.) Venez me chercher à l'aéroport. Je crois qu'on a des choses à se dire. »

Elle était venue l'attendre vêtue simplement d'un blue-jean et d'un pull-over de laine noir, et elle lui sembla plus ravissante que jamais. Avec ses cheveux platine bouffant autour du visage, on eût juré une star sortant tout droit d'un plateau de tournage. Eddie tenait à la main son sac de voyage en nylon et l'étui de sa Balabushka. Elle se contenta de lui tendre la main en l'observant sans insister. Aucun des deux ne se décidait à parler. Ce fut elle qui finit par rompre le silence.

« Au fond, nous ne savons pas grand-chose l'un de l'autre, dit-elle.

– Nous n'en savons même rien du tout », répliqua-t-il.

Elle n'avait toujours pas trouvé de travail et commençait à se lasser de faire des démarches qui ne débouchaient sur rien. Elle aurait renoncé depuis des semaines et se serait contentée de sa pension alimentaire, mais le fait de rester chez elle à tourner en rond la rendait littéralement folle. Elle lui fit ces confidences tandis qu'ils dînaient paisiblement, en prenant tout leur temps. Ensuite, ils allèrent chez elle, et pour la première fois firent l'amour. Ils se comportaient l'un vis-à-vis de l'autre comme de vieux amants qui renouent. Eddie sentait que sa vie avait été changée du tout au tout par cette séparation de quelques semaines, par ce voyage en Caroline du Nord qui lui avait permis de se refaire, et il sentit qu'Arabella percevait elle aussi parfaitement ce changement. A présent, tous deux savaient où ils en étaient l'un par rapport à l'autre. Ils restèrent étendus quelque temps sur le canapé-lit, bavardant tranquillement comme de vieux amis. A travers la fenêtre, qu'elle avait fermée pour que la fraîcheur ne pénètre pas dans la pièce, il voyait les lumières de la ville et percevait près de lui la tiédeur rassurante de son corps. De temps à autre ils écrasaient dans une soucoupe déposée entre eux les cigarettes du paquet qu'il avait acheté avant de quitter Haneyville.

« Tu as recommencé à jouer pour de l'argent? lui demanda-t-elle après un long silence.

– Je ne l'avais pas fait depuis très longtemps.

– Flamber, tu veux dire? Ou faire des démonstrations?

– Disons flamber.

– Quand j'étais encore en Angleterre, on employait une drôle d'expression pour désigner les flambeurs : les requins du billard. Ici on dit *hustler*. C'est ce que tu es, un *hustler*? »

Il la regarda pendant quelques instants avant de répondre.

« Non, je ne suis pas un requin du billard.

– Ne joue pas sur les mots. J'ai dit un *hustler*. C'est comme ça que je t'ai appelé.

– Appelle-moi Eddie et donne-moi une cigarette. »

Elle fit une grimace et en sortit une du paquet.

« En tout cas, au moins tu n'es pas prof. »

Il prit la cigarette qu'elle lui tendait et l'alluma.

« Dans un mois, je vais faire un match-exhibition à Albuquerque. Mais auparavant je dois aller à Memphis jouer à la huit dans une brasserie. Chez Thelma, ça s'appelle. Tu veux venir avec moi?

– Tu veux m'emmener là-bas? Comme un malfrat traîne sa radasse!

– Et ça recommence.

– Comme un joueur de billard exhibe sa régulière, si monsieur préfère?

– Madame a mieux en perspective? »

Elle se dressa sur un coude et l'embrassa dans le cou.

« A vrai dire, non. »

« Tu préférerais sans doute que je joue au tennis.

– Pourquoi pas au bridge? »

Vêtue d'un simple slip bleu pâle, Arabella sortit d'un placard un volumineux paquet. Encore une toile, probablement, songea Eddie. Etendu sur le lit, il regardait l'emballage de papier brun. Elle s'assit sur la moquette en croisant les jambes, déposa le paquet devant elle et l'ouvrit avec précautions.

« Et pourquoi ne jouerais-tu pas du cornet à piston, pendant que tu y es? poursuivit-elle.

– J'y gagnerais au change. Pour les gens, jouer au billard, c'est à peu près comme jouer aux dés.

– Tu crois? »

Elle rabattit un côté de l'emballage et retira le tableau du paquet. Eddie se souleva un peu pour mieux voir, mais sans y réussir. Elle était penchée au-dessus de la toile, et il prenait plaisir à laisser son regard s'attarder sur ses petits seins et sur la courbure de son dos.

« Tu ne portes jamais de chemise de nuit?

– L'appartement est bien chauffé. »

A présent, elle défroissait le papier d'emballage et le repliait en carré. Il avait déjà remarqué dans la salle de bain les serviettes aussi soigneusement disposées que dans la vitrine d'un magasin de luxe. Tout était d'ailleurs méticuleusement rangé dans l'appartement. Quand elle eut fini de plier l'emballage, elle se releva pour aller le ranger dans le tiroir d'une commode de laque verte, au fond de la pièce. Elle retira du tiroir un marteau et revint vers le lit.

« Voilà, dit-elle, tu peux planter le clou.

– Dépose-le sur le lit, je le ferai tout à l'heure.

– Je t'en prie, Eddie. Je voudrais pendre ce tableau. Aide-moi. »

Il tendit la main vers son paquet de cigarettes.

« Pas avant d'avoir pris un café.

– Je t'en prépare un en poudre.

– En poudre? Et on s'étonne que les gens divorcent!

– Ah! bon. Alors, je vais t'en faire un dans la cafetière italienne. Mais tu me simplifierais la vie si tu prenais du thé le matin.

– Arabella, fit-il. Si la terre était plate, ça simplifierait aussi la vie à beaucoup de gens.

– D'accord, je fais du café. (Elle déposa le marteau sur le lit, à portée de la main d'Eddie et se dirigea vers le coin cuisine.) Tu crois vraiment que j'ai envie que tu joues au tennis? Mais pour quelle raison?

– Au moins, ça a une certaine classe. »

Elle se retourna vers lui, la cafetière à la main.

« Je déteste ce mot. Ma grand-mère l'employait à tout bout de champ. La classe laborieuse par-ci, la classe oisive par-là...

– Ce n'est pas ce que je voulais dire, Arabella. Mais toi, tu fais distinguée...

– Ne dis pas de conneries, Eddie. C'est mon accent. Les Américains sont tous les mêmes. Il suffit de parler avec l'accent britannique pour qu'ils s'imaginent avoir affaire à un aristocrate.

– Il y a aussi ta manière d'être... ton intérieur... la moquette blanche... les tableaux, tout ça...

– C'est tout simplement affaire de bon goût, Eddie.

– Et... ton bon goût n'est pas froissé par les types comme moi, qui arnaquent les autres au billard?

– Mon bon goût n'en a rien à foutre. »

Elle se retourna, déposa la cafetière sur le coin de la cuisinière, retira sa moitié supérieure et versa quelques cuillerées de café dans le filtre.

« Je pense que Martha en avait honte, dit-il après un moment d'hésitation.

– Martha, c'était ta femme?
– Incontestablement, oserais-je dire.
– Quelle drôle de réponse!
– J'apprends à m'exprimer comme toi.
– Décidément, tout ce qui vient d'Angleterre t'obnubile.
– En Amérique, ça arrive plus souvent qu'on ne le pense. »

Elle revissa les deux éléments de la cafetière qu'elle déposa sur le brûleur de la cuisinière.

« En tout cas, moi je ne partage pas le sentiment de Martha. En te voyant jouer contre Roy, j'en avais la chair de poule. »

Il la regarda régler la hauteur de la flamme sous la cafetière, se saisit du marteau et sortit du lit.

« Où veux-tu l'accrocher? interrogea-t-il.
– J'admire les gens qui font quelque chose de leurs mains, dit Arabella en revenant vers lui. Et je respecte ceux qui savent se débrouiller dans la vie. (Elle lui tendit un crochet de cuivre.) Mets-le juste au-dessus de la commode. Le feuillage des arbres s'harmonisera bien avec le vert de la laque. »

Il éleva le tableau à hauteur de ses yeux pour l'examiner. Comme l'autre – celui qui était pendu au-dessus du canapé –, on eût dit, à en juger par l'absence de recherche du trait et la vivacité des couleurs, qu'il était l'œuvre d'un enfant. Il représentait deux personnages et un cheval sous des arbres. Le dessin manquait de maturité, mais toutes les feuilles avaient été peintes une à une.

« Certains appellent ça de l'art naïf, dit Arabella. La femme qui l'a exécuté n'a jamais appris à peindre.
– Ça ferait un chouette puzzle. Des lignes bien nettes...
– C'est tout ce que j'ai obtenu quand j'ai divorcé. Les deux tableaux. A part la pension alimentaire.

Harrison a conservé tout ce qu'il y avait dans la maison. Même les serviettes et les torchons.

– Et pourquoi pas les tableaux?

– Ils étaient à moi. Un ami m'a offert l'autre. Et ensuite j'ai acheté celui-ci.

– Ton mari n'aimait pas l'art naïf?

– Il l'avait en horreur. C'est l'ami dont je te parle qui m'a fait découvrir l'art naïf, l'art populaire contemporain.

– Je comprends. »

Il se dirigea vers le mur du fond et présenta le tableau au-dessus de la commode.

« Je me débrouille aussi très bien avec un marteau.

– Le contraire m'aurait surpris. »

Il était étendu près d'Arabella. Depuis une heure, il ne pouvait trouver le sommeil. C'était la quatrième nuit qu'il passait chez elle. En dépit de l'heure avancée, des voitures circulaient encore dans Main Street, et il percevait leur grondement à travers les fenêtres closes. Il avait gardé son slip, mais elle reposait nue sous le drap et le duvet gris perle. Elle dormait tournée vers lui, le bras gauche replié sur l'oreiller. Le regard d'Eddie effleura l'arrondi de l'épaule, là où de petites taches de son se détachaient discrètement sur la chair blanche, puis s'attarda sur son visage. Même le sommeil n'altérait pas sa distinction. Par quel mystère une femme qui avait tant de classe l'avait-elle accepté dans son lit? Pas la moindre ride sur son visage. Il releva la perfection des cils légèrement incurvés vers le haut sur les paupières closes. Elle dormait d'un sommeil paisible, et il sentait à peine le poids de sa main droite qu'elle avait délicatement posée sur son propre avant-bras.

Elle avait jusque-là mené une existence douillette,

bien à l'abri des tracas du quotidien, et pourtant elle lui témoignait de l'intérêt et de l'affection. Tout au long du dîner, elle avait voulu qu'il lui raconte comment il s'y prenait pour gérer son affaire du temps où il possédait encore le club, lui avait posé des questions bien précises sur le calcul des frais de fonctionnement et demandé comment il s'en tirait avec le percepteur. L'idée qu'on pouvait gagner sa vie en jouant au billard l'enthousiasmait, et celle de vivre aux côtés d'un flambeur semblait mettre du piquant dans son existence. Elle aimait sa façon d'être.

De son côté, il était ébloui par sa culture et sa curiosité, par la clarté de ses propos, par l'assurance dont elle faisait preuve au téléphone, par son dédain pour le maquillage. Bien d'autres traits encore le séduisaient chez elle. Pas une fois elle ne lui avait parlé avec condescendance, elle dormait nue, jurait à l'occasion et jamais elle ne commettait une faute de goût. Quand elle faisait l'amour, c'était sans fausses pudeurs, selon l'inspiration du moment. Mais elle refrénait ses élans de passion et accueillait le plaisir en silence. Ils se connaissaient depuis trop peu de temps pour tout savoir l'un de l'autre. Il avait lui aussi ses retenues et craignait parfois de se livrer davantage, même s'il pressentait qu'un jour viendrait où il pourrait le faire librement.

Seule l'avait assombri la découverte fortuite du journal, dans le secrétaire. Alors que, trois jours plus tôt, Arabella était absente et qu'il défaisait ses valises, il avait ouvert les tiroirs du petit meuble, en commençant par celui du bas, espérant en trouver un libre pour y ranger quelques papiers. Ce tiroir contenait une pile de journaux. Il avait retiré machinalement celui du dessus et avait découvert que le second de la pile était identique au premier. Ceux du dessous – une douzaine pour le moins – étaient eux aussi datés du même jour. Il y avait deux photos à la une. La première représentait Nancy Reagan, et l'autre un visage d'homme jeune et souriant, aux cheveux blonds et bouclés. UN EXPERT EN ŒUVRES D'ART SE TUE DANS UN ACCIDENT DE MOTO, annonçait le titre accompagnant la photo. Le mot *œuvres d'art* avait retenu mon attention. Arabella se passionnait pour la peinture. La victime, lui avait révélé l'article, s'appelait Gregory Welles, était maître-assistant à l'université, et aussi rédacteur en chef du *Journal of Kentucky Arts and Crafts*. De temps à autre Arabella collaborait à cette revue. Il s'était de nouveau penché sur la date de publication. Un peu plus d'un an. Selon le compte rendu de l'article, Welles, qui roulait sur une route de campagne avait fait une embardée pour éviter une voiture et chuté dans le fossé. Il était mort sur le coup. Mrs. Harrison Frame, la passagère de la moto, s'en était tirée avec des blessures graves. Mr. Welles et Mrs. Frame venaient de visiter une boutique d'artisanat dans le comté de Estill. Eddie avait déjà remarqué sur le genou d'Arabella deux cicatrices en forme de croissant, et quand il lui en avait demandé l'origine, elle lui avait répondu évasivement – « Oh! un accident banal. » – et s'était empressée de changer de sujet.

Douze exemplaires du même journal. Il avait examiné plus attentivement le visage du jeune professeur. Le visage de monsieur-tout-le-monde. Mais Eddie n'en avait pas moins ressenti un pincement au cœur. Stupide. Comment imaginer qu'une femme comme Arabella n'avait pas eu d'amants? Alors, pourquoi en prendre ombrage? A quoi d'autre aurait-il pu s'attendre? A une vierge de quarante ans? Mais Welles était mort. Et pourtant l'idée qu'il avait été l'amant d'Arabella lui procurait un malaise. Lui était insupportable. Il avait ressenti une véritable haine pour cet homme qui emmenait

Arabella faire des randonnées à moto sur les routes de campagne, cet homme avec qui elle pouvait parler peinture, et près de qui elle avait probablement dormi comme elle le faisait à présent avec lui. Eddie avait lu l'article jusqu'au bout. Greg Welles était mort à vingt-six ans.

A leur arrivée vers neuf heures et demie, le parking était à moitié plein. Il aurait souhaité s'introduire dans la place avant qu'on ne commence à jouer sérieusement et redoutait qu'il ne soit un peu tard. Dans tout le Sud, lui avait dit Fats, c'était chez Thelma qu'on flambait le plus. Eddie avait l'estomac noué et la bouche sèche. Mais il se sentait prêt.

A l'intérieur, la cohue faisait un tel vacarme que la voix de Loretta Lynn, qui pourtant hurlait à tue-tête dans le juke-box, était à peine audible. Les clients se tassaient autour des petites tables et se pressaient bruyamment devant le bar, éclairé par une demi-douzaine de panneaux lumineux vantant différentes marques de bière. Un globe à facettes pendait du plafond au centre de la salle, réfléchissant les éclats des lampes multicolores. Pas le moindre billard en vue. Arabella ouvrit tout grands les yeux pour ne rien perdre du spectacle, comme si elle était dans un cirque.

Eddie repéra une porte au-dessus de laquelle figurait l'inscription SALLE DE JEU. Il prit Arabella par le coude et la guida vers le fond de la salle en la poussant devant lui pour se frayer un passage au milieu des tables. Des couples se bousculaient sur la piste de danse, pour la plupart vêtus de jeans et de chemises de soie voyantes. Certains danseurs exhibaient d'imposantes moustaches, et nombre de femmes avaient les cheveux longs. Arabella semblait aller d'étonnement en étonnement.

« Tout à fait comme dans les films », lui glissa-t-elle à l'oreille quand il l'eut fait entrer dans la relative quiétude de la salle du fond.

Eddie jaugea d'un seul coup d'œil les cinq tables. Des tables de mêmes dimensions que celles de Haneyville. Sur trois d'entre elles une partie était en cours. Une autre était protégée par une housse de plastique, et sur la cinquième quatre gamins s'escrimaient à tisonner des billes. Arabella les regarda jouer pendant quelque temps. Aucun des joueurs en herbe ne devait avoir plus de dix ans.

« C'est la section benjamins? » demanda-t-elle dans un murmure.

Sans trop savoir pourquoi, la boutade d'Arabella l'irrita.

« Leurs parents sont sûrement en train de danser dans l'autre salle, répliqua-t-il.

– Monsieur avec madame? ironisa-t-elle.

– Ecoute, Arabella, fit-il avec froideur. Je n'ai pas plus l'habitude que toi de fréquenter des endroits pareils. J'essaie simplement de comprendre où je mets les pieds.

– Je croyais que c'était dans des lieux de ce genre que tu gagnais ta vie.

– Dans les salles de billard. Pas dans les brasseries. »

Elle se tut, et il se mit à suivre les parties menées par les adultes. Deux tables n'offraient pour lui aucun intérêt. Pas un seul des joueurs ne savait tirer correctement, ni même sur quelle bille il devait le faire. Mais la partie qui se déroulait sur la troisième n'avait rien de comparable. L'un des joueurs était asiatique. Un Japonais, songea Eddie en relevant la délicatesse de ses traits, les yeux bridés et la coloration ocre du teint. Il remarqua aussi le torse étroit, la veste de velours bleue parfaitement coupée, sous laquelle l'homme portait une chemise anthracite à col ouvert qui s'harmonisait avec le gris souris du pantalon. Son adversaire – probablement un ouvrier, à en juger par sa tenue – portait une barbe épaisse et pouvait avoir la trentaine.

Eddie prit le bras d'Arabella et ils allèrent s'asseoir sur les deux chaises pliantes adossées au mur de la salle. Il déposa l'étui de sa Balabushka en travers de ses cuisses.

Pas à dire, ce Japonais était d'une suprême élégance. Eddie nota encore qu'il était rasé de près, soigneusement coiffé et manucuré. Il se concentrait calmement sur ses tirs. L'autre joueur affichait le même calme, mais sa tenue un peu débraillée contrastait avec celle de l'Asiatique.

Côte à côte sur leurs sièges, Eddie et Arabella observèrent les deux joueurs pendant à peu près une demi-heure.

« Et toi, tu ne joues pas? lui demanda-t-elle.

– Si quelqu'un arrive, ou si l'un des deux abandonne. »

Presque au même instant, le barbu, qui déjà avait perdu quatre parties depuis qu'ils suivaient le jeu, en perdit une cinquième. Il tendit quelques billets au Japonais, démonta sa queue et se retira.

Eddie regarda le vainqueur.

« Vous avez envie de continuer? lui demanda-t-il avec affabilité.

– A la huit?

– Vous ne jouez pas au quatorze contre un? »

Le Japonais fit un sourire d'excuse.

« Pas ici, on joue surtout à la huit.

– Alors d'accord. (Eddie se leva et fit jouer le fermoir de son étui.) Vous en étiez à combien la partie?

– A vingt dollars. »

L'homme lui souriait toujours.

« On monte à cinquante?

– Tout à fait d'accord. »

Eddie sentait que dans son dos Arabella retenait son souffle.

Le Japonais était un adversaire courtois, mais difficile à battre. Il ne déployait en jouant aucune agressivité, aucune fanfaronnade, mais il n'en menait pas moins sa partie comme un professionnel. Dès que le placement le lui permettait, il rentrait sans encombre ses huit billes d'affilée, et dans le cas contraire jouait la défensive avec une science consommée. Chaque fois qu'Eddie réussissait un tir difficile, il se contentait d'apprécier la performance d'un bref « Bravo! » Il tirait pour sa part de main de maître et marquait des points de toute beauté. Eddie ne parvenait pas à maîtriser parfaitement la blanche, qui, comme sur toutes les tables de bar, était plus lourde que les autres, de sorte qu'elle répondait plus paresseusement à ses tirs et qu'à plusieurs reprises, faute d'habitude, il ne réussit pas à la positionner avec une absolue précision. Au bout d'une heure de jeu, il avait perdu cent dollars. En disposant les billes à l'intérieur du triangle, il jugea qu'il était temps d'augmenter les enjeux. Mais le Japonais le devança.

« Vous êtes d'accord pour doubler la mise? »

Eddie disposa les dernières billes et accrocha le cadre de bois du triangle au piton du bas de la table.

« Et si on jouait à deux cents dollars la partie? »

Le Japonais le regarda calmement.

« D'accord. »

Mais Eddie continua à se faire battre. Il avait l'impression que la blanche était en plomb, et à plusieurs reprises la grosse bille refusa de revenir occuper la position sur laquelle Eddie tablait pour assurer le coup suivant. Au cours de la troisième partie à deux cents dollars, il empocha sans difficulté les huit billes rayées, mais l'inertie de la blanche lui fit manquer le point final sur la huit. Cette maudite bille ne réagissait pas. C'était à s'arracher les cheveux.

Le Japonais, lui, semblait allègrement s'accommoder de ce handicap. Eddie le regardait virevolter comme un danseur autour de la table, et le choc incessant de la blanche contre les billes qu'il expédiait en séquence dans les poches résonnait dans la salle comme un bruit de claquettes. C'est à peine si les deux hommes échangeaient quelques mots à l'occasion. Eddie continuait à sortir ses billets, à faire le triangle et à regarder passivement jouer son adversaire. De petite taille, le Japonais n'avait besoin que de s'incliner très peu pour tirer. Il tenait la queue presque à l'horizontale, et la table semblait faite à ses mesures. Eddie, qui était de taille supérieure à l'ordinaire, jugeait que les billards étaient déjà un peu bas pour les joueurs de taille moyenne. Alors que le Japonais, lui, semblait parfaitement à son aise. Quand il se positionnait pour préparer le tir suivant, il inclinait très légèrement le buste en tendant le bras gauche vers l'avant, armait le bras opposé, fixait calmement toute son attention sur la blanche, évaluait la trajectoire qu'il allait lui faire suivre pour venir choquer la bille à empocher, limait à une ou deux reprises et détendait le bras droit. Tout, dans l'allure et l'attitude de cet homme – la veste bleu azur parfaitement ajustée à ses mesures, et dont les revers ne touchaient jamais le bord de la table quand il se penchait pour viser, le pantalon gris souris tombant sans un faux pli sur les chaussures cirées, l'absence de passion sur son visage sans rides –, témoignait chez lui d'une exquise délicatesse et d'un rien de désenchantement. En se penchant au-dessus de la table pour viser à son tour, Eddie eut l'impression que, par effet de contraste, son corps était aussi massif, lourdaud et inerte que la grosse bille blanche qu'il s'apprêtait à tirer.

Quand il en fut à neuf cents dollars de perte sèche, son adversaire le pria de l'excuser s'il s'absentait quelques instants pour se rendre aux toilettes. Eddie s'approcha d'Arabella.

« J'espère que tu ne t'ennuies pas trop? lui dit-il.

– Au contraire, ça me passionne et je voudrais que tu m'apprennes à jouer un peu mieux. J'ai envie de comprendre toutes les finesses du jeu.

– Je t'apprendrai. »

Elle tourna la tête pour s'assurer que le Japonais n'était pas de retour, puis tendit le visage vers Eddie.

« Quand vas-tu commencer à le battre?

– Dès qu'il m'en donnera l'occasion.

– Tu ne fais pas exprès de perdre? Ce n'est pas comme ça que tu fais d'habitude?

– Je t'ai déjà dit que je n'étais pas ce que tes compatriotes appellent un requin du billard, fit-il avec une pointe d'irritation dans la voix. J'essaie simplement de le battre, c'est tout.

– Ah! bon? »

Elle semblait franchement déçue.

« Je n'arrive pas à faire ce que je veux de la blanche... »

Elle le regarda comme si elle ne comprenait pas très bien. Elle allait lui poser une autre question, mais au même instant une serveuse entra dans la salle pour demander aux clients s'ils désiraient commander des consommations.

« Certainement, fit Eddie. Tu veux boire quelque chose, Arabella? »

Il prit conscience de la froideur de sa propre voix.

« Vous avez du vin blanc? demanda Arabella à la serveuse.

– Mais oui, ma belle, lui répliqua la serveuse d'un ton enjoué. Du demi-sec ou du sec? Nous avons un excellent Chablis, sec mais très fruité.

– Donnez-m'en un verre.

– Et pour moi, un Manhattan, enchaîna Eddie. Avec des glaçons. »

Il se sentait un peu mal à l'aise. Autour de la table du fond, un joueur commanda de la bière, et au même instant le Japonais revint dans la salle.

« Qu'aimeriez-vous boire? lui demanda Eddie.

– Un bourbon-soda. (Il regardait Eddie en souriant.) Rude besogne, non, de jouer à la huit? »

Il y avait quelque chose de spontané dans l'attitude de cet homme, et Eddie ne pouvait se défendre d'éprouver pour lui de la sympathie. Un tas d'arnaqueurs se comportaient de cette façon, car leurs gains reposaient pour une bonne part sur le charme qu'ils déployaient. Mais Eddie avait le sentiment que la courtoisie de ce petit homme n'avait rien de forcé.

Le Japonais reprit la queue sur la table et la déposa verticalement sur le talon entre ses deux jambes. L'extrémité de la queue venait exactement à la hauteur de son menton. Puis il sortit de sa poche de veste une minuscule râpe de métal, à l'aide de laquelle il se mit à limer le procédé. Eddie n'avait pas vu pratiquer pareille opération depuis si longtemps qu'il avait fini par en oublier l'existence : l'homme apprêtait la rondelle de cuir pour que la craie adhère mieux.

« Puis-je m'en servir un instant? demanda Eddie au Japonais quand celui-ci eut fini de limer son procédé.

– Très belle fabrication, dit le Japonais en regardant Eddie poser sa Balabushka sur le talon et se servir à son tour de la râpe.

– Merci. »

Eddie donna de la rugosité à la partie centrale de

son procédé, durcie et lissée par les multiples impacts contre la blanche, puis frotta vigoureusement la pastille de cuir à la craie. Le Japonais fit la même chose, et se tourna vers Eddie.

« Billy Usho, dit-il en saluant d'un bref signe de tête.

– Ed Felson. Je vous présente Arabella.

– J'ai pris le plus grand plaisir à vous regarder jouer, fit Arabella.

– Je vous remercie, dit Usho en s'inclinant. Mon épouse me dit toujours que le billard l'ennuie profondément. L'esprit du jeu lui échappe.

– Quel dommage, dit Arabella. Je trouve pour ma part que c'est un jeu superbe. Un jeu astucieux et plein de péripéties. »

Eddie fit le triangle. Il sentait, comme bien souvent il lui était arrivé de le faire par le passé, que si à présent il ne se ressaisissait pas, il allait continuer à perdre et se faire déposséder de tout son argent. Le courant de cordialité qui venait de s'établir entre Arabella et le Japonais l'irritait. Tout comme l'irritait la sympathie qu'il ressentait lui-même pour le petit homme : le flegme avec lequel jouait ce Japonais tiré à quatre épingles lui rappelait la superbe de Fats, ses poses de vedette. Lui, Eddie, était plus fort que cette gravure de mode. Et peut-être même plus fort que Fats.

« On monte la mise à cinq cents? interrogea-t-il.

– C'est énorme, pour une partie de huit », fit l'Asiatique.

Eddie cessa de déposer une à une les billes dans le triangle et se redressa. Autour de la table voisine, les joueurs qui avaient commandé de la bière le regardaient. Ils l'avaient certainement entendu proposer d'élever les enjeux à cinq cents dollars. Eddie s'aperçut aussi que les gamins de l'autre table avaient quitté la salle. Il glissa un regard à Arabella.

Son visage était sans expression. Il se tourna vers Billy Usho.

« Qu'avez-vous à perdre?

– Allons-y », fit le Japonais.

Il reprit sur le bord de la table le cube de bleu, le frotta délicatement contre son procédé, se baissa à peine et fit éclater le triangle.

Eddie respira un grand coup et observa le jeu sans s'asseoir, tournant le dos à Arabella. La cinq tomba dans une poche. Billy jouait donc les pleines. Eddie concentrait son regard sur la table, évitant soigneusement de se laisser distraire par la tenue vestimentaire de Usho ou par l'expression douce et juvénile de son visage.

Le placement était plus que médiocre. Aucune pleine ne se prêtait à un tir direct, et de plus la blanche était venue se coller contre une bande latérale. Le Japonais considéra longuement la disposition des billes sur la table et décida de jouer la défensive. Il immobilisa la blanche entre la huit et la quatre, dans une position à partir de laquelle il était impossible de tirer aisément une rayée. Eddie n'avait pas le choix : la seule chose à faire était de garder ses billes groupées et de s'en tirer honorablement en jouant lui aussi à fond la défensive. Mais pour cela il lui fallait d'abord tirer par une bande sur la onze. Joli traquenard.

Au moment où il allait jouer, la serveuse apporta les consommations. Eddie lui tendit un billet de dix dollars, prit son verre de Manhattan sur le plateau et revint vers la table. En tirant fort, il avait pourtant une petite chance d'expédier la onze dans la poche du milieu. La bille n'en était éloignée que d'une trentaine de centimètres, sur le bon alignement. Mais cogner assez dur sur cette bon Dieu de blanche pour la décider à ne pas s'endormir sur la bande et à revenir sans trop se faire prier sur la onze, c'était sacrément casse-gueule. La sale petite ordure! songea-t-il en observant pendant un instant le visage affable de l'Asiatique. Il but une gorgée de Manhattan, reposa son verre sans regarder Arabella et se rapprocha de la table. Le coup sur la onze était jouable, et il était bien décidé à le tenter.

Tout se passa très vite. Les doigts de sa main gauche firent la fourche tout près de la huit, il inclina fortement sa queue, lima une seule fois et fouetta la blanche. Il perçut immédiatement que la grosse bille paresseuse répondait beaucoup mieux depuis qu'il avait râpé son procédé avec la lime du Japonais. Il suivit des yeux la blanche tandis qu'elle rebondissait sur la bande et revenait en ligne droite frapper la onze pleine bille pour la propulser dans la poche latérale. La blanche s'arrêta. Le coup suivant, sur la treize, était tout simple. Eddie remit du bleu sur son procédé, fit trois pas autour du billard pour se positionner et fit le point. Puis il empocha la neuf, la quinze, la quatorze et la douze. La blanche vint s'immobiliser à une vingtaine de centimètres de la huit, la noire, laquelle se trouvait dans un angle du jeu, tout près de la poche du coin. D'une infime détente du poignet, Eddie marqua le point final et vint reprendre son verre. Sans rien dire, le Japonais lui remit le montant de l'enjeu et fit le triangle.

A minuit, Eddie élevait la mise à mille dollars et Billy Usho appelait deux barons à la rescousse. L'un d'eux portait un costume sombre et ressemblait à un banquier. L'autre aurait très bien pu participer à un rodéo. Il était habillé en cowboy, chiquait et dégoupillait ses boîtes de bière comme dans les publicités. Chaque fois qu'Eddie gagnait une partie, il retirait des billets de cent dollars crasseux d'une liasse apparemment inépuisable.

A une heure du matin, Arabella regagna le Holiday Inn en taxi. Elle embrassa Eddie avant de monter dans la voiture.

« Je suis ravie que tu aies repris le dessus, lui dit-elle d'une voix ensommeillée.

– Tu sais ce que je vais faire dès demain? M'acheter des vêtements neufs. »

Après la fermeture du bar à deux heures et demie du matin, une bande d'incurables couche-tard – une douzaine d'hommes environ – envahit la salle de billard pour observer le jeu. Dans l'autre pièce, quelqu'un continuait à faire tourner le juke-box, et par la porte de communication laissée ouverte arrivaient les voix assourdies de Conway Twitty et Merle Haggard. Billy Usho avait maintenant perdu la fraîcheur de son teint. Des rides creusaient son visage et il avait les cheveux épars. Des traces de talc maculaient le devant de sa veste bleue, tout près du revers et on eût dit que les fentes de ses yeux étaient encore plus étroites.

Eddie atteignait à un état second dont il avait presque oublié la réalité. Il lui semblait que l'influx nerveux parcourant ses bras et ses phalanges se propageait le long de la Balabushka pour irradier la surface polie des billes, et jusqu'au tapis vert de la table. Il ne ressentait plus la moindre douleur dans les pieds ou dans l'épaule, et ses tirs se succédaient avec la régularité et la précision d'un mouvement de bielle. Il ne pouvait plus les manquer. Impossible. En aucun cas. Tout ce qui durant des années l'avait engoncé, paralysé dans une existence de petit bourgeois médiocre, s'était soudain dissipé. Il se mouvait autour de la table comme dans un rêve. Mais un rêve pleinement éveillé. Tout se déroulait sous ses yeux avec une aveuglante clarté. Le choc sourd du procédé contre la blanche, le claquement sec de la blanche contre la bille qu'elle venait caresser, ou couper, ou heurter en douceur, ou frapper de plein fouet avant de l'expédier dans une poche, sonnaient à son oreille comme le cliquetis d'une mécanique bien huilée. Il se sentait envahi d'un grand silence paisible, et comme ébloui par cette métamorphose dont il était l'acteur.

Mais Billy Usho refusait de se déclarer vaincu. A vrai dire, son obstination était même stupéfiante. Il jouait pourtant en virtuose, et beaucoup mieux qu'en début de soirée. Il gagna même plusieurs parties, car sitôt qu'il avait les coudées franches, il devenait quasiment impossible à Eddie de reprendre l'avantage. Mais il était maintenant trop tard pour que le Japonais remonte la pente. Vers les trois heures du matin il devint évident, pour Eddie comme pour tous les spectateurs, que le petit homme n'avait plus aucune chance. Mais contre tout espoir il s'obstinait, et ses deux acolytes continuaient à casquer.

Depuis ce tir bande avant sur la onze, il semblait à Eddie que la blanche avait perdu toute sa lourdeur, toute son inertie. Il avait enfin trouvé le truc et faisait désormais d'elle ce qu'il voulait. Il ressentait même pour cette grosse boule blanche une manière d'affection. Quelque chose d'un peu comparable à ce qu'il avait ressenti pour Billy Usho. Mais c'était maintenant lui qui les tenait l'un et l'autre à sa merci, lui qui était le maître du jeu et tirait les ficelles. Il ne connaissait rien qui fût comparable à cette griserie. Rien d'aussi exaltant que de tirer sur cette blanche et de suivre des yeux une bille de couleur roulant sur le tapis vert, avec la certitude qu'elle allait parcourir d'une absolue précision la trajectoire qu'il avait décidé de lui imposer. Rien d'aussi ineffable que de la regarder s'engouffrer dans la poche qu'il avait choisie et d'entendre le choc sourd de sa chute.

Quand il entra dans la chambre, il s'efforça de faire le moins de bruit possible pour ne pas l'éveiller, mais elle se retourna dans le lit, alluma presque aussitôt la lampe de chevet et cligna des yeux en essayant de déchiffrer l'heure sur le cadran du radio-réveil.

« Merde! Déjà cinq heures du matin! » s'exclama-t-elle sans le regarder.

Puis elle se dressa dans le lit, ébouriffée, sans chercher à rcmonter la couverture sur ses seins nus.

« Cinq heures et quart, plus exactement, corrigea-t-il.

– Tout compte fait, tu ferais peut-être mieux de jouer au tennis.

– Sûrement pas. (Il déposa son étui dans la penderie, déboutonna sa chemise et la jeta sur le dossier d'une chaise.) J'ai grand besoin de prendre une douche.

– Tu devrais te mettre au lit.

– Quand j'aurai pris ma douche.

– Comme tu voudras, dit-elle en se frottant les yeux. Tu m'as manqué. Tu l'as soulagé de combien?

– Soulagé?

– C'est pas comme ça qu'on dit? »

Il lui sourit, l'esprit ailleurs. Il se sentait complètement vidé. Les muscles de ses membres, de son torse, de son dos, commençaient à perdre de leur tension et une douleur sourde lui brûlait les chevilles et le bras droit. Mais cette douleur lui procurait davantage de bien-être qu'elle ne l'incommodait. Il mit la main à sa poche droite et en retira une poignée de billets qu'il éparpilla près d'elle sur le lit. Toute sa vie il s'était senti rassuré par le contact de ces coupures dans sa main. De ces coupures dont le dos offre au regard un coloris de vert un peu particulier, et dont la gravure compacte et un peu baroque s'efface dans les angles pour laisser place à des vignettes dans lesquelles s'inscrit le chiffre « 100 » si sympathique à contempler. Il replongea la main dans la poche pour en retirer une autre poignée de billets qu'il laissa de nouveau tomber au-dessus d'elle, tout près de la première. Puis une autre. Puis une autre. Pêle-mêle, les coupures s'amoncelaient sur le lit. Arabella écarquillait les yeux, fixant tour à tour l'argent et le visage d'Eddie.

« Dieu du ciel! » murmura-t-elle en contemplant le déluge de billets.

Il fouilla le fond de sa poche et en extirpa encore une douzaine. Puis il entreprit de vider l'autre poche, dans laquelle il avait enfoui un rouleau de billets, qu'il saisit entre le pouce et l'index. En tombant sur la couverture, le rouleau, comme animé d'une vie propre, s'épanouit en un somptueux bouquet. Il restait encore des billets au fond de sa poche, dans laquelle Eddie continuait de puiser pour les en extraire par petites pincées. L'amoncellement de dollars occupait à présent tout l'espace compris entre les genoux et les coudes d'Arabella. Elle se pencha en avant, se saisit d'une brassée de billets qu'elle pressa contre son visage comme une petite fille serre contre elle sa poupée chérie.

« Pourquoi ne t'ai-je pas rencontré plus tôt, Eddie? fit-elle.

– Quelle importance, puisqu'à présent je suis là. »

Le lendemain, Arabella l'accompagna vers midi chez Thelma. Elle joua au flipper pendant qu'il attendait l'arrivée d'un éventuel adversaire. Il s'était muni d'une poignée de monnaie à la caisse et jouait tout seul, mais aucun des clients qui étaient entrés dans le bar pour boire un verre n'avait franchi la porte de la salle du fond, dans laquelle Eddie faisait à répétition des bandes, comme s'il avait été payé par la maison pour guetter le gogo. Vers la fin de l'après-midi, il en avait sa claque. Du temps qu'il gérait son club à Lexington, il en était venu à prendre en haine ces journées interminables passées à rentrer des billes par désœuvrement. A présent les autres tables étaient occupées, mais on n'y jouait pas pour de l'argent. La fièvre de la nuit précédente s'était dissipée, et quand plus tard, à l'heure du dîner, tous deux retournèrent au bar pour manger quelque chose son bras était endolori et ses pieds le faisaient souffrir.

Quand ils regagnèrent la salle de jeu. Arabella reprit la place qu'elle occupait la veille au soir sur la chaise pliante et ouvrit un livre. A neuf heures, il alla chercher deux bouteilles de bière au bar et demanda un verre pour Arabella.

« Ecoute, lui dit-elle, tu ne peux tout de même pas t'attendre à tirer le gros lot tous les soirs.

– Tu veux jouer?

– Volontiers. »

Elle referma son livre et le déposa sur son siège.

Il lui apprit à faire revenir la bille vers elle en exécutant des rétros et lui fit voir comment placer le pouce et l'index pour faire correctement la fourche. Elle concentrait toute son attention sur les mouvements qu'elle s'appliquait à reproduire. Il disposait les billes sur le jeu et prenait plaisir à la regarder faire de son mieux pour suivre les directives qu'il lui donnait, et viser dans les règles de l'art. Puis il la laissa jouer seule et alla s'asseoir sur le pliant, d'où il continua à l'observer en buvant par petites gorgées sa bière au goulot. Au bout d'un certain temps, il feuilleta le livre qu'elle avait apporté, puis se plongea dans sa lecture tandis qu'elle continuait à se faire la main. C'était un recueil de nouvelles très courtes, dont les intrigues se situaient toutes en Angleterre. Il en lut trois sans plus s'occuper d'elle, et quand il releva la tête elle était debout devant lui, les bras croisés en équilibre sur la pointe de la Balabushka, qu'elle tenait verticalement devant elle.

« Après un certain temps, ça devient fastidieux », dit-elle.

Eddie s'étira et réprima un bâillement.

« Sauf à cinq cents dollars la partie.

– Rentrons à l'hôtel, Eddie. Je me sens un peu lasse. »

Vers huit heures le lendemain soir, Billy Usho réapparut chez Thelma. Il portait cette fois une veste de velours marron, un pantalon beige et des mocassins italiens. Il tenait son étui à la main et fit à Eddie un sourire un peu crispé sitôt qu'il l'aperçut sur la chaise pliante.

« Si je rentre la huit par la bande, vous êtes partant? lui demanda Eddie.

– Oui, si vous jouez les yeux bandés, fit le Japonais.

– Asseyez-vous et dites-moi où je peux remettre ça.

– Vous demandez la lune.

– Un ami m'a pourtant affirmé qu'on flambait à tout va dans les parages.

– Plus maintenant. Comment s'appelle votre ami?

– Fats, un type de Chicago.

– Oui, je vois », fit Billy Usho. (Son visage demeurait vide de toute expression, et il aurait tout aussi bien pu dire : « Tiens donc! » Il ouvrit son étui et en retira une queue différente de celle dont il s'était servi en jouant contre Eddie. Le fût de celle qu'il avait maintenant entre les mains était enrobé d'une pièce de toile de même couleur que sa veste.) « A ce qu'on raconte, votre ami Fats a plumé tout le monde quand il est passé dans le coin il y a six ans, reprit-il. Dans ce temps-là, il y avait de l'argent à ramasser. Les choses ont bien changé.

– Vous ne faites que passer vous aussi, je me trompe? questionna Eddie.

– Je suis ici depuis une semaine. Faut s'accrocher. »

Eddie ne dit rien pendant quelque temps. Une partie d'amateurs se déroulait sur l'une des tables et, assis côte à côte, ils regardaient le jeu.

« Dites-moi, vous avez déjà participé au tournoi de neuf de Lake Tahoe? demanda Eddie.

– Une vraie vacherie. Il faut se classer premier ou second. Sinon, la note d'hôtel vous pompe tout.

– J'ai entendu dire que Borchard vit très à l'aise en faisant des tournois.

– Oui. Mais lui, c'est un génie. Comme Babes Cooley. »

Eddie se leva de sa chaise, poussa une pièce dans le monnayeur et se mit à faire des bandes. Usho se leva à son tour et s'approcha de la table.

« Depuis vingt ans, je n'ai jamais vu personne jouer sérieusement à la neuf, » déclara Eddie.

Billy Usho le regarda d'un air interrogateur.

« Où étiez-vous passé depuis tout ce temps? »

Eddie tira la douze par deux bandes en coin.

« Dans le brouillard, Billy. J'ai passé vingt années de ma putain de vie dans le brouillard.

– Superbe double bande », fit le Japonais.

Ils quittèrent ensemble l'établissement vers une heure. Quand ils furent sur le parking, une voiture bourrée de jeunes s'immobilisa dans un crissement de pneus tout près de celle qu'Eddie avait louée. Six occupants, garçons et filles, en descendirent bruyamment. Eddie et Billy Usho les suivirent du regard tandis qu'ils se dirigeaient vers la grosse enseigne lumineuse rouge de chez Thelma, les garçons se donnant des bourrades, les filles poussant des cris suraigus. En introduisant la clef dans la serrure de la portière, Eddie se tourna vers Billy Usho.

« D'après vous, j'aurais une chance de battre Earl Borchard à la neuf? Ou Babes Cooley?

– A mon avis, non.

– Et pour quelle raison?

– Parce que la huit, comme on la joue dans les bars, c'est de la gnognote. Les cracks jouent tous à la neuf.

– Pas au quatorze contre un?

– Non. A la neuf. C'est là qu'est le fric. »

Pendant les deux semaines suivantes, Eddie dut se résigner à laisser Arabella passer seule de longues heures coincée dans une chambre de motel. Pour tuer le temps, elle lisait et donnait quelques coups de téléphone. L'après-midi, ils allaient ensemble au cinéma en attendant que vienne l'heure pour Eddie d'aller tenter sa chance au billard. Elle ne manquait jamais de l'accompagner dans le bar sur lequel il avait jeté son dévolu pour lui tenir compagnie. Mais au bout d'un certain temps l'inaction commençait à leur peser, surtout à elle, qui n'avait rien de bien précis à faire pour s'occuper.

Pis encore, le jeu ne rapportait à Eddie que des broutilles. Tout au plus avait-il trouvé un soir un adversaire à vingt dollars la partie, mais l'homme avait fini par déclarer forfait au bout de quelques heures, après qu'il eut été soulagé de cent quatre-vingts dollars. Cela s'était passé la première semaine. Depuis, c'était le calme plat.

Au terme de trois jours de réclusion dans une chambre du Holiday Inn de Beaufort, en Caroline du Nord, il devint évident qu'Arabella s'ennuyait à mourir. Elle s'efforçait de faire bonne figure, mais des silences pesants s'établissaient entre eux quand ils s'attablaient en tête-à-tête devant ce qui était pour elle le déjeuner et pour lui le petit déjeuner. Un jour qu'il venait de se lever aux environs de midi après une nuit interminable passée à poireauter dans un bar du centre, tout sembla se conjuguer pour empirer la situation. Le service de blanchisserie de l'hôtel avait égaré deux chemisiers, le téléviseur de la chambre cafouillait, refusant de donner une image intelligible et pour tout arranger voilà que la serveuse se trompait de fiche et apportait à Arabella un sandwich au pâté de foie alors qu'elle avait commandé un hamburger. En la voyant contempler avec fureur les tranches de pain insipide déposées devant elle, Eddie tenta de rappeler la serveuse, mais celle-ci avait déjà disparu dans la cuisine.

« Je veux rentrer, déclara Arabella.

– Il y a un avion dans l'après-midi à Raleigh. Je rentre avec toi. »

La saison s'avançait et à Lexington le temps avait fraîchi. Eddie portait maintenant des gants et une écharpe quand il se rendait le matin au club de l'université. Les arbres étaient tous dénudés, et on avait ratissé soigneusement les pelouses du campus pour en retirer toutes les feuilles mortes. On voyait encore sur le sol des traces de griffes laissées par le râteau, comme sur le fin gravier d'un jardin japonais. Chaque jour, après avoir garé sa voiture sur le parking réservé aux visiteurs, Eddie se hâtait frileusement vers le club, le menton rentré dans son col, en serrant sous son bras l'étui de sa Balabushka. Il aimait se retrouver dans ce décor. L'université, avec ses solides bâtiments de briques, ses allées parfaitement entretenues, cette impression d'ordre et de sécurité qu'on ressentait en parcourant le campus, apportait à Eddie un profond réconfort après le factice et le débraillé des petites villes du Sud. Sitôt franchie la porte du club, il traversait le bar transformé le matin en cafétéria, passait au milieu des tables de bois sur lesquelles des étudiants en veste blanche disposaient les couverts du petit déjeuner, grimpait l'escalier jusqu'au premier étage, longeait le couloir jusqu'à la salle de billard, pliait la housse de la grande table d'acajou massif et commençait à s'entraîner. Il était parfaitement conscient de ne pas appartenir à cet univers, auquel ne l'avaient préparé ni son instruction ni son milieu social, et dans lequel il n'avait pu s'introduire qu'à la faveur d'une recommandation de Roy Skammer. Et pourtant, il se sentait bien plus à l'aise ici que lorsqu'il jouait sur des tables de tavernes, à proximité d'une piste de danse, ou dans les méchantes salles enfumées des brasseries de Caroline du Nord. Dans la quiétude feutrée de cette salle d'une élégance hautaine, aux murs ornementés de portraits un peu austères, et où montaient parfois des mesures de musique de chambre, il avait l'impression d'être un peu chez lui. Un vaste tapis d'Orient aux teintes fanées était disposé sous la table et en épousait à distance le contour. En arrivant, Eddie pendait son blouson de cuir et son écharpe au crochet de cuivre d'une patère, tout près du visage lunaire d'un respectable professeur d'histoire qui surveillait la table d'un œil sévère. Il avait affublé le personnage du surnom de Lexington Fats, et quand il réussissait un tir particulièrement difficile, il lui arrivait de se retourner vers lui pour quêter son approbation.

Il avait espéré, au retour de ces deux semaines passées à jouer sur les billards de Caroline du Nord, que sa technique s'était améliorée. Et ses espoirs n'avaient pas été déçus puisqu'à présent ses coups étaient mieux assurés et qu'il réussissait des séries de soixante-dix points. Ses lunettes avaient été pour lui une providence. Chacun des muscles de son dos, de son échine et de son bras qu'il mobilisait pour tirer à répétition pendant des heures s'était aguerri, et son corps n'éprouvait plus la moindre douleur. Il n'avait certes pas retrouvé son brio de jadis, du temps où il pouvait marquer cent points d'affilée, mais il sentait qu'il était sur la bonne voie. Il allait donner le meilleur de lui-même pendant le match d'Albuquerque, et avec un peu de chance il battrait Fats. Maintenant, il en était capable.

Arabella passait le plus clair de son temps dans l'appartement à rédiger des articles pour sa revue d'art populaire ou à taper des textes pour des universitaires, en pestant de temps à autre contre l'indigence du style ou les renvois en bas de page qui l'obligeaient à faire de l'acrobatie avec le chariot de sa machine à écrire. Mais elle semblait heureuse d'avoir du travail. L'appartement était un peu exigu pour qu'on y vive à deux, et ils envisagèrent plusieurs fois d'en chercher un plus grand. Quand ils ne passaient pas la soirée à lire ou à regarder la télévision, ils allaient voir un film. Cette routine n'était pas sans éveiller chez Eddie une pointe d'agacement. Il menait à présent une vie casanière et sans surprise, et quelque chose en lui s'insurgeait contre ce confortable enlisement. Au fur et à mesure qu'il retrouvait son adresse au billard, sa vieille envie de bouger reprenait le dessus, et alors il brûlait de recommencer à flamber, de prendre des risques, de descendre dans des hôtels de luxe, de dormir jusqu'à midi et de refermer la main sur des poignées de billets. De billets de cent dollars.

Quatre jours après leur retour du Sud, il avait fait un saut chez Martha pour récupérer les vêtements d'hiver qu'il n'avait pas emportés lors de leur séparation. Comme à l'ordinaire, elle avait un rhume. Elle l'avait reçu poliment, mais n'avait pu réprimer une crispation en le voyant retirer de l'armoire d'érable une pile de pull-overs, de pantalons de velours et son autre écharpe. De se retrouver ainsi dans cet appartement lui avait donné une sensation de vertige, et il s'était senti incapable de dire quoi que ce soit. Martha aussi avait gardé le silence. En possession de ses vêtements, il s'était empressé de repartir.

Arabella lui avait auparavant libéré une partie de la grande penderie. Quand il en avait fait coulisser la porte, il avait découvert à l'intérieur une enfilade de robes sur un bon mètre de longueur. Il en avait bien dénombré une quarantaine, toutes soigneusement pendues sur des cintres garnis d'un molleton de rayonne parme. De la main, il avait effleuré les étoffes de soie, de laine et de lin. Au bas de la penderie s'alignaient deux longues rangées de chaussures – des bleues, des rouges, des noires, des marron – toutes garnies d'embauchoirs métalliques du même parme que les garnitures des cintres.

Eddie avait entassé ses vêtements dans l'espace que lui avait ménagé Arabella, ahuri par cette profusion de robes et d'escarpins, par ce mélange capiteux de parfum et d'antimite qui lui révélaient soudain combien grande était la distance séparant l'univers d'Arabella du sien.

Quelques jours plus tard, ils s'étaient mis en chasse pour trouver un appartement en commençant par prospecter une banlieue dans laquelle les prix de location étaient modérément élevés. Pour s'y rendre, ils avaient dû traverser un quartier résidentiel agréable et emprunter une avenue tranquille bordée d'ormes centenaires. Alors qu'il ralentissait pour s'arrêter devant un feu de croisement, Arabella lui avait indiqué du doigt une maison derrière les arbres.

« Tu vois, c'est là que j'habitais. »

Il avait contemplé la vaste demeure en retrait de l'immense pelouse, le porche à colonnes blanches entouré d'un massif d'arbustes, les murs en meulière, le toit de tuiles rouges et son alignement de lucarnes et les hautes fenêtres du rez-de-chaussée. Tout à fait ce qui allait avec la garde-robe d'Arabella. Elle avait vécu pendant quinze ans entre ces murs, du temps qu'elle était l'épouse d'un éminent professeur aux Beaux-Arts dont on exposait les toiles dans les galeries new-yorkaises et qui souvent faisait des conférences à la télévision. Et maintenant elle était la concubine d'un joueur de billard. D'un ex-arnaqueur. Eddie avait redémarré au feu vert en gardant le silence.

« Ça ne te manque pas, les mondanités? lui demanda-t-il un soir.

– Les mondanités? (Elle venait tout juste de mettre un point final à un exposé théorique sur le calcul des contraintes subies par les ouvrages hydrauliques, et tapait par petits coups la pile de feuillets sur le secrétaire pour les aligner.) Il me faudrait un trombone.

– Derrière ta machine. Je voulais parler des réceptions à l'université, comme quand tu étais mariée à ton prof.

– Pas souvent, mais ça m'arrive. (Elle pinça les feuillets avec le trombone et les glissa dans une chemise. Puis elle se leva et s'étira.) Dans ce genre de réception, les femmes de profs n'ouvrent la bouche que pour parler de leurs mômes. Et moi, je n'en ai pas. Disons que cela me donnait l'occasion de porter une nouvelle toilette de temps en temps. Mais je devais me farcir les discours de mon mari. Alors, l'un dans l'autre...

– On dit que les profs ne peuvent pas se passer de leur femme.

– Pour faire la lessive?

– Décidément, il te sort par les yeux! fit Eddie. Non, simplement pour faire bien dans le décor, pour le faire valoir... l'aider dans sa carrière...

– C'est ce qu'on raconte, mais ce n'est pas tout à fait vrai. Harrison a réussi parce qu'il a pour lui tous les atouts et qu'il sait mieux que personne en tirer parti. Non, Eddie, tu te trompes, je n'ai pas de haine pour Harrison. Mais quand je pense à lui, c'est plus fort que moi, ça me crispe.

– Mais alors, qu'est-ce que tu fabriquais avec lui? »

Elle le fixa un bon moment, puis alluma une cigarette avant de répondre.

« Je n'en sais rien. C'était peut-être pour les fringues.

– Tu en as une sacrée collection!

– Le besoin de sécurité. J'avais besoin qu'un homme s'occupe de moi, Eddie. Un homme séduisant et qui ait réussi dans la vie.

– Cela me semble tout à fait naturel.

– Qu'est-ce que tu attends de moi? Que ça recommence? »

A son tour, il alluma une cigarette.

« Contre qui t'en prends-tu au juste? »

Elle fit quelques pas vers le secrétaire et se saisit du texte qu'elle avait tapé.

« J'en veux à Harrison... j'en veux à ce prof d'hydraulique qui a écrit ce machin sur le calcul des résistances des barrages à la pression des retenues d'eau...

– Je crois bien que c'est à moi que tu en veux, Arabella.

– J'en ai assez de l'université. Assez de ces étudiants qui finissent par décrocher leur diplôme sans avoir rien d'autre en tête que la drogue et le rock.

– Tu oublies le plumard. En fait, c'est contre moi que tu as de la rancune. »

Elle le dévisagea.

« Eddie, pourquoi ne vas-tu pas jusqu'au bout? Pourquoi ne fais-tu pas de tournois?

– Je ne suis pas encore de force à en faire. Et qui sait si je le serai un jour. (Il regarda l'heure à sa montre. Minuit. Il se leva pour aller déplier le canapé-lit.) Mais toi, toi qui vivais dans un petit palais, comment se fait-il que tu ne roules pas sur l'or?

– La maison ne figurait pas dans le partage. Elle appartient à la mère de mon ex-mari. J'ai obtenu une pension de huit cents dollars par mois. Un point c'est tout.

– On peut vivre avec moins que ça. »

Arabella se tut pendant qu'il déplaçait ses chaussures.

« Eddie, lui dit-elle dès qu'il les eut retirées, quand j'en ai eu marre en Caroline du Nord et que j'ai voulu revenir ici, ce n'était pas seulement parce que je m'ennuyais et que la bouffe était détestable.

– Je me doutais bien qu'il n'y avait pas que cela.

– J'ai besoin d'être autre chose que le faire-valoir d'un homme, et je commençais à me dire qu'avec toi les choses recommençaient comme avec Harrison.

– Trop aimable.

– Ne le prends pas mal. Tu ne ressembles pas à Harrison, mais toi aussi tu m'étouffes un peu. »

Il encaissa sans rien dire.

« Je pourrais me faire employer régulièrement par la revue pour laquelle j'écris de temps en temps, reprit-elle d'une voix lasse. Ils m'ont proposé un poste de lectrice.

– Prends-le.

– Oui, mais je continuerais à lire des textes de profs.

– Alors ne le prends pas.

– Je ne sais plus... (Elle semblait désorientée.) Au fond, je suis peut-être faite pour vivre avec un homme qui me séduise et qui ait réussi dans ce qu'il a entrepris. Le prince charmant en somme. (Elle s'approcha de nouveau du secrétaire pour jeter la liasse de feuillets près de la machine.) On n'en finit plus de rabâcher aux femmes qu'elles doivent s'accomplir. Mais en réalité, ce n'est peut-être qu'une vaste fumisterie. »

Eddie la fixa.

« Non, ce n'en est pas une, Arabella.

– Mais alors *quoi* faire pour m'en sortir? »

Il se leva, pieds nus, et s'étira.

« C'est également la question que je me pose. Et je tourne en rond moi aussi. »

CHAPITRE VI

Le match-exhibition avait été organisé dans la proche banlieue d'Albuquerque à l'occasion d'une foire. En dépit du froid qui régnait en ce mois de novembre, l'odeur des chevaux et des bottes de paille flottait sur le parking. En descendant du taxi, Eddie repéra Fats dévorant un Coney Island[1] bourré de piments, debout près de la cabane d'un marchand de hot dogs. Il se dirigea vers lui. Sous le soleil d'automne, son visage était d'une pâleur cadavérique.

« J'ai jeté un coup d'œil sur la table, fit-il après avoir pris tout son temps pour mâcher et déglutir. Une Gandy de deux mètres quatre-vingts. Apparemment en bon état.

– Tu n'as pas bonne mine, Fats.

– J'ai été malade, il y a deux semaines. »

Son étui serré sous le coude, il termina son hot dog, puis s'essuya la bouche et les doigts avec une serviette de papier qu'il roula en boule et jeta dans une poubelle.

« Tu aurais peut-être mieux fait de ne pas venir, lui déclara Eddie.

1. Hot dog garni de condiments variés. *(N.d.T.)*

– Là n'est pas la question. Le tout est de digérer les piments.
– Alors, arrête de te goinfrer de Coney Islands.
– Et maintenant, au boulot. Eddie-Vite-Fait. »
Fats lui tourna le dos et se dirigea résolument vers le théâtre des opérations. Il se déplaçait comme à l'ordinaire avec l'aisance d'un jeune premier. Eddie lui emboîta le pas et à sa suite se dirigea vers l'espace ouvert au-dessus duquel on avait tendu entre deux perches une grande banderole annonçant en grosses lettres : UN MATCH À TOUT CASSER : EDDIE-VITE-FAIT CONTRE L'INCOMPARABLE MINNESOTA FATS.

A travers la vitre du taxi qui les ramenait à l'aéroport, Eddie regardait au loin les Rocheuses se découper sur le ciel. Il avait eu beau se concentrer, tirer impeccablement sur des billes qu'il distinguait avec une parfaite netteté, il s'était encore fait battre de sept points. Cent cinquante contre cent quarante-trois.
Fats était affalé contre le dossier de la banquette, son étui noir en travers des cuisses.
« Belle partie », finit-il par lâcher.
Eddie avait fait une série de plus de quatre-vingts points avant de manquer un tir particulièrement difficile par la bande. Il ne releva pas le propos de Fats. C'était la cinquième fois consécutive que celui-ci avait le dessus. Et il ne restait plus qu'un seul match à jouer. Celui d'Indianapolis, au début du mois de décembre. S'il ne réussissait pas à gagner une partie sur six contre un vieillard de soixante-dix ans, alors, autant tirer un trait définitif et ne plus s'obstiner à vouloir vivre de ses revenus au billard.
« Tu t'es servi de mes adresses? lui demanda Fats.

– Je ne les ai pas toutes faites. »

Il avait en effet renoncé aux deux dernières villes de la liste, alors que l'une d'entre elles n'était qu'à quelques heures de voiture de Lexington.

« C'était pourtant un bon tuyau, reprit Fats. Je me suis fait pas mal d'argent à chaque étape.

– Au début, ça marchait bien. J'ai soutiré sept mille dollars à un dénommé Billy Usho. Et quelques milliers à un autre type, Boomer, il s'appelait.

– Ensuite? »

Le taxi prenait un virage, et Eddie aperçut la cime enneigée de Scandia Peak entre deux sommets plus modestes.

« Ensuite, rien. A peine de quoi payer l'hôtel.

– Tu n'as pas joué contre Ousley, à Connors?

– A ce qu'on dit, on y flambe à tout va.

– Ousley est bourré de fric. Il a des mines de charbon.

– J'irai peut-être y faire un tour la semaine prochaine. (Il se tourna vers Fats.) Dis-moi, ça t'est déjà arrivé d'avoir un boulot régulier?

– Jamais.

– Et... tu n'as jamais joué à la neuf en tournoi?

– Je n'aime pas beaucoup les habitués des tournois. Tous des jeunots. »

Il était arrivé à Eddie de jouer à la neuf de temps à autre, mais ceux qui pratiquaient régulièrement ce jeu appartenaient à un univers totalement étranger au sien.

« Il faut que je me décide, dit-il. Pas envie de me ranger. Il y a davantage de fric à se faire à la neuf que dans les bars. »

Fats fit une moue.

« Tu devrais pouvoir te défendre dans les petits tournois.

– Il y en a un grand le mois prochain à Chicago. Et ensuite, au printemps, celui de Lake Tahoe.

– Ceux-là, tu ne les gagneras pas. Tu as joué combien de fois à la neuf?

– Pas des masses.

– Un type comme Earl Borchard te battrait déjà au quatorze contre un. Et il joue encore bien mieux à la neuf. Tu as besoin de te roder.

– Rodé? Je le suis depuis belle lurette, Fats. Ces gars-là étaient encore en culotte courte à l'époque où personne ne me résistait.

– On est en 83, dit Fats.

– Je sais. En novembre.

– Exact. J'ai lu l'autre jour dans *Billiard's Digest* que le lendemain du match d'Indianapolis il y aura un tournoi dans le Connecticut. Ça dure trois jours, et le premier prix est de deux mille cinq cents dollars. Tu as encore le temps de t'entraîner à la neuf pendant quelques semaines et de t'inscrire.

– Mais je suis entraîné!

– Peut-être, mais je viens tout de même de te battre. »

Ils n'échangèrent plus un mot jusqu'à l'aéroport. Fats attendit que le chauffeur se glisse dans la file des taxis stationnés devant la compagnie Eastern Airlines pour rompre le silence.

« Tu as encore besoin de grandir, Eddie-Vite-Fait. »

Eddie le regarda sans rien répondre.

Quand il entra dans l'appartement, Arabella était absente, mais elle avait laissé à son intention une note près du téléphone. « Roy Skammer t'a appelé deux fois. » Suivait le numéro. Il prit le temps d'ouvrir une bière et appela.

« Un travail fixe vous tenterait, Eddie-Vite-Fait? lui demanda Skammer sans préambule.

– Vous êtes un homme à surprises, Skammer.

– Le type qui s'occupe de la salle de billard au

foyer des étudiants va bientôt prendre sa retraite, et j'ai dit un mot au doyen pour préparer le terrain. Si ça vous intéresse...

– Combien de tables?

– Huit ou dix. Il y a aussi des ping-pong et je ne sais trop quoi. Vous savez où ça se trouve?

– Oui, je sais. »

Sur le trajet qu'il suivait le matin pour se rendre au club de l'université, c'était le seul bâtiment moderne.

« Alors, prenez le temps d'aller jeter un coup d'œil sur les lieux demain matin. Le type qui va partir en retraite s'appelle Mayhew.

– Je n'y manquerai pas », affirma Eddie.

Arabella ne fut pas de retour avant minuit. Elle revenait de la galerie d'art de l'université, où venait d'avoir lieu une exposition de toiles signées par des étudiants, et elle y avait passé la soirée à distribuer des verres de vin et des toasts au fromage. Eddie ne lui parla pas de la proposition que lui avait faite Skammer et ce fut elle qui prit les devants pour lui demander comment s'était passée la rencontre avec Fats.

« Je n'arrive toujours pas à le battre.

– La prochaine fois, peut-être. Je me demande bien pourquoi j'ai accepté de m'occuper de ces vernissages. Tout compte fait, c'était plus drôle chez Thelma. »

Elle lui parlait de la salle de bain, et il entendait l'eau couler dans la baignoire.

« Tu sais ce que m'a dit Fats? Que si je voulais battre les jeunots à la neuf j'avais encore besoin de grandir.

– On croirait entendre Héraclite. Ce qui monte descend et ce qui avance recule.

– Je n'aime pas beaucoup les énigmes.

– Pardonne-moi. (Elle s'était assise sur le bord de la baignoire et se savonnait les pieds.) Je n'ai jamais très bien compris pourquoi il faudrait grandir à tout prix.

– J'ai l'impression que j'étais davantage adulte à trente ans que maintenant, lui dit-il.

– Pour se rendre compte de ça, il faut avoir pas mal grandi.

– Et pas mal grandi aussi pour y changer quelque chose », répliqua Eddie.

Ce qu'il aperçut tout d'abord en ouvrant la porte à double battant, ce fut l'alignement des jeux électroniques : PacMan, Donkey Kong et Asteroïds. On les avait disposés côte à côte dans une première salle du sous-sol, près d'un distributeur de Pepsi-Cola et d'une rangée de téléphones publics. Il était neuf heures trente du matin et personne ne jouait. Eddie traversa le local vide, poussa une seconde porte à double battant et pénétra dans ce qui se voulait la salle de billard. Il compta huit tables Brunswick de deux mètres cinquante près de l'entrée, puis quatre de ping-pong un peu plus loin, et tout à fait au fond, contre le mur, une demi-douzaine de flippers. Sur la droite des appareils, dans l'angle opposé à la porte, se tenait derrière un comptoir un vieux bonhomme aux cheveux blanc sale. Sur sa chemise à rayures, le personnage portait une cravate. Il semblait plutôt rébarbatif, à en juger par le regard renfrogné qu'il lança à Eddie en le voyant examiner les lieux. Du plafond pendaient de longues rangées de lampes fluorescentes, et plusieurs tubes crachaient en grésillant une lumière tremblotante. Le revêtement de sol consistait en de grandes feuilles de linoléum vert pâle. Du poste de radio posé sur le comptoir près du vieux s'échappait la voix d'un présentateur qu'Eddie reconnut immédiatement pour l'avoir entendue chaque matin à l'époque où lui-même attendait l'arrivée des premiers clients dans sa propre salle.

Au bout de quelque temps, l'homme leva la tête pour l'observer d'un air soupçonneux. Eddie se détourna et sortit. Mieux valait encore vendre des voitures d'occasion que de moisir dans un endroit pareil.

MUSÉE D'ART POPULAIRE indiquait la pancarte. Mais l'enclos près duquel il venait de se garer faisait plus volontiers songer à un dépôt de ferrailleur. Il était constitué de ressorts de lits rouillés délimitant des espaces occupés par des découpures de tôle décorées. La plus proche de la voiture représentait un homme en sombrero grattant une guitare rouge, et celle d'à côté une marguerite géante dont les pétales, rouillés sur les bords, se déployaient autour d'un soleil dont le jaune s'était quelque peu affadi. L'entrée, lui dit Arabella, se situait sur le côté. En longeant la clôture, Eddie observait les motifs peints sur les découpes de métal – un chapeau haut de forme, Popeye, un tigre prêt à bondir. On pénétrait à l'intérieur de l'enclos par une large brèche délimitée par deux énormes têtes de lapin faites chacune d'un capot récupéré à la casse sur une Volkswagen et repeint en rose, au-dessus duquel l'artiste avait soudé deux ailes avant de même provenance pour figurer les oreilles. Ce n'étaient pas des lapins d'un stupéfiant réalisme, et le sourire qu'ils grimaçaient était à vrai dire un peu inquiétant.

Mais Arabella voulait consacrer un article à ce musée d'art populaire, qui justement se trouvait sur la route de Connors, où Eddie entendait bien réussir à rencontrer un certain Ousley pour le défier au billard.

L'enclos avait à peu près les dimensions d'un terrain de football, et on y avait disposé des dizaines de personnages de métal, pour la plupart grandeur nature et vaguement humanoïdes. Eddie s'arrêta pour observer une Vénus d'acier à visage de cuivre émaillé, et il lui fallut un certain temps pour comprendre que les mamelles de l'assemblage, peintes couleur chair, avaient eu pour vocation première de servir de phares de voiture. Le créateur avait d'ailleurs puisé l'essentiel de son inspiration dans le rebut automobile, puisque le buste et les jambes de sa créature étaient faits de pare-chocs, les bras de collecteurs, la tête d'un bout de pot d'échappement et la chevelure d'un enchevêtrement de fils de bougies et de ressorts de rappel de culbuteurs, sur lequel on avait projeté de la colle forte pour faire adhérer une pluie de paillettes. L'effet final évoquait à s'y méprendre un nid de guêpes multicolore. La gorgone se fendait d'un horrible sourire, tout à la fois avenant et sinistre, d'un sourire à la viens-dans-mes-bras-que-j'te-coule-une-bielle, et on l'avait campée en jupon de rayonne sur un socle en tronçons de bastaings. Un petit carton déposé au pied de l'œuvre apportait au visiteur un complément d'information indispensable. On y lisait en lettres bien nettes : MANNEQUIN NEW-YORKAIS.

« Qu'en penses-tu? lui demanda Arabella en guettant sa réaction.

– Ça attire l'attention, c'est le moins qu'on puisse dire. »

A l'extrémité du terrain sans un seul recoin d'ombre se dressait une sorte de hangar abritant d'imposants tas de ferraille composés pour une bonne part de pièces de voitures. Arabella entraîna Eddie dans cette direction , et ils louvoyèrent parmi d'autres personnages féminins peints de couleurs voyantes, tous assemblés à partir de tubulures d'admission, de tuyaux d'échappement, d'ailes ou d'enjoliveurs. Chaque œuvre était boulonnée sur un socle et accompagnée d'un carton portant une inscription du genre TATA HILDA ou LA MAÎTRESSE D'ÉCOLE. Le visage de certaines reproduisait les traits d'un animal, et Eddie ne put réprimer une sensation de froid dans le dos en passant à côté d'un montage à tête de mante religieuse.

Alors qu'ils n'étaient plus qu'à quelques pas du hangar, un homme émergea torse nu de l'ombre, entre deux tas de ferraille. Un petit trapu puissamment musclé. En les apercevant, il s'avança vers eux, et sitôt qu'il fut en pleine lumière, Eddie releva qu'il était chauve et avait les avant-bras couverts de tatouages. Il pouvait avoir soixante ans et ne semblait pas particulièrement ravi de recevoir de la visite.

« Comment va, Mr. Marcum? dit Arabella. Je suis venue avec un ami. »

L'homme considéra Eddie avec méfiance avant de répondre.

« 'Jour, ma p'tite dame. Vous m'apportez mon Heliarc?

– Non, fit Arabella. Je vous ai déjà dit que c'était très difficile à trouver. Je vous présente Ed Felson. »

Marcum était encore de plus petite taille qu'Arabella. Il leva de nouveau les yeux pour examiner Eddie avant de lui tendre une main courtaude couverte de cicatrices.

« Une brave dame, affirma-t-il en désignant Arabella d'un signe de tête. Rien à en sortir, mais c'est une brave petite dame.

– Vous faites tout ça vous-même? interrogea Eddie en se retournant vers le terrain.

– Aussi vrai que je m'appelle Marcum. Dis, t'aurais pas une bière qui traîne, dans ta bagnole?

– Ma foi non.

– T'irais pas nous en chercher une?

– Tout à l'heure, Mr. Marcum, dit Arabella. Je voudrais d'abord montrer vos sculptures à Eddie.

– Et l'autre, le jeune homme, qu'est-ce qu'il est devenu? On avait parlé qu'il vendrait mes machins à Lexington. »

Arabella le regarda pendant quelque temps avant de lui répondre.

« Il ne pouvait pas mettre le prix que vous lui demandiez, fit-elle en détachant ses mots. Dans ces conditions, il n'y avait plus d'affaire possible.

– C'était juste un prix que j'avançais comme ça. On aurait pu discuter. En tout cas, il aurait pu m'rappeler.

– Ce que pouvait vous proposer Greg était sans commune mesure avec ce que vous vouliez. Mais si je suis revenue vous voir aujourd'hui, Mr. Marcum, c'est pour vous interviewer, continua-t-elle pour dissiper toute équivoque. J'ai apporté mon magnétophone.

– On m'avait dit y a plus d'un an qu'on viendrait me filmer pour que je passe à la télé. Mais personne s'est jamais pointé. Faut croire que j' devais pas être assez reluisant pour eux.

– Il ne s'agit pas de télévision, Mr. Marcum. Mon but, c'est d'écrire un article sur vous dans *Kentucky Arts and Crafts*.

– Ça m' rapporte quelque chose?

– Ça fera parler de vous.

– D' la merde, fit Marcum. Tout l' monde autour n'arrête pas d' parler d' moi. C'est pas ça qui m'amène de la fraîche. (Il se tourna vers Eddie.) Dis, t'irais pas nous chercher un peu de bière? Tu prends la première à main gauche. C'est à deux coins d' rues.

– D'accord, acquiesça Eddie. De la Miller, ça pourra aller?

– Prends plutôt d' la Molson, si t'en trouves. Ou alors de la Heineken.

– Je vais chercher le magnétophone dans la voiture, dit Arabella.

– Qui était ce Greg? lui demanda Eddie en lui remettant le Sony qu'il venait de prendre sur le siège arrière.

– Un marchand d'objets d'art.

– Il est mort, non? questionna Eddie en mettant le contact.

– Oui, il est mort. »

Déjà elle était repartie vers le dépôt de ferraille, le Sony en bandoulière. Eddie démarra en songeant au visage juvénile de l'homme dont il avait vu la photo dans le journal. Il se les représentait tous les deux – Arabella et le jeune expert en œuvres d'art – s'extasiant de ravissement devant les délirantes « sculptures » de Marcum. Il acheta un carton de six Molson et un paquet de chips au supermarché et remonta dans la voiture.

A présent, il déambulait au soleil à travers l'enclos, s'arrêtant ici et là pour boire une gorgée de bière au goulot et regarder de plus près les statues, un peu comme on détaille le déguisement des invités dans un bal costumé. Les matériaux dont se servait Marcum pour créer ses femmes renforçaient encore l'insolence de leurs visages et l'agressivité de leurs postures. Eddie ressentit malgré lui une sorte de complicité à l'égard de ce vieux forban qui, dans ce pays minier perdu, se faisait lui aussi son trou, à l'explosif et à l'acétylène, en peuplant sa galerie de femelles provocantes. Pour interviewer Marcum, Arabella s'était assise à l'ombre sur une chaudière rouillée, sous le hangar. Il faisait étonnamment bon, comme il arrive parfois en novembre quand la bière vous rafraîchit en même temps que le soleil encore vif vous fait transpirer. Eddie vida sa bouteille, s'attarda encore un peu devant une femme en acier chromé promenant en laisse – une vraie laisse de cuir – un chien lui aussi en acier chromé, puis revint vers le hangar.

Arabella devait en avoir fini de son interview, car elle se leva tandis que Marcum décapsulait une autre bière.

« Je t'ai vu regarder la femme au chien, dit-elle à Eddie. J'étais justement en train de convaincre Deeley de me la vendre. »

Sans qu'il sût très bien pourquoi, il en éprouvait de la contrariété.

« Et où vas-tu la mettre?

– Près de l'entrée de la salle de bain. J'aime bien aussi le *Mannequin new-yorkais,* mais c'est une pièce terriblement lourde et encombrante. Qu'en penses-tu?

– Fais ce qui te plaît. On pourra toujours la transporter sur le siège arrière. »

Il s'éloigna de quelques pas pour aller chercher la dernière bouteille de bière.

« J'aimerais encore la regarder, dit Arabella.

– Qu'est-ce que tu penses de mes bonnes femmes? interrogea Marcum quand Arabella se fut éloignée.

– A tout prendre, je préfère encore la mienne. »

Le vieux bonhomme éclata de rire.

« Belle pièce, pour sûr. C'est ta femme?

– Nous ne sommes pas mariés.

– Ça vaut bien mieux comme ça. Pourquoi acheter une vache quand on peut avoir le lait à l'œil, hein?

– Je ne connais pas grand-chose aux vaches, fit Eddie, mais vous, on dirait que vous ne vous acharnez pas à embellir les femmes.

– C'est ce qu'on dit. J' les fais pourtant telles que j' les vois.

– Vous avez dû en voir quelques-unes de pas spécialement jojo. »

Marcum haussa les épaules.

« Si seulement j'avais un bon poste à souder! dit-il sans relever le propos d'Eddie. Ce qu'y me faudrait, c'est un Heliarc. (Il fixa pensivement Eddie.) Le jeune type avec qui elle était avant vous, quand ils sont venus ici en moto, il m'a dit qu'à Lexington on pouvait en trouver d'occasion.

– Je ne connais pas non plus grand-chose à la soudure, fit Eddie. Mais, dites-moi, quel genre de type c'était? »

Au milieu du terrain, Arabella se penchait pour regarder plus attentivement les jambes de la femme en acier chromé.

Marcum réfléchit un instant.

« Ce gars-là ne m' bottait pas des masses. (D'un bref mouvement de la tête, il désigna Arabella qui avait pris un peu de recul et s'était mis les mains sur les hanches pour observer la femme au chien.) Mais elle, oui, ça se voyait qu'elle en pinçait pour lui. »

Eddie se tut et but une gorgée de bière. Arabella revenait vers eux.

« J'aimerais bien vous acheter la femme au chien, dit-elle à Marcum. Mais je n'ai pas les moyens de dépenser des fortunes.

– Je n' peux pas la laisser partir pour moins de quatre mille.

– Quatre mille dollars! Mais je ne les ai pas, Deeley.

– Quelqu'un de Chicago m'en a proposé six.

– A votre place, je n'aurais pas hésité, fit Eddie.

– Elle en vaut dix, affirma Marcum. Une pièce unique, les soudures sont impeccables. »

Eddie hocha la tête. Il avait remarqué les points de soudure, irréguliers et séparés les uns des autres comme des grains de chapelet. Et aussi la rouille qui rongeait les pieds de la femme, à l'endroit où ils reposaient sur le socle. Il n'avait sans doute pas fallu plus de deux jours à Marcum pour fabriquer la chose, y compris le toutou en laisse. Il mit la main à sa poche et en retira l'argent liquide dont il s'était muni pour aller jouer à Connors, compta dix billets de cinquante en les tenant bien en évidence pour que Marcum puisse les voir, remit la liasse dans sa poche et déposa les cinq cents dollars sur le plateau de fixation d'une tronçonneuse à disques.

« Voilà ce que je vous en offre, dit-il.

– C'est de l'art populaire américain authentique, plaida Marcum. La pièce a été photographiée des milliers de fois et je ne sais combien de gens ont voulu me l'acheter. »

Marcum tirait l'essentiel de ses revenus de son « musée ». Pour un dollar, on pouvait le visiter et prendre des instantanés des pièces exposées.

« En deux jours vous en aurez fabriqué une autre, affirma Eddie en le fixant durement.

– Je ne pourrai pas refaire la même.

– Eddie! intervint Arabella. Tu ne peux tout de même pas... »

Il continuait à fixer Marcum.

« Qui vous dit que vous ne ferez pas mieux? (Il jeta un regard circulaire sur le tas de ferraille qui encombrait le hangar.) Vous devez avoir en stock suffisamment de pare-chocs pour en bricoler une bonne quarantaine. »

Marcum le regardait avec colère.

« Je peux pas vous la laisser pour moins de mille. »

Eddie eut un haussement d'épaules résigné, reprit les billets et les remit dans sa poche.

« Attendez, bon Dieu! fit Marcum d'un ton apaisant. Attendez, on n'est tout de même pas aux pièces. »

« J'étais loin de me douter que tu te baladais avec tant de liquide dans tes poches », dit Arabella.

Elle tenait sur son giron la bestiole de métal comme s'il s'était agi d'un véritable chiot. La femme en acier chromé était couchée sur le siège arrière.

« La vue de l'argent fait tomber les masques.

– Ce que tu dis est méchant.

– Ce type est complètement raide. Avec cinq cents dollars, il va pouvoir carburer à la Molson jusqu'à la belle saison.

– Pauvre Deeley, s'apitoya Arabella. Comme je le plains. »

Ils roulèrent encore pendant une heure sur l'autoroute 64 avant d'arriver à Connors. Lors de la dernière campagne électorale, le parti démocrate avait inondé le pays de spots publicitaires montrant des images d'usines désaffectées et de villes manufacturières à l'agonie. Connors évoquait irrésistiblement ces images désolées. Eddie déboîta sur la droite, engagea la voiture sur une boucle de l'échangeur, marqua un stop, et sans transition eut sous les yeux un attristant décor : plaques de fer-blanc embouties appliquées sur les devantures pour donner l'illusion du moellon, petits édifices de béton lépreux que seules individualisaient leurs enseignes au néon – BURTON, BOISSONS ALCOOLISÉES À TOUTE HEURE... BILLY, VINS ET SPIRITUEUX À EMPORTER... IRÈNE ET GEORGE, BAR-GRILL...Et un peu plus loin, sur la façade de ce qui jadis avait été une ferme et qu'on avait défiguré par l'adjonction d'une avancée panoramique dans laquelle s'étiolaient des plantes grimpantes : CHEZ KAY, REPAS À PRIX MODIQUE. En débouchant de l'autoroute, les abords de la ville consistaient en un paysage de terrils mornes, d'usines grisâtres privées de vie et de parkings déserts. Eddie appuya sur l'accélérateur.

« C'est follement gai », dit Arabella.

Il ne répondit rien, continua de rouler dans la rue principale jusqu'à ce qu'il ait repéré le panneau indiquant la direction du motel, et suivit alors l'itinéraire fléché sans desserer les dents. Le motel – BRAE INN, Télévision, Piscine, Ch. 2 Pers. 22 Dollars, annonçait la pancarte – était situé à la sortie de l'agglomération en bordure d'une bretelle de l'autoroute. Eddie rangea sa voiture sur le parking à moitié vide, près d'un panonceau portant le mot RÉCEPTION.

« C'est ici qu'on s'installe? demanda Arabella.

– A moins qu'on pousse jusqu'à Huntington, en Virginie occidentale.

– Et tu ferais la navette?

– Je crois que ça vaudrait peut-être mieux.

– Il y a quelque chose d'intéressant à Huntington?

– Un restaurant chinois.

– Essayons toujours ici », proposa Arabella.

La chambre était acceptable. Eddie déposa la Selectric sur une table ronde près de la fenêtre et la brancha. Arabella rapprocha une chaise, glissa une feuille de papier dans la machine et tapa quelques lignes.

« Ça ira très bien, affirma-t-elle.

– Je vais chercher le reste. »

Il retira du coffre arrière le carton contenant la cafetière italienne, la boîte de café moulu, du pain de seigle, une demi-douzaine de livres et une bouteille de vin blanc. Il retourna ensuite chercher dans la voiture la femme et le chien et les disposa près de la fenêtre. La chambre donnait sur une étendue de terrain aride bordé à quelque distance de collines sombres. Mais la lumière était excellente. Eddie s'assura de la fermeté du matelas et vérifia l'état du téléviseur : il fonctionnait parfaitement. La moquette était épaisse. Arabella avait retiré ses escarpins pour se déplacer à travers la chambre.

« Tu sais, je devrais faire mettre de la moquette chez moi, dit-elle. C'est tellement agréable de marcher pieds nus.

– La statue a de la gueule. Je t'appellerai si je rentre tard. »

Quand il entra dans le bar du Palace, des clients en tenue de travail sagement alignés sur leurs chaises regardaient un film avec Rock Hudson sur l'écran de télévision géant. Eddie s'accouda au bar, commanda une bière et inspecta les alentours. Il y avait derrière lui deux tables à monnayeur. Mais personne ne jouait.

« Je cherche un gars qui s'appelle Ousley, dit-il au barman qui déposait devant lui une bouteille et un verre.

– Ousley, vous dites?

– Un type qui joue pas mal d'argent au billard. »

Le vieux qui était assis à la droite d'Eddie se tourna vers lui.

« Si c'est de Ben Ousley que vous parlez, il est parti en Californie. Ça doit bien faire deux ans.

– T'es joueur, toi? »

Eddie se retourna vers son voisin de gauche, celui qui venait de lui poser la question et qui à présent avançait le bras pour secouer son étui.

« J'aimerais bien faire une partie.

– Dans le temps on jouait gros », reprit le vieux.

Un homme tout jeune assis devant un verre de bière intervint à l'extrémité du bar.

« Norton Dent, lança-t-il. Lui, il va vous prendre au billard. »

Eddie n'aimait pas le son de sa voix.

« Parfait. Et on le trouve où?

– Normalement, il devrait passer ce soir, fit l'homme en observant fixement Eddie. Ou alors demain.

– On ne peut pas lui téléphoner? »

Son interlocuteur détourna les yeux.

« Non. Faudra attendre. »

Eddie eut un haussement d'épaules pour signifier que cela lui était indifférent. Quand il avait payé sa bière, le barman lui avait rendu une pièce de vingt-cinq *cents*. Il se détourna du bar et la glissa dans le monnayeur de la table la plus proche, puis disposa les billes à l'intérieur du triangle et retira la Balabushka de son étui. En vissant la bague d'assemblage, il se rendit compte que la plupart des consommateurs avaient cessé de s'intéresser au film et faisaient pivoter leurs sièges pour le regarder. L'attention que ces hommes hâves, et pour la plupart âgés, faisaient peser sur lui en silence, lui donnait une sensation de malaise. Ils l'observaient de leurs yeux creux, sans que leurs visages ravinés par les rides témoignent de la moindre expression, comme on aurait observé un photographe du temps de la Dépression.

Il fit éclater le triangle et se mit à jouer par la bande. Sur une table de ce genre, il était tout simple d'empocher les billes. Il tirait la blanche en douceur, mais d'une détente sûre et avec suffisamment de force pour qu'elle ne s'appesantisse pas sur la bande et revienne faire l'impact avec la vitesse voulue et marquer le point. Le tout était de s'habituer à la table en dépit des regards braqués sur lui, et ensuite de ne plus se concentrer que sur son jeu.

Les années passant, il avait presque oublié combien il était éprouvant de garder tout son calme en pareilles circonstances. Il s'efforça d'ignorer la présence de ces hommes qui l'entouraient et de continuer à empocher les billes sans jamais chercher à frimer pour les impressionner ni manquer délibérément un tir pour les décevoir. Au fur et à mesure qu'il marquait en série, il se sentait de plus en plus réconforté par son intrusion dans ce lieu étranger où, en dépit de l'hostilité sourde qui l'enveloppait, il avait immédiatement retrouvé toute la précision de son tir.

Il revint au bar et demanda au barman de lui changer deux dollars en pièces de vingt-cinq *cents*. Le film n'était pas encore fini, mais personne ne prêtait plus attention à l'histoire qui se déroulait sur l'écran géant. C'était vers lui que convergeaient maintenant tous les regards. Le barman lui remit une poignée de pièces et il revint vers la table.

Vers six heures du soir, l'établissement était comble, mais personne ne manifestait l'envie de jouer. Avant de démonter sa Balabushka et de la replacer dans son étui, Eddie se lava minutieusement les mains dans les toilettes crasseuses pour en éliminer la saleté accumulée au contact du tapis.

Le jeune type qui l'avait interpellé se tenait toujours devant un verre de bière à l'extrémité du bar. Il ne se retourna pas quand Eddie s'approcha de lui pour lui dire qu'il serait de retour vers huit heures et demie.

« Si ton copain vient, ajouta-t-il, dis-lui que j'aimerais bien le rencontrer.

– C'est pas mon copain, fit l'autre sans lever les yeux de sa bière.

– Huit heures et demie », répéta Eddie.

Le jeune type daigna se retourner pour l'examiner d'un regard froid et indifférent.

« J' pourrais toujours lui donner votre nom. Si je le connaissais.

– Ed Felson. On m'appelle aussi Eddie-Vite-Fait. »

Le jeune type s'absorba dans la contemplation de son verre.

« J'ai fait huit feuillets sur Marcum, lui dit à son retour Arabella, et j'ai regardé " A la découverte du futur ". Mais compte tenu de l'esprit de l'émission, ils auraient pu tout aussi bien intituler ça " A la recherche d'une faiseuse d'anges ".

– Ne te plains pas, moi, j'ai purement et simplement perdu mon temps.

– Je ne me plains pas. Je me suis baladée sur la route et j'ai découvert qu'il y avait un drive-in pas loin d'ici.

– Si le gars que je cherche ne se pointe pas, on pourrait y aller ce soir.

– Ils jouent un porno, dit Arabella. (Elle venait de déboucher la bouteille de vin blanc et en remplissait deux gobelets de plastique.) Je suppose qu'on aura droit à un festival de pipes.

– Sûrement un nouveau chef-d'œuvre! (Il alla s'asseoir sur le lit, près des feuillets dactylographiés par Arabella et prit le gobelet qu'elle lui tendait.) On restera encore ici demain. Le type que je cherchais, celui dont m'a parlé Fats, est parti s'installer en Californie. Mais j'ai entendu parler de quelqu'un d'autre, que je compte rencontrer ce soir ou demain. »

Quand il entra dans le bar, Dent était déjà là. C'était un énorme gaillard dans la trentaine et d'allure un peu nonchalante. Il portait des favoris et avait revêtu un T-shirt gris sur lequel se détachaient en grosses lettres les deux mots EAT ME. Il jouait tout seul sur la table qu'avait occupée Eddie et se servait d'une queue démontable sans grande valeur. Une queue dont le fût était rouge écarlate. On avait éteint le téléviseur. Affalés sur le bar, deux clients semblaient dormir, la tête reposant sur leurs avant-bras croisés. La voix de Bobbie Gentry interprétant *Ode à Billy Joe* s'échappait du juke-box. Le jeune type se tenait toujours au bout du bar. Quand Eddie se fut rapproché, il se tourna vers le colosse penché sur le billard.

« Le voilà, annonça-t-il sur un ton neutre. C'est lui, Eddie-Vite-Fait. »

Le colosse continua à jouer sans même lever la tête. Il empochait ses billes en direct et semblait parfaitement maîtriser ses tirs. Quand il ne resta plus qu'une bille sur la table, il la rentra sans bavure dans une poche de coin après l'avoir fait rouler sur toute la longueur d'une diagonale. Puis il dévisagea Eddie, qui fut frappé par la pâleur du teint, la fausseté du regard, les lèvres charnues entrouvertes en cul de poule et surmontées d'un soupçon de moustache. Attaquant les premières mesures de *Don't Think Twice, It's All Right,* la voix de Johnny Cash vint relayer celle de Bobbie Gentry. Eddie ressentait instinctivement de la répulsion et de la méfiance à l'égard de Norton Dent. Il n'aimait pas non plus le silence absolu qui régnait dans ce bar. Mais il décida de faire sien l'optimisme de Johnny Cash.

« J'ai entendu parler de toi », fit Dent.

Eddie hocha prudemment la tête.

« Une partie de huit te tenterait?

– J'imagine que tu parles d'une partie avec enjeu, interrogea Dent d'une voix traînante. Parce que d'après ce qu'on dit de toi, ajouta-t-il, tu serais plutôt du genre flambeur.

– J'ai commencé à flamber il y a vingt ans. Ce que je te propose aujourd'hui, c'est une partie de huit. Si le cœur t'en dit...

– Merde alors, fit Norton Dent. A t'écouter, on croirait entendre un serpent siffler, Eddie-Vite-Fait. T'est sûrement un peu trop fortiche pour moi.

– Ça se pourrait bien, admit Eddie.

– Je vais quand même te prendre à la huit pour cinquante dollars.

– D'accord. »

Eddie retira ses lunettes de la poche de son blouson de cuir et les ajusta sur son nez.

Ils tirèrent l'ouverture à pile ou face et Dent l'emporta. Au coup d'envoi, il dispersa les billes sur toute la table et empocha la moitié des pleines avant de couper un peu trop faiblement la cinquième, qui s'immobilisa près d'une bande de coin. Eddie se concentra sur son jeu. Il se sentait nerveux, mais n'avait aucun mal à contrôler ses tirs, et en un rien de temps gagna la partie. Dans la salle régnait un silence absolu. Dent replaça les billes dans le triangle. Puis, tenant sa queue par le fût, il l'éleva pour amener son extrémité contre le mur du fond, au-dessus d'une affiche publicitaire représentant une bouteille de bière Miller, et pousser une boule de bois le long d'une ficelle tendue à l'horizontale entre deux clous.

Intrigué, Eddie le regardait faire.

« A toi de casser, lui dit le colosse.

– Tu me dois cinquante dollars.

– Sur la ficelle. (Il eut un mouvement de tête pour désigner derrière lui le mur du fond et retira de sa poche un paquet de billets serrés par une pince de métal représentant une femme nue, qu'il agita ostensiblement sous les yeux d'Eddie.) D'accord ?

– Ici, ça marche comme ça », intervint le jeune type au bar.

Eddie n'ajouta rien, se positionna au bout de la table et cassa le triangle. Puis il empocha quatre pleines et fit exprès de rater la cinquième, ce qui laissait le champ libre à son adversaire pour empocher aisément deux rayées coup sur coup. Dent se dandina vers la table et se mit à tirer. Il rentra sans la moindre difficulté toutes les rayées, puis empocha la huit. Eddie s'en voulut de lui avoir facilité les choses. Dent était suffisamment bon joueur, et d'augmenter ses chances en lui donnant bêtement un coup de pouce était parfaitement stupide. Il leva le regard sur l'inquiétant visage poupin de Dent, sur ses yeux fuyants et hostiles, et se jura de lui mener la vie dure, sans plus le ménager, jusqu'à ce qu'il s'effondre et abandonne.

Mais il n'en vint pas à ses fins aussi aisément qu'il l'aurait cru. Dent avait une excellente technique et Eddie eut toutes les peines du monde à prendre le dessus et à garder l'avantage sur son adversaire. Mais après chaque victoire il faisait glisser une nouvelle boule sur la corde, et peu à peu l'écart se creusait. Il ne se souvenait pas d'avoir déployé tant d'adresse depuis de nombreuses années, et il lui semblait même jouer avec davantage de brio qu'il ne l'avait fait en marquant de longues séries contre Fats lors du match d'Albuquerque. Il se penchait, tirait, changeait de position, se penchait à nouveau, tirait, et sans discontinuer les billes chutaient dans les poches. Et quand enfin il eut gagné six parties d'affilée, Dent appuya sans mot dire sa queue contre le mur et décrocha du portemanteau une énorme vareuse en peau de mouton dont il se vêtit en tournant le dos à son vainqueur.

Eddie regarda la corde tendue contre le mur.

Douze boules à son avantage. Il se mit à dévisser la bague de sa Balabushka en observant Norton Dent, qui paraissait encore plus gigantesque à présent qu'il avait endossé sa moumoute.

« Tu me dois six cents dollars, Norton », dit-il.

Dent se retourna lentement.

« Viens les chercher. »

Il s'était exprimé d'une voix douce, presque affable.

Eddie venait de finir de démonter sa queue. Il posa le plus mince des deux éléments – la flèche – sur la table, puis retira ses lunettes.

« C'est comme ça que tu paies tes dettes, Norton? »

Il toisait à présent Dent avec mépris, parfaitement conscient de jouer avec le feu. Mais cela lui était égal. Complètement égal. Une rage froide le possédait et il avait envie d'anéantir cette grosse vermine.

Dent s'avança vers lui. Dans la salle figée, tout le monde se taisait.

« J'ai pas pour habitude de lâcher mon fric quand j' me fais arnaquer par une crapule. »

Pendant une fraction de seconde, Eddie fut frappé de stupeur. Quelque part au fond de lui-même, une voix qu'il connaissait bien lui commandait de rengorger sa fureur et de laisser tomber. Mais sa main se crispa sur le fût de la Balabushka et il cogna de toutes ses forces en visant le côté de la tête.

Dent était jeune, et plus vif qu'il ne le paraissait. Il esquiva en rejetant la tête de côté, et le bout de bois s'abattit sur le col de sa vareuse. Eddie chercha à se servir de son bras libre pour frapper violemment l'estomac, mais son coup fut lui aussi amorti par le rembourrage. Il comprit que sa fureur était parfaitement vaine, que l'autre allait contre-attaquer, et l'écraser si les clients du bar n'intervenaient pas pour le retenir.

Déjà, Dent se jetait sur lui de tout son poids pour l'immobiliser en le serrant contre sa poitrine. Pendant une fraction de seconde, Eddie perçut l'odeur de suint de la moumoute et eut l'impression qu'un ours allait le broyer entre ses énormes pattes. Le fût de la Balabushka lui échappa de la main et il eut tout juste le temps de lever le poing pour l'écraser sur le nez de la brute avant de basculer en arrière, ployé par une étreinte formidable. Un choc violent lui ébranla la nuque et une douleur intolérable explosa dans sa tête.

Quand il revint à lui, on l'allongeait sur le siège arrière de sa voiture, encore tout étourdi, incapable de distinguer nettement les hommes qui l'entouraient et de saisir le sens de ce qu'ils racontaient. « Suis-nous et tu me ramèneras », fit une voix. Celle du jeune type qui, de l'extrémité du bar, avait surveillé de bout en bout le déroulement de l'affaire. Il venait de s'adresser à un homme à casquette de base-ball rouge. « Te suivre où ça? » interrogea l'homme.

Le jeune type avait maintenant perdu toute sa froideur et adoptait vis-à-vis d'Eddie une attitude cordiale et compatissante.

« Tu vas voir, ça va aller mieux, affirma-t-il d'un ton rassurant. Dis-moi où tu veux qu'on t'emmène.

– Au Bonnie Brae.

– Passe-moi sa queue et ses lunettes », dit le jeune type à l'homme en casquette.

Un troisième personnage apparemment plus âgé que les deux autres se tenait debout près de la voiture et observait avec sollicitude Eddie, qui faisait des efforts pour se redresser sur le siège arrière et s'asseoir contre la portière, dont quelqu'un avait baissé la vitre. Le jeune type prit place derrière le volant, et Eddie tendit la main à travers la portière pour se saisir de l'étui de sa Balabushka que lui tendait l'homme en casquette. « N'oublie pas de lui rendre ses lunettes », fit le jeune type en se retournant vers l'arrière de la voiture. « Donne-moi les clefs », ajouta-t-il en s'adressant à Eddie. Tout semblait se dérouler naturellement, selon une vieille routine, comme si le même scénario se répétait chaque soir. Eddie promena la main sur son visage, à la recherche de traces de sang. Mais il n'en décela aucune. Il fouilla sa poche de veste, y localisa les clefs et les déposa dans la main ouverte du jeune type au volant.

« Donne d'abord des coups d'accélérateur à vide, lui dit-il.

– Tu lui as poché un œil, à ce gros fumier », fit le personnage debout près de la portière.

Eddie se renversa sur son siège. Il commençait à se sentir des meurtrissures dans tout le corps. Il fit jouer prudemment les articulations de ses phalanges. Tout allait bien. Il n'avait rien de cassé.

« Mais qu'est-ce qui t'est arrivé? s'exclama Arabella. Tu t'es soûlé?

– Je me suis fait casser la gueule.

– Seigneur! Ils n'y sont pas allés de main morte! »

Il était plus de minuit, mais elle réussit à se procurer une trousse d'urgence à la réception du motel et elle appliqua de la pommade antiseptique et des pansements adhésifs sur les éraflures que lui avaient values sa chute sur le dos, quand Dent l'avait projeté sur le plancher du bar. Quant à ses nombreuses contusions, elles passeraient d'elles-mêmes. Une ecchymose impressionnante se formait à la base de son cou, et un bleu de dimension plus modeste lui marquait le front. Trois zones de son corps le faisaient atrocement souffrir, et un battant de cloche lui martelait le crâne. Son vertige ne s'était pas dissipé, et dans le miroir de la salle de bain son image lui sembla effrayante.

« L'immonde porc! fit-il avec rage. J'aimerais retourner là-bas pour lui casser les pouces.

– Mais c'est abominable! protesta Arabella.

– Au moins, il souffrirait le martyre. »

Il revint dans la chambre en boitant légèrement. Il ressentait de la raideur dans la jambe droite. Sur la table ronde, Arabella avait déposé la cafetière italienne à côté de la Selectric et de la ramette de papier. Les rideaux de plastique tirés devant la fenêtre reproduisaient les mêmes motifs en forme de boomerangs que ceux des nappes de la salle de restaurant du motel. De sa main la moins endolorie, Eddie prit la bouteille de vin sur la commode, près du téléviseur, et l'inclina au-dessus d'un gobelet. Il en but une grande lampée et se tourna vers Arabella qui s'était assise sur le lit, calée contre les oreillers.

« Au retour, dit-il, je vais prendre ce boulot au foyer de l'Association des étudiants. »

Bien qu'Arabella eût cessé d'être l'épouse d'un universitaire, on ne l'avait pas le moins du monde exclue du cercle de ses anciennes relations, et souvent on l'invitait à une soirée. La première fois qu'elle avait proposé à Eddie de l'accompagner, il avait préféré rester seul dans l'appartement à regarder la télévision. Mais il s'était ennuyé à mourir, et quand Arabella renouvela son invitation la semaine suivante, il accepta. Mais il ne sut trop quelle contenance adopter au milieu de tous ces professeurs qui échangeaient leurs préoccupations professionnelles et, apparemment, ne savaient parler entre eux que de titularisation et de réductions budgétaires. Dans ce monde qui lui était totalement étranger, il avait pleinement conscience de la modicité de son niveau d'instruction. Tandis qu'il observait sur les murs les tableaux peints par leur hôte, qu'il était frappé par la sobriété et l'harmonie de meubles assurément coûteux, il ne pouvait se défendre de mesurer toute la distance qui séparait cet intérieur cossu et raffiné de l'appartement qu'il avait partagé avec Martha. Il revoyait à présent le papier tapageur de la cuisine, alors qu'ici les occupants s'étaient bornés à blanchir les murs de la leur sans chercher maladroitement à la surcharger de fioritures. Les invités qui s'y tenaient, un verre à la main, étaient tous des gens qui enseignaient à l'université l'histoire de l'art, des civilisations ou de la littérature anglaise. Il aimait lire, certes, mais il ignorait jusqu'aux rudiments de ces disciplines et n'avait rien appris dans les livres, strictement rien, depuis qu'il avait plaqué ses études.

Mais Martha, c'était du passé. La femme qui maintenant partageait sa vie, c'était cette Anglaise aux somptueux cheveux bouclés qui portait avec élégance une robe de soie, ne craignait pas de fixer intelligemment dans les yeux ses interlocuteurs et se mouvait avec la plus parfaite aisance au milieu des invités. Dorénavant, il ne vivait plus dans un immeuble de banlieue cerné de plaques d'asphalte, mais dans un appartement haut de plafond surplombant Main Street. Un appartement avec des murs tout blancs décorés de tableaux naïfs.

Immobile près du réfrigérateur, il écoutait trois professeurs discuter dans la cuisine. La conversation portait sur les augmentations de salaire attendues l'an prochain. Elle prit un nouveau tour quand l'un d'eux l'orienta sur le football et sur les chances qu'avait l'équipe de Cincinnati de se qualifier pour la coupe. Aucun ne parlait du sujet qu'il enseignait. D'ailleurs, depuis qu'Arabella et lui étaient arrivés voilà maintenant une heure, personne parmi l'assistance n'avait parlé d'art, de littérature ou d'histoire. Eddie regardait les trois hommes. Aucun d'eux n'était aussi bien habillé que lui. Il but une gorgée de Manhattan et vint résolument se joindre au trio. Tous tombaient d'accord que les bons demis d'ouverture se comptaient sur les doigts de la main. Eddie suivit la conversation pendant quelque temps avant de se présenter. Vraiment pas de quoi s'en faire un monde.

La chambre donnait sur un jardin qui séparait l'immeuble d'un magasin de vêtements. L'appartement comportait une cuisine avec des placards blancs, une petite salle à manger et un vaste salon surplombant Main Street. Il faudrait acheter une table, des chaises, et meubler la chambre. Le salon n'offrait pas une vue si dégagée sur la rue que l'appartement d'Arabella. Mais on était en plein centre. Arabella venait tout juste d'accepter le poste que son journal lui avait proposé, et ses nouvelles fonctions ne lui laissaient guère le temps de s'attarder à inspecter l'appartement. Mais quand il lui annonça que le loyer était de trois cent soixante dollars par mois, elle l'encouragea à conclure tout de suite l'affaire. Il signa le contrat et versa un dépôt couvrant deux mois de location. Puis il appela un déménageur.

« Je laisse tout tomber, Eddie, et je fous le camp, proclama Skammer. Et merde, tant pis pour mon poste de titulaire. Si encore je savais jouer aussi bien que toi au billard! Ou souffler dans un hautbois! Ou si j'apprenais à cuisiner comme un grand chef... n'importe quoi plutôt que de continuer à m'enliser ici!

– Roy s'était inscrit dans une école d'art culinaire, expliqua Pat. En France. Mais au dernier moment on a fait machine arrière.

– Je me suis dégonflé. J'ai lâché, avoua Skammer en allant à la pêche dans son verre de Gibson pour en ressortir entre le pouce et l'index le petit oignon du cocktail.

– Tu leur as lâché aussi les frais d'inscription », dit Pat.

Roy se projeta l'oignon dans la bouche.

« Pas toujours facile de se reconvertir, fit Eddie.

– C'est pourtant bien ce que tu fais, non? »

Assis sur le canapé, Eddie leva les yeux vers Arabella.

« Je n'avais pas le choix. Le juge a attribué le club à Martha.

– Y en a qui ont de la veine sans le savoir », ironisa Skammer.

Eddie l'observa. Skammer portait un pantalon de velours côtelé beige de bonne coupe, des tennis dans le même ton et un ample tricot blanc à encolure bateau.

« Qu'est-ce qui te rebute dans ton boulot de prof d'histoire? lui demanda-t-il.

– La notation des copies, rétorqua Roy sans un brin d'hésitation.

– Tu te plains sans cesse du temps perdu à discuter pour ne rien dire pendant les réunions de profs, ajouta Pat. Et aussi de vivre dans le Kentucky.

– En fait, je cache bien mon jeu, protesta Skammer. La vérité, c'est que je suis ravi de donner des cours magistraux sur l'histoire mondiale devant des étudiants transportés par mon verbiage éclairé. Je leur désigne des points sur des cartes et je leur raconte des anecdotes absolument passionnantes sur des femmes de généraux. Je leur décortique les courants politiques et je les fais frémir en leur décrivant les conditions de vie dans les villes industrielles au siècle passé. Je...

– Mais c'est passionnant, non? coupa Eddie.

– Au fond, tu adores ça, dit Pat. Tu adores t'écouter parler.

– C'est bien possible. Mais quand je lis les conneries qu'ils tartinent au stylo bille sur leurs copies d'examen, j'ai envie de me tirer une balle dans la tête.

– Toi et tes états d'âme! reprit Pat. Tu ferais mieux de passer à table. On pourrait servir la salade.

– N'essaie pas de changer de sujet, s'obstina Roy. Chaque fois que je dois corriger leurs chefs-d'œuvre, j'ai vraiment envie de flanquer ma démission.

– Sans doute parce que ce n'est pas en corrigeant des copies que tu séduis ton public, fit Pat.

– On ne peut décidément rien te cacher », lança Roy avec bonne humeur.

Les Skammer vivaient à quelque distance de Lexington dans une ancienne ferme dont toutes les pièces avaient conservé leur austérité d'origine, à l'exception de la vaste cuisine pourvue d'une cheminée de brique. Ils s'étaient contentés d'en vernir le plancher de pin grossièrement déligné, mais ils y avaient disposé un sofa blanc ainsi qu'une table et des chaises de facture ultra-moderne éclairés par des spots. Une grande fenêtre donnait sur un champ recouvert par endroits de plaques de neige avec une grange à l'arrière-plan.

Arabella déposa le saladier sur la table et fit quelques pas pour aller mettre entre les mains de Roy la fourchette et la cuiller de bois.

« Remue la salade, lui dit-elle. Au fond, tu n'as peut-être pas tellement envie de savoir si tes étudiants tirent profit de ce que tu leur enseignes.

– C'est tout à fait vrai, dit Roy (Il se rapprocha de la table et plongea les couverts sous les feuilles de laitue dans le saladier de bois.) Si ça se trouve, je suis purement et simplement exhibitionniste.

– On a vu des choses plus catastrophiques », dit Eddie.

Roy brassait la salade d'une main experte.

« En tout cas, je ferais certainement bien mieux de jouer au billard, affirma-t-il.

– Oui, mais devant un public, ajouta Pat.

– *Honni soit qui mal y pense* », protesta Roy.

Eddie le regardait soulever les feuilles de laitue pour les laisser retomber dans le saladier.

« L'ennui avec le billard, lui dit-il, c'est que ça ne vaut pas un clou si on ne gagne pas.

– En fait, tout est là, je sais, conclut Skammer.

– Passons à table, proposa Pat. Le rôti sera prêt dans dix minutes. »

Sur le chemin du retour, Eddie demanda à Arabella combien les Skammer pouvaient bien gagner.

« Il est maître de conférences et elle maître-assistant. Disons qu'à eux deux ils doivent se faire autour de trois mille par mois.

– Ce n'est pas si mal.

– Je crois vraiment qu'il déteste ce qu'il fait, reprit-elle après un silence. Seulement, il n'a pas le courage de plaquer.

– Pourtant, un tas de gens envieraient leur sort.

– Il y a deux ans de ça, il a essayé de se suicider.

– Roy! Tu plaisantes?

– En avalant des comprimés, ajouta-t-elle. Il avait pris son année sabbatique pour rédiger un livre dont il n'avait pas encore écrit une seule ligne. Il traînassait dans la maison à bricoler des tuyauteries. Un matin, il ne s'est pas réveillé et Pat l'a transporté d'urgence à l'hôpital. On lui a fait un tubage et on l'a réanimé. Mais il s'en est tiré de justesse.

– Jamais je n'aurais pensé ça de lui. »

Eddie secouait la tête avec incrédulité.

« Tu sais, cela arrive plus souvent qu'on ne le pense. »

Le premier drugstore dans lequel il entra ne vendait pas de pâte à moulage pour dentistes. Mais il en trouva dans le second et en acheta deux grandes boîtes, et aussi un jeu de cartes plastifiées, qu'il déposa sur la banquette arrière. Le lendemain matin, il partit de très bonne heure pour se rendre à son ancienne salle.

On avait obturé les ouvertures de fenêtres avec des planches, mais sa clef ouvrait toujours la porte d'entrée. Aucun ouvrier ne travaillait dans la salle. De toute évidence, le saccage avait continué par étapes. Le revêtement de sol avait été arraché, le comptoir renversé et poussé dans un coin. Il gisait là comme un ivrogne affalé contre un mur. Eddie préféra ne pas pousser plus avant l'inventaire du sinistre et s'empressa de traverser la salle pour gagner le placard du fond, près de l'entrée des toilettes pour hommes. Celui sur lequel était encore vissé le panonceau RÉSERVÉ AU PERSONNEL DE L'ÉTABLISSEMENT. A l'intérieur, tout était encore intact. Il fit glisser de l'étagère du haut un volumineux rouleau de tissu enveloppé dans une feuille de plastique transparente portant le nom du fabricant – SIMONIS –, et le déposa dans un emballage vide de papier hygiénique. Il retira d'une autre étagère le petit appareil, un peu plus gros qu'un taille-crayon et servant à tourner les tenons, le marteau de tapissier aimanté, le niveau à bulle de grande longueur et un paquet de cales de bois, qu'il rangea dans l'emballage à côté du rouleau d'étoffe. Puis il dégagea de l'étagère du bas deux cartons, le premier frappé des trois mots TWEETEN ELK MASTER, le second rempli de cylindres de plastique blanc. Il jeta un dernier regard autour de lui. Par effet de contraste avec l'ordre du placard, dans lequel rien n'avait été touché, sa gorge se serra au spectacle du local dévasté, qu'il ne pouvait s'empêcher de revoir tel qu'il l'avait connu du temps qu'il gérait le club. Mais en même temps il ressentit une sorte de libération dans cette salle qui à présent ne tenait plus aucune place dans sa vie, qu'il avait cessé d'aimer, et qu'à tout prendre il aurait pu de lui-même saccager tant il avait fini par prendre conscience de s'y étioler jour après jour. Il regarda sa montre. Sept heures et demie. Le foyer n'ouvrait pas avant neuf heures.

Il arriva là-bas avant huit heures et referma derrière lui la porte à clef pour ne pas être dérangé. Mayhew enfermait son matériel dans un placard au fond de la salle, juste en face de la rangée de flippers. Il en retira une paire de pinces à broches, une clef en tube et un tournevis.

En dix minutes, il avait démonté les bandes de la table Huit et entreprit de retirer le tapis élimé en se servant de la pointe du tournevis pour extraire les agrafes qui le maintenaient tendu. Quand il en eut terminé, il plia le morceau d'étoffe décolorée et le jeta à la poubelle. Le plateau, constitué de trois dalles d'ardoise, était dans un état lamentable. Il commença par éliminer les débris des anciens joints craquelés, puis il ramassa une à une sur le linoléum les bandes qu'il avait démontées et les posa sur le plateau. Quand il eut fini de retirer les pattes de fixation et le revêtement de drap, il était neuf heures. Il s'interrompit, alluma toutes les lampes et déverrouilla la porte d'entrée. Les trois étudiants en pardessus qui attendaient l'ouverture le suivirent à la caisse, lui demandèrent de la monnaie et se précipitèrent vers les jeux vidéo.

Eddie se remit au travail en s'efforçant de ne pas entendre les couinements électroniques des machines et les hurlements des joueurs.

D'abord, mettre la table parfaitement de niveau. Si on attend d'avoir rejointoyé les ardoises pour le faire, les joints risquent de craquer. Il commença par placer son niveau sur l'ardoise du milieu. L'horizontalité laissait à désirer. Il enfonça une cale sous l'un des pieds de la table, par petits coups successifs, jusqu'à ce que la bulle vienne se positionner très exactement entre les deux traits du repère du tube de verre. Puis il fit pivoter le niveau de quatre-vingt-dix degrés, vérifia de nouveau l'horizontalité et recommença l'opération en glissant une seconde cale sous un autre pied. Il continua ainsi à déplacer son niveau pour le poser de multiples fois sur la table, en long, en large, en diagonale, remplaçant de temps à autre une cale un peu trop mince par une plus épaisse, et il lui fallut un certain temps pour obtenir un résultat parfait. Il fut alors interrompu par l'arrivée de trois autres étudiants – des Noirs – qui venaient faire une partie de neuf. Il leur remit un jeu de billes et un losange, puis nota un numéro de table sur une carte qu'il composta dans l'horodateur. Onze heures quarante-deux. Bientôt l'heure du déjeuner. A midi et demi, la salle serait envahie. Il se remit immédiatement à la tâche, espérant avoir le temps, avant l'invasion, de mettre les deux autres ardoises de niveau en se repérant sur celle du centre, puis de refaire les joints.

Les choses allaient rondement. Voilà des années qu'il n'avait plus effectué une seule de ces opérations, mais il n'en avait oublié aucune. La remise en état de ce billard lui procurait une satisfaction profonde. Peu de gens savaient le faire dans les règles de l'art. En tout cas, certainement pas Mayhew ou celui qui s'en était chargé. Eddie retira ce qu'il restait encore de débris de pâte séchée dans les interstices des joints, puis entreprit de mettre de niveau les deux ardoises extrêmes en les soulevant légèrement par une extrémité, puis par l'autre, pour glisser entre leur face inférieure et le bâti de bois qui les soutenait des cartes à jouer, ajoutant ici et retirant là, jusqu'à ce que les surfaces des trois plaques soient parfaitement alignées dans un même plan. Après un dernier coup de niveau pour vérifier l'horizontalité des petits côtés de la table, il épousseta au plumeau les résidus de vieille pâte à joints séchée et revint au placard pour en dissoudre de la neuve dans une tasse à café.

Vingt minutes plus tard, il avait comblé les interstices et les orifices de fraisure autour de la tête des tire-fonds maintenant les plaques d'ardoise en place. Il ne restait plus qu'à laisser la pâte se durcir dans les joints. Peu de temps après, les étudiants commencèrent à affluer, et il se mit à leur distribuer des jeux de billes et à composter des cartes dans l'horodateur.

Rien d'autre à faire, sinon rester assis derrière le comptoir pendant une heure et demie à distribuer de la monnaie, encaisser et surveiller la salle. Il profita d'un répit pour fixer la tenonneuse sur le rebord du comptoir, décrocha du râtelier quelques queues qui avaient grand besoin d'une révision et se mit à remplacer leurs viroles. Les procédés Elk Master viendraient plus tard. Chaque chose en son temps. L'une des queues était voilée. Il l'envoya rejoindre dans la poubelle le tapis râpé de la table Huit.

A deux heures, pour la reprise des cours, la salle se vida brusquement. L'après-midi serait calme jusqu'à l'arrivée de Mayhew à trois heures trente, quand les étudiants afflueraient de nouveau. Ensuite, ils seraient deux pour s'occuper de la caisse et assumer la surveillance jusqu'au départ d'Eddie à cinq heures. Aux environs de deux heures et demie, il avait réparé une douzaine de queues en fixant à l'extrémité de leurs flèches des viroles blanches et des procédés neufs. Il se remit ensuite au travail sur la table Huit pour poncer les joints en les frottant avec du papier de verre de gradation de plus en plus faible. Double zéro pour la finition. La pâte à présent dure comme de la pierre affleurait sans un soupçon d'aspérité les arêtes d'ardoise. Après une dernière vérification au niveau sur le plateau, il déroula la pièce de Simonis. Il s'était dit tout d'abord qu'il allait garder pour plus tard cette superbe étoffe de drap pure laine, mais décida tout compte fait de l'utiliser dès maintenant. Il l'avait conservée durant des années. Pour les mauvais jours. Les mauvais jours étaient venus. Et repartis, qui sait? Armé de grands ciseaux, il se mit à découper des laizes dans la pièce pour revêtir les bandes. Il lui fallut encore deux heures pour tailler, essayer, rectifier et tirer l'étoffe avec les pinces à broches, pour garnir les tampons de caoutchouc et visser leurs pattes de fixation sur le bâti pour les remettre en place. C'était un véritable plaisir que de manipuler une étoffe de cette qualité. Une étoffe de pure laine vierge importée de Belgique, tissée extrêmement serrée, fine et moelleuse au toucher, et d'un vert absolument éclatant. Il tailla ensuite le rectangle du tapis, et à quatre heures il avait terminé de le tendre sur le plateau et de le rabattre dans les ouvertures des poches. Il était agenouillé près de la table et enfonçait au marteau de tapissier la dernière semence quand Mayhew entra dans la salle.

Plusieurs jours auparavant, Eddie lui avait confié qu'il avait l'intention de réviser le matériel. « A votre aise », avait répliqué Mayhew d'un ton cassant. A présent, il ignorait ostensiblement Eddie, et sans même le saluer il contourna le comptoir et alluma la radio pour écouter son émission religieuse. Eddie serra les dents et appliqua la tête de la semence contre le talon du marteau aimanté. Il en avait maintenant pour deux heures à se farcir des chants liturgiques, sans compter le prêchi-prêcha du sermon et le courrier des auditeurs. De quoi devenir maboul. Mais qu'y faire, sinon attendre le printemps, quand Mayhew décrocherait pour de bon après avoir passé vingt ans de sa vie à s'occuper de ce foyer merdique. Au bout de quelques minutes, après une publicité pour une pâte à raser, Mayhew se dirigea vers la porte des toilettes et passa tout près de la table Huit sans un regard pour Eddie, qui venait tout juste de remettre en place la première bande, qu'il était en train de boulonner sur le bâti en s'aidant de la clef en tube. Quand Mayhew repassa près de lui un peu plus tard, il s'arrêta pour regarder le tapis tout neuf. Eddie donna un dernier tour de clef et laissa tomber l'outil sur le linoléum.

« Costauds, ces vieux Gold Crowns, dit-il. L'ardoise et les bandes sont en parfait état. »

Mayhew le fixa quelque temps avant de répondre.

« Le vieux tapis aurait encore pu faire de l'usage », se borna-t-il à répliquer.

Il regagna le comptoir.

Les tableaux étaient maintenant accrochés, mais ils n'avaient pas encore retiré des cartons les livres d'Arabella. Ils passèrent la soirée à les ranger sur les rayonnages encastrés dans un panneau de la salle à manger.

« Tu ne m'as pas dit grand-chose de ce boulot, lui dit-elle.

– Il n'y a pas grand-chose à en dire.

– Et Mayhew?

– Il va bien falloir que je le supporte jusqu'au printemps.

– Tu t'entraînes un peu? demanda-t-elle.

– Je n'ai guère le temps. Et toi, à ta revue, ça te plaît? »

Elle ne répondit pas immédiatement et continua de classer alphabétiquement ses livres sur les étagères.

« Il faut absolument que je lise ces recueils de nouvelles de Tchekhov. Voilà bien douze ans que je les ai. Ecrire pour une publication universitaire, ça devient vite fastidieux.

– Tu peux peut-être trouver quelque chose qui te plaise davantage, non?

– Je ne vois pas très bien comment.

– Je crois qu'on a grand besoin d'un verre. »

Elle aligna soigneusement les derniers Tchekhov sur l'étagère et prit un peu de recul pour juger de l'effet final.

« Indispensable, dit-elle. Et ensuite j'irais bien voir un film. »

Au cours de la semaine suivante, Eddie retira les tapis des tables Six et Sept, et les remplaça par du drap doublé de caoutchouc. L'étoffe n'avait certes pas le même éclat que le Simonis de la table Huit, mais elle ferait certainement de l'usage. Quoi qu'il en soit, elle était de bien meilleure qualité que l'ancienne. Dès le jour de son arrivée, il avait découvert la pièce de drap dans le placard où Mayhew rangeait son matériel. Elle devait se trouver là depuis fort longtemps, à en juger par la couche de poussière qui la recouvrait.

Quand il eut fini de réfectionner les deux tables, il opéra un tri draconien entre le reste des queues, n'hésitant pas à en jeter au rebut une demi-douzaine qui avaient pris du rond, ou dont le bois s'était fendillé. Ensuite, il refit quelques tenons, remplaça toutes les viroles par des embouts de plastique blanc et changea tous les procédés, qu'il frotta un à un au papier de verre en alignant soigneusement leurs contours sur ceux des bagues pour qu'ils ne s'écrasent pas sous les chocs répétés. C'était une rude besogne, mais qui comblait en lui un besoin profond. Il ne se souvenait pas d'avoir tant travaillé depuis les semaines consécutives à l'ouverture de sa propre salle de billard, bien des années plus tôt.

Désormais, Mayhew le regardait faire sans formuler le moindre commentaire, et les deux hommes ne s'adressaient la parole que s'ils ne pouvaient faire autrement. Sitôt que la salle se vidait après l'heure du déjeuner, Eddie sortait son étui rangé sous le comptoir, assemblait sa Balabushka et profitait de l'accalmie pour s'entraîner sur la Huit. Il prenait un plaisir intense à regarder les billes rouler en douceur sur toute la longueur du tapis de Simonis. Il avait également nettoyé les rampes lumineuses pendues au-dessus des tables, astiqué les huit jeux de billes et jeté les vieux morceaux de craie pour les remplacer par des cubes neufs. A présent, on y voyait clair, et les billes multicolores brillaient avec éclat sur le drap vert. Eddie les visait calmement une à une et les expédiait dans les poches d'un tir précis. Pour la première fois de sa vie, il s'exerçait à la neuf.

Il disposait les billes dans le losange, la rayée jaune au centre, tirait le coup d'envoi en y mettant le plus de puissance possible, puis les empochait par ordre croissant – la une, la deux, la trois... – et ainsi de suite jusqu'à la neuf, la rayée jaune. Celle qui compte quand on joue à l'argent. Rien à voir avec le quatorze contre un. Il fallait tirer plus sec et positionner les billes selon une stratégie totalement différente, puisque seul comptait l'empochage des billes selon une séquence bien déterminée. Et surtout, ce qui importait à la neuf, c'était de jouer sur toute la surface de la table, alors que tout bon joueur de quatorze contre un s'efforce de grouper ses billes à proximité de la bande du bas et marque le plus clair de ses points en tirant au plus près. A la neuf au contraire, il est indispensable de déplacer la blanche d'un bout à l'autre du jeu, et bien souvent de lui faire faire deux ou trois bandes pour la positionner convenablement. Or, Eddie était encore bien loin de réussir parfaitement ces longs tirs fort difficiles et de maîtriser ses coups par la bande avec suffisamment de précision pour ramener la blanche là où il le voulait, dans l'attente du tir suivant. Enfin, la tension des joueurs augmente au fur et à mesure que les billes s'éliminent une à une sur le jeu et qu'on se rapproche de la neuf. Manquer un tir sur la sept ou sur la huit, c'est laisser à l'adversaire une victoire pratiquement assurée.

Arabella travaillait de neuf à cinq au bureau du magazine, situé dans les locaux de l'université. On la rétribuait douze cents dollars par mois sur des crédits gouvernementaux. Un petit peu moins qu'Eddie. Mais avec deux salaires et la pension alimentaire d'Arabella, ils vivaient à l'aise. Presque tous les soirs ils dînaient au restaurant et ne manquaient pas un nouveau film. Cette ex-épouse d'universitaire et cet ancien arnaqueur au billard formaient un couple un peu bizarre, mais cette bizarrerie s'accordait somme toute à celle des temps. Ils recevaient très peu, mais on les invitait en maintes occasions. Eddie conduisait alors prudemment dans les rues enneigées, et ils passaient la soirée dans quelque demeure de la banlieue résidentielle, ou encore dans un duplex des vieux quartiers, à boire en compagnie de professeurs de sociologie, d'histoire ou de littérature. Au milieu de ces diplômés qu'il écoutait parler de leurs problèmes de titularisation ou du déclin des connaissances générales parmi les étudiants, Eddie ne se sentait plus le moins du monde gêné de ne pas avoir fait d'études. Bien souvent, quand c'était un jeune professeur qui invitait, l'herbe circulait liturgiquement parmi l'assistance, comme pour perpétuer par une tardive célébration les années de l'adolescence. Alors Eddie faisait passer le joint sans même inhaler. Il avait toujours préféré le bourbon à la marijuana. Surtout le J.T.S. Brown.

Au cours d'une de ces soirées, alors qu'Eddie et Arabella bavardaient près de la porte de la cuisine de leurs hôtes, il la vit fixer son regard vers l'entrée de l'appartement et observer un couple qui venait d'arriver. L'homme qu'elle regardait était entre deux âges, mais étonnamment jeune d'allure. De haute taille, il portait sous sa parka un chandail à col roulé. La fille qui l'accompagnait, beaucoup plus jeune, était vêtue d'un jean collant délavé, et comme lui d'un pull et d'une parka. Les traits juvéniles de l'homme rappelaient quelque chose à Eddie, qui l'observait tandis qu'il secouait bruyamment la neige accumulée sous les semelles de ses après-skis sans paraître se soucier tant soit peu de la perturbation qu'il créait.

« C'est Harrison, lui souffla à l'oreille Arabella.

– Et la fille?

– Sûrement une de ses étudiantes. »

Eddie avait souvent vu l'homme à la télévision quelques années auparavant. Il crut se rappeler qu'à l'époque Harrison Frame se faisait filmer dans la même tenue pour venir parler devant la caméra des enfants défavorisés, des artistes new-yorkais ou d'un autre sujet de son choix. De toute évidence, à en juger par son bronzage et son allure athlétique, il prenait grand soin de son apparence. Les bottes et le chandail provenaient visiblement d'une boutique de luxe, ainsi que la longue écharpe assortie au pantalon de velours à grosses côtes. Son visage exprimait tout à la fois la modestie et la suffisance, comme si l'individu n'ignorait rien de son importance, mais ne voulait surtout pas donner l'impression de se prendre au sérieux.

Une demi-heure plus tard, Eddie eut l'occasion d'échanger quelques propos avec lui. Arabella venait de s'éclipser pour quelques instants, et Frame s'approcha de lui.

« Vous êtes Felson, n'est-ce pas?

– Oui, c'est moi. »

Pendant cinq minutes, ils parlèrent de choses et d'autres sur le ton de la plus parfaite civilité. Aucun des deux ne mentionna le nom d'Arabella. La conversation porta principalement sur la crise économique.

Pour accompagner le quart de brie – le plus coulant qu'Eddie eût jamais vu –, Arabella avait acheté cette fois du vin blanc italien et du bourgogne de Californie. Dès les premières semaines de leur vie en commun, il avait pris conscience d'adopter les habitudes alimentaires d'un monde qui jusque-là n'était pas le sien, et il s'était fort bien accommodé du blanc sec, des fromages français et des biscuits anglais sur lesquels Arabella les tartinait, du Perrier, du gigot saignant et du sushi. Parfois, elle lui servait des plats dont il n'avait jamais soupçonné l'existence, comme l'osso buco ou le couscous, et il ne s'était pas montré autrement surpris de se couler dans un mode de vie qui après tout ne faisait qu'ajouter une séduction de plus – après la distinction et l'accent britannique – à la personnalité d'Arabella. Certains matins, au petit déjeuner, des petits pains de blé entier garnis de pâté de foie accompagnaient le café, qu'ils buvaient dans des tasses de porcelaine blanche près desquelles elle ne manquait jamais de disposer deux petites cuillers d'argent ouvragé. Tout cela rappelait un peu à Eddie les scènes qu'il avait vues dans certains films, ou les pages de *New York Magazine* et du supplément hebdomadaire du *Times*, auxquels Arabella était abonnée.

Ce qui le frappait le plus dans le mode de vie des universitaires, c'était que la recherche ostentatoire du bon goût ne se limitait pas aux habitudes de la table, mais s'étendait à l'ameublement et à la décoration. On y prisait tout ce qui sortait de l'ordinaire, depuis les cendriers en cristal de Murano jusqu'aux échiquiers anciens, en passant par les gravures du XIXe représentant la Grand-Place de Bruxelles. Pourtant, tous les amis d'Arabella ne partageaient pas indistinctement ce même engouement pour l'original et le rétro. Certains s'étaient contentés de meubler leur appartement à peu de frais, et leurs fantaisies culinaires n'allaient guère au-delà du Cheddar râpé, de l'émincé de champignons et du poivre en grain moulu dans l'assiette. Mais, dans une bonne moitié des intérieurs, un subtil dosage d'antique et de dernier cri témoignait chez leurs occupants d'un évident souci de rester dans le vent; et si, à l'occasion d'un brunch durant le week-end, Eddie remarquait qu'on avait disposé judicieusement des spots pour mettre en valeur le poli d'un vénérable buffet deux corps voisinant avec des structures d'inox, il aurait parié sans risque d'erreur que la maîtresse de maison offrirait à ses invités des croissants et du beurre doux, que la porcelaine serait importée de Scandinavie et les œufs servis mollets.

Le plus agréable était pour lui de regarder Arabella se mouvoir avec une parfaite aisance au milieu de cet univers, comme si elle comprenait d'instinct que son accent britannique et la délicatesse des traits de son visage constituaient pour elle des privilèges innés. Elle se comportait sans contrainte ni hésitation aucune et savait tout naturellement quels fromages, quelles pâtes fraîches et quel vin commander, exactement comme elle avait su décider des meubles qu'il convenait d'acheter quand ils avaient occupé leur nouvel appartement. En cela elle faisait preuve d'une absolue sûreté d'elle-même, sans jamais tergiverser ni tomber dans le snobisme. Lui qui venait d'un monde où le fin du fin de la gastronomie consistait à faire griller la viande sur le barbecue du jardin, il avait fait sien cet art de vivre avec une surprenante facilité, séduit par l'assurance d'une compagne pour qui le raffinement semblait chose si naturelle qu'elle n'en parlait jamais.

Roy et Pat arrivèrent en retard, et il était tout près de quatre heures quand ils eurent retiré leurs duffel-coats et pris place sur le canapé, un verre à la main. Eddie poussa la table roulante supportant le Sony pour orienter l'écran face à ses invités et mit l'appareil en marche tandis qu'Arabella disposait sur une table basse des toasts au fromage et des biscuits apéritifs.

« A la santé du champion! » proclama Roy Skammer en levant son verre d'un geste un peu théâtral.

Après les derniers plans d'une bande-annonce de film, des billes disposées en triangle vinrent occuper tout l'écran, et tout aussitôt un insert se superposa à l'image. DENVER : LE MATCH DES GÉANTS. Filmé en plongée, Fats ouvrit le jeu en cassant le triangle, et la blanche fit deux bandes de coin avant de revenir se positionner au milieu du tapis. Observée à la verticale, la trajectoire suivie par la bille avait la netteté d'un tracé géométrique. Puis la voix du commentateur se fit entendre pour rappeler aux téléspectateurs que les deux « figures de légende » qui s'opposaient allaient disputer un match exigeant de chacun d'eux « le meilleur de ce que peut donner un joueur ». On n'aurait pu rêver présentation plus concise, mais Eddie s'en accommoda d'autant mieux que le commentateur négligea de rappeler que « l'incomparable » Minnesota Fats avait remporté les trois précédents matchs de la série. On voyait à présent Eddie, lui aussi cadré en plongée, se positionner près de la table pour jouer la défensive. Pat et Roy applaudirent. Puis ce fut au tour de Fats, filmé de profil, d'occuper de nouveau l'écran. Il fit un point, puis un autre, puis continua d'empocher ses billes en série. C'était au cours de cette rencontre qu'Eddie avait marqué soixante-trois points d'affilée. Mais pour l'instant c'était Fats qui avait la vedette. Pour tenir son public en haleine, la voix off usait du chuchotement – artifice tout à fait inutile d'ailleurs, étant donné que l'enregistrement du commentaire avait eu lieu bien après celui de l'image – pour souligner l'extrême difficulté de coups en réalité fort simples, alors qu'elle s'abstenait de saluer des tirs que seul peut réussir un joueur de première force. En outre, le document filmé avait été monté selon un rythme accéléré, de sorte que la partie semblait se dérouler au pas de charge. De temps à autre, un plan de coupe montrait Eddie, ses lunettes sur le nez, attendant sur sa chaise la prochaine défaillance de Fats. Quand celui-ci manqua un tir, Eddie se leva et vint le relayer autour du billard. Ce fut pour lui un véritable soulagement de se voir évoluer sur l'écran. Il était infiniment plus décontracté et sûr de lui que lors du premier match de Miami, dont il avait vu les images sur le moniteur d'Enoch. En se regardant empocher une douzaine de billes, puis jouer la carotte, il constatait qu'il était totalement maître de son jeu et qu'il tirait avec toute la douceur et la précision désirables.

Le plus clair du milieu de partie avait été coupé

au montage, de sorte qu'au moment où Arabella remplissait à nouveau les verres l'image sauta sans transition à la phase de la rencontre durant laquelle Eddie avait réussi sa plus longue série. Il venait déjà de marquer trente points, rappelait le commentateur. Trente et un, maintenant. Eddie était stupéfait du changement qu'il observait sur l'image. Jusque-là il avait joué avec une parfaite aisance, mais désormais il se dépassait, et le brio de ses tirs crevait littéralement le petit écran. Tous les muscles de son corps étaient totalement détendus, ses mouvements avaient la grâce de ceux de Fats ou de Billy Usho, et il portait le costume avec élégance. Il se souvenait de son euphorie quand il avait réussi cette série, et aussi de ce sentiment d'absolue certitude, d'invincibilité qui l'avait possédé tandis qu'il expédiait une à une les billes dans les poches. Mais il ne s'était pas vu et n'avait jamais soupçonné qu'il émanait de lui une telle maîtrise.

« C'est *fantastique* de te regarder jouer, Eddie! » murmura Pat Skammer.

Et quelque part en lui quelque chose d'obscur et d'impalpable lui apportait la certitude que Pat avait raison. Une révélation. Il égalait les plus grands de tous les joueurs qu'il ait jamais connus. Et ce petit personnage qu'il voyait sous ses yeux empocher les billes avec une précision qui tenait de l'inspiration, ce minuscule Eddie Felson qui se déplaçait avec assurance autour de la table pour marquer un nouveau point, puis un autre, puis un autre encore, c'était *lui*. Il vidait à petites gorgées son verre de blanc sans quitter du regard l'écran. Il allait perdre par cent cinquante à cent douze, mais il savait qu'il aurait pu gagner.

« Tu as d'autres matchs en vue? demanda Roy.

– Un dernier. La semaine prochaine.

– Des nouvelles de " Sports dans le Monde "? fit Arabella.

– Pas la moindre. »

Sur l'écran du Sony, Eddie manqua son soixante-quatrième point.

« Oh! non », protesta Pat.

Déjà, Fats s'approchait du billard pour marquer en série les points qui allaient lui assurer la victoire.

« Je le battrai à Indianapolis, affirma Eddie. Je flanquerai une raclée à ce gros cul. »

Eddie connut son heure de gloire le lundi suivant au foyer des étudiants, car nombre d'amateurs de billard avaient eux aussi regardé le match-exhibition à la télévision. L'un d'entre eux commentait certains tirs qui l'avaient particulièrement impressionné quand Mayhew arriva dans la salle pour prendre son service.

« Vous avez vu Mr. Felson à la télévision samedi dernier? » lui demanda un étudiant.

Mayhew le toisa d'un air maussade.

« Je vois déjà ici bien plus de parties que je n'ai envie d'en voir. »

L'avion fit un atterrissage ouaté sur la neige encore immaculée qui recouvrait la piste. Rendus cois par ce spectacle insolite et apaisant, les passagers attendaient sagement sur leurs sièges, et quand le haut-parleur les eut invités à se lever et à reprendre leurs bagages à main, ils continuèrent à garder le silence, debout dans l'allée de la cabine, comme si toute cette blancheur entrevue à travers les minuscules hublots de l'appareil les avait envoûtés. Le charme persista encore quelque temps, pour ne se dissiper qu'à l'intérieur de l'aéroport, brutalement rompu par le clinquant tapageur de l'acrylique, du formica et la musique d'ambiance, sirupeuse comme un sourire d'escroc. Eddie serra sous son bras l'étui de sa Balabushka et s'empressa de s'évader de ces limbes fluorescentes pour gagner la salle des bagages. Par-delà les vastes panneaux vitrés des couloirs, cernés de lattes d'aluminium, il voyait les appareils aux emblèmes familiers – Trans World, Delta, United – posés sur le champ de neige comme d'énormes jouets. Il pressa le pas. On était le 12 décembre, et dans deux heures il allait affronter Fats. Dès qu'il eut récupéré sa valise sur le carrousel, il sauta dans un taxi.

En dépit de la neige fondante grisâtre et des interminables rangées de voitures dont les occupants avaient envahi le centre commercial, le chauffeur réussit à se faufiler à travers le parking et à déposer Eddie à l'entrée d'un grand magasin avec une heure d'avance sur le début du match. Sa valise à la main et son étui sous le coude, il repéra l'enseigne d'un restaurant italien – TONY'S PIZZA-COCKTAILS – et s'engagea au milieu de la foule venue faire ses achats en prévision des fêtes de fin d'année. Il dut parcourir plusieurs allées, dans lesquelles des haut-parleurs déversaient une musique tonitruante, avant de localiser le lieu de rendez-vous, une vaste galerie marchande bordée d'énormes sapins de Noël. Au milieu du passage, on avait reconstitué pour la circonstance un minuscule ruisseau courant sur des galets. Sur le grillage d'une gigantesque volière, une pancarte fléchée indiquait la direction de la consigne. Eddie contourna la volière, accorda un bref regard aux aras et aux cacatoès qui sommeillaient dans des cages au plancher jonché de grains de pop-corn jaunâtres, puis déposa sa valise et son étui dans un coffre. Un peu plus loin sur sa droite, il aperçut une banderole tendue au-dessus de la cohue mouvante, sur laquelle il lut EDDIE-VITE-FAIT RENCONTRE MINNESOTA FATS. Il éprouvait un plaisir enfantin en constatant qu'on n'avait pas accolé au nom de Fats un superlatif qui lui donnait implicitement la vedette. Cette fois, il était prêt. Il allait paralyser Fats en jouant la défensive, et sitôt qu'il prendrait l'avantage, il lui mènerait la vie dure comme jamais il ne l'avait fait depuis le début de la tournée. Il revint sur ses pas et se dirigea vers la pizzeria. Fats n'avait rien d'un génie invincible. Ni non plus d'un papa gâteau. C'était un vieil homme, et, comme tout le monde, il commettait des erreurs. Eddie allait le battre.

Chez Tony, toutes les tables étaient occupées par des mères entourées de leurs enfants, mais personne ne consommait au bar. Eddie prit place sur un tabouret du milieu et commanda un Bloody Mary. Par bonheur, il n'y avait pas de musique dans l'établissement, et il y flottait une douce odeur de marjolaine et de pâte à pain. La barmaid, une jeunette en pull rouge, était plutôt avenante. Il n'avait rien bu durant le vol, et le poivre de son Bloody Mary lui chatouillait agréablement la langue. Il se sentait bien dans la tiédeur un peu grisante de ce lieu anonyme, au milieu de ces mères de famille qui ne mettaient pas de nom sur son visage. Il était assis devant ce bar d'une banlieue d'Indianapolis, mais il aurait tout aussi bien pu boire ce même cocktail n'importe où, car il existait assurément d'autres pizzerias Tony à Bangor, dans le Maine, à Honolulu ou ailleurs. D'autres pizzerias strictement identiques à celle-ci, qui ne se distinguaient probablement des autres que par la pendule-réclame Budweiser accrochée derrière le bar, les tablées de mères venues grignoter des pizzas avec leur progéniture et l'accorte blonde en pull rouge qui lui avait servi son cocktail.

Il se souvint d'avoir glissé dans une poche de sa veste une page du dernier numéro de *Billiard's Digest*, livré ce matin même au foyer des étudiants. Il la déplia et l'étala devant lui sur le bar. L'annonce qui avait attiré son attention à Lexington était ainsi formulée :

LES 13, 14 et 15 DÉCEMBRE À L'ACADÉMIE
DE BILLARD MABLEY DE NEW LONDON
(CONNECTICUT)
se déroulera le
CHAMPIONNAT DE 9
DES ÉTATS DE LA CÔTE EST
7 000 DOLLARS DE PRIX
2 500 DOLLARS AU GAGNANT
INSCRIPTION : 350 DOLLARS
TENANT DU TITRE :
GORDON (BABES) COOLEY

Il se proposait de montrer la page du journal à Fats et de lui demander ce qu'il en pensait. Il vida son verre et en commanda un autre. La douce tiédeur de l'alcool inondait agréablement tout son corps, et seules lui venaient à l'esprit des images de billes se choquant sur un tapis vert.

Il sifflotait en retirant son étui de la consigne automatique. Il referma la porte du coffre et se fraya un passage à travers la cohue des visiteurs encombrés de cadeaux de Noël pour se diriger vers la banderole.

Bientôt deux heures, mais Fats n'était pas encore là. On avait déjà retiré la housse de la table, une Brunswick, pourvue cette fois d'un drap d'une honnête qualité. Une bonne centaine de spectateurs avaient pris place sur les gradins, et pour le moins autant de badauds se pressaient tout autour, attendant la suite des événements. Mais le temps passait, et toujours pas de Fats. Eddie téléphona au Ramada Inn, et la standardiste l'aiguilla sur un numéro de chambre. Fats ne répondait pas davantage. Le responsable de la galerie marchande appela le bureau d'Enoch Wax à Lexington. Non, Fats n'avait donné aucune nouvelle. Pour faire passer le temps et patienter le public, Eddie joua seul pendant une heure en multipliant les tirs spectaculaires. A trois heures et demie, Fats n'avait toujours pas donné signe de vie et les gradins s'étaient quasiment vidés. En désespoir de cause, Eddie annonça au gérant qu'il se retirait. Il retourna boire un verre chez Tony et appela un taxi pour se rendre au Ramada Inn.

« Mr. Hegerman est arrivé aux environs de midi, lui confirma un employé de la réception.

– Quelqu'un peut-il m'accompagner dans sa chambre? » demanda Eddie.

Il avait d'abord tenté à cinq reprises de joindre Fats en composant le numéro de sa chambre sur un téléphone intérieur, puis l'avait vainement cherché au bar, au restaurant et à la cafétéria avant de revenir le demander à la réception.

« Vous êtes Mr. Felson? interrogea le réceptionniste. C'est vous qui deviez jouer contre Mr. Hegerman?

– C'est moi. Puis-je monter?

– Sheryl va vous accompagner, Mr. Felson. »

Il s'avéra que Sheryl n'était autre que la femme aux cheveux teints assise derrière le guichet de la caisse. A sa suite, Eddie traversa le hall de réception et longea un couloir. Quand ils furent devant la porte 117, elle lui tendit une clef qu'il fit tourner dans la serrure.

Fats reposait tout habillé sur le lit, en position demi-assise. Il avait les yeux grands ouverts et les traits du visage figés comme ceux d'un gracieux masque de cire. Il ne faisait aucun doute qu'il était bel et bien mort.

Il avait bu coup sur coup quatre Manhattan à bord de l'avion qui le ramenait à Lexington. Depuis des années, il ne s'était pas enivré à ce point, et il dut prendre sur lui-même pour n'en rien laisser paraître. Il était plus de minuit quand Arabella vint lui ouvrir la porte, en slip et T-shirt blancs. Il lui arrivait parfois de se mettre au lit dans cette tenue.

« Fats est mort, lui dit-il sitôt qu'il eut posé sa valise et son étui. Il est bien venu à Indianapolis, mais il est mort juste avant le match. »

Il entra dans la cuisine pour ouvrir une bière.

« Cela me bouleverse, fit-elle. J'en suis complètement retournée. »

Eddie versa la bière dans un verre et regarda la mousse se tasser.

« Même mort, ajouta-t-il, ce salaud avait encore bonne mine. »

Arabella s'efforça de lui sourire.

« J'aurais aimé le connaître. (Elle sembla hésiter un moment avant de poursuivre.) Tu as reçu un paquet pendant ton absence. »

Elle se dirigea vers le salon et retira de la commode une grande enveloppe de faible épaisseur. Le tampon indiquait qu'on l'avait postée de Miami. Aucun nom ne figurait dans la case du coin supérieur gauche réservée à l'expéditeur. Eddie ouvrit l'enveloppe et en fit glisser une photo couleur de grand format qu'il rapprocha d'une lampe pour mieux l'examiner.

Sur une plage de sable blanc adossée à un arrière-plan de racines de palétuviers enchevêtrées, le téléobjectif avait saisi deux spatules roses s'apprêtant à prendre leur envol. Juchée sur ses longues pattes incroyablement fragiles, la première avait déjà déployé ses ailes et tendu le bec vers le ciel. Un peu en retrait, le second échassier semblait observer l'autre, comme attentif à ce qu'il allait advenir quand les ailes frangées de rose de son congénère commenceraient à battre.

Babes Cooley était un frêle jeune homme, mais en dépit de l'étroitesse de ses hanches et de la finesse de son poignet, la blanche qu'il venait de tirer pour le coup d'ouverture percuta l'amas de billes de couleur avec la puissance d'un marteau de forgeron, les faisant tournoyer sur elles-mêmes, se caramboler et rebondir contre les bandes. Trois d'entre elles disparurent dans les poches. Cooley considéra le placement avec une expression de suprême dédain, réfléchit l'espace d'une seconde et se mit à faire place nette sur le billard. Il commença par déblayer en douceur la numéro un, en l'expédiant dans une poche latérale, puis catapulta la deux dans une poche de coin tout en effleurant la cinq pour la rapprocher d'une bande. Il se positionnait impeccablement et tirait de main de maître. Quand il eut empoché huit billes, il se pencha pour le point final sur la table et, d'une détente aussi sèche qu'un coup de carabine, propulsa la neuf dans la poche de coin la plus proche. Les applaudissements crépitèrent. Alors que l'arbitre, une femme, disposait de nouveau les billes sur la table pour le coup d'envoi de la partie suivante, Babes fixa dans les yeux son adversaire.

« Tes ennuis ne font que commencer », lâcha-t-il laconiquement.

L'autre détourna la tête.

Son étui sur les genoux, Eddie ne perdait rien du jeu. Il avait pris place sur la troisième rangée de gradins, la plus élevée, et près de lui un vieux Noir éructait de petits gloussements, visiblement transporté par l'arrogance de Cooley. Quatre parties se déroulaient simultanément sur les tables autour desquelles huit joueurs disputaient le premier tour des éliminatoires. On n'en était qu'au début de la compétition, et au cours de la journée la moitié des trente-deux inscrits se qualifieraient pour le huitième de finale. Le vainqueur de chaque match était le concurrent qui totalisait le premier dix parties. Le lendemain à partir de midi, les seize perdants du premier tour s'affronteraient, et la moitié d'entre eux seraient éliminés. Après le dîner, ce serait aux gagnants du premier tour de se mesurer, de sorte qu'il resterait en piste deux fois huit vainqueurs. Selon ce système de double élimination, un joueur n'est définitivement écarté que s'il cumule au départ deux défaites consécutives.

C'était la première fois de sa vie qu'Eddie participait à un tournoi de billard. Du temps de sa jeunesse, jamais les grands flambeurs – un Wimpy Lassiter, un Ed Taylor ou un Minnesota Fats – n'auraient songé un seul instant à sortir de leur semi-clandestinité. D'ailleurs, les tournois de neuf n'existaient pas encore à l'époque, et on laissait volontiers l'honneur des journaux aux Willie Mosconis et Andrew Ponzis, qui paradaient en tenue de soirée pour se produire dans les salles de bal des grands hôtels de New York ou de Chicago. L'un comme l'autre étaient au demeurant de première force au quatorze contre un. Ces gens-là vivaient eux aussi de leur adresse au jeu, mais en se faisant rétribuer par des fabricants tels que Brunswick pour faire des démonstrations sur leurs tables, en donnant des exhibitions dans les universités ou en publiant des opuscules du genre *Devenez champion de billard.* Tandis que ces vedettes tentaient de redorer le blason d'un jeu qu'ils avaient appris à pratiquer dans des salles enfumées – pour ne pas dire dans des bouis-bouis invariablement situés dans les quartiers les plus pouilleux des villes les plus lépreuses –, une autre confrérie de professionnels, connus ceux-là des seuls initiés, mais tout aussi doués que leurs homologues en smoking, raflait placidement et sans tapage les enjeux partout où on jouait pour de l'argent. Une confrérie anonyme dont les membres, que leur complet marron ou leur salopette kaki faisait volontiers prendre pour d'inoffensifs commis voyageurs ou de braves tâcherons, se déplaçaient de ville en ville en quête de bonne fortune. Une confrérie dont Eddie avait été jadis, pour une brève période de son existence, le plus brillant des représentants.

Pour l'instant, il regardait Babes Cooley se mouvoir avec une assurance dédaigneuse autour de la table et empocher ses billes sans discontinuer sous la lumière crue des rampes encastrées dans les plaques du plafond. Il portait un somptueux survêtement de nylon bleu satiné, avec un galon rouge sur le pantalon, et des Nike. L'homme en chandail brun qui s'opposait à lui demeurait impassible et semblait vouloir ignorer délibérément la saillie méprisante de son adversaire. Assis sur un pliant contre le mur du fond, il attendait calmement que vienne son tour de jouer. A en juger par le brio de Babes, il risquait fort d'attendre pendant un certain temps.

D'autres parties se déroulaient simultanément dans la salle. Sur l'une des tables, deux joueurs très jeunes vêtus de jeans collants se livraient à un duel sans merci. Autour d'une autre table, un homme plus vieux qu'Eddie et visiblement usé suivait attentivement le jeu de son adversaire, un jeunot de moins de vingt ans au comble de l'énervement, et qui mettait un temps fou à se décider avant de tirer. Une demi-heure plus tôt, au moment où un tirage au sort avait désigné les paires de concurrents qui allaient s'opposer lors du premier tour des éliminatoires, Eddie avait songé que le visage du vieux joueur ne lui était pas inconnu. Il l'observa plus attentivement et faillit tressaillir en l'identifiant. Gunshot Oliver! Bon Dieu! Le grand Gunshot Oliver de Kansas City! Eddie avait quinze ans à l'époque où Gunshot était passé par Oakland et avait joué deux soirs de suite chez Charlie. Jamais, auparavant, Eddie n'avait approché d'arnaqueur professionnel voyageant de ville en ville pour défier les caïds locaux. Cet homme qui à présent s'efforçait de contenir son irritation en attendant que l'adolescent surexcité qui se mesurait à lui finisse par se décider à tirer, cet homme avait été le premier à déployer calmement l'absolue maîtrise de son jeu sous les yeux fascinés d'Eddie, qui l'avait regardé pendant des heures faire très exactement ce qu'il voulait de la blanche en l'envoyant ricocher comme tout naturellement sur les bandes pour la contraindre à cheminer au milieu des billes de couleur et l'amener à s'immobiliser précisément là où lui, Eddie, n'aurait jamais imaginé de le faire pour préparer le tir suivant. L'aisance avec laquelle il se positionnait pour viser et la sûreté de sa détente avaient fait sur lui l'effet d'une brutale révélation. Oliver avait joué toute la nuit contre le plus doué des flambeurs d'Oakland – un joueur que lui-même n'avait pu battre qu'un an plus tard; à trois heures du matin, il l'avait écrasé, après avoir accepté un handicap de cinquante points. Avec une effroyable précision, Oliver avait réussi cette nuit-là des séries de soixante-dix à quatre-vingts points, à la stupéfaction de la douzaine de spectateurs qui le regardaient jouer.

Le jeunot qui s'opposait à Gunshot finit par tirer la trois par la bande, mais sans réussir à l'empocher. Il secoua la tête et fit une grimace de reproche pour s'en prendre à la table, ou au tapis, ou à l'éclairage, assurément convaincu de s'être fait avoir par une blanche récalcitrante. Oliver se leva et s'approcha du jeu en boitant légèrement. Quand il se baissa pour tirer, le dos tourné vers les gradins,

Eddie remarqua tout de suite que ses chaussures, usées aux talons, n'avaient pas été cirées et qu'une de ses chaussettes était trouée. Le jeunot avait cependant eu la chance de ne pas s'en tirer trop mal, car il venait de laisser à son adversaire un placement totalement bloqué. Oliver joua immédiatement la défensive en caressant la trois pour ramener la blanche par la bande derrière la cinq et verrouiller le jeu, mais son tir était un peu trop appuyé, et après un rebond la blanche roula beaucoup trop loin, ce qui laissait à l'adversaire un tir facile sur la trois. Oliver regagna son siège, la mine maussade.

Soudain, un lointain souvenir revint à la mémoire d'Eddie. Cette nuit-là à Oakland, trente-cinq ans plus tôt, après qu'Oliver eut ramassé une dernière poignée de billets de cinquante dollars – ou pour mieux dire fait sauter la banque –, l'homme qu'il venait de battre lui avait déclaré, Eddie s'en souvenait comme si c'était hier : « Jamais je n'ai vu personne jouer comme vous au quatorze contre un. » Alors Oliver avait esquissé un sourire pour lui répondre très calmement : « C'est que vous n'avez pas vu jouer Minnesota Fats. » Et ce nom, Eddie l'avait entendu prononcer pour la première fois cette nuit-là.

« On m'en a parlé, avait répondu le perdant.

– Le meilleur joueur de toute l'Amérique », avait ajouté Oliver.

Aujourd'hui, Fats était mort. Mais à l'époque, il lui avait tout simplement semblé impossible qu'un joueur de la force de Gunshot Oliver – un homme qui tout naturellement réussissait des coups que lui-même eût juré irréalisables, un homme qui déplaçait à volonté la blanche sur le tapis avec la même précision qu'une pièce sur un échiquier – puisse laisser entendre qu'il existât des joueurs, tel celui dont il citait le nom, d'un niveau encore supérieur au sien. Depuis cette époque, jamais Eddie n'avait eu l'occasion de se mesurer à Oliver. Il ne l'avait même jamais revu. Et pourtant, quelques années après ce passage à Oakland, nul doute qu'il ne l'aurait lui-même battu, car entre-temps il avait appris lui aussi à imposer totalement ses volontés à la blanche. Mais ce qu'avait dit Oliver cette nuit-là à propos de Fats était vrai. Parfaitement vrai. Il existait des joueurs exceptionnels. Des joueurs hors catégorie. Et Fats avait été de ceux-là. Aujourd'hui Fats reposait dans le cimetière de Miami, et sur sa pierre tombale on avait dû graver la mention GEORGE HEGERMAN suivie de deux dates séparées par un trait d'union. Mais rien ne rappelait qu'avec lui avait disparu un talent incomparable.

Babes Cooley coupa la neuf et l'expédia en droite ligne dans une poche, puis daigna jeter un regard faussement innocent en direction du pliant sur lequel était assis son adversaire.

« On dirait bien que les choses ne s'arrangent pas », fit-il.

Eddie eut envie de crier des injures à l'odieux petit crevard, qu'il imagina pendant un instant aux prises avec Minnesota Fats, se trémoussant désespérément dans son fringant survêtement de nylon bleu pour faire bonne figure au quatorze contre un, et se faisant lamentablement ridiculiser par un adversaire plus mûr, plus doué et plus expérimenté que lui. Eddie en voulait à Fats d'être mort alors qu'il était là, lui, impuissant, coincé sur son banc au milieu d'un public masculin au bord de l'extase.

Au cassage suivant, Cooley empocha la neuf.

« Oui! Oui! Oui! » triompha-t-il.

L'arbitre disposa de nouveau les billes sur le jeu.

Cette fois, Cooley empocha deux billes au coup d'envoi, mais la une roula mollement et vint se coller contre la bande du bas. La blanche revint se positionner dans la zone de départ, presque à toucher la bande du haut. Un espace de plus de deux mètres cinquante séparait les deux billes, et pour rentrer la une il était indispensable de la couper en l'effleurant à peine. Une chance sur cent. La sagesse était de passer la main à l'adversaire en jouant la carotte. *Bien fait pour ta gueule, mon fumier!* jubila Eddie.

Cooley considéra d'un œil réprobateur la configuration du jeu, contourna la table pour venir se positionner à l'autre extrémité, fit la fourche en prenant appui sur le cadre, éleva sa queue et visa. Son corps fluet se figea sous l'effet d'une concentration extraordinaire et se détendit soudain. La blanche traversa la table dans sa grande longueur, caressa imperceptiblement la une, heurta la bande, ralentit doucement et vint mourir au milieu d'un amas de billes, tandis que la une glissait lentement, lentement, le long de la bande du bas pour chuter avec un bruit assourdi dans la poche de coin. Un spectateur émit un sifflement frénétique et le public applaudit aussitôt à tout rompre. Eddie crispa les mains sur l'étui de sa Balabushka. Jamais il n'aurait pris le risque de tenter un tir semblable, que Fats lui-même aurait probablement manqué.

Il reporta son attention sur l'autre table. Gunshot Oliver avait repris l'initiative. Il empocha successivement la quatre et la cinq. Puis la six, mais en la coupant pour faire revenir magnifiquement la blanche par une bande sur la neuf pour écarter celle-ci de la sept et préparer le coup suivant. C'était là une stratégie de joueur de quatorze contre un, qu'Eddie aurait lui aussi choisie d'instinct. Oliver empocha la sept, la huit et la neuf. On l'applaudit poliment. Mais ses tirs sur la huit et la neuf sentaient l'improvisation, et bien qu'il réussît à positionner la blanche correctement en attente, il ne jouait plus avec la sûreté de mouvement qu'avait jadis tant admirée

Eddie à Oakland. A présent, Oliver tirait avec un rien de raideur, et on eût dit que sa bille de choc avait grand-peine à vaincre son inertie et à rouler docilement pour venir s'immobiliser là où il le fallait.

L'arbitre plaçait de nouveau les billes une à une sur la table pour le coup d'envoi suivant. Eddie se leva brusquement, descendit les gradins, serra le bras sur son étui et se dirigea vers la sortie.

« Ces gamins me tapent sur les nerfs », dit-il au téléphone.

Il venait d'occuper sa chambre au Holiday Inn, et pour appeler Arabella s'était étendu sur le lit, près de la valise qu'il n'avait pas encore pris le temps d'ouvrir.

« Ils n'ont pas ton expérience, Eddie. »

Il hésita.

« J'ai cinquante ans, Arabella. J'ai regardé jouer Babes Cooley il y a tout juste une demi-heure, et j'avais vraiment envie de botter le cul de ce petit branleur. Je pourrais être son père.

– Tu ne t'es encore pas remis de la mort de Fats, Eddie. C'est cela? »

Bien sûr qu'elle avait raison.

« Je m'étais dit qu'il allait m'apprendre pas mal de choses.

– Peut-être aussi qu'il n'avait plus rien à t'apprendre.

– C'est possible, après tout. »

La salle dans laquelle se déroulait le tournoi ressemblait un peu, mais en plus grand, à celle qui avait été la sienne à Lexington. Il était tout simple de s'y rendre à partir du Holiday Inn. Il suffisait de suivre l'autoroute et de tourner à droite au premier échangeur en suivant la flèche indiquant la direction du centre commercial. C'était là, entre un supermarché Big Bear et un magasin de tissus. Par une double porte vitrée ouvrant directement sur le parking, on entrait de plain-pied dans la salle. Sur un tapis de sol gris criblé de brûlures de cigarettes étaient disposées deux rangées de huit tables. Dans l'allée centrale, on avait provisoirement dressé trois niveaux de gradins orientés vers les tables de droite. Les deux tables du fond étaient réservées aux joueurs qui désiraient s'échauffer avant la compétition et les deux de l'entrée, recouvertes d'une épaisse housse de plastique. Le tournoi se disputait sur les quatre tables du milieu.

Sur la gauche de l'allée centrale, les habitués du cercle occupaient les autres tables et menaient leurs parties comme si de rien n'était, ignorant ostensiblement les arrivants fringués à la dernière mode qui envahissaient leur domaine en exhibant des étuis de luxe. Toutes les tables réservées au tournoi se distinguaient par un carton blanc fixé sur leur flanc, orienté vers les tribunes et portant un numéro. La plus grande partie de ceux qui étaient venus assister à la nocturne s'étaient massés sur les gradins les plus proches de la table numéro Un. Eddie devait disputer son premier tour d'éliminatoire sur la numéro Quatre. Il assembla sa Balabushka, poussa du pied l'étui vide sous la table et se mit à jouer seul pour s'échauffer. A l'exception d'un vieux spectateur qui tournait vers lui un visage dépourvu d'expression, personne ne lui prêtait la moindre attention.

Cinq minutes plus tard, un jeune homme à lunettes traversa la salle en parcourant l'espace compris entre les tribunes et les tables et s'approcha d'Eddie. Il était rasé de près et portait une chemise blanche.

« Je suis Joe Evans, fit-il poliment en tendant la main à Eddie. Vous êtes Mr. Felson? »

Eddie acquiesça.

« Vous désirez tirer quelques billes avant le match? demanda-t-il au jeune homme.

– Oui, j'aimerais bien. »

On avait adossé au mur deux chaises de bois pour les joueurs, et entre elles une petite table sur laquelle on avait disposé une carafe d'eau, un cendrier, un flacon-poudreur en matière plastique contenant du talc pour bébé, un essuie-mains et quelques cubes de craie neufs. Eddie prit place sur une chaise pour regarder jouer Evans.

Le jeune homme dispersa les billes sur le jeu et se mit à les empocher par ordre numérique. Ce n'était assurément pas un adversaire de haut niveau, comme en témoignaient la raideur de ses tirs et la grimace étudiée qui se lisait sur son visage chaque fois qu'il marquait un point. Il jouait de toute évidence pour faire bonne impression sur son public, bien que personne ne l'observât pour l'instant, à l'exception d'Eddie et du vieux spectateur assis dans les gradins. Eddie avait rencontré à bien des reprises des joueurs de ce genre, soucieux avant tout de ne pas faire de bourde. Evans ne jouait pas pour gagner, mais uniquement pour soigner son image. Il n'aurait guère de mal à le battre.

Ce fut en effet tout simple. A diverses reprises au cours du match, Evans eut pourtant maintes occasions de prendre l'initiative, mais il ne sut pas les exploiter. En observant son visage pendant qu'il jouait, Eddie pouvait sans effort lire dans ses pensées, l'écouter se parler à lui-même quand il tirait, refuser de reconnaître l'ampleur du désastre chaque fois qu'il faisait une faute qu'il s'empressait de justifier à ses propres yeux. Plusieurs fois, Eddie le plaignit sincèrement en le voyant pour ainsi dire courir de lui-même vers la défaite. Mais d'une façon générale, l'attitude du jeune homme l'irritait, et il lui opposa une stratégie méthodique, en jouant avec rigueur comme s'il s'agissait d'un match de quatorze contre un. Il le battit par dix parties contre quatre. Quelques minutes avant la fin de la rencontre, des spectateurs arrivés plus tard pour trouver une place à proximité de la table numéro Un, face à laquelle tout le public s'était massé, vinrent les regarder jouer. Ils applaudirent sans chaleur quand Eddie remporta la dixième partie. La suite, on verrait demain. Pour l'instant, il venait de se classer parmi les seize vainqueurs.

« Je suis heureuse que tu aies pris un bon départ, lui dit Arabella.

– Le môme jouait comme un pied.

– Il devait tout de même y tâter suffisamment pour participer au tournoi, non?

– Je joue demain contre un certain Johannsen. Jamais entendu parler de lui, mais j'imagine qu'il sera plus coriace. Et toi, ta revue?

– Pas grand-chose à faire pour l'instant. Je passe le plus clair de mon temps à siroter du café avec la secrétaire.

– Ça vaut toujours mieux que de taper à la machine.

– Eddie, j'aimerais comme toi être douée pour quelque chose. Je n'ai pas la moindre envie de passer le restant de mes jours dans un bureau à faire ce qu'un patron me dit de faire.

– Je t'apprendrai à jouer à la neuf.

– Tu n'es pas drôle, Eddie. Si je savais jouer aussi bien que toi, je serais riche. »

La repartie d'Arabella le crispa.

« Alors, achète une queue et entraîne-toi, dit-il.

– Je compte bien le faire, Eddie. Pendant vingt ans, tu as laissé ton talent en friche.

– Plus maintenant. »

Ils se turent pendant quelque temps avant qu'Arabella ne rompe le silence.

« Alors, bats-le demain, Eddie. Ecrase-le. »

Johannsen était un gros garçon potelé d'environ trente ans et portait sur son jean un chandail lie-de-vin. Pendant tout le temps qu'il avait joué pour se mettre en condition, il n'avait pas semblé imbu de sa personne, et Eddie avait relevé la précision de ses tirs. Il était deux heures de l'après-midi et on leur avait assigné la table numéro Trois. Une douzaine de spectateurs les observaient quand l'arbitre leur demanda de cesser leur entraînement. Il disposa les billes sur la table et en ajouta deux autres sur la ligne de départ pour que les adversaires tirent l'engagement. Eddie l'emporta en ramenant sa bille à moins d'un centimètre de la bande du haut, mais quand il fit le cassage il n'en empocha aucune. « Un joueur de quatorze contre un », entendit-il chuchoter derrière son dos sur les gradins. Il réprima une grimace, sachant fort bien que cette remarque était fondée : au quatorze contre un, jamais on ne casse avec la même force qu'à la neuf, et on n'apprend pas du jour au lendemain à catapulter la blanche comme un boulet. Il se retourna vers la table voisine pour regarder un autre concurrent, un jeune, faire le cassage. Il le vit faire prendre du recul à sa queue, marquer un temps d'arrêt et projeter soudain tout son corps en avant en même temps que son bras se détendait pour percuter la blanche avec un maximum de puissance. Les neuf billes du losange se dissocièrent avec une telle violence que la neuf, brutalement délogée du centre de la constellation, là où on la place toujours au départ, fit deux bandes et manqua de peu une poche avant de s'arrêter. Quand Eddie avait cassé, c'était tout juste si la neuf avait bougé d'un pouce. Mais en dépit du placement groupé qu'il laissa à Johannsen, celui-ci rentra une à une toutes les billes de la première partie.

Furieux contre lui-même et réduit à l'expectative, Eddie craignit pendant quelque temps que son adversaire n'empoche avec la même facilité les neuf billes de la partie suivante. Mais Johannsen commit une légère erreur d'appréciation de l'angle d'attaque en tirant la sept, qui vint mourir dans un angle à peu de distance de la poche.

Eddie s'approcha calmement de la table et empocha coup sur coup, la sept, la huit et la neuf. Au coup d'envoi de la troisième partie, il s'appliqua à tirer plus vigoureusement, mais ne réussit à rentrer qu'une seule bille. La neuf, elle, n'avait été que fort peu ébranlée, mais s'était cependant déplacée suffisamment vers la gauche pour venir doucement se positionner derrière la trois et s'aligner avec elle dans l'axe d'une poche de coin. Eddie exploita immédiatement son avantage, fit le point avec la une, puis avec la deux, et empocha ensuite d'un même tir la trois et la neuf. Quelques applaudissements éclatèrent sur les gradins. Au cassage suivant, il tira avec beaucoup plus de puissance, au point que son ventre vint heurter le bord de la table et que sa Balabushka, après l'impact contre la blanche, fut projetée en avant de lui. Cette fois, la neuf s'immobilisa à proximité immédiate d'une poche de coin, suivie de très près par la quatre. Il se sentait soudain réconforté par l'efficacité de son cassage. Mais la deux était allée se placer à l'extrémité de la table, de sorte qu'il lui était impossible de la tirer en direct. Il se pencha, lima à deux reprises et tira en donnant une forte secousse du poignet pour mouvoir la blanche en rétro. La deux fila vers l'ouverture de la poche, rebondit sur le tampon de cuir et revint rouler sur le tapis. Il se tourna vers la table numéro Quatre : Babes Cooley empochait la neuf sous un tonnerre d'applaudissements. Eddie regagna son siège et fixa le plancher. Il entendit Johannsen se lever pour jouer, puis perçut le choc de la blanche qui expédiait la deux dans la poche avant de faire une bande et revenir se placer en bonne position pour attaquer la trois. Un second choc. Puis un autre. Eddie releva la tête juste à temps pour voir son adversaire faire coup double et rentrer presque simultanément la quatre et la neuf alignées selon le même axe de tir. Johannsen menait maintenant par trois à deux et avait l'engagement de la partie suivante. C'était d'autant plus rageant que ce gros joufflu imperturbable figurait sûrement parmi les concurrents les plus tocards, et que pour tout palmarès il avait probablement remporté un jour une coupe dans une université du Midwest. Et si lui, Eddie, n'était même pas foutu de balayer ce minable, c'était à se demander ce qu'il glandait dans les parages.

Il s'était vite rendu compte qu'en fait les concurrents sérieux se comptaient sur les doigts de la main : Babes Cooley, bien sûr, et aussi deux ou trois autres blancs-becs qu'on devait retrouver dans tous les tournois. Quant aux autres – les gagne-petit qui se laissaient séduire par la perspective d'empocher la somme mirifique de deux cents dollars que rapportait une douzième place au classement, ou ceux qui étaient assez infatués d'eux-mêmes pour se flatter d'avoir joué une fois dans leur vie contre des champions –, leurs chances de gager se réduisaient à néant. Et si quelqu'un menait la vie dure à Eddie, ce ne pouvait être que Cooley ou l'un de ses challengers, mais certainement pas ce collégien attardé qui jouait à la neuf avec le même sérieux que s'il consultait un ouvrage savant dans une bibliothèque.

Mais il n'empêche qu'il était coriace et tirait parti

de la moindre faute commise par Eddie. Après une heure de jeu, Johannsen dominait par huit à six. Cooley, lui, avait expédié rondement les choses, puisqu'il venait de gagner par dix parties à trois. Une bonne part de son public se déplaçait à présent sur les gradins pour se rapprocher de la table sur laquelle jouait Eddie, qui sentait avec angoisse que s'il ne retournait pas de toute urgence la situation, le match allait tourner pour lui à la catastrophe.

Johannsen venait de rentrer sans difficulté apparente la moitié des billes. S'il conservait l'avantage jusqu'en fin de partie, il mènerait par neuf à six; sur sa lancée, il aurait toutes les chances de gagner une dixième partie qui lui assurerait la victoire. Seul indice quelque peu encourageant : il espaçait de plus en plus ses tirs, étudiait minutieusement le placement avant de jouer, même les coups les plus simples, et mettait un temps fou à frotter de craie son procédé. Allait-il bientôt lâcher pied?

Après un débat intérieur interminable, il finit par tirer la sept. Il l'empocha sans difficulté tout en ramenant sa blanche en excellente position pour faire le point suivant sur la huit, qu'il suffirait de rentrer en direct, en attaquant pleine bille pour arrêter net la blanche. Ensuite, un simple coupé suffirait à empocher la neuf, déjà positionnée tout près de la poche opposée. Mais visiblement Johannsen était au martyre. Il hésita encore, plissa le front en examinant longuement le jeu avant de se décider, puis rentra la huit, mais en coulant légèrement la blanche, de sorte qu'elle continua à rouler après l'impact. Restait à faire le point final sur la neuf, mais le tir était à présent beaucoup moins aisé que si la blanche s'était immobilisée plus tôt par un léger effet de rétro. Pour la première fois depuis le début du match, Johannsen laissa échapper quelques mots. « Merde! s'exclama-t-il avec consternation. Je ne mérite pas ça. » Eddie l'observa. Connard, songea-t-il, continue comme ça et tu loupes la neuf!

Johannsen se mit en position et se concentra pathétiquement sur son tir. Mais il commit une faute incompréhensible et coupa beaucoup trop la neuf, qui toucha la bande trente bons centimètres avant d'atteindre l'ouverture de la poche. La blanche fit le tour complet de la table. Sans plus regarder Johannsen, Eddie se leva, visa soigneusement et marqua le point final. Huit à sept.

Eddie savait désormais qu'il allait l'emporter. Sa tension retomba et il mena de bout en bout la partie suivante comme s'il avait rentré en série des billes au quatorze contre un. La neuf chuta dans la poche avec un claquement sec. Huit à huit.

Au cassage suivant, il mit tout le paquet et rentra trois billes d'un coup. La neuf et la quatre se positionnèrent près d'une poche de côté. Il fit ensuite le point avec la deux, puis avec la trois, et ramena la blanche exactement là où il le voulait pour faire coup double au tir suivant. Avant de se déplacer autour de la table pour se mettre en position, il observa rapidement le visage de Johannsen. On eût dit un enfant boudeur. Eddie s'inclina, visa avec application et tira. La blanche heurta la quatre et modifia sa trajectoire pour venir caresser la neuf, laquelle fit lentement deux tours sur elle-même avant de disparaître dans la poche de côté. Le public applaudit à tout rompre. Johannsen se leva, fit quelques pas vers Eddie et lui serra la main avec un sourire contraint. Eddie démonta sa Balabushka.

Les résultats des éliminatoires étaient affichés à l'entrée de la salle, près de la caisse. Avant de sortir, Eddie alla jeter un coup d'œil sur la liste. N'ayant jamais de sa vie participé à une compétition de billard, il lui fallut un certain temps pour comprendre que les noms des perdants figuraient entre parenthèses dans la colonne de gauche, et ceux des gagnants dans celle de droite. Alors qu'il épluchait les résultats, l'organisateur du tournoi s'approcha de lui, un feutre à la main.

« J'allais justement écrire votre nom, Mr. Felson », dit-il.

Eddie le regarda tracer en capitale FELSON sur une liste de la colonne de droite, tout contre la moitié supérieure d'une accolade. Aucun nom ne figurait en regard de la moitié inférieure.

« Et la prochaine fois, je dois jouer contre qui? lui demanda Eddie.

– Cela ne va guère vous réjouir, Mr. Felson », lui répondit son interlocuteur en inscrivant sous son nom celui de son adversaire du lendemain : COOLEY.

Il attendit cinq heures trente pour appeler Arabella, mais contrairement à ses habitudes elle n'était pas rentrée et il n'obtint aucune réponse. Il n'avait pas envie de sortir pour aller dîner et se fit monter un hamburger et un café. Il alluma la télévision, sans réussir à s'y intéresser. Le hamburger était beaucoup trop cuit, et il en laissa la moitié dans l'assiette. Il avait les mains moites, souffrait d'une légère migraine et se sentait oppressé. Il eût donné n'importe quoi pour que Fats soit dans les parages, ou pour le joindre quelque part au téléphone. Fats était le seul à qui il aurait pu parler de Babes Cooley.

La bille d'Eddie fit un aller et retour irréprochable, mais elle s'arrêta quelques millimètres trop tôt. Cooley gagna l'engagement en réussissant à coller la sienne contre la bande du haut. Ils jouaient sur la table numéro Un. Devant les gradins bourrés à craquer s'alignaient des spectateurs assis à même le sol, et tout autour on se hissait sur la pointe des pieds pour ne rien perdre du spectacle.

Babes Cooley avait revêtu pour l'occasion un pantalon d'un noir étincelant qu'on eût dit coupé dans un tissu élastique tant il moulait ses hanches étroites, et dont les revers tombaient impeccablement sur ses chaussures de croco. L'échancrure de sa chemise de soie bleu pâle, sans col, mettait en évidence la chaînette d'or qu'il portait autour du cou. Le séchoir avait rendu soyeux ses cheveux noirs et la cocaïne, exalté l'expression de son visage. Il se mit en position pour tirer le coup d'envoi. Juste avant de détendre le bras, il tourna la tête vers Eddie, qui l'observait en s'appuyant contre la table voisine, toujours recouverte de la housse.

« C'est pour moi un honneur, Eddie-Vite-Fait », dit-il.

Et tout aussitôt il tira. Un cassage de maître : quatre billes chutèrent dans les poches et la neuf, la rayée jaune, ricocha sur les bandes et fit le tour complet de la table. Il était proprement stupéfiant de voir un être aussi petit et fragile déployer une telle puissance.

« Merci », fit Eddie.

On entendit quelques rires dans les rangs de spectateurs.

« Faire ça à un homme entré vivant dans la légende! ironisa Babes. Un peu dur, non? »

Il rentra d'affilée les cinq billes restées sur le tapis en les expédiant sans effort apparent dans toutes les directions avant de faire le point final avec la neuf dans une poche de coin. L'arbitre les remit dans le losange et de nouveau Babes tira le coup d'envoi, empocha trois billes d'entrée de jeu, et sur sa lancée termina la série et gagna la seconde partie. Tout son corps exprimait la désinvolture et la morgue, mais il jouait avec un extraordinaire brio. Debout, à quelque distance, Eddie l'observait sans bouger, sachant très bien que s'asseoir équivaudrait de sa part à un aveu d'infériorité.

Au milieu de la troisième partie, alors que le score était de deux à zéro, Babes ne réussit pas parfaitement un tir sur la cinq et fut contraint de jouer la défensive. Ce qu'il fit avec une science consommée, en envoyant la blanche se coincer derrière la sept, dans une position qui rendait impossible un tir direct, même rasant sur la cinq. Eddie s'approcha de la table. C'était la première fois de la soirée qu'il avait l'occasion de tirer, et il pourrait s'estimer heureux, compte tenu du placement que lui laissait Cooley, s'il réussissait seulement à toucher la bille. Mais la tactique à adopter était sans équivoque : ramener la blanche par deux bandes sur un amas de billes et tenter d'en déloger la cinq pour jouer la défensive. Il se baissa, tira, et à sa surprise obtint très exactement l'effet recherché. Quand la blanche heurta la cinq, elle envoya rouler la bille orange à l'autre extrémité de la table, où elle s'immobilisa. On applaudit. Il laissait à son adversaire un placement exécrable.

Cooley haussa les sourcils sans faire le moindre commentaire, se mit en position et joua lui aussi la défensive sans la moindre hésitation. Quand les billes s'arrêtèrent de rouler, près de deux mètres cinquante de tapis vert séparaient la blanche de la cinq. Eddie avala sa salive et s'approcha de la table. Il pouvait à la rigueur essayer de couper la cinq, mais c'était du suicide. Et pourtant, il sut dès le premier instant qu'il allait s'y risquer. Impossible de continuer à jouer la carotte. Pas avec un placement pareil. Ou alors, c'était redonner l'avantage à Cooley. Il fallait à tout prix qu'il tente de faire le point.

Eddie ajusta ses lunettes, assura fermement sa position au bas de la table, concentra son attention sur la bille-objectif, tout au bout du rectangle vert, puis tira en force. La blanche coupa la cinq, la projeta d'un trait dans la poche, rebondit tout autour de la table et s'arrêta en parfaite position pour qu'il tire la six au coup suivant. Derrière son dos, les applaudissements grondaient dans les gradins.

« Une légende vivante en son temps! » lança Babes Cooley.

Eddie ne releva pas. Il se pencha et rentra la six. Et ensuite la sept. Puis la huit, en se ménageant un tir de tout repos sur la neuf. D'une pichenette, il envoya celle-ci rouler dans la poche et attendit, sous les applaudissements, que l'arbitre ait replacé les billes sur la table.

Mais au cassage il ne réussit pas à tirer avec autant de puissance qu'il l'aurait souhaité et n'empocha aucune bille. Il en fut donc réduit à faire quelques pas de retrait et à regarder Babes examiner le placement. Catastrophé d'avoir raté ce coup d'ouverture, et du même coup perdu tout le bénéfice de l'élan qu'il venait d'acquérir en gagnant la partie précédente. De quoi enrager. A la neuf, tout est conditionné par le cassage, et c'est précisément en cela que ce jeu se distingue du quatorze contre un, où tant qu'on a la pêche on ne passe pas la main.

Le point sur la une était loin d'être facile, mais Babes le réussit et prépara son tir sur la deux en faisant décrire à la blanche une trajectoire en plusieurs bandes à laquelle Eddie n'aurait jamais songé. Ensuite, il mena sa partie sans encombre. Il dut séparer la six de la huit, collées l'une à l'autre près d'une poche latérale, mais il y réussit comme en se jouant, par un habile carambolage. Une fois le terrain déblayé, il tira la neuf en douceur pour marquer le point final. Tandis que l'arbitre reformait le losange, il rentra sa chemise dans son pantalon et regarda Eddie, l'œil sans expression, en esquissant un vague sourire.

Alors qu'il venait de se mettre en position et de donner du recul à sa queue pour tirer le coup d'envoi de la partie suivante, quelqu'un hurla dans les gradins. « *Vas-y, casse tout, Babes.* » Et Cooley, les traits crispés par l'effort, se rua vers l'avant, heurtant des hanches le rebord de la table, et d'un fantastique coup de bélier fit exploser le losange. Les billes s'éparpillèrent sur toute la surface du jeu en tournoyant frénétiquement. La neuf percuta une bande et revint caramboler de plein fouet deux billes lancées à sa poursuite, qui semblèrent alors l'escorter vers une poche de coin au bord de laquelle, à bout de course, elle hésita un instant avant de basculer mollement dans l'ouverture. Eddie détourna le regard. Trois parties à une.

« *Vas-y, remets ça!* » hurla la même voix au moment où Babes s'apprêtait à faire le cassage. Il tira avec la même puissance et pulvérisa de nouveau le losange, mais cette fois la neuf resta sur le tapis. Mais il empocha néanmoins deux billes, et de plus la une s'immobilisa près de la bande dans une position qui rendait tout simple le point suivant. Rongé de fureur impuissante, Eddie le regarda éliminer les billes une à une et faire le vide sur la table. Rien à voir avec le quatorze contre un. Babes recherchait des placements apparemment incompréhensibles. Parfois il amenait la blanche sur un point du tapis à partir duquel le tir suivant ne pouvait s'effectuer que selon un angle invraisemblable. Mais pour extravagante qu'elle fût, la stratégie qu'il appliquait était parfaitement cohérente, et en tout état de cause se révélait redoutable. Cette fois son adversaire remporta la partie avec une déconcertante facilité. Quatre à un. Eddie recula de quelques pas pour aller s'asseoir.

Il était visible que le public n'avait d'yeux que pour Babes, qui entre deux tirs se livrait fréquemment à un petit numéro de séduction en se déplaçant d'un spectateur à l'autre, un mince sourire aux lèvres, murmurant ci et là quelques mots de gratitude et se campant crânement devant les gradins quand on l'applaudissait. Il se posait sans équivoque possible en maître de cérémonie, laissant dédaigneusement à son adversaire l'humble rôle de faire-valoir. Eddie en avait pleinement conscience, tout comme il avait conscience de ne rien pouvoir y faire. Babes continuait à marquer des points en réussissant avec une aisance stupéfiante des combinaisons proprement suicidaires. Il se déplaçait autour de la table avec prestesse et détermination, comme si ses pieds d'enfant ne faisaient qu'effleurer le tapis de sol, en promenant parfois les doigts dans le duvet de ses cheveux foncés. Eddie surprit dans les gradins la voix d'un spectateur transporté par la performance de Babes. « Il est absolument magnifique. » Une voix quasiment extasiée.

Car Babes *était* magnifique, et son jeu plus magnifique encore. Un jeu véritablement inspiré, meurtrier. Et quand un peu plus tard Eddie eut pour la seconde fois l'occasion de s'approcher de la table, le score était de huit à un et le point infaisable. Possédé d'une rage assassine, il s'efforça de contenir son souffle et de jouer férocement la défensive. Mais Babes lui restitua un placement effroyable, et il ne put même pas toucher la bille-objectif. Alors Babes prit dans sa main la blanche, la fit tournoyer dans sa paume et fixa Eddie.

« Et maintenant, le coup de grâce, annonça-t-il.

– Tire, fit Eddie d'un ton sec.

– Rien ne presse, mon légendaire ami, rétorqua Babes. Chaque chose en son temps. »

Quelques rires fusèrent dans l'assistance.

Babes reposa la bille sur la table et fit le point. Puis il en marqua un autre. Et encore un autre. Il empochait les billes aussi naturellement qu'on respire, sans même frotter de craie son procédé ni étudier la configuration du jeu. Il termina sa série en tirant la neuf avec une suprême désinvolture. Eddie avait mal aux pieds et il sentait que son bras s'ankylosait, mais là n'était pas l'essentiel. L'essentiel, c'était qu'il allait se faire inéluctablement écraser. Et il aurait vendu son âme pour que Babes manque son tir.

« *Vas-y, Babes! Vas-y, mon grand, remets ça encore une fois!* » Toujours cette même voix! Babes catapulta la blanche et le losange éclata comme un pigeon d'argile. La neuf tournoya tout autour de la table, mais ne tomba dans aucune poche. En revanche, Babes rentra la trois, la cinq, la sept et la huit. L'empochage de la bille numéro un requérait une bande par le côté. Babes n'hésita pas, fit le point en stoppant net la blanche pour préparer son tir sur la deux, qu'il rentra dans la foulée, sous un feu nourri d'applaudissements. Seul un miracle pouvait maintenant l'empêcher de gagner la partie finale. Mais il n'y eut pas de miracle, et il expédia dans les poches les dernières billes, hésita un instant avant de tirer la neuf, se retourna vers les gradins et se pencha de nouveau au-dessus de la table. Un claquement sec suivi d'un choc assourdi dans la poche. Il ne restait plus sur le tapis que la blanche, immobilisée d'un coup lors de l'impact contre la neuf. Le public délirait d'enthousiasme.

Dix à un. Eddie se maîtrisa du mieux qu'il put, fit quelques pas vers Cooley et lui tendit la main.

« Tu tires encore mieux que je ne le pensais, fit-il.

– Pas mieux que d'habitude, mon brave ami. »

« J'avais l'impression d'être au-dessous de tout et j'en étais malade », avoua-t-il au téléphone.

Il s'était allongé sur le lit, à côté de sa Balabushka, et tenait d'une main un verre de Manhattan.

« C'est le meilleur joueur du pays, Eddie.

– Si quelqu'un arrive à le battre, je me suicide, ajouta-t-il.

– Tu as encore une chance de remonter la pente », lui assura-t-elle.

A présent, il n'était pas sûr d'avoir véritablement envie de voir son nom disparaître de la colonne des perdants et de jouer à nouveau contre Cooley, mais il n'en dit rien à Arabella.

« Je remets ça dans une heure, fit-il. Si je perds, je suis éliminé du tournoi. Si je gagne, j'aurai un autre match demain en début d'après-midi.

– Alors, écoute-moi : prends une bonne douche et détends-toi. Quel déshonneur y aurait-il à perdre ? »

Il suivit le conseil d'Arabella et se doucha. Puis il se changea, reprit l'autoroute et arriva juste à l'heure pour jouer contre Gunshot Oliver.

De toute évidence, celui-ci ne le reconnaissait pas, et Eddie crut bon de ne pas lui rappeler qui il était. Le vieux flambeur semblait plongé dans une sorte de méditation hébétée dont il n'émergeait qu'au moment où venait son tour de jouer. Ses tirs étaient encore superbes, mais ses cassages manquaient de puissance et on eût juré qu'il n'éprouvait que mépris pour la compétition qu'il disputait.

Alors qu'ils en étaient au milieu du match, Oliver appuya sa queue contre le mur et se retira à pas lents vers les toilettes. Eddie prit place sur une chaise et se versa un verre d'eau en attendant son retour. Sur les quatre tables s'affrontaient les vaincus des précédents matchs, et l'assistance était clairsemée. Eddie patientait depuis un long moment, sans trop s'inquiéter de l'absence prolongée d'Oliver, quand il le vit ressortir des toilettes, jeter un coup d'œil circulaire dans la salle et se diriger vers les tables. Mais il hésita un instant devant la numéro Un, celle sur laquelle jouait Evans, suivit du regard le jeu pendant quelque temps, et à l'étonnement consterné d'Eddie s'affala contre le mur sur la chaise attribuée aux concurrents de la même table, attendant son tour de jouer. Manifestement, il ne savait même plus qui était son adversaire. Boudiné dans son pantalon marron élimé, il restait là, avachi sur sa chaise, l'abdomen saillant au-dessus de la ceinture de cuir, la face ravagée par les bouffissures et les rides, à regarder jouer Evans avec lassitude et indifférence. On eût dit un vieillard qu'on vient brutalement de sortir de son lit.

Eddie toucha le coude de l'arbitre qui attendait lui aussi, adossé contre le mur.

« Vous feriez bien d'aller secouer Oliver, lui dit-il en désignant du geste son adversaire.

– Seigneur! Mais c'est vrai! On dirait qu'il est complètement dans les vapes », fit l'arbitre.

Il dut ramener Oliver vers la table en le guidant comme un chien d'aveugle remorque son maître. Agacé de ce qu'on l'ait brusqué, le vieil homme semblait totalement perdu, et quand il fut tout près de la table Eddie se rendit compte qu'il empestait le whisky. Il émanait de lui une odeur d'alcool aussi écœurante que s'il s'était aspergé de parfum bon marché. Il fallut rappeler à Oliver que c'était à son tour de jouer. Il fit deux points faciles, en manqua un troisième et se laissa tomber sur sa chaise en éructant. Eddie détourna les yeux. Le score était à son avantage. Cinq à trois. Il empocha les billes qui restaient sur la table, puis réussit un cassage honorable et gagna sans mal la partie suivante. Mais il éprouvait une sensation de malaise dont il aurait voulu à tout prix se défaire. Il fallait en finir au plus vite. Il se concentra sur son jeu et remporta quatre parties sur les cinq qu'ils disputèrent encore. Dix à quatre. Sa victoire lui valut quelques applaudissements timides. Oliver était toujours affalé sur sa chaise. Enfin il se leva et s'éloigna d'un pas traînant sans même serrer la main de son vainqueur.

Il s'opposa le lendemain à un jeune Noir du nom de Cunningham. Eddie donna le meilleur de lui-même, mais son adversaire était un joueur de haut niveau. On le donnait pour le numéro trois du tournoi. Juste avant d'écraser Eddie, Cooley l'avait battu lui aussi, mais pour l'instant c'était Cunningham qui maîtrisait le jeu. Il déployait avec brio les mêmes stratégies élaborées que Cooley, et bien qu'il lui menât la vie dure, Eddie sut vers le milieu du match qu'il allait se faire éliminer. Non que son adversaire fût plus adroit que lui – ses tirs étaient même sensiblement moins précis que les siens –, mais il connaissait toutes les ficelles de la neuf, alors que lui-même devait bien admettre qu'il lui restait beaucoup à apprendre. Cunningham remporta le match par dix victoires contre huit. Pour Eddie, c'était terminé. Il ne lui restait plus qu'une alternative : boucler ses valises et rentrer à Lexington, ou bien différer son départ pour assister aux demi-finales et à la finale.

Il était en train de démonter sa queue quand il aperçut Babes Cooley qui assemblait la sienne, coudes écartés du corps, dans l'espace compris entre les billards et le premier rang des gradins. Cooley le salua d'un mouvement de tête, s'approchant de la table sur laquelle Eddie venait de se faire éliminer de la compétition et commença à tirer des billes pour se mettre en forme avant son match en demi-finale.

Eddie glissa sa Balabushka dans son étui, se fraya un passage au milieu des spectateurs et quitta la salle. A dix heures trente, un avion décollait d'Hartford pour Cincinnati, où il pourrait attraper celui de minuit pour Lexington. Ce qui lui laissait le temps de dîner à Hartford. Pendant quelques secondes, il se dit qu'il ferait peut-être mieux de rester à New London pour observer le jeu de Cooley et analyser ses stratégies. Mais, tout bien pesé, pour quoi faire? La neuf, c'était bon pour les jeunes.

Elle alluma sa cigarette avec celle qu'il lui tendit et renversa la tête en arrière pour rejeter la fumée vers le plafond. Elle était restée debout pour l'attendre après qu'il l'eut appelée de Hartford, et à présent ils étaient assis tous les deux dans le salon.

« Je comprends que cela te ravage, dit-elle. Mais une cinquième place, après tout, ce n'est tout de même pas la fin du monde. »

Cinquième au classement. Quatre cent cinquante dollars de prix. De quoi rembourser l'inscription et payer l'hôtel. Mais ni l'avion ni la location de la voiture.

« Et encore, ce n'était qu'un tournoi de seconde zone, dit-il.

– D'accord, mais pour toi c'était le premier.

– Et aussi le dernier.

– Tu te sentiras mieux demain, quand tu auras dormi. »

Le sommeil n'avait rien arrangé. Loin de là, car son humeur s'assombrit encore quand il constata, en arrivant au foyer des étudiants, que la première de ses tâches de la journée allait consister à faire du ménage dans le local. Il récura les lavabos, astiqua la robinetterie et nettoya les deux miroirs. Quand il en eut fini, il était onze heures et pas un seul étudiant ne s'était encore présenté. Mais tout laissait à penser que dans la journée il n'y aurait pas foule, car la semaine suivante marquerait le début des vacances de Noël. Il décida d'en profiter pour réfectionner une autre table en la recouvrant d'un tapis de drap caoutchouté. S'il devait désormais gagner sa vie en gérant ce foyer, autant prendre tout de suite son travail au sérieux.

A l'heure où arriva Mayhew, Eddie avait déboulonné les bandes de la cinq et, accroupi près de la table, s'activait à la caler pour remettre de niveau le plateau d'ardoise. Mayhew ne daigna pas lui adresser la parole en traversant la salle. Quand Eddie se releva, ce fut pour constater que son collègue s'était installé derrière le comptoir et promenait un regard lugubre sur le local désert. Eddie s'empressa de se baisser et de continuer son calage.

Pendant vingt années de sa vie, il n'avait jamais ressenti le besoin de se tuer à la tâche. Du temps où il était son patron, quand il gérait sa propre affaire, jamais il n'avait déployé autant d'acharnement qu'il n'en mettait aujourd'hui à travailler pour Mayhew – le sinistre Mayhew qui avait décidé une fois pour toutes que moins on en fait, mieux on se porte – et pour donner un peu de tenue à ce foyer récréatif fréquenté par des étudiants à qui il n'adressait pour ainsi dire jamais la parole. Il y avait quelque chose de désespéré dans son acharnement à remplacer les draps râpés des billards, à remettre en état les queues détériorées, à changer sur les robinets des toilettes les joints usés, ou encore améliorer la qualité de l'éclairage en vissant dans les douilles des plafonniers des lampes de plus forte intensité. Arabella lui avait demandé un jour pourquoi il se donnait tant de mal; tout ce qu'il avait trouvé à lui répondre, c'était qu'il le faisait parce qu'il en ressentait le besoin. Et c'était vrai. Il avait besoin d'aller jusqu'au bout de quelque chose, d'achever ce qu'il entreprenait, fût-ce une tâche aussi humble que de refaire une table de billard pour la seule satisfaction d'aligner parfaitement les plaques d'ardoise à l'horizontale, de tendre convenablement le drap vert sur le plateau et de lui faire épouser le contour des bandes dans les règles de l'art. Depuis qu'il avait recommencé à jouer, à solliciter le maximum de ses aptitudes et de son système nerveux, il avait réveillé en lui quelque chose d'impérieux qui refusait désormais de se laisser réduire au silence.

Parfois, quand dans la nuit il étreignait Arabella, il se surprenait à lui faire l'amour avec une vigueur qui confinait à la férocité. Mais l'apaisement que lui procurait le plaisir ne comblait jamais totalement ses attentes, ni même les exigences de son corps de quinquagénaire. « Modère-toi, mon chéri. Tu ne fais pas un concours », lui avait-elle dit un jour. Après l'étreinte, il retombait sur le lit, la bouche sèche et le cœur affolé, avec le sentiment qu'une part de lui-même n'était pas satisfaite. Jamais il n'avait rien ressenti de semblable avec Martha, et jamais non plus il n'avait dépensé tant d'énergie à gérer ses propres affaires qu'il n'en consacrait aujourd'hui à ce foyer récréatif parfaitement anonyme. Il n'avait vraiment trouvé ce qu'il cherchait qu'une seule fois dans sa vie – et encore, pour une bien brève durée – du temps où il était jeune et passait ses nuits autour des tables de billard à jouer pour de l'argent.

La plupart des gens considéraient que gagner sa vie au billard avait quelque chose de dégradant, d'avilissant. Pis encore que la boxe. Mais c'était oublier que pour vaincre, pour se maintenir à flot en tant que véritable professionnel du jeu, encore fallait-il rester constamment sur la brèche. Dans les affaires, le premier venu peut prétendre que sa réussite tient essentiellement à ses qualités propres et à sa jugeote, même s'il ne la doit qu'à la chance et à la routine. L'arnaqueur, lui, ne peut jamais se décerner pareil brevet d'autosatisfaction. Le monde comme il va ne manque pas d'incapables grassement payés qui se la coulent douce. D'individus qui ont su mettre la grappin sur les palaces, les jets privés, et d'une façon générale accaparer tous les privilèges que l'Amérique octroie plus volontiers aux démerdards et aux vernis qu'aux citoyens intègres et méritants. Pour peu que vous vous entendiez à maquiller, à faire ce qu'il faut d'esbroufe et à donner un petit coup de pouce à la chance, vous arrivez à vous tailler une jolie tranche dans le fromage : vous prélasser dans une suite cinq étoiles avec vue imprenable sur une plage privée des Caraïbes, à vous faire jouer des solos de clarinette pour des créatures de rêve et à vous goberger devant des plats que quatre loufiats en smoking ne seront pas de trop pour vous servir, en veillant à ce que les sauces soient à la bonne température, l'agneau et la terrine de canard découpés en tranches d'une élégante minceur et dressés sur l'assiette comme ci et pas comme ça, sur l'assiette déposée ici et non là sur la nappe de lin immaculée, juste devant vous, voilà, parfait, à côté de la fourchette d'argent massif qui n'attend plus que d'étinceler dans votre main merveilleusement mise en valeur par la manucure et le bouton de nacre du poignet mousquetaire. Un peu de chance, pas mal de roublardise, et vous voilà, comptant parmi les bienheureux élus même si c'est à votre incompétence que l'économie, l'armée, ou l'Etat qui vous entretiennent à grands frais doivent leur déliquescence. Le monde et toutes ses entreprises peuvent bien partir à vau-l'eau sous l'effet conjugué de la connerie et de la duplicité, il n'en continuera pas moins de ronronner dans les rues de New York, de Paris, de Moscou et de Tokyo d'interminables limousines grises, même si les hommes confortablement calés contre les coussins de cuir souple du siège arrière sont incapables de rien faire sinon se donner de l'importance, boire exclusivement du scotch de douze ans d'âge, et se prévaloir de costumes de bonne coupe, de coiffures dernière mode et de manières raffinées dont le commun des mortels, de gré ou de force, a de tout temps fait les frais.

Parfois, la nuit, Eddie songeait à tout cela en remâchant sa rancœur, assez lucide cependant pour savoir que sous la rancœur gît le bourbier de la convoitise. Mais au billard on ne saurait faire illusion. Et pour flamber le bluff n'est pas de mise. Encore faut-il prouver ce qu'on avance. Prendre à tout instant des risques qui ne sont codifiés nulle part. Dans l'arène du tapis vert – ce rectangle de drap de même couleur que les dollars, la couleur magique de l'argent –, le matamore trébuche dès la première passe. Il avait connu bien des joueurs qui dans la vie trichaient et mentaient effrontément, des gagne-petit dont l'existence n'était que rodomontade, des minables qui plaquaient leur femme quand ils ne pouvaient plus rien tirer d'elle et disparaissaient dans la nature pour ne pas payer leurs dettes. Mais aussi lâches fussent-ils, quand au fond de n'importe quel bouge empoissé par la fumée des cigarettes ces hommes se penchaient à quatre heures du matin dans le cône de lumière crue tombant du plafonnier au-dessus d'une table, entourés d'autres hommes qui les observaient en silence, alors ils n'avaient plus d'autre choix que de puiser en eux-mêmes le meilleur de leurs ressources. Même si leur vie n'avait été qu'un tissu de mensonges, impossible, en cet instant de vérité, de donner le change par une ultime dérobade. Plus question de faire semblant. On ne prospère pas au billard si on est incapable de démontrer à tout instant qu'on est le meilleur. Mais pour Eddie, ce temps-là était bien révolu.

CHAPITRE VII

ARABELLA était sortie et l'appartement lui sembla étrangement vide quand il rentra tard, un vendredi soir du mois de mars. Contrarié, il se prépara un Manhattan à la cuisine et revint au salon pour le boire. Mais là encore il ressentait une impression bizarre, et il lui fallut une grande minute pour s'apercevoir que la femme au chien, la sculpture en acier chromé achetée lors de ce satané voyage à Connors, avait tout bonnement disparu. Depuis novembre, elle trônait à côté de la commode verte d'Arabella, et il avait fini par la prendre en affection, au point qu'un jour il avait acheté un produit à lustrer les pare-chocs pour la faire briller comme un sou neuf. Au début, il lui avait semblé que la chose était bien loin de valoir les cinq cents dollars qu'il avait déboursés pour l'acquérir, mais par la suite il en était venu à ressentir un certain orgueil à l'idée d'en être devenu le propriétaire. Décontenancé, il inspecta les autres pièces. Aucun doute, la femme au chien avait vidé les lieux.

Il se préparait un second cocktail à la cuisine quand il entendit Arabella refermer la porte d'entrée et accrocher son manteau dans la penderie du vestibule.

« Qu'est-ce que tu as bien pu faire de ma statue? cria-t-il, alors que déjà elle entrait dans la cuisine.
– Du calme, veux-tu? Commence d'abord par me servir la même chose. Je t'expliquerai ensuite. »
Son visage s'était empourpré et ses yeux brillaient d'excitation.
Il rajouta du whisky et du vermouth dans le shaker et remplit deux verres.
« Je t'écoute.
– Je l'ai vendue.
– Vendue? Mais elle était à moi cette statue!
– Tu me l'avais offerte.
– Sans doute, mais... Et combien en as-tu tiré? demanda-t-il.
– Un peu de patience. Tu te souviens de Quincy Foreman? »
Il se souvenait en effet de ce jeune prof de littérature anglaise taillé comme un demi de mêlée.
« Combien t'en a-t-il offert?
– Eddie, on peut gagner beaucoup d'argent avec les objets d'art... »
Elle plongea la main dans une poche de sa jupe de velours côtelé et en retira un chèque, qu'elle déplia, puis vérifia du regard avant de dévisager Eddie.
« Bon Dieu, mais fais voir! » s'impatienta-t-il.
Elle le lui tendit et il l'examina. Le chèque, émis par la Central Bank, était libellé au nom d'Arabella pour un montant de mille deux cent cinquante dollars.
« J'ai essayé d'en obtenir quatorze cents, dit-elle.
– Hébé! (Incrédule, il continuait à contempler le chèque qu'il tenait à la main. Il reposa le verre qu'il avait dans l'autre.) Si on part demain très tôt, fit-il, on peut arriver là-bas à l'heure du déjeuner.
– Où ça, là-bas?

– Chez ton brocanteur. »

Elle semblait totalement ébahie.

« Tu veux en acheter une autre à Deeley Marcum ? interrogea-t-elle.

– Pas une, trois. Et même quatre s'il accepte de les lâcher pour douze cent cinquante dollars. »

Après un arrêt à la banque, où Arabella encaissa le chèque, Eddie sortit de Lexington et s'engagea sur l'autoroute de Nicholasville.

« Mieux vaut que ce soit moi qui ait l'argent », dit-il.

Elle lui tendit le paquet de billets – douze cent cinquante dollars –, qu'il replia et enfouit dans sa poche sans quitter des yeux la route.

A Delfield, il fit une halte sur le parking d'un supermarché, le temps d'acheter six cartons de bière Molson, puis roula d'une traite jusqu'à la casse de Marcum. A midi moins le quart, il arrêtait la voiture devant la clôture du musée des Arts populaires.

Il avait décidé la veille, dès avant d'aller au lit, des pièces qu'il souhaitait se procurer : deux femmes de petite taille qui rentreraient dans le coffre, et deux autres un peu plus grandes qu'il pourrait coucher à l'arrière, l'une sur le siège, l'autre sur le plancher de la voiture. En arrêtant son choix sur ces quatre pièces, il n'avait pas seulement tenu compte de leur taille, mais aussi de leur poids. Et en se livrant à l'inventaire rétrospectif des œuvres de Marcum, il avait jeté son dévolu sur celles qui, il en était à peu près convaincu, flattaient davantage l'œil que d'autres.

Le vieux gredin s'était de toute évidence empressé de suivre le conseil que lui avait donné Eddie, car une nouvelle femme au chien occupait à présent très exactement l'emplacement de l'ancienne. Sa finition était d'ailleurs plus soignée, à en juger par la régularité des soudures. Eddie l'examina pendant quelque temps avant de se diriger, les bras chargés de ses cartons de bière, vers le repaire de Marcum.

Ils étaient convenus en cours de route que cette fois Arabella se tiendrait à l'écart de la négociation avec Marcum. Visiblement, ce dernier venait tout juste de sortir du lit quand ils le trouvèrent en train de se débarbouiller au-dessus d'un évier crasseux, près de son poste à souder. Il bouchonna une poignée de serviettes en papier, s'en frictionna le visage pour le sécher, se saisit d'une bière sans même remercier Eddie, en but d'un trait la moitié au goulot en renversant la tête et s'essuya la bouche d'un revers de l'avant-bras.

« J' vais recevoir un Heliarc de Louisville », annonça-t-il en faisant un clin d'œil entendu à l'adresse d'Arabella.

Il ignorait délibérément Eddie.

« Magnifique, dit-elle.

– Une petite merveille, d'après ce qu'on m'en a dit. Mais j' demande à voir. »

Eddie ne dit rien, décapsula une Molson et en but une gorgée. Il lui semblait quelque peu incongru de boire de la bière froide par une âpre journée de mars.

Finalement, Marcum daigna lui adresser la parole.

« La femme au clébard te plaît toujours? J' te parle de celle que tu m'as achetée. »

Eddie le fixa.

« Le chien aurait pu être mieux réussi, mais je m'en contente. Il aurait fallu lui faire des vraies burnes. »

Marcum l'observa à la dérobée.

« Le chien m'a donné du mal, dit-il. J'ai davantage l'habitude des femmes.

– Procurez-vous un chien si vous avez l'intention d'en faire d'autres.

– On a bien plus d'emmerdements avec un chien qu'avec une bonne femme.

– C'est vrai, convint Eddie. Certains jours, on a bien du mal à se sortir du lit. »

Marcum le dévisagea pendant un moment, puis éclata de rire et se tourna vers Arabella.

« Restez maquée avec celui-là, dit-il. C'est un malin.

– J'aimerais vous en acheter quatre autres », reprit Eddie.

Marcum le regarda d'un air soupçonneux.

« Quatre?

– Oui, quatre de vos femmes. Je vais vous les montrer. (Il précéda Marcum dans le terrain vague et de loin lui désigna les pièces qui l'intéressaient : le Mannequin, la Statue de la Liberté, et deux autres encore, baptisées respectivement Little Bo Peep et Olive Oyl, cette dernière n'ayant qu'une lointaine ressemblance avec l'éternelle fiancée de Popeye. Je vous offre mille dollars pour le tout, proposa-t-il.

Marcum le regarda dans les yeux.

« Je ne peux pas les laisser filer à ce prix-là.

– Je vais finir ma bouteille, fit Eddie. Je l'ai laissée sous le hangar. »

Marcum le suivit en silence et attendit qu'il ait bu une gorgée de bière pour poser sa question.

« Et pourquoi que t'en veux *quatre*? »

Eddie ne répondit pas.

« Pas mal de gens ont envie de m'en acheter une, poursuivit Marcum. Seulement, quand j'annonce la couleur, c'est la débandade. Mais personne ne m'en a encore demandé quatre d'un coup.

– On a l'intention d'essayer de les vendre.

– D' la merde! riposta Marcum. Je m' disais bien

que ça sentait le coup fourré. Si quelqu'un doit les fourguer, c'est moi. Pas vous.

– Comme vous voudrez. Vous avez sans doute raison.

– Pour sûr, bordel, que j'ai raison.

– Et... à qui allez-vous les vendre?

– A des acheteurs de Louisville. Des gens bourrés de fric. Des musées, des galeries...

– Vraiment? »

Une bouteille à la main, Marcum désigna d'un geste majestueux son ramassis d'assemblages de ferraille.

« Des œuvres originales comme celles-là, on les lâche pas pour une bouchée de pain, affirma-t-il.

– Et comment allez-vous décider vos mécènes de Louisville à venir ici vous signer des chèques? lui demanda Eddie.

– J'irai les voir là-bas.

– En faisant du porte à porte?

– Si j' les vends, ce s'ra à une galerie.

– Une galerie ne vous donnera pas davantage que je vous en propose. Ces gens-là prennent leur bénéfice pour payer leurs frais généraux. Sans compter qu'il va vous falloir un camion pour transporter tout ça à Louisville. »

Marcum opposait aux arguments d'Eddie un visage buté.

« Si j' les vends, dit-il, je n'aurais plus rien à exposer. Fini. Plus de rentrées. Je fais payer les gens pour visiter.

– Un dollar, fit Eddie en se tournant vers le terrain vague. Je suis venu ici deux fois, ajouta-t-il, et je ne me souviens pas d'avoir vu un seul visiteur.

– Il en vient, protesta Marcum. Et même des familles entières à un dollar par tête. Plus un dollar supplémentaire pour prendre des photos.

– Je vois que vous vous en tirez comme un chef.

– J'ai jamais demandé qu'on m'assiste et jamais touché quoi que ce soit de l'aide sociale.

– Bravo! Un homme qui a du talent devrait toujours conserver son indépendance et ne rien coûter au contribuable.

– Faut savoir ce qu'on veut, mon cher monsieur.

– Je partage tout à fait votre façon de penser », approuva Eddie.

Il sortit de sa poche la liasse de billets, neufs pour la plupart, la déplia et se mit à compter sans rien ajouter. Il en retira la coupure de cinquante dollars et la glissa dans sa poche de veste, mit les douze billets de cent dollars sur une table de métal, et pour les empêcher de s'envoler déposa sur la liasse un morceau de ferraille.

« C'est ma dernière proposition », dit-il.

Marcum regarda le tas d'argent, puis se tourna vers Eddie sans mot dire.

« Quand vous aurez reçu votre Heliarc, reprit Eddie, vous pourrez en faire un tas d'autres. Ce n'est pas la matière première qui vous manque.

– Ni l'imagination, ajouta Arabella.

– Et pourquoi que t'en as remis un de cinquante dans ta poche? questionna Marcum.

– Adjugé. Il est à vous. »

« On pourrait en faire le commerce, fit remarquer Arabella.

– On a déjà un pied dans l'étrier. Regarde la bagnole : un vrai musée itinérant!

– Ce que je voulais dire, c'est qu'on pourrait ouvrir une galerie. »

Eddic accéléra pour doubler un camion et ne répondit pas immédiatement. Ils étaient à mi-chemin de Lexington, et le siège arrière était occupé par les sculptures, enveloppées dans les couvertures et les serviettes qu'il avait prudemment songé à emporter.

« Nous n'aurions pas assez de clients, dit-il après s'être rabattu dans la file de droite. Estimons-nous heureux si on arrive à revendre les quatre.

– On les revendra, promit Arabella. Les gens ont davantage d'argent que tu ne penses.

– Tu n'as pas l'impression qu'on saturerait le marché si on en revendait une douzaine?

– J'ai déjà réfléchi à la question, Eddie. Mais ce ne sont pas les artistes qui manquent dans le coin. Ou les artisans, ou appelle-les comme tu voudras. On pourrait diversifier. Je travaille depuis trois ans pour ma revue, et fais-moi confiance, tous les créateurs comme Marcum, je sais où les trouver.

– Ce n'est pas à Lexington qu'on va s'arracher des œuvres d'art. Disons qu'au grand maximum tu toucheras quelques centaines de clients. C'est comme pour le billard.

– Ce n'est pas du tout la même chose, Eddie. Lexington regorge de fric, sans parler des amateurs qui viendraient de Louisville et de Cincinnati.

– Je n'en suis pas convaincu », fit Eddie.

Pourtant, quelque chose en lui le poussait à croire ce que lui affirmait Arabella.

« Tu sais, les Américains commencent tout juste à découvrir l'art populaire, et c'est déjà la ruée. Tu devrais voir les publicités qu'ils font à New York! Et tu sais ce qu'on y vend? Des re-pro-duc-tions, Eddie. Des reproductions que les gens paient une fortune.

– D'accord, mais Lexington n'est pas New York.

– Sans doute, mais ici un tas de gens aimeraient bien trouver sur place ce qu'on trouve à New York. Tu verras, les gens vont se jeter sur l'art populaire comme ils se sont jetés sur les croissants et les pâtes fraîches. Toute une catégorie d'Américains veut à tout prix être dans le coup, être *au courant*[1].

– Je ne comprends pas le français.

– Mais tu comprends ce que je veux dire. D'un côté, je connais bien les gens qui créent des objets comme ceux-là... (Elle se retourna vers l'arrière de la voiture et tendit le bras pour toucher la tête d'une femme d'acier chromé qui émergeait d'une couverture verte.) De l'autre, tu es doué pour marchander et tu as déjà l'expérience du commerce... »

Il réfléchit à ce qu'elle venait de lui dire. Il avait bien pensé à revendre les quatre statues, mais il s'était dit que les transactions se passeraient dans le salon, sans plus. Il avait trouvé amusant de marchander avec Deeley Marcum, et l'idée de faire plusieurs fois la culbute – de revendre douze cents dollars ce qu'on avait payé trois cents – l'excitait énormément. Tout à fait comme au billard, quand on sait qu'on va gagner et rafler la mise.

« On ne pourrait pas les vendre à New York? demanda-t-il. A un marchand d'objets d'art?

– Ce serait comme si Marcum allait lui-même les proposer à Louisville. L'avantage, à Lexington, c'est que les loyers commerciaux ne sont pas chers et les frais généraux peu élevés. »

L'idée commençait à lui plaire, même s'il lui semblait complètement farfelu de se lancer dans le commerce des objets d'art alors qu'il ne connaissaits strictement rien à la peinture ou à la sculpture.

« Tu disposes de combien? interrogea-t-il.

– Pas bien lourd.

– Combien faut-il compter pour louer une boutique dans le centre?

1. En français dans le texte.

– Quatre cents par mois. Cinq cents, peut-être.

– Et le bail? De quelle durée, à supposer qu'on soit obligés de mettre la clef sous la porte?

– Je ne sais pas. Probablement six mois, non?

– A mon avis, au moins un an. Il faudra aussi repeindre le local et passer quelques annonces dans le journal. A tout ça viennent s'ajouter l'assurance, la patente... et toute cette saloperie de formulaires à remplir pour l'administration... Sans compter les impôts locaux, les taxes sur le chiffre d'affaires...

– Tu as déjà fait des choses de ce genre pendant vingt ans, Eddie. Ne viens pas me dire que ça te dépasse. Quant à moi, je suis bonne dactylo et je sais très bien remplir les formulaires.

– Si je mettais douze mille dans la course, tu me trouverais suffisamment d'œuvres d'art à négocier pour démarrer? Ou d'objets d'artisanat?

– Oh! que oui! Je te trouverais des patchworks faits à la main, des sculptures... Je connais près de Lancaster un vieux Noir qui tient une droguerie et sculpte des panneaux de bois. Tu verrais ça, ce sont vraiment des œuvres de visionnaire. »

Il réfléchit pendant quelque temps avant de poursuivre.

« Je connais un magasin vide à deux pas de Main Street. J'ai lu sur un écriteau le nom de l'agence qui le loue. Mandel Realty. Il se trouve que je connais bien Henry Mandel. Je vais l'appeler.

– Cela me semble trop beau pour être vrai. »

Elle regardait fixement la route.

« Tu vois bien que les choses ne se présentent pas si mal! fit Eddie. Ça devrait marcher.

– Je n'arrive pas encore à y croire... »

Depuis plusieurs kilomètres, des pancartes signalaient la proximité d'un Holiday Inn. Ils n'étaient plus qu'à une heure de route environ de Lexington quand Eddie repéra au loin sur la droite le panneau vert indiquant l'entrée du motel. En se rapprochant, il put lire distinctement l'inscription PISCINE INTÉRIEURE CHAUFFÉE. Il ralentit et prit la voie de dégagement.

« Arrêtons-nous, dit-il.

– Mais... Eddie, il nous reste à peine une heure de route!

– Tout se goupille bien et je me sens en pleine forme. »

Depuis des années, il n'avait rien ressenti de comparable au lit. On leur avait donné une chambre sur l'arrière, et quand il avait ouvert les rideaux tandis qu'elle se déshabillait, il avait découvert que par la fenêtre on voyait un champ planté d'arbres sous la neige. Ils s'étaient étendus sur l'immense lit, et après l'avoir embrassée il n'avait pu s'empêcher de rire à l'idée qu'ils allaient s'associer pour se lancer dans le commerce des objets d'art.

« Tu sais comment on devrait appeler la galerie? dit-il, incapable de garder son sérieux.

– Dis-moi.

– Aux Deux Margoulins. »

Elle avait éclaté de rire à son tour et ils s'étaient enlacés.

Plus tard, ils louèrent des maillots de bain à la réception, et pendant une demi-heure disposèrent de la piscine pour eux seuls. Elle nageait bien – presque aussi bien que lui – et ne craignait pas de se mouiller les cheveux. Ensuite ils commandèrent au bar des cocktails qu'ils emportèrent dans leur chambre, d'où Eddie appela les renseignements téléphoniques pour obtenir le numéro d'Henry Mandel à Lexington.

« C'est un peu idiot, lui dit-elle quand il raccrocha. Dans une heure, tu n'aurais pas eu à payer l'interurbain.

– Toi, tu te sèches les cheveux et tu me laisses faire. C'est mon jour de chance. »

Mandel demandait cinq cent soixante-quinze dollars de loyer mensuel, frais de chauffage non compris. Pour un bail de dix-huit mois.

« C'est trop, répliqua Eddie. (Il s'était séché, mais n'avait pas pris le temps de se rhabiller et, pour téléphoner, s'était assis nu sur une chaise.) Je vous en propose quatre cent cinquante, avec un bail de douze mois renouvelable pour une même durée, augmenté de dix pour cent.

– Impossible de vous louer à ce prix un local en plein centre.

– En plein centre, d'accord. Mais il n'a qu'une seule pièce et il est à louer depuis six mois, plaida Eddie.

– D'autres clients à moi s'y intéressent, Mr. Felson.

– En ce cas, je vous conseille de conclure l'affaire avec eux.

– En ce moment, ils ont quelques difficultés, et je ne vous cache pas que j'aimerais traiter avec vous.

– Disons que si vous faites repeindre le local, je vous en propose quatre cent soixante-quinze.

– Le faire *repeindre* ! Mais vous n'y songez pas. Vous savez ce que coûte la main-d'œuvre, de nos jours ?

– Henry, reprit Eddie. Nous sommes en pleine période de récession, vous le savez comme moi. Et je ne vous apprends rien en vous disant que si vous ne me louez pas ce local, il va rester inoccupé pendant que vous continuerez à payer les charges et les taxes locales. »

Mandel se tut pendant quelque temps et Arabella, qui venait de se sécher le cheveux dans la salle de bain, revint dans la chambre, complètement nue, prit place sur l'autre chaise et interrogea Eddie du regard.

« Eddie, reprit Mandel, je pourrais à la rigueur acheter la peinture, mais la main-d'œuvre serait à votre charge. »

Eddie retint son souffle et se décida.

« Je passerai chez vous prendre les clefs lundi matin, fit-il. Si le local me convient, nous pourrons signer le bail dans l'après-midi.

– Pour dix-huit mois?

– Non, pour douze mois, Henry. Douze.

– Tu es extraordinaire, lui dit Arabella quand il eut raccroché.

– Je te trouve superbe dans cette tenue, fit-il. Si on restait ici?

– Mais... pour quelle raison?

– Après les fiançailles, la lune de miel, non? »

Le principal intérêt que présentait le local, c'était d'être situé en plein centre, et cette particularité le séduisait tout comme l'avait séduit le petit appartement d'Arabella. Le magasin consistait en une pièce de grandes dimensions, pourvu de placards, d'un comptoir, d'un lavabo et de toilettes. Il était très clair, car la lumière entrait à la fois par la vitrine et par les fenêtres qui, sur l'arrière, donnaient sur un petit jardin, dans lequel s'amoncelaient des cintres de métal rouillés laissés là par le teinturier qui occupait auparavant les lieux. Un monumental barbecue de briques occupait le centre du jardin, dont l'herbe était toute piétinée. Eddie songea qu'ils pourraient aisément tirer parti de cet espace supplémentaire pour y exposer au printemps les statues de Marcum. Arabella se montra enchantée quand il lui fit part de cette idée, et elle se mit tout de suite à ramasser les portemanteaux rouillés. Mais les murs du magasin lui-même étaient franchement crasseux, et les grosses tuyauteries qui traversaient la pièce avaient elles aussi besoin d'un sérieux coup de pinceau. Il faudrait encore retirer le linoléum vert. Quand il se baissa pour en soulever un bout, Eddie put constater qu'au-dessous le plancher était en chêne, et qu'il retrouverait l'aspect du neuf après un bon décapage à la ponceuse à bandes. Il estima qu'une entreprise lui demanderait dans les deux cents dollars pour le faire. Quant à la vitrification, il s'en chargerait lui-même.

Il obtint de Mandel qu'il réduise de cent cinquante dollars le loyer du premier mois, faisant valoir que pour remettre le local en état il faudrait acheter de la peinture, des brosses, des rouleaux, une échelle, et aussi du polyuréthanne pour vitrifier le parquet. Il connaissait un magasin qui faisait des rabais sur ce genre de fournitures, qu'il acheta sitôt qu'il eut signé le bail dans le bureau de Mandel. Ensuite, il appela d'une cabine publique la compagnie de téléphone pour faire poser une ligne dans le magasin, et la compagnie électrique pour faire rétablir le courant.

« On devrait peut-être commencer par rentrer mon stock, lui dit-elle.

– Non, il vaut mieux que tout soit prêt avant de le mettre en place. »

Il se sentait tout feu tout flamme et voyait très clairement comment procéder pour mener la suite des opérations. Il avait revêtu pour la circonstance un vieux jean, une chemise de flanelle passablement élimée et s'était muni d'un solide couteau à mastic pour décoller le linoléum par grandes plaques qu'il pliait avant de les tasser dans un grand carton.

« Il faut absolument que j'évacue toute cette saloperie avant ce soir, dit-il. Les types de l'entreprise que j'ai appelée vont débarquer ici demain matin avec leurs ponceuses. Après-demain, on se mettra en chasse pour trouver tes artisans. Comme ça, la vitrification aura tout le temps de sécher. Ensuite, on verra ce qu'il nous faut comme présentoirs pour disposer les sculptures. Il nous faudra aussi des spots et des tringles pour pendre les patchworks le long des murs. Restera encore à s'occuper des annonces dans le journal et de l'enseigne sur la rue.

– Tu penses décidément à tout, dit-elle. Un vrai homme-orchestre.

– Attends un peu. Tu n'as encore rien vu. (Il se remit à soulever le vieux linoléum avec la lame du couteau à mastic, visiblement ravi de travailler de ses mains.) Jamais tu n'auras vu un plancher pareil! lança-t-il joyeusement. Quand tout sera fini, ce sera un vrai billard. »

Ellen Clouse tenait une station-service – ou pour mieux dire, une seule et unique pompe à essence – à Irvine, dans le comté d'Estill, à une heure et demie de Lexington, et vivait dans une maison de bois qui avait dramatiquement besoin d'un bon coup de pinceau. Au-dessus de la porte d'entrée, on pouvait lire sur une pancarte l'inscription PATCHWORKS DU KENTUCKY– FABRICATION ARTISANALE. Dans trois des pièces de l'habitation étaient exposées d'innombrables couvertures faites de morceaux d'étoffe de toute origine, composant les motifs les plus invraisemblables.

« C'est pas moi qui les fais, leur dit Ellen Clouse. J' les fais faire par cinq ou six femmes d'ici. Ma mère, ça oui, elle en f'sait. Moi, j' m'occupe surtout d' la pompe. »

C'était une solide gaillarde aux cheveux grisonnants qui avait franchi la cinquantaine et ne faisait pas d'effort pour sourire, mais s'exprimait d'une voix douce. Elle traînait aux pieds une paire d'Adidas dont les lacets n'étaient pas noués.

« Y en a que c'est de la camelote, continua-t-elle. Mais y en a aussi que c'est d' la pièce de musée. Tenez, ça par exemple... (Elle les fit approcher d'un patchwork déployé contre le mur du fond.) C'est directement inspiré de la Bible. Au milieu, vous avez les trois enfants juifs et la fournaise ardente, et en bas à droite, là, ça représente Abraham et Isaac.

– C'est du motif en applique, dit Arabella.

– C'est comme ça qu' ça rend l' mieux, ma p'tite », répliqua Ellen Clouse.

Il était surprenant d'entendre une femme aussi masculine s'exprimer d'une voix si douce. Eddie examina plus attentivement le patchwork. Il résultait de la juxtaposition de cinq scènes bibliques différentes, toutes composées avec des découpes de tissus de couleurs vives représentant des personnages, des arbres, une arche de Noé, et au centre les flammes dansantes s'échappant de la fournaise ardente. Les coutures qui assemblaient les différents éléments étaient très fines, et d'une extrême régularité. Bien qu'un peu chatoyant, l'ouvrage flattait l'œil et avait assurément exigé des heures et des heures de travail. Eddie se retourna vers Ellen Clouse.

« Vous le vendez combien?

– Celui-là, c'est Betty Jo Merser qui l'a fait il y a bien longtemps. La pauvre! Elle est morte l'an dernier d'un cancer des trompes. Elle en voulait cinq cents dollars.

– C'est une très belle pièce, dit Arabella.

– Vous pouvez nous en faire voir d'autres de cette qualité, Miss Clouse? » demanda Eddie.

La pompiste leur fit visiter l'une après l'autre les trois pièces de la maison, dont les murs étaient tous recouverts de patchworks. Dans la dernière pièce, une vingtaine d'ouvrages pour le moins avaient été empilés sur un vieux lit de bois, en même temps que des édredons et des parures d'oreillers. La plupart des motifs décoratifs étaient d'inspiration patriotique ou religieuse. Parfois, les deux genres se conjuguaient. Sur l'un des patchworks était représenté l'enfant Jésus dans la crèche au-dessous d'un drapeau américain. Eddie en remarqua un autre, sur lequel des découpes de tissus figuraient une escadrille d'avions en piqué. La scène était accompagnée de la mention SOUVENONS-NOUS DE PEARL HARBOR. Au-dessous, une signature et une date : 1943.

Après en avoir examiné trois ou quatre, Eddie se rendit compte qu'il était d'ores et déjà capable d'évaluer la qualité des pièces et de désigner sans se tromper les plus réussies, rien qu'en détaillant la construction du dessin, et aussi la minutie de la finition. Certaines pièces étaient de toute évidence bâclées et dépourvues d'imagination, alors que d'autres – et tout spécialement celles qu'avait réalisées avant sa mort Betty Jo Merser – témoignaient par leur vigueur et leur perfection d'un art consommé. Mais il n'avait pas la moindre idée de ce que pouvaient bien valoir ces petits chefs-d'œuvre.

Il était précisément en train de réfléchir à cette question quand un klaxon retentit à l'extérieur. Ellen Clouse les pria de l'excuser et les laissa seuls pour aller remplir le réservoir de son client.

Dès qu'elle fut sortie, Eddie revint dans la première pièce pour palper l'étoffe du patchwork représentant les scènes bibliques.

« D'après toi, on pourrait vendre ça combien? fit-il.

– Je n'ai pas d'idée très précise, répondit-elle.

– Tu connais quelqu'un à Lexington qui en ait un du même genre? Ou quelque chose d'approchant?

– La maquettiste de la revue en a plusieurs. Mais je ne sais pas d'où ils viennent.

– Et tu crois qu'elle aurait des livres sur les patchworks?

– Je n'en sais rien, mais c'est possible.

– Parfait. Il faut qu'on aille la voir dès que j'aurai vitrifié le plancher. »

Une fois que la vitrification fut complètement sèche, le plancher prit encore meilleur aspect qu'il ne l'avait espéré. Il avait archeté de la peinture d'intérieur blanche de bonne qualité et un rouleau de grande longueur, et quand il eut étendu par terre de vieilles couvertures pour protéger le vernis, il dressa son échelle et entreprit de peindre le plafond. Quelques retouches s'imposeraient autour des fixations des lampes, mais il les ferait plus tard en un tournemain. A midi, le plafond était entièrement peint et il s'attaqua aux murs. Arabella rapporta du drugstore du coin un bidon de Windex, des rouleaux de papier absorbant et se mit à nettoyer les vitres.

On leur avait posé le téléphone, et l'appareil trônait au milieu de la pièce sur la pile de vieilles couvertures. Un peu plus tard, Eddie s'interrompit pendant quelques minutes, le temps de boire une tasse de café et de manger le Big Mac apportés par Arabella, puis de s'asseoir près du téléphone pour consulter les pages jaunes de l'annuaire et appeler un peintre en lettres. Il leur en coûterait quatre cents dollars pour acheter et faire poser une enseigne au-dessus de la porte d'entrée, et cent trente dollars supplémentaires pour faire tracer en lettres dorées sur la vitrine CRÉATIONS DU KENTUCKY. Il reprit ensuite son rouleau et continua de peindre les murs pendant d'Arabella finissait de nettoyer les vitres et déblayait la cour. Quand il eut peint deux des murs, son épaule lui faisait mal, et pour la reposer il décida de récurer à la brosse le lavabo et la cuvette des toilettes. L'argent allait encore filer de façon alarmante pendant un certain temps, mais il ne s'en souciait pas trop, estimant qu'on ne risque pas un coup de poker sans avancer une certaine mise. Il se servit ensuite du Windex et du papier essuie-tout d'Arabella pour polir la robinetterie et le miroir fixé au-dessus du lavabo. Il se sentait au mieux de sa forme et sifflotait en astiquant. Resterait encore à meubler le local, à acheter des présentoirs et à installer l'éclairage, mais Arabella avait raison. Un emplacement comme celui-là devrait attirer les clients. Elle savait convaincre son monde, elle avait du chien, son accent britannique ajoutait encore à son charme et elle disposait de multiples relations dans le milieu universitaire. Tout pour que l'affaire prenne un bon départ. Et même s'ils ne faisaient pas fortune, après tout, ils auraient tenté une aventure passionnante. En tout cas, mieux valait cela que de s'obstiner à vouloir renouer avec le billard ou de travailler sous la tutelle de Mayhew dans ce maudit foyer des étudiants.

Au-dessus de la cheminée, Jane Smith-Ross avait tendu sur le mur un superbe patchwork repésentant des moutons et des vaches dans un pâturage. Eddie s'approcha pour mieux examiner les motifs en applique et la piqûre. Les points n'étaient ni aussi fins, ni aussi réguliers que ceux de Betty Jo Merser. Il se dit qu'il serait peut-être possible de dénicher quelque part une vieille photographie de Betty Jo, qu'ils feraient agrandir et encadrer, et de mentionner sur le cliché la date de sa naissance et celle de sa mort. Pour ainsi réhabiliter un art oublié. Car qui donc savait encore que les patchworks de jadis étaient parfois l'œuvre d'authentiques artistes? En contemplant celui de Jane Smith-Ross, au-dessus de la cheminée, il se sentait en quelque sorte propriétaire de l'ouvrage de Betty Jo, infiniment plus achevé que celui qu'il avait devant les yeux.

« Est-il indiscret de vous demander combien vous l'avez acheté? demanda-t-il.

– C'est mon mari qui m'en a fait cadeau pour mon anniversaire, il y a quatre ans. Il date des années 30, et je crois qu'il l'a payé huit cents dollars.

Et tu te souviens où il l'a acheté? » demanda Arabella.

Jane Smith-Ross émit un petit rire.

« Je m'en souviens fort bien, car c'est une pièce faite dans le Kentucky, mais le plus drôle, c'est que Dalton l'a achetée dans l'Ohio, à Cincinnati. Une galerie du nom de Shillito. »

Eddie regarda de nouveau le patchwork. Ses motifs étaient loin d'avoir la perfection de ceux de Betty Jo. Les moutons avaient l'air stupides et le dessin des vaches manquait d'imagination. Tandis que sur l'ouvrage de Betty Jo, la fournaise ardente donnait vraiment l'impression d'un brasier dont chaque flamme était douée d'une vie propre. Il n'était pas si ancien – Ellen Clouse leur avait dit qu'il avait été exécuté dans les années 50 –, mais si celui-ci avait coûté huit cents dollars, alors l'autre en valait facilement mille. Chez Shillito, à tout le moins.

Jane Smith-Ross leur prêta volontiers deux livres illustrés sur l'art du patchwork, et ce soir-là Eddie les étudia attentivement. Aucun doute, Betty Jo Merser était une trouvaille. Tout le problème était de commercialiser ses pièces. Il allait faire installer au plus vite dans la galerie des spots et des étagères le long du mur. Il voulait à tout prix offrir dès le départ à la clientèle tous les patchworks de Betty Jo

Merser que détenait Ellen Clouse. Celui de la fournaise ardente ferait un effet terrible sur le mur de gauche en entrant, fraîchement peint en blanc. Ils en accrochaient deux ou trois sur des tringles et plieraient les autres pour les déposer sur des étagères, comme des housses de billards. Et si on plaçait le Mannequin rapporté de chez Marcum sur le parquet – le parquet de chêne qu'il venait de vitrifier –, à côté du patchwork, à un mètre du mur environ, ils se mettraient magnifiquement en valeur l'un l'autre. Rien qu'en y pensant, Eddie sentait les battements de son cœur s'accélérer.

Il n'eut aucun mal à trouver un menuisier et un électricien. C'était l'hiver, et tout le monde avait besoin de travail. Mais quand il demanda à l'électricien s'il pouvait lui poser un système d'alarme sur la vitrine, l'homme lui répondit qu'il n'y connaissait pas grand-chose. Eddie appela alors un spécialiste, dont il avait trouvé le numéro dans les pages jaunes. Pas de réponse. On verrait cela plus tard. Pour l'instant, le plus urgent était de faire installer l'éclairage et de fixer les étagères. Arabella rapporta de la mairie les formulaires à remplir pour obtenir une patente et téléphona à toutes ses relations pour les mettre au courant de l'ouverture prochaine de la boutique et amorcer l'offensive du bouche à oreille. Plus tard, Eddie laissa les ouvriers travailler seuls pour aller se renseigner auprès du journal local sur les tarifs de la publicité. Du temps qu'il gérait son club de billard, il lui arrivait épisodiquement de faire un peu de réclame pour son établissement, mais ses initiatives se bornaient alors à insérer quelques lignes dans la rubrique des petites annonces. Cette fois, il voulait que l'ouverture de la galerie fasse l'objet d'une publicité plus élaborée. Quelque chose qui touche un public plus mondain.

Il songeait aussi aux stations de radio et de télévision. En appelant Enoch – ou sa secrétaire –, peut-être pourrait-il obtenir de lui un petit coup d'épaule au moment du lancement, par exemple en invitant Arabella à venir parler de l'art populaire du Kentucky dans l'émission du matin. Et puis, il allait falloir prospecter, découvrir d'autres artisans pour diversifier le stock. Ils ne pouvaient pas se contenter d'exposer des patchworks et des statues de métal soudé.

Ses nouvelles préoccupations ne lui semblaient pas le moins du monde farfelues ni même bizarres. Il ne s'était jamais senti attiré par la peinture ou la sculpture, et jamais de sa vie il n'avait eu la curiosité d'entrer dans une galerie ou un musée. Mais ce qu'il entreprenait à présent était un peu comparable au risque qu'on prend quand on joue son va-tout au billard, et ce risque-là le stimulait, mobilisait agréablement son esprit. L'enjeu final, c'était l'argent, et il aimait l'argent. Il aimait en brasser, en gagner, en claquer, sentir au fond de sa poche la présence d'une douzaine ou davantage encore de gros billets soigneusement pliés. Une multitude de choses n'avaient dans sa vie aucune importance. Mais l'argent, lui, en avait.

« On devrait essayer de prendre les patchworks en dépôt, ça nous éviterait d'avancer l'argent », dit Arabella.

Ils roulaient vers Irvine.

« Tu veux dire... ne rien payer d'avance à Ellen Clouse?

– Exactement.

– Mais qu'est-ce qui lui prouve qu'on est mieux placés qu'elle pour les vendre?

– A nous de l'en convaincre. »

Il ne répondit rien sur le moment et s'absorba

dans la conduite de la Toyota de deux ans, dont il avait tendance à surmener le moteur. Il avait pensé en cours de route qu'il serait judicieux de se servir du véhicule comme d'un support publicitaire en faisant peindre sur ses flancs CRÉATIONS DU KENTUCKY à côté d'un petit logo représentant en silhouette la femme au chien de Marcum. A présent, il songeait à ce que venait de lui suggérer Arabella.

« Non, on va lui donner au moins la moitié, quitte à épuiser nos réserves, dit-il. Je veux avoir ses patchworks pour trois cents et les revendre neuf. Autrement, ça ne vaut pas le coup.

– Tu ne fais pas grand cas de la pauvre Ellen.

– La pauvre Ellen? D'abord, ce n'est pas elle qui les a faits. Ensuite, elle n'a même pas été capable de les vendre dans cette foutue cabane coincée entre sa pompe Esso et ses cuves à essence. Non, si quelqu'un est à plaindre, c'est Betty Jo Merser. La victime, c'est elle. Ou c'était elle, puisqu'elle est morte. Si quelqu'un arnaquait l'autre, c'est bien ta pauvre Ellen.

– Au lieu de jouer au billard, tu aurais fait un bon prof d'économie.

– Pour comprendre les lois de la finance, le quatorze contre un est une bonne école.

– Eddie, tu conduis beaucoup trop vite », fit-elle.

Il ne répondit rien, mais ne ralentit pas pour autant.

« Je vous les prends tous les neuf pour deux mille sept cents. »

Eddie déposa la somme – tout ce qu'il avait en poche – sur la petite table ronde recouverte d'un napperon, près de la cheminée.

« Vous êtes timbré ou quoi? répliqua Ellen

Clouse. Ça représente toute une vie de travail, et vous m'en proposez même pas le prix de cinq.

– Ça ne vous sert pas à grand-chose de les laisser moisir ici le long des murs.

– J' vas vous apporter du thé », fit-elle, comme si elle n'avait rien entendu.

Elle se leva et se dirigea vers la cuisine sans même regarder la pile de billets sur le guéridon.

« Eddie, chuchota Arabella, il faut proposer davantage... ou alors acheter moins de pièces.

– Laissons venir. »

Il fixait du regard le patchwork représentant les trois enfants aux cheveux bruns entravés par des cordes, et qu'on allait précipiter dans la fournaise ardente. Pour peu qu'il trouve un amateur, il pourrait aisément tirer douze cents dollars de la pièce.

Ellen Clouse réapparut avec un plateau chargé de grandes tasses de thé.

« A combien estimez-vous les neuf pièces? lui demanda-t-il.

– Elles vous intéressent vraiment?

– Ce qui me plaît, c'est la qualité du travail. »

Ellen Clouse hocha la tête, mais ne releva pas le propos. Ils burent tous les trois leur thé en silence, et brusquement elle se leva de sa chaise en étirant sa jupe de gros velours.

« Vous aimeriez peut-être voir ce que faisait sa mère? »

Eddie la regardait sans comprendre.

« Sa mère?

– La mère de Betty Jo, j' voulais dire. Elle est partie un peu avant la guerre.

– Elle faisait des patchworks?

– C'est elle qui a tout appris à sa fille. Leah Daphné Merser, elle s'appelait. Dans la région, personne ne lui venait à la cheville. Des pièces de toute beauté.

– Et... où sont-elles? demanda Eddie.

– Dans la chambre. (Elle ouvrit une porte sur la droite de la cheminée.) J'en ai seulement trois. »

Il y avait au pied du lit un coffre de bois dont elle releva le dessus pour en retirer le drap protégeant ce qui était rangé à l'intérieur, découvrant ainsi un patchwork enveloppé dans un sac de plastique transparent. Elle le souleva précautionneusement, le déposa sur le lit, le dégagea du sac et se mit à le déplier sans se hâter. Arabella la regardait faire en retenant son souffle.

« Il est là depuis des années, dit Ellen Clouse. Du temps que Betty Jo était encore vivante, le marchand de New York qui la connaissait est revenu pour me les acheter. Mais depuis il n'a plus donné signe de vie. Ça ne me disait pas grand-chose de les vendre. Et j' sais toujours pas si j'ai envie de les voir partir. »

Eddie se rapprocha du lit pour mieux voir. Il avait passé des heures à consulter les livres de Jane Smith-Ross et à examiner minutieusement leurs illustrations. Et il ne pouvait se méprendre sur la perfection de la pièce que la pompiste déployait sous ses yeux. Une pièce exécutée en arlequin, avec des motifs de fleurs et d'oiseaux en applique, et dont les piqûres surpassaient en finesse celles de tous les patchworks qu'il avait bien pu admirer en photo. Il se souvint en particulier de l'un d'entre eux, auquel l'auteur consacrait deux pleines pages, plus une troisième pour montrer en agrandissement le détail des coutures. La légende précisait que la pièce appartenait au musée des Arts populaires de New York. Mais celle qu'il regardait maintenant était plus belle encore, et plus délicatement ouvragée. Il en palpa doucement l'extrémité. Dans sa main, l'étoffe était souple et légère, et les pétales des fleurs se détachaient avec une absolue netteté.

« J'aimerais bien voir aussi les autres », dit-il en se tournant vers Ellen Clouse.

« Sept mille dollars! s'exclama Arabella.

– Tant qu'à faire, autant risquer le paquet », répliqua Eddie.

Il roulait en respectant la limitation de vitesse. Derrière son dos, enveloppés séparément dans des sacs de plastique, s'empilaient sur la banquette les neuf patchworks de Betty Jo Merser. Et de surcroît les trois pièces merveilleuses exécutées par sa mère. Eddie se sentait d'excellente humeur. Comme chaque fois qu'il faisait monter les enjeux.

« Je ne peux vous l'établir que si vous faites installer des gicleurs.

– Des *gicleurs*? Vous voulez dire des extincteurs automatiques d'incendie? s'étonna Eddie. Ces trucs encastrés dans le plafond? Mais ça coûte extrêmement cher! »

Jamais il n'avait pensé qu'on exigerait de lui qu'il fasse installer dans la galerie un dispositif de ce genre.

« Une fortune. Mais je ne peux malheureusement vous établir une police multirisques qu'à cette condition. Autrement, il m'est impossible d'assurer ces patchworks. Ni même les autres objets que vous exposerez.

– Je comprends, fit Eddie en hochant la tête, et je vais y réfléchir. »

« J'ai besoin de prendre deux semaines de congé », annonça-t-il à Mayhew qui venait d'arriver.

Eddie se tenait debout près de la table numéro Quatre, la dernière qu'il avait remise en état. Mayhew le dévisagea sans répondre.

« Avant mon arrivée, vous vous occupiez seul du foyer, reprit Eddie. (Il aurait volontiers boxé Mayhew, mais il se contint et alluma une cigarette.) Il me semble l'avoir bien mérité, non?

– Les vieux draps pouvaient encore faire de l'usage, répliqua l'autre sans même le regarder. Et je ne vous ai jamais demandé de les changer. »

Eddie le fixa.

« Ils ne valaient plus un clou », dit-il.

Mayhew ouvrit la caisse et se mit à compter les billets.

« Nous nous reverrons dans deux semaines », déclara Eddie en se préparant à sortir.

Une seule table était occupée. La Trois, sur laquelle jouait en silence deux jeunes étudiants noirs.

« Je ne crois pas », releva Mayhew, toujours sans le regarder.

Eddie n'ajouta rien et se dirigea vers la porte.

« Si vous n'êtes pas là demain, fit Mayhew, autant ne pas revenir du tout. »

Eddie passa sans se retourner près des jeux électroniques et poussa la porte. La neige commençait à tomber. Il faudrait tout de même qu'il repasse par ici un de ces jours, ne serait-ce que pour reprendre sa Balabushka.

« Eddie, j'ai peur, dit Arabella.

– Peur? Mais... de quoi?

– Tout s'est passé si vite. Et nous ne savons même pas si nous allons vendre quoi que ce soit. »

Bientôt minuit. Ils venaient de rentrer, après s'être attardés à la galerie pour peindre les étagères et régler les éclairages. Le lettrage de la vitrine avait été réalisé dans l'après-midi. Samedi prochain, ils ouvriraient la galerie.

« Tu vas voir, tout va bien marcher », dit-il.

Elle se laissa choir lourdement sur le canapé blanc, renversa la tête en arrière contre le dossier et ferma les yeux.

« J'espère. Parce que quand je te vois foncer la tête baissée, quelquefois tu me fais peur. »

Il se tut pendant quelques instants pour la regarder. La fatigue creusait ses traits et elle gardait les yeux clos.

« Tant que j'ai été marié et que je me suis occupé de ce club, j'ai passé mon temps à ronger mon frein. Tout ce que je faisais, c'était de me caler dans un fauteuil pour regarder la télévision. Tu crois que c'est une vie? »

Elle ouvrit les yeux avec lassitude.

« Non, sans doute.

– Je m'ennuyais à mourir. Martha et moi n'entreprenions rien. Absolument rien. On buvait comme des trous, on achetait des choses pour la maison et de temps en temps on s'engueulait. Tous les matins, je sortais pour aller ouvrir le club et je commençais mes journées en époussetant les billards et en remplaçant les cubes de craie usés. Et un beau jour je me suis aperçu que j'avais cinquante ans. (Il écrasa sa cigarette dans un cendrier.) Je ne sais pas faire grand-chose, et je me demande si un jour je serai de nouveau capable de jouer assez bien au billard pour en vivre. A supposer même que je réussisse à gagner assez d'argent pour acheter une autre salle, je ne suis pas sûr d'avoir envie de le faire. Parce qu'alors tout recommencerait comme avant. »

Elle le dévisageait.

« Tu sais très bien que ce n'est pas demain que tu vas te laisser couler, dit-elle. Même si nous courons à l'échec, tu recommenceras autre chose.

– Tu peux me dire quoi, par exemple? interrogea-t-il en la regardant dans les yeux.

– Eddie, je suis épuisée. Je vais dormir. »

Quand elle eut quitté le salon, il alla chercher le livre de comptes à couverture bleue sur lequel il avait consigné toutes les dépenses engagées pour monter leur affaire et se mit à éplucher les chiffres. Quand il eut additionné le coût de l'installation électrique, l'argent dépensé pour acheter les sculptures de Marcum et les patchworks, les deux mois de caution remis à Henry Mandel et les frais de voiture, il constata qu'il restait environ cinq mille dollars sur son compte bancaire. Voilà ce qui surnageait au terme de vingt années passées à gérer son club de billard. Moins qu'il n'en avait gagné à bien des reprises en une seule nuit au quatorze contre un dans sa jeunesse.

Il reposa le livre sur la table et alluma une autre cigarette. Bientôt, ils iraient dans le comté de Madison voir ce vieux marchand de couleurs et ses panneaux de bois sculptés. Arabella lui avait fait lire le papier qu'elle avait écrit deux ans plus tôt sur le bonhomme, du temps où Greg Welles dirigeait la revue. Les gravures en reliefs représentées sur les photographies accompagnant l'article s'inspiraient de thèmes bibliques, comme les ouvrages exécutés par Betty Jo. Il s'en dégageait une impression de force et de vie intense. Eddie se leva et retira d'un placard l'un des sacs de plastique rangés sur une étagère. Puis il en fit glisser le patchwork, l'étendit sur le canapé et inclina la lampe pour éclairer avec un maximum d'intensité le motif central, celui qui dépeignait la scène des trois enfants juifs qu'on allait pousser dans la fournaise ardente.

Jamais il n'aurait découvert ces patchworks sans Arabella, ni non plus les femmes d'acier chromé qui à présent étaient alignées contre un mur du salon et semblaient l'observer comme des spectatrices muettes. Le Kentucky ne manquait certes pas d'individus qui se proclamaient artistes ou conservateurs de la tradition artisanale, mais il s'agissait pour la plupart de ringards, de créateurs de seconde zone. Et si aujourd'hui il était en mesure, lui, de frapper à la bonne porte – celle du talent authentique – sans perdre un temps fou à prospecter au hasard, c'était uniquement parce qu'Arabella avait exercé son sens esthétique en travaillant pour sa revue, et parcouru toute la région en compagnie de Greg pour déblayer le terrain en allant voir des dizaines de personnes qui tentaient de vivre de leurs créations. C'était elle qui avait mis dans la balance son jugement critique et sa compétence, alors qu'il n'avait apporté – par désespoir, peut-être – que de la trésorerie et de la détermination. Il contempla les découpes en applique – rouge orange et jaune – représentant les flammes de la fournaise. Depuis des jours, cette scène revenait hanter son esprit, persistante comme un signal d'alarme ou comme la soif d'argent. Les trois enfants aux boucles brunes étaient attachés par une sangle rouge à une pelle à long manche semblable à celles dont les boulangers se servent pour enfourner le pain, figés dans une posture rigide, les yeux agrandis par l'épouvante, la bouche réduite à un trait sombre. Une main énorme, serrée sur le manche de la pelle, s'apprêtait à les jeter dans la fournaise. De toutes les pièces qu'il avait examinées au cours de la semaine qui venait de s'écouler, aucune ne l'avait pareillement obsédé.

Sa décision était prise. Il emporterait demain le patchwork à la galerie avec les autres. Mais il ne serait pas à vendre. Pas celui-là.

Il passa l'après-midi à planter des fiches garnies de bois tourné et à disposer des tringles à rideaux pour accrocher les patchworks. Trois sur l'un des murs et deux sur l'autre. Quand il eut fini de fixer en plein milieu de la surface blanche la pièce de Betty Jo représentant la fournaise ardente, la nuit était tombée. Il grimpa sur l'échelle pour régler les éclairages. Les couleurs vives se détachaient avec éclat sur la blancheur du fond, et la distribution dans l'espace des scènes dépeintes – quatre formaient comme des satellites gravitant autour du motif central des enfants juifs – semblait procéder d'une vision mystique.

Il avait laissé dans le coffre de la voiture les deux sculptures d'acier chromé les moins encombrantes. Il commença par en retirer Little Bo Peep, la plus petite – en pied, elle mesurait environ un mètre – qu'il porta dans ses bras comme un enfant qui dort. Elle était constituée d'un assemblage de segments de pare-chocs soudés, et Marcum l'avait partiellement revêtue d'un tablier de tissu bleu. Deux enjoliveurs de roues hémisphériques appliqués l'un contre l'autre composaient sa tête ronde, et son visage peint semblait faire la moue. Elle était munie d'une houlette de berger fait d'un tuyau d'échappement.

Il la déposa sur son socle de bois à la droite du patchwork et orienta vers elle quelques spots pour mieux l'éclairer. En redescendant de son échelle, il recula jusqu'au mur opposé pour juger de l'effet final. Sensationnel. Ensuite, il prit le temps de s'asseoir pendant quelques minutes sur un socle encore inemployé pour départager les patchworks qu'il allait exposer de ceux qui resteraient pliés sur les étagères. Maintenant, il les connaissait tous.

Tout d'abord, il ne fut pas emballé par les sculptures sur bois et le vieux Noir qui les exécutait n'était pas de caractère facile. Mais manifestement chacune de ses œuvres avait exigé un travail considérable, comme en témoignait par exemple cette série de huit panneaux – probablement des années de persévérance – qu'il avait appelée L'ÉMERGENCE DE L'AMÉRIQUE DANS LE MONDE DES HOMMES. Les panneaux – des pièces de noyer massif à grain serré – étaient tous des carrés d'approximativement un mètre de côté, et à la surface de chacun d'eux se détachaient en relief des personnages qu'on eût dit dessinés par un enfant précoce. L'homme qui les avait sculptés – il s'appelait Toussaint Newby – avait l'aspect d'un vieillard, et sa peau était si foncée qu'elle prenait une coloration violacée. Il fit à ses visiteurs le même numéro que Marcum, leur affirma qu'il n'avait aucune peine à vendre ses œuvres au prix fort à des musées et des galeries de Louisville et de Chicago, et quand Eddie lui demanda d'étayer ses dires par des faits précis, il exhiba des coupures de journaux et de magazines qu'il conservait au fond de sa droguerie dans un vieux coffre de métal, derrière une rangée de fioles. Des photographies le représentant à côté de l'une ou l'autre de ses œuvres accompagnaient la plupart des articles qui lui étaient consacrés, mais avec le temps le papier avait passablement jauni. Newby avait connu l'apothéose avec une double page dans l'édition du dimanche du *Courier-Journal*, lequel avait reproduit en couleurs plusieurs de ses compositions et montré l'artiste en blouse blanche debout, derrière le comptoir de sa boutique. « UN SCULPTEUR SUR BOIS DU KENTUCKY INTERPRÈTE L'HISTOIRE », titrait le périodique. Le numéro était daté de septembre 1961.

« Toute cette série a été exposée à l'université, leur déclara le vieil homme. Et il est venu des gens de Chicago pour me les acheter. Mais je fais pas mes prophéties pour que le premier venu les accroche dans son salon. »

Eddie fit un signe de tête approbateur sans rien répondre. Les panneaux étaient pendus au mur et très mal éclairés. Il mit ses lunettes et s'approcha de celui de gauche. Il représentait un navire cinglant toutes voiles dehors sur un océan d'un bleu lumineux. Sur le pont, des hommes alignés contre le bastingage – probablement des Pères Pèlerins – regardaient le ciel comme pour s'en remettre au Tout-Puissant. Au-dessus du voilier, des éclairs jaunes fusaient d'un lourd nuage noir. Le relief des éléments était très accusé, et l'expression des personnages un peu enfantine, mais vigoureuse. Seuls les éclairs, la mer et le moutonnement des vagues avaient été peints. Partout ailleurs, le bois avait gardé sa couleur naturelle. Du tableau se dégageait une force un peu démente, brutale, impérieuse, qu'Eddie percevait avec un léger malaise.

Le panneau suivant montrait des Indiens se prosternant sur un littoral rocheux devant un homme blanc au visage sévère. On apercevait au loin le navire mouillé dans une crique. Sculptés en haut-relief se détachaient sur le fond du ciel les mots LA CORRUPTION DU POUVOIR DE L'HOMME SUR L'HOMME. Sur le panneau suivant, une douzaine d'Indiens tiraient des flèches sur les Pères Pèlerins, sous les yeux d'un petit enfant blanc, défiguré par la frayeur. Le dernier panneau représentait un paysage de gratte-ciel sombres et déshumanisés, au pied desquels gisaient dans une rue des corps d'enfants aux yeux morts et aux visages torturés. Sur le cadre, sculpté lui aussi en haut-relief, Newby avait tracé au pinceau L'AMÉRIQUE TELLE QUE NOUS L'AVONS FAITE. Le message était clair, et Eddie n'en contestait pas formellement le bien-fondé. Il avait déjà vu ce panneau reproduit en photo pour illustrer un papier d'Arabella. Mais l'expression de la révolte dérange, et il se demandait si des œuvres aussi pessimistes étaient vendables – à tout le moins au prix qu'il convenait d'en demander. Les sculptures de Deeley Marcum étaient si contondantes, si mal dégrossies que d'emblée elles provoquaient l'hilarité par leur cocasserie.

Alors que ces panneaux sculptés, eux, n'avaient strictement rien de comique. Ils choquaient comme ces sombres graffitis qui d'abord vous crispent et ensuite vous plongent dans un abîme de réflexions. En les regardant, Eddie ne pouvait s'empêcher de songer à ces mémés prudes qui se voilent la face sitôt que dans la rue elles voient un couple s'embrasser le long d'un mur.

« Si vous vous décidez à vendre, je suppose que ce sera la série complète ou rien, fit Eddie.

– Je n'ai pas dit que je voulais vendre quoi que ce soit », dit Newby.

Arabella se gardait bien d'intervenir. Les mains enfoncées dans les poches de sa veste, elle observait alternativement leurs visages.

« Si c'était moi qui avais créé ces œuvres enchaîna Eddie, j'aurais certainement envie d'en vendre quelques-unes. Celle-ci, par exemple. (Il désigna du doigt un panneau à l'écart des autres. On y voyait une église sur le parvis de laquelle un démon assis – ses cornes et son trident étaient peints en rouge – montait la garde.) Ou encore les Trois Grâces. »

C'était le premier que Toussaint Newby leur avait montré. Il représentait trois Noires endormies sur le dos dans un lit de cuivre sous lequel étaient alignés trois pots de chambre.

Newby regarda le plancher.

« Cinq cents dollars, annonça-t-il.

– Les deux?

– Non, chacun. »

Eddie ne répondit rien et sortit de la boutique. On était en mars et il faisait dehors un froid vif. De la neige recouvrait encore le trottoir. Une minute plus tard, Arabella vint le rejoindre. Elle portait sur la tête un bonnet de laine tricoté rabattu sur ses oreilles. Eddie avait enroulé son écharpe autour de son menton et s'était lui aussi protégé les oreilles en baissant son bonnet.

« Je ne crois pas qu'il faille lui acheter quoi que ce soit, dit-elle quand elle arriva près de lui.

– Au début, je n'ai pas aimé la série, fit-il. Mais maintenant, si.

– Il va en demander plusieurs milliers de dollars, Eddie, et nous n'avons même pas ouvert la galerie.

– Au bout d'un certain temps, on finit par être obsédé par les titres qu'il donne à ses panneaux, ce vieux grigou.

– On pourrait attendre d'avoir vendu quelques patchworks et les sculptures de Marcum...

– Pas question d'attendre. Si on expose les huit pièces de sa série sur le mur qui fait face aux patchworks... et si on décide le pépé à nous prêter son article de journal, quelqu'un aura envie d'acheter.

– Eddie, ce qui me fait peur, c'est de risquer encore de l'argent. Comment allons-nous nous en tirer si la galerie est un fiasco? Si personne n'achète rien? »

Il regarda le ciel sans couleur. L'air était glacé, et il enfonça plus profondément les mains dans ses poches.

« J'ai envie de jouer bille en tête, comme au billard. Sans lésiner. Ça ne m'a jamais rien valu de jouer la défensive. »

Arabella l'observa pendant un instant, comme si elle était sur le point de lui dire quelque chose. Mais elle se tut.

« Rentrons dans sa boutique, dit-il. Dehors, on se les gèle. »

Il paya une partie en liquide et le reste par chèque. Quand son compte serait débité, il ne lui resterait plus que deux mille dollars à la banque. Arabella disposait en tout et pour tout des deux mille trois cents dollars qu'elle avait mis de côté, et de sa pension alimentaire le premier de chaque mois. Mais il avait le moral. Dans sa jeunesse, quand il avait défié Fats à Chicago, il avait engagé jusqu'à son dernier sou sans hésiter à doubler la mise chaque fois qu'il perdait une partie. La partie était montée à cinq mille dollars, et jamais Eddie n'avait aussi bien joué que cette nuit-là, sous les yeux de Bert et de Charlie qui le regardaient, aussi timoré l'un que l'autre, empocher ses billes en série, stupéfait lui-même des performances qu'il pouvait réaliser quand pareille somme était en jeu.

Maintenant qu'il roulait en songeant aux huit panneaux illustrant L'ÉMERGENCE DE L'AMÉRIQUE DANS LE MONDE DES HOMMES, plus trois autres encore, répartis entre le coffre et le siège arrière, il se sentait comme cette nuit-là parfaitement maître de la situation. En cours de route, il se mit à neiger, et peu à peu l'asphalte disparut sous une poudre immaculée escamotant les plaques de glace. Il pilotait la petite voiture sans le moindre effort, dans une sorte d'état de grâce, l'esprit exalté par la présence du risque.

Il était presque minuit quand ils arrivèrent à Lexington. Eddie arrêta la voiture devant la galerie et ils transportèrent les panneaux à l'intérieur. Il voulait les contempler sous le bon éclairage, et son état d'excitation était tel qu'il n'avait pas la moindre envie de dormir.

Pendant qu'Arabella préparait du café sur le comptoir, il mesura le mur de droite, sur lequel il traça ensuite huit points équidistants qui lui servirent de repères pour percer huit trous à la mèche de six, dans lesquels il chevilla des crochets de fixation pour soutenir les anneaux vissés au dos des panneaux. Il accrocha les tableaux sculptés dans l'ordre que leur avait assigné Newby pour « interpréter », comme l'avait écrit Le journaliste du *Courier-Journal,* l'histoire américaine selon sa propre vision. Ensuite, il reprit son échelle pour orienter différemment les faisceaux des spots en répartissant à peu près également l'éclairage entre les deux murs. Sur la peinture blanche toute fraîche, les couleurs semblaient incandescentes. Devant la vitrine, les stores vénitiens avaient été posés la veille. Il alla les baisser, puis il inclina leurs lattes pour escamoter la vitre et transformer sa surface en un écran blanc. Après quoi il revint au centre de la pièce. Sur le plancher nu, ses pas résonnaient de façon incongrue.

« Je ne sais pas pourquoi, mais cela me donne des frissons, dit-elle. Comme si j'avais peur.

– Regarde un peu ce qu'il y a sur les murs, mais regarde! C'est superbe. »

Elle releva la tête, regarda tout autour d'elle, contempla pendant un long moment les panneaux de Toussaint Newby avant de se retourner vers Eddie pour lui sourire.

« Tu as raison. C'est vraiment superbe. »

Arabella se mit au lit sitôt qu'ils furent de retour dans l'appartement, mais Eddie passa une heure seul dans le salon, entouré de ses patchworks et des ses panneaux sculptés, dans la compagnie des femmes d'acier chromé – on eût dit un petit rassemblement d'insolentes commères – alignées contre le mur pour le surveiller. Quand il se mit au lit, il était trois heures du matin, et il eut toutes les peines du monde à trouver le sommeil. Il se représentait la galerie telle que les visiteurs la verraient quand toutes les pièces y seraient exposées. On n'y trouverait ni bibelots ni objets de peu de prix. S'ils réussissaient à vendre ne serait-ce qu'une pièce par semaine, cela suffirait à payer le loyer et à les faire vivre. Tout ce qu'ils écouleraient en surplus ferait un bénéfice net.

Le samedi matin, Arabella avait préparé du café et des croissants pour au moins quarante personnes, mais nul ne poussa la porte de la galerie. Elle avait pourtant prévenu tous ses amis et connaissances, multiplié les coups de téléphone, et plusieurs professeurs de l'université lui avaient promis leur visite. Dans la vitrine, Eddie avait déposé un écriteau OUVERT, et ses annonces dans le journal du soir étaient passées les jeudi et vendredi précédents, mais pas même un curieux ne franchit le seuil. Les passants se contentaient de jeter un coup d'œil à l'intérieur, et dans le meilleur des cas marquaient un temps d'arrêt pour regarder le Mannequin et Olive Oyl, qui toutes deux avaient été orientées vers la rue, à côté du patchwork portant l'inscription SOUVENONS-NOUS DE PEARL HARBOR. Il leur faudrait s'armer de patience. Mais si, au bout d'une semaine, personne n'avait mis le nez dans la boutique, alors il y aurait de quoi s'affoler. Vers le milieu de la matinée, Eddie s'absenta pour remonter Main Street et aller chercher les agrandissements en noir et blanc qu'il avait fait tirer et monter dans des cadres de plastique chez Alexander Photo. De retour à la galerie, il les fixa au mur à l'aide de vis de cuivre à tête ronde. Reproduits à partir de vieux clichés, les documents avaient du grain, ce qui leur ajoutaient une petite touche artistique. Ils représentaient Betty Jo Merser, dont le visage sévère était surmonté d'un chignon gris, Deeley Marcum, chauve et un peu grimaçant face au soleil, tel qu'il apparaissait sur l'une des vieilles coupures du journal qu'il avait conservées, et Toussaint Newby, dont la photo en double page publiée jadis dans le *Courier-Journal* avait été agrandie deux fois. Il était onze heures trente quand Eddie eut fini d'accrocher tous les cadres aux murs.

A une heure et demie, un couple entra dans la galerie. L'homme était un enseignant en sciences de l'université, mais Arabella ne le connaissait pas. Sa femme et lui s'arrêtèrent devant chacune des pièces exposées, qu'ils contemplèrent en observant cette attitude de respect silencieux propre aux bourgeois qui visitent les musées. Il portait un pardessus de poil de chameau et gardait les mains derrière le dos. Sa femme avait les bras croisés et se dandinait d'un pied sur l'autre pour examiner tour à tour les patchworks, puis les sculptures d'acier chromé, et enfin, dans l'ordre, les panneaux de noyer sculptés. Tous deux voulaient donner l'impression d'être très au courant en matière d'expression artistique, et semblaient attacher davantage d'importance à la façon dont il convient de regarder les objets exposés qu'à leur valeur esthétique en elle-même. Alors qu'elle s'attardait sur le panneau central du polyptique de Newby, elle appliqua l'index contre son menton et fit une moue désapprobatrice un tantinet forcée.

« Vous avez ici quelques pièces assurément intéressantes, dit l'homme. Peu communes, en tout cas.

– Je les trouve un peu... comment dirais-je?... *excessives* », surenchérit sa femme.

Eddie la regarda. Il se souvint de l'attitude affichée par Marcum vis-à-vis des femmes en général, et celle-là en particulier lui inspirait les mêmes sentiments.

« Vous n'appréciez peut-être pas l'art populaire, lui dit-il.

– Je ne le sens pas *vraiment*..., déclara-t-elle. Mais nous reviendrons certainement. Quoi qu'il en soit, merci mille fois. »

L'homme hocha la tête d'un air désolé, et tous deux se retirèrent.

« Marcum n'aurait pas grand mal à en bricoler

une du même genre avec deux ou trois vieux pare-chocs », fit Eddie quand ils furent sortis.

Mais la visite du couple avait en quelque sorte dégelé la situation, car à leur suite d'autres curieux se succédèrent. Arabella avait fait réchauffer le café, qu'elle servait dans des tasses blanches, et offrait aux nouveaux venus des croissants et du beurre présentés dans des assiettes de plastique. Il pouvait y avoir six ou sept visiteurs dans la galerie, tous des inconnus, quand arrivèrent Roy et Pat Skammer, vêtus l'un et l'autre de doudounes et d'écharpes épaisses.

« Eddie-Vite-Fait, s'écria Roy, tu ne cesseras décidément jamais de m'étonner!

– C'est plus facile que de jouer à la neuf!

– Comment ça se présente? interrogea Pat. Vous faites des affaires?

– Pas encore.

– Ce que nous avons de moins cher coûte quatre cents dollars, dit Arabella.

– Je suis preneur, déclara Roy. De quoi s'agit-il?

– D'un patchwork à fleurs, là-bas, près de la porte des toilettes.

– C'est tout juste si nous pouvons payer la note de chauffage », fit remarquer aigrement Pat.

Roy sourit benoîtement.

« Alors, on pioncera sous le patchwork.

– Ce que tu dis est parfaitement stupide, coupa-t-elle, exaspérée. (Puis elle se tourna vers Eddie en esquissant un sourire.) Nous voulions simplement jeter un coup d'œil et vous souhaiter bonne chance. »

A cinq heures trente arriva le doyen d'une faculté. Il examina pendant de longues minutes les sculptures de Marcum et s'approcha d'Eddie.

« Je souhaiterais acquérir le Mannequin déclara-t-il. J'imagine que vous acceptez les chèques? »

Ce fut aussi simple que cela. Eddie calcula le montant des taxes à percevoir en surplus, prit le chèque du doyen et aida celui-ci à charger la pièce à l'arrière de sa Volvo, garée de l'autre côté de la rue. La veille, il avait écrit le chiffre neuf cent cinquante sur l'étiquette collée à la base de la sculpture achetée moins de quatre cents dollars à Marcum. Bénéfice net : plus de cinq cents dollars.

Le lundi et le mardi suivants, aucun visiteur n'acheta quoi que ce soit, mais beaucoup semblèrent intéressés. Le mardi matin, une femme de Canal 3 annonça par téléphone sa venue dans l'après-midi et à deux heures, alors que quelques clients regardaient les pièces exposées, elle arriva en compagnie d'une équipe de tournage et passa une demi-heure dans la galerie pour filmer des plans destinés à l'émission du lundi matin. Elle demanda au caméraman de faire un panoramique sur le local, puis des gros plans sur les patchworks et les sculptures pendant qu'elle enregistrait au micro un commentaire oscillant entre le grave et l'ironique. Elle qualifia les patchworks « d'articles façonnés par des artisans du terroir » mais elle leva les yeux au ciel quand la caméra la filma à côté d'Olive Oyl. Puis elle demanda un rapide pano sur les huit œuvres de bois sculpté et interviewa Arabella, qui afficha une attitude aimable tout en restant sur la réserve. Eddie eut l'impression qu'elle forçait quelque peu son accent britannique, et quand la réalisatrice lui demanda de présenter aux téléspectateurs les sculptures de Marcum, elle les qualifia d'œuvres représentatives d'un art populaire authentiquement américain, d'œuvres originales délibérément cocasses et satiriques. Eddie se tenait à l'écart, ravi de constater qu'en fin de compte c'était Arabella qui manœuvrait son interlocutrice.

Quant à lui, il ne souhaitait pas trop qu'on l'invite à expliquer comment un joueur de billard devient marchand d'objets d'art.

Il avait déjà vu le type rôder dans les alentours. Il lui avait prêté attention pour la première fois la veille de l'ouverture, quand l'autre s'était attardé pendant un bon moment à observer l'intérieur à travers la vitrine. Un peu plus tard, il était resté planté de l'autre côté de la rue pendant presque une demi-journée. Mais jamais il n'était entré dans la galerie. Un beau gosse aux cheveux d'un brun soutenu, avec des sourcils bien tracés. Il avait le teint clair, les avant-bras poilus et faisait songer à ces gaillards débordants de santé qui vous font le plein du réservoir dans les stations-service de campagne, les manches retroussées jusqu'aux coudes, fiers de leurs bras velus et grands consommateurs d'Orange Crush et de R.C. Cola.

Eddie venait de s'absenter pour aller déjeuner et garait la voiture quand il vit le type surgir de la galerie en claquant derrière lui la porte avec une telle violence qu'il aurait fort bien pu en briser la vitre. Il le regarda s'éloigner et disparaître dans une rue latérale.

Eddie entra dans la galerie et accrocha son pardessus dans un placard. Arabella se tenait debout près de la caisse enregistreuse. Une vive contrariété se lisait sur son visage. Il s'appocha d'elle et posa la main sur la sienne.

« Il s'est passé quelque chose?

– Un jeune type est venu me faire du gringue. Un petit con.

– Je viens de le voir sortir en faisant du raffut. Qu'est-il arrivé?

– Il voulait que j'aille boire un verre avec lui après la fermeture.

– Il avait l'air d'un gamin. »

Eddie s'abstint de faire allusion à Greg, qui ne devait guère être sensiblement plus vieux.

– C'est exactement ce que je lui ai dit, reprit Arabella, mais il insistait. Il prétendait que la différence d'âge n'a rien à y faire, du moment que tout s'arrange sur d'autres plans. C'est quand il m'a sorti ça que je lui ai dit d'aller se faire voir. »

Eddie sortit une cigarette de sa poche de chemise et l'alluma.

« Ne te tourmente pas pour une affaire pareille. Tu as fait exactement ce qu'il fallait faire. »

A son tour elle retira une cigarette de la poche d'Eddie et lui demanda du feu. Elle fumait très rarement, seulement quand elle était énervée.

« C'est ce qu'il me semble à moi aussi », dit-elle.

L'émission du lundi matin leur consacrait six minutes, qu'Eddie chronométra. A l'écran, les femmes sculptées par Marcum rendaient superbement, et Arabella se révéla sûre de son fait, intelligente et parfaitement à l'aise. Voilà qui devrait les aider grandement.

Aux environs de onze heures, une bonne douzaine de visiteurs avaient envahi la galerie. Plusieurs mentionnèrent l'émission de télévision, et quelques-uns se montrèrent intéressés. Ils allaient réfléchir. Mais personne n'acheta. Vers les six heures du soir, la galerie se vida, et une demi-heure plus tard ils décidèrent de fermer. Eddie commençait à se sentir fatigué.

« Il faut nous y faire, dit Arabella. Nous voilà devenus des commerçants qui trouvent le temps long.

– Tu es d'accord pour qu'on aille dîner chez le

Japonais? Je n'ai pas envie de rentrer tout de suite à la maison. »

Ils laissèrent la Toyota devant la galerie et se rendirent à pied au restaurant, situé à deux coins de rue. Après avoir dîné, ils allèrent voir un film, puis se promenèrent un peu dans le centre avant de revenir chercher la voiture. Alors qu'ils traversaient la rue plongée dans l'ombre, Eddie s'aperçut que quelqu'un avait gribouillé sur la vitrine quelque chose qui se précisa tandis qu'ils se rapprochaient.

L'inconnu s'était servi d'une bombe de peinture pour recouvrir les trois premières lettres du mot CRÉATIONS et pour écrire juste au-dessus cinq autres lettres qui transformaient l'appelation du magasin en DÉFÉCATIONS DU KENTUCKY.

« L'ordure! fit Eddie entre ses dents. La saloperie de petite ordure!

– J'appelle immédiatement la police », dit Arabella.

La police ne leur fut pas d'un grand secours, mais le sergent qui arriva une demi-heure plus tard leur assura que ses hommes allaient surveiller les lieux. Eddie réussit à enlever la peinture en s'aidant d'une lame de rasoir. Le préjudice subi n'était donc pas trop grave, du fait que le lettrage doré avait été tracé par le peintre sur la face intérieure de la vitrine.

Avec son pardessus de tweed gris auquel il manquait un bouton, l'homme ne semblait pas rouler sur l'or. Il pouvait avoir la soixantaine. Sitôt qu'il eut franchi la porte, il se dirigea vers les patchworks et les examina très attentivement, en particulier celui de la fournaise ardente exécutée par Betty

Jo, sous laquelle Eddie avait punaisé au mur un carton indiquant que la pièce n'était pas à vendre. L'homme se planta ensuite devant l'ouvrage de Leah Daphné Merser, dont le motif représentait des fleurs et des oiseaux, et le détailla des yeux pendant un long moment en inclinant la tête d'un côté et de l'autre. Assis près de la caisse, Eddie l'observait en buvant une tasse de café. Il n'y avait personne d'autre dans la galerie.

L'homme rompit soudain le silence.

« Remarquable arlequin, dit-il. Les coutures sont irréprochables et la bourre parfaitement tassée.

– La pièce a été exécutée par une certaine Leah Daphné Merser. De son temps, elle passait pour l'une des plus douées.

– Je le crois volontiers, dit l'homme. Les années 30?

– Elle est morte pendant la guerre.

– Et vous en demandez dix-huit cents dollars, n'est-ce pas?

– Je sais qu'une somme pareille peut paraître énorme, fit Eddie.

– C'est une pièce de musée, reprit l'homme. Sans équivoque possible. »

Eddie continua de boire son café sans ajouter mot. A présent, l'inconnu s'était mis à examiner les sculptures de métal. Au bout de quelques minutes il se dirigea vers la caisse, un chéquier à la main.

« Je vous prends le patchwork, dit-il. Et aussi la Statue de la Liberté. C'est d'ailleurs très judicieux de votre part d'avoir placé les deux pièces l'une près de l'autre. »

La statue valait onze cents dollars. Eddie établit une facture après avoir calculé rapidement le montant des taxes à percevoir en sus, se demandant si l'acheteur n'était pas tout bonnement en train de libeller un chèque en bois.

« Pourrez-vous me les faire livrer? demanda l'homme.

– A Lexington?

– A quelques kilomètres. Manitoba Farm, si vous connaissez. »

Eddie fit de son mieux pour déguiser sa surprise. L'écurie de Manitoba Farm alignait régulièrement plusieurs chevaux au départ du Kentucky Derby, et l'un d'entre eux au moins avait remporté le prix.

« Je suis Arthur Boynton, dit l'homme.

– Je peux vous les livrer demain matin.

– Parfait. Je vous attendrai à dix heures. »

Il remit le chèque à Eddie.

« J'aurais voulu que tu voies ça, lança-t-il joyeusement en déposant les clefs de la voiture près de la caisse. Des statues de marbre dans l'entrée, des tableaux abstraits dans le salon... Rien qui sente l'écurie, tu peux me croire.

– Ça pue le fric, c'est tout, fit-elle avec froideur, comme si elle pensait à autre chose.

– Oui, le fric mais... (Il se sentait soudain mal à l'aise.) Quelque chose te tracasse?

– Je ne sais pas trop. (Elle se mit à replier le patchwork – l'un des moins chers – qu'elle avait étalé sur le comptoir avant le retour d'Eddie pour en montrer le motif à un client.) Pardonne-moi cette réflexion mesquine, mais ce n'est pas ma faute si j'ai l'impression d'être devenue ton employée. C'est toi seul qui prends les décisions, les responsabilités... »

Il s'assit sur le socle qui avait supporté la Statue de la Liberté.

« C'est pourtant toi qui m'as emmené chez Marcum et ailleurs, dit-il. Et tu as toi aussi avancé des fonds.

– Oui mais... ce n'est pas pareil. De nous deux,

c'est moi qui étais censée m'y connaître. Et c'est toi qui as choisi les pièces. Toi qui as tout pris en main. »

Il comprenait fort bien ce qu'elle venait de lui dire, mais il en ressentait de l'irritation.

« Ecoute, tu ne vas tout de même pas prétendre que je te traite en quantité négligeable! »

Elle ne répondit pas sur l'instant.

« Tu as sans doute raison, admit-elle. Mais dès le départ tu m'as entraînée un peu malgré moi. Je ne m'attendais pas à ce que les choses aillent si vite.

– Je voulais rattraper le temps perdu, dit-il. (Il retira une cigarette de sa poche de chemise et l'alluma.) Et je suis toujours dans les mêmes dispositions d'esprit. »

Elle finit de replier le patchwork et traversa la pièce pour aller le déposer au-dessus des autres, sur une étagère. Puis elle revint près d'Eddie et lui mit la main sur l'épaule.

« Je voudrais réunir tous les articles que j'ai signés depuis quelques années, en écrire cinq ou six autres et publier un livre. J'en ai parlé à quelques personnes aux éditions de l'université et l'idée leur plaît. »

Il la fixa pendant un moment, puis lui tendit une cigarette.

« L'idée ne me déplaît pas non plus. Maintenant que l'affaire est démarrée, nous n'avons plus besoin d'être deux à tenir la boutique. »

Elle prit la cigarette et l'alluma.

« L'ennui, vois-tu, c'est qu'un livre publié par les éditions de l'université ne rapporte rien et exige beaucoup de travail. Je serais obligée de pendre des photos, d'interviewer des gens. Je me demande si cela me tente vraiment.

– Je croyais que c'était précisément ce que tu souhaitais faire? »

Elle tira longuement sur sa cigarette et exhala lentement la fumée.

« Je suis douée pour ça, c'est vrai. Mais c'est comme le billard pour toi... Je ne suis plus certaine d'en avoir envie. »

Il songea à sa Balabushka, toujours verrouillée au foyer des étudiants dans une case du râtelier.

« Mais enfin, s'emporta-t-il soudain, cela n'a rien de comparable! Ce n'est pas que je n'aie pas envie de jouer contre des mômes, c'est tout simplement que je n'arrive pas à les battre.

– Rien ne te prouve que tu n'en es pas capable, Eddie.

– Un tas de choses me le prouvent, au contraire. Quand j'ai joué contre Babes Cooley, j'ai eu l'impression d'être un pantin sénile. »

Elle le dévisagea en élevant les sourcils.

« Sénile? Ne dis donc pas de bêtises. La vérité, c'est que tu ne te soucies pas plus du billard que de moi. (Elle aspira nerveusement une petite bouffée de fumée, puis écrasa sa cigarette à peine entamée dans un cendrier.) Et jamais non plus tu n'as pris vraiment à cœur de battre Fats, Eddie. Jamais. »

De colère, il traversa le local pour aller se planter devant la fournaise ardente de Betty Jo Merser, avec son carton rappelant que la pièce n'était pas à vendre. Plus il regardait ce patchwork, et plus il s'attachait à lui. Quand il eut retrouvé son calme, il se retourna vers Arabella.

« Admettons que tu n'aies pas tort, dit-il. Mais après tout, si nous vivons ensemble, c'est bien parce que d'un côté comme de l'autre nous savons que c'est un arrangement, non?

– Un arrangement?

– Naturellement. Parce que si ce qui existe entre nous a tant d'importance pour toi, comment expliques-tu que tu gardes un plein tiroir d'articles nécrologiques sur Greg Welles? »

Elle le fixa pendant quelques secondes avant de répliquer sur le même ton.

« Tu cherches vraiment à me pousser à bout?

– Probablement, fit-il. Je ne peux pas supporter de te voir conserver ces journaux.

– Disons que cela fait partie de l'arrangement, dit-elle. Il y a des choses plus difficiles à supporter. »

Au petit déjeuner, ils prirent grand soin de se montrer aimables, mais chacun gardait ses distances. Quand il fit remarquer qu'il était l'heure d'aller ouvrir la galerie, elle lui proposa de partir le premier, ajoutant qu'elle irait le rejoindre une heure plus tard, sitôt qu'elle aurait remis un peu d'ordre dans l'appartement. Il n'y avait à vrai dire rien d'anormal dans cette proposition, mais c'était la première fois qu'elle la lui faisait. Il partit seul en voiture.

Il perçut que quelque chose de grave s'était produit dès qu'il mit pied à terre. Les pièces exposées en devanture avaient disparu, bien que la vitrine fût intacte. Il tourna la clef dans la serrure et ouvrit la porte. A l'intérieur flottait une âcre odeur de fumée refroidie qui le fit tousser. Il tâtonna pour trouver l'interrupteur et donner de la lumière. A travers le brouillard qui le prenait à la gorge, il lut les mots DÉFÉCATIONS DU KENTUCKY là où étaient accrochés la veille encore les huit tableaux de bois sculptés par Newby. Cette fois, le vandale avait pris le temps de tracer soigneusement de grosses lettres bleues, en passant et repassant la bombe sur chacune d'elles jusqu'à ce que la peinture dégouline sur le mur immaculé. Il ne restait plus dans la galerie un seul objet d'art.

Il sut tout de suite comment l'inconnu s'était introduit dans la pièce : il avait brisé la vitre de la porte à glissière pour y pratiquer une ouverture de la grandeur d'une soucoupe, tout près de la serrure. Ensuite, il avait suffi à ce fumier de passer à travers le trou son bras – son bras couvert de poils bruns, Eddie en aurait juré – pour abaisser la clenche et pousser la porte sur sa glissière. Il n'avait même pas pris la peine de la refermer et il régnait dans la pièce un froid vif.

C'était sur l'arrière, dans le petit jardin, que tout s'était passé. Ou plus exactement dans le four du barbecue de briques, qui dégageait encore une faible chaleur. Des patchworks, il ne restait plus qu'un amas de résidus calcinés et humides, parmi lesquels il eût été impossible de distinguer les enfants juifs jetés dans la fournaise ardente des arlequins délicatement ouvragés de Leah Daphné Merser ou des motifs en applique de sa fille Betty Jo. L'inconnu les avait d'abord brûlés, puis gorgés d'eau en se servant du tuyau d'arrosage. Ensuite, il avait mutilé, désarticulé et saccagé les sculptures de Marcum avant de les jeter au milieu des guenilles fumantes. Il avait dû y passer la nuit.

Un bras de Little Bo Peep gisait sur le sol. Eddie le ramassa pour retourner les cendres. Sous le foyer s'entassaient des morceaux de bois carbonisés. L'immonde crapule s'était servi des merveilleux panneaux sculptés de Newby pour allumer son feu. Comme d'un vulgaire combustible!

CHAPITRE VIII

La moquette verte se relevait à angle droit pour se prolonger verticalement jusqu'à mi-hauteur des murs. Le centre de la chambre était occupé par un vaste lit surélevé d'une quinzaine de centimètres et recouvert d'une suédine orange brûlé, près duquel trônait une gigantesque baignoire circulaire en imitation marbre, de couleur beige. Entouré de miroirs scintillants, un lavabo de marbre noir, dont la cuvette et la robinetterie étaient plaqués or, étincelait dans le coin de plus éloigné de la porte. Juste au-dessus de l'applique destinée à recevoir les brosses à dents, on avait disposé sur une étagère un petit téléviseur blanc. Il fonctionnait lorsqu'Eddie prit possession de la chambre, diffusant en circuit fermé les règles du baccara tel qu'on le pratiquait dans la salle de jeu de l'hôtel Caesar. Et partout des lampes. Une profusion de lampes aux montures chromées aussi étincelantes que la miroiterie. La chambre était immense. Une chambre faite pour les clients qui viennent à Tahoe dans le but de gagner au jeu.

Le chasseur tira les épais rideaux verts, découvrant un rectangle de ciel d'un bleu intense et une échappée sur une étendue d'eaux encore plus bleues, celles du lac Tahoe lui-même, en grande partie escamoté par la masse du Sahara Hotel, de l'autre côté de l'autoroute. Une ottomane du même vert forestier que la moquette faisait face à la fenêtre. Pas la moindre gravure sur les murs de la chambre. Pas la moindre touche artistique.

Il remit un substantiel pourboire au chasseur, et quand celui-ci se fut retiré, il se déshabilla, pour ne garder que son slip. Puis il se renversa sur l'ottomane pour contempler le ciel pendant un certain temps. Le paysage qui s'étendait sous ses yeux et la décoration de cette chambre étaient aux antipodes de l'univers confiné qui avait été le sien à l'université, et ce brutal changement de cadre lui procurait une sorte d'enthousiasme juvénile. Il avait déposé sur la table de chevet un carnet de chèques de voyage de cent dollars. Ses dernières cartouches. Il n'avait désormais plus d'attaches conjugales, plus d'affaires à gérer, et plus d'emploi. Mais quelle importance, après tout? Pendant la semaine qui allait suivre, il aurait d'autres préoccupations que celles-là, et compte tenu de son état d'esprit, il n'aurait pu rêver mieux que de se régénérer devant ce paysage et dans cet hôtel, dans lequel il trouverait douze étages plus bas un casino, quatre restaurants, des bars, une salle de cinéma et une immense salle de bal pourvue de cinq billards. Il comprenait mieux cet univers-là qu'il n'avait jamais compris la vie de tous les jours. Cet univers, que de cette chambre ensoleillée il avait l'impression de dominer dans l'exaltation qui était la sienne à l'idée de séjourner de nouveau dans l'Ouest américain avec sufffisamment d'argent en poche pour se sentir parfaitement à sa place.

Il se leva, traversa pieds nus la chambre, et se baissa pour prendre l'étui de cuir posé près de sa valise. Il en retira l'un après l'autre les deux éléments robustes et splendidement ouvragés de sa Balabushka, puis revint près de la fenêtre pour les assembler tout en regardant le ciel et la ligne plus foncée des pins sur l'autre rive du lac, par-delà l'hôtel Sahara.

Il avait pris l'avion jusqu'à San Francisco, loué une voiture à l'aéroport et parcouru plus de trois cents kilomètres à travers la Californie. Après avoir franchi l'imposant Golden Gate, il s'était engagé sur l'autoroute à huit pistes qui n'en finit plus de traverser Oakland, sa ville natale, où rien pourtant ne lui avait plus rappelé son passé. Pas même le nom d'une rue jadis familière sur les panneaux indicateurs des voies de dégagement, ni non plus de tours ou de constructions dont il avait gardé le souvenir. La maison dans laquelle il avait grandi devait être située quelque part au-delà des stations-service et des entrepôts qui bordaient l'autoroute, mais il eût été bien incapable de la retrouver. Et pourtant, en traversant cette ville qui pour l'automobiliste ne se différenciait en rien de la plupart des agglomérations américaines, il avait perçu que pour un bref instant il se retrouvait chez lui. Sa valise et son étui reposaient sur le siège arrière. Il avait de l'argent en poche. Et pendant une semaine, sa seule et unique préoccupation serait de donner le meilleur de lui-même au billard.

A présent, il s'attardait sous la douche, debout au milieu de la chambre, dans la baignoire circulaire autour de laquelle il n'avait tiré le rideau qu'à moitié. Il laissa longuement couler l'eau chaude sur sa peau avant de se savonner. Il avait allumé l'énorme téléviseur faisant face au lit, et tandis que l'eau ruisselait sur son corps, il entendait une voix expliquer comment il faut s'y prendre pour miser à la roulette : « On donne à chaque joueur des plaques et des jetons d'une couleur bien définie », articulait posément la voix, comme le fait une institutrice pour bien faire comprendre une leçon à des enfants, « et chaque joueur devra se servir exclusivement de ces plaques et de ces jetons tant qu'il continuera à jouer sur une même table. Votre croupier se fera un plaisir de répondre à vos questions. » Sur l'écran, l'image montrait un croupier – en l'occurrence une jeune femme – distribuant des jetons de couleur à un joueur. A aucun moment il n'était question d'argent. Au casino, tout allait pour le mieux et dans le meilleur des mondes. Tout à fait le genre de spectacle qui convient quand on prend une douche agréable au milieu de sa chambre. L'éclatant soleil du Nevada faisait étinceler la bague d'acier chromé de la Balabushka posée sur le lit. En la regardant, Eddie se sentait fin prêt.

L'entretien des glaces aurait pu mobiliser à lui seul une bonne moitié des hommes de main de la Mafia. L'intérieur des cabines d'ascenseurs était décoré de miroirs, et sitôt qu'on sortait du lobby pour s'engager dans la galerie latérale, c'était pour cheminer entre deux parois constituées de centaines de hautes glaces en forme de losanges, sur lesquelles on aurait cherché en vain la moindre petite tache où le plus infime grain de poussière. Au bout de la galerie, on prenait à gauche pour descendre quelques marches recouvertes d'un épais tapis, et sans transition on débouchait dans la salle du casino, à l'orée d'un demi-hectare de machines à sous à tous les prix, scintillant de tout leur inox et de toute leur miroiterie, parfaitement astiquées, briquées, en dépit des hordes de joueurs au regard vide qui se pressaient autour d'elles. Certains restaient plantés devant le même appareil pendant des heures et des heures en puisant machinalement des pièces dans une timbale de carton pour les introduire une par une dans la fente avant d'abaisser la poignée. Parfois, quand ils gagnaient, ils laissaient les pièces recrachées par la machine s'accumuler dans le godet et attendaient que celui-ci soit plein à ras bord pour le vider dans leur timbale. Toutes les chances de se faire plumer, songea Eddie. Mais les joueurs, eux, ne semblaient guère s'en soucier. Craignaient-ils de commettre une bourde ou de faire quelque chose de stupide sous les yeux d'un croupier et des autres joueurs en s'asseyant à une table où pourtant leurs espoirs de gains auraient été supérieurs? Alors que pourtant la meilleure façon de ne pas gaffer avec les machines à sous, c'est précisément de s'en tenir à bonne distance.

De puissants appareils à air conditionné purifiaient l'air ambiant de la fumée des cigarettes plus rapidement que le public n'en exhalait. Pas un rayon de l'éclatant soleil du Nevada ne pénétrait dans le casino, à l'intérieur duquel d'innombrables luminaires déversaient un million de watts de lumière bleu, jaune et rouge, transformant la gigantesque salle en un décor qu'on eût dit créé pour une comédie musicale vaguement érotique et qui ne se termine jamais.

Pour accéder aux tapis verts des tables de jeu – poker d'as et vingt-et-un –, il fallait traverser toute l'étendue occupée par les machines à sous. Tout au fond de la salle sur la gauche, un espace tranquille délimité par des cordons de velours rouge était réservé aux tables de baccara, autour desquelles officiaient des employés du casino, hommes et femmes, portant des tenues de soirée sur des chemises à jabot d'un bleu électrique et maquillés comme pour la scène. Pour l'instant, on n'y voyait ni émirs ni vedettes de cinéma, mais si les uns ou les autres avaient compté parmi les clients du Caesar, c'était assurément là qu'on les eût rencontrés. Assourdi par l'épaisseur de la moquette rouge et bleue, le bruit des machines à sous venait mourir dans ce havre de paix comme une rumeur lointaine et atonale. Seule résonnait dans l'atmosphère feutrée la voix d'un joueur de poker d'as qui exhortait bruyamment ses dés à s'arrêter sur le bon numéro.

Au-delà des tables à tapis verts, le fond de l'immense salle était occupé par plusieurs restaurants. Eddie se décida pour le japonais.

Il allait prendre place à une table de laquelle il pouvait voir tout le casino, quand il aperçut le carton indiquant qu'elle était réservée. Contrarié, il se dirigea vers le fond de la salle bondée et finit par trouver une table libre le long d'un mur. Une serveuse vint s'enquérir de ce qu'il désirait boire. Elle portait des bas à résille, un soupçon de mini-jupe, et son prénom – Marge – figurait sur le macaron épinglé à son corsage. Eddie commanda un Manhattan. Le buffet japonais était présenté dans des plateaux remplis de glace pilée et disposés au centre de la salle sur une table, là où quelques années plus tôt, avant que le sushi ne devienne à la mode au même titre que les croissants, on aurait placé un piano à queue.

Au moment ou Marge lui apportait son cocktail, il vit un personnage qu'il reconnut immédiatement se faufiler entre les tables pour venir à lui. Boomer!

« J' parie que t'as toujours ta Balabushka à tête chercheuse! lança-t-il.

– Elle est dans ma chambre. Mais assieds-toi. »

Eddie signa la note que lui présentait la serveuse.

« Tu m'apporteras un Drambuie avec de la glace, Marge, reprit Boomer. (Il s'assit en poussant un soupir.) Si c'est sur toi que je tombe quand on tirera au sort pour les éliminatoires, alors je vais me plaindre à la direction », fit-il.

Eddie but une gorgée de Manhattan. Beaucoup trop doux à son goût.

« Tu es allé jeter un coup d'œil sur les tables?

– Pas encore, dit Boomer. J' débarque tout juste. »

Il semblait se comporter tout à fait naturellement, sans plus chercher à fanfaronner ou à donner le change, et il s'exprimait d'une voix maussade. Sitôt que Marge lui eût apporté son Drambuie, il le but d'un trait et s'empressa d'en commander un autre. Le regard d'Eddie s'attarda complaisamment sur les jambes de la serveuse tandis qu'elle s'éloignait vers le bar. Et tout aussitôt son attention fut attirée par les trois gringalets vêtus de façon voyante, et visiblement surexcités, qui entraient dans le restaurant. Celui qui marchait devant était Babes Cooley, et l'un des deux autres Earl Borchard.

« Vise-moi un peu ces putains d'avortons! » siffla Boomer.

Les trois jeunes gens échangeaient des rires. Eddie les regarda prendre place autour de la table réservée qu'il avait lui-même voulu occuper en arrivant. Tout sourire, deux serveuses se précipitaient vers le trio pour prendre les commandes.

« Sales petits branleurs! » maugréa Boomer.

Eddie ne releva pas et reprit son verre.

Le rez-de-chaussée de l'hôtel était disposé comme le sont ces supermarchés où il est impossible d'acheter ce qu'on veut sans avoir au préalable été tenté par un tas de choses dont on n'a pas la moindre envie : pour accéder où que ce soit, il fallait tout d'abord traverser le casino de bout en bout. La salle de bal dans laquelle allait se dérouler le tournoi se situait à l'extrémité d'une longue galerie, mais pour emprunter cette galerie quand on sortait des ascenseurs ou des restaurants, impossible de ne pas passer à proximité des machines à sous, des tables de poker d'as, de baccara, de vingt-et-un, de la roulette, et de la roue de fortune.

Où que vous vous trouviez, votre œil était attiré par les panneaux à cases numérotées du loto et les jupes vertes, omniprésentes, des employées de l'établissement qui prenaient les enjeux.

La salle de bal était de dimensions imposantes, bien qu'Eddie l'eût supposée plus vaste encore. Autour des cinq tables sur lesquelles allait se dérouler le tournoi, on avait dressé des gradins, et à l'extrémité de la salle, sur une estrade, disposé une table garnie de micros pour les commentateurs couvrant la compétition.

Les billards eux-mêmes, tous neufs, étaient superbes. Quelques jeunes gens bien mis les entouraient, pour la plupart munis de leur étui. Quand Eddie entra dans la salle, l'un d'eux promenait la paume de sa main sur le drap immaculé d'une table. Mais personne ne jouait. Sur la tribune réservée à la presse, un homme réglait d'une main la hauteur d'un micro tout en tenant un verre de l'autre. On ne jouerait pas aujourd'hui, mais on avait prévu à neuf heures trente ce soir une cérémonie d'ouverture. Tous les concurrents n'étant pas encore arrivés, Eddie pourrait se dispenser de faire acte de présence. Il était à présent sept heures trente.

Depuis plusieurs minutes il restait debout entre deux échafaudages de gradins à observer les tables, quand un groupe de jeunes gens qui venait d'entrer passa devant lui sans s'arrêter. Il les suivit du regard et aperçut derrière les gradins, sur la droite, une pancarte portant l'inscription TABLES D'ENTRAÎNEMENT RÉSERVÉES AUX CONCURRENTS. Au même instant, il perçut le claquement sec d'une blanche percutant le losange. Quelqu'un commençait à s'entraîner. Pendant un court moment il ressentit un vide au creux du ventre. Il se détourna et sortit de la salle.

Il laissa délibérément sonner le téléphone et alluma l'énorme téléviseur. Il avait promis à Arabella de l'appeler dès son arrivée, mais à présent il n'avait envie de parler à personne. La nuit était venue, et à l'extérieur de la fenêtre tout était sombre, à l'exception des enseignes au néon de l'hôtel Sahara. Il se dit qu'il ferait mieux d'aller dîner, d'assister à la cérémonie d'ouverture et de s'entraîner un peu. Mais rien de tout cela ne le tentait. Il ne voulait pas jouer, et pas davantage regarder jouer. Il n'avait pas la moindre envie d'entendre prononcer les noms des autres joueurs, mentionner leur palmarès et leurs titres, de savoir qui seraient les arbitres et les officiels désignés pour tenir la marque, d'écouter les remerciements décernés au fabricant qui avait prêté les tables, ni même de connaître le nom de l'organisateur du tournoi, et encore moins ceux de ses proches collaborateurs. Mais surtout – et c'était bien le plus inquiétant –, il n'avait pas la moindre envie de se servir de sa Balabushka.

Sur l'écran du téléviseur se déroulaient les péripéties d'une série policière. Dans les rues de San Francisco, des voitures bleu pâle prenaient des virages sur les chapeaux de roues et dévalaient la pente en direction de Bay Bridge. Le niveau du son était très bas, à peine plus fort qu'un chuchotis. Eddie décrocha le téléphone pour demander qu'on lui monte un hamburger à peine saisi et deux Manhattan. Etendu sur le lit, il regardait les images qui se succédaient sur l'écran. L'action se passait maintenant plus près de la baie, et à l'arrière-plan on apercevait l'île d'Alcatraz, chatoyante et un peu irréelle.

Ce qui le hérissait chez Babes Cooley, c'est qu'il lui rappelait l'ancien amant d'Arabella. Celui qui était mort. Même sûreté de soi, même jeunesse insolente.

Il s'endormit avant même d'avoir terminé son second Manhattan et s'éveilla avec un sérieux mal de gorge à six heures et demie le lendemain matin, aux premières lueurs de l'aube. Les rideaux de sa chambre étaient toujours ouverts. Eddie avait dormi à même la suédine orange brûlé du dessus-de-lit, à côté de sa Balabushka et sans même se couvrir, alors que l'appareil à air conditionné fonctionnait au maximum de sa puissance. Sur l'écran du téléviseur, une femme ressemblant à une maîtresse d'école exposait quelque chose en espagnol. Engourdi par le froid, il se dit que s'il ne réagissait pas, il allait tout bonnement ne pas y couper d'un mauvais rhume.

Il songea tout d'abord à se glisser sous les couvertures sans se déshabiller. Pas question de se lever au petit matin. Il venait probablement de dormir pendant dix heures mais il aurait retrouvé le sommeil sans encombre. Il le savait d'expérience, pour avoir pris l'habitude de traînasser au lit tous les dimanches du temps qu'il était marié avec Martha. Il lui arrivait alors de dormir pendant seize heures d'affilée et de passer le reste de la journée à se réveiller en sirotant du café et en fumant des cigarettes.

En se remémorant cette époque-là, il secoua la tête et se redressa sur le lit. Il faisait visiblement meilleur dehors que dans la chambre. Il ôta sa chemise toute froissée, se leva pour se rendre à la salle de bain et se passer de l'eau chaude sur le visage avant de se raser. Il était temps qu'il se ressaisisse. Le mieux à faire serait de profiter de l'heure matinale pour descendre s'entraîner.

Mais la porte de la salle de bal était fermée à double tour, bien que le casino, lui, fût ouvert vingt-quatre heures sur vingt-quatre. A sept heures du matin, son activité était quelque peu en veilleuse, mais nullement interrompue. Autour d'une table, cinq joueurs de poker d'as visiblement épuisés s'obstinaient à lancer les dés. A côté, une demi-douzaine de parties de vingt-et-un étaient en cours, et de nombreuses personnes – pour la plupart des femmes qui dans bien des cas devaient être mères de famille – circulaient dans la section réservée aux machines à sous. Eddie traversa le casino sans s'arrêter, localisa la cafétéria et commanda un petit déjeuner. Après quoi, il entreprit d'explorer le rez-de-chaussée de l'hôtel, qui en soi constituait une véritable ville. Il découvrit une galerie décorée d'une profusion de miroirs et bordée de boutiques. Certaines ouvraient déjà leurs portes. Dans leurs vitrines s'étalaient des articles de luxe : maillots de bain français, vestes de tweed importées d'Italie. Une boutique vendait des chocolats Krön, une autre des montres Cartier. Eddie poursuivit son chemin, serrant sous le coude l'étui de sa Balabushka. A l'extrémité de l'arcade, il repéra l'enseigne qu'il cherchait. CLUB DE GYMNASTIQUE – PISCINE.

Le bassin, gigantesque et surmonté d'une coupole n'avait pas de forme bien définie. Il crut tout d'abord que l'éboulis de rochers gris qu'il voyait sur l'autre bord avait été artificiellement placé là pour simuler l'entrée d'une grotte. Mais en l'observant plus attentivement, il se rendit compte qu'il s'agissait bel et bien d'une vraie grotte, à l'intérieur de laquelle on pouvait nager. Au bord de l'eau, il remarqua aussi quelques petits palmiers. Sur un côté du grand bassin, on avait aménagé un petit bain délimité par des parois revêtues de céramique, et assez vaste pour contenir une douzaine de personnes à la fois. Un Jacuzzi y créait de violents remous. A l'arrière-plan, une rangée d'arbres à travers lesquels on apercevait un petit bout de ciel par une porte vitrée. C'était la seule lumière naturelle qu'il avait vue pénétrer dans le rez-de-chaussée de l'hôtel. De l'autre côté, il y avait un restaurant, encore fermé à cette heure, et dont les tables en bordure du bassin étaient recouvertes de nappes roses. Des haut-parleurs dissimulés quelque part diffusaient de la musique classique. L'entrée du club de gymnastique se trouvait sur la gauche du restaurant. A travers une grande porte vitrée, il aperçut une femme assise derrière un comptoir. Il longea le bord cimenté du bassin désert et poussa la porte.

Au-delà du comptoir, il vit d'un seul coup d'œil le gymnase, vide lui aussi à cette heure, et dénombra une demi-douzaine d'appareils à musculation rouge vif de marque Nautilus. Leurs chromes étincelaient et leurs sièges de cuir étaient impeccablement lustrés. Au fond de la salle, il lut sur une pancarte l'inscription CABINES POUR HOMMES – SAUNA.

Il se dirigea vers le comptoir.

« Vous louez des maillots? » demanda-t-il à la femme.

Elle lui fit un sourire affable.

« Bien entendu. »

Il lui montra la clef de sa chambre, dont elle nota le numéro, et elle lui remit un maillot sur lequel était imprimé le même motif de lignes brisées que celui des costumes de bain qu'ils avaient loués au Holiday Inn, Arabella et lui, le jour où ils avaient décidé d'ouvrir leur galerie. Une pile de grandes serviettes jaunes était disposée sur le comptoir. Il en prit deux, alla s'enfermer dans une cabine et se changea. L'élastique ne valait pas grand-chose, et il enfila le maillot sur son slip. Puis il rangea ses vêtements, fit quelques pas sur le béton, prit une grande inspiration et plongea dans le bassin, dont il disposait pour lui seul. Après quelques brasses, il força la cadence et se mit à nager d'un crawl soutenu.

Au bout de vingt minutes, il sortit de l'eau, se sécha et fit de la musculation sur différents appareils, en sélectionnant les poids comme il avait l'habitude de le faire à Lexington. Jamais il n'avait vu de sa vie une piscine comme celle-là, et jamais non plus il n'avait fait de musculation sur des appareils d'une telle qualité. Ils fonctionnaient silencieusement et les contrepoids montaient et descendaient en douceur, sans le moindre à-coup. Il commença par faire travailler ses dorso-lombaires, puis par effectuer une série de flexions et d'extensions des jambes. Il passa alors aux triceps et aux biceps et ensuite aux muscles du thorax et des épaules, en faisant chaque fois travailler ses groupes musculaires jusqu'à la limite de l'épuisement, quand tout son corps était inondé de sueur. La musique diffusée par les haut-parleurs fut interrompue par une voix distinguée qui annonça l'ouverture des *Noces de Figaro*. Sur la musique de Mozart, Eddie continua d'élever et d'abaisser des poids. Son maillot de bain était tout humide et il transpirait abondamment. Ce ne fut qu'en faisant une série de développés-assis sous la presse à épaules qu'il se décida à réduire de dix kilos la charge qu'il avait l'habitude de soulever à Lexington. Il souhaitait ménager ses muscles scapulaires et leur garder leur élasticité pour participer à la compétition.

Le tournoi débutait à une heure, mais dès dix heures la salle serait ouverte. Eddie se hâta de remonter dans sa chambre pour se changer et redescendit juste à temps pour arriver parmi les premiers. Il se dirigea sans perdre un instant vers une des deux tables réservées à l'entraînement, posa une à une sur le tapis vert les quinze billes de couleur, assembla les deux éléments de sa queue et se mit à jouer. Son tir était vif et précis, et il voyait avec une parfaite netteté. Il se sentait frais et dispos. Ce bain et ces exercices matinaux lui avait revigoré tout le corps après ces longues heures de sommeil. Il empocha toutes les billes, et de nouveau les disposa sur le tapis. Quelques jeunes gens commençaient eux aussi à s'entraîner sur l'autre table, derrière les rangées de gradins. Mais il ne leur prêta pas la moindre attention et continua d'expédier les billes dans les poches.

« ... Un des grands du billard, toujours présent dans les mémoires, j'ai nommé Eddie Felson! » aboya le présentateur avec un enthousiasme forcé. Quelques applaudissements s'élevèrent des gradins.

On n'en était qu'aux éliminatoires, et le tirage au sort avait désigné pour adversaire à Eddie un bijoutier d'Alameda dramatiquement plein de bonne volonté, mais qui de toute évidence avait le plus grand mal à faire deux ou trois points d'affilée. Il portait des lunettes cerclées d'acier, affichait une confortable bedaine et semblait ne jamais avoir songé un seul instant qu'il pourrait remporter la victoire. Eddie le battait aisément, mais sans pour autant jouer en virtuose. Il avait encore besoin de se faire la main.

Il avait hésité à plusieurs reprises avant de décrocher le téléphone et de composer précipitamment le numéro de Lexington. Quand Arabella fut en ligne, il fut surpris de l'entendre s'exprimer calmement, et aussi de constater que sa propre voix était dépourvue de tension. Sans doute la distance qui les séparait l'un de l'autre arrangeait-elle bien les choses. Il lui demanda si l'enquête de police avait progressé.

« Ils affirment qu'ils le recherchent, dit-elle. Mais je ne vois pas très bien ce qu'ils pourraient prouver. A supposer qu'ils lui mettent un jour la main dessus.

– Je préfère ne plus y penser. (Il tendit le bras pour attraper son paquet de cigarettes de l'autre côté du lit.) J'ai gagné mon premier match, ajouta-t-il.

– C'est plutôt une bonne nouvelle, non? Il faut que tu en gagnes combien pour rentrer dans tes frais?

– Si je remporte le suivant, ça remboursera l'inscription. Quinze cents dollars. (Il hésita quelque temps avant de continuer.) D'ailleurs, je ferais mieux de redescendre m'entraîner. »

Il ne trouvait rien d'autre à dire.

« Tu as raison, dit-elle avec un peu trop d'empressement. Appelle-moi tout de même dans un jour ou deux pour me tenir au courant. »

Quand il entra dans la salle, le second tour d'éliminatoires avait déjà débuté. Babes Cooley jouait sur la table numéro Un, et la plus grande partie du public s'était massée sur les gradins les plus proches. Eddie se glissa dans la dernière travée et observa attentivement le déroulement de la partie au-dessus des têtes des spectateurs. Babes avait rentré la moitié des billes et se concentrait calmement sur son jeu. En un rien de temps, il fit le vide sur le tapis. Au cassage suivant, son corps gracile déploya une énergie proprement phénoménale : l'agrégat des neuf billes se dissocia brutalement comme une météorite, comme un final de feu d'artifice, comme un pesant atome sous le choc d'un neutron. Babes attendit que les billes qui restaient sur la table s'immobilisent, mit de la craie sur son procédé, se pencha, visa, fit le point et continua de marquer en série.

Eddie s'éclipsa discrètement et eut la chance de trouver une table d'entraînement disponible. Il sortit les quinze billes du collecteur et les disposa sur le jeu.

Au bout d'une demi-heure, il s'aperçut que Boomer le regardait.

Il n'avait plus rien de commun avec le Boomer en tenue de bûcheron qu'il avait rencontré en Caroline du Nord quelques mois auparavant. Il s'était aujourd'hui rasé de près, avait revêtu une chemise jaune canari et un jean dernier cri parfaitement ajusté.

« Tu as tort de jouer au quatorze contre un, Eddie-Vite-Fait, lança-t-il. Ici, on ne connaît que la neuf et rien d'autre. »

Eddie se redressa pour le dévisager.

« Je me mêle peut-être de ce qui ne me regarde pas, reprit Boomer, mais ça ne sert pas à grand-chose de s'entretenir aux échecs quand on va jouer aux dames. Rien à voir.

– Je sais, approuva Eddie.

– Tu ne tires pas de la même façon. A la neuf, plus question de caresser tes billes. Tu cognes comme un sourd.

– Je sais, Boomer, je sais.

– Alors, si tu le sais, tire un trait sur le quatorze contre un. Une fois pour toutes. Fini, terminé, le quatorze contre un. Ce n'est pas à moi de te dire ça, Eddie-Vite-Fait, mais si tu t'entêtes à vouloir jouer comme un seigneur à un jeu complètement dépassé, alors à ton aise. Tant pis pour toi. »

Le concurrent qui s'entraînait sur la table voisine se retira, et Boomer prit sa place. Il plaça les neuf billes dans le losange, retira sa queue de son étui et se mit à la monter.

« Et quand tu casses, reprit-il, laisse tomber l'amour-propre et ne fais pas de cadeau à ta Balabushka. Casse tout, nom de Dieu! Comme une brute! (Il donna un dernier tour à la vis d'assemblage.) Je ne devrais même pas avoir besoin de te le dire, merde alors! »

Il se mit en position et d'un coup de bélier pulvérisa le losange.

Boomer avait raison, Eddie s'en rendait parfaitement compte. Jusque-là, il avait ménagé sa Balabushka sans même en prendre conscience, comme on préserve une précieuse relique. Il retira du jeu les six billes de numéros d'ordre supérieur et regroupa les neuf autres pour le coup d'envoi. Puis il plaça la blanche sur la ligne de départ, saisit fermement sa Balabushka par le fût, lui fit prendre davantage de recul qu'à l'ordinaire, hésita un bref instant et tira de toute sa force. Les billes se dispersèrent et deux d'entre elles chutèrent dans une poche. C'était un excellent cassage, bien meilleur en tout cas que tous ceux qu'il avait exécutés à New London. Un tir dont il avait perçu physiquement toute la puissance dans les muscles de son épaule droite quand il les avait brusquement détendus.

Alors qu'il replaçait les billes en losange, des applaudissements éclatèrent dans les gradins et il entendit la voix du présentateur, amplifiée par les haut-parleurs, annoncer : « Mr. Cooley remporte le match avec un score de dix parties à trois. » Eddie serra les dents et tira. Sous le choc brutal de la blanche, les billes de couleur s'égaillèrent sur toute la surface du jeu. La neuf heurta la bande du bas, traversa de bout en bout la table en ralentissant progressivement, pour s'arrêter à quelques millimètres d'une poche de coin.

Quelque chose avait dû se détraquer dans le système de conditionnement d'air, car lorsque Eddie cessa de s'entraîner derrière les gradins pour revenir dans la zone où se déroulaient les compétitions, sous le plafond stagnait un épais nuage de fumée de cigarettes, à travers lequel l'éclairage diffusait comme le fait la lumière du soleil par temps couvert. Le tournoi avait débuté après le déjeuner, et les éliminatoires se poursuivaient en nocturne devant un public de plus en plus nombreux. Les gradins étaient pratiquement pleins, et dans la salle circulaient des hôtesses qui prenaient les commandes des consommateurs. Eddie se fraya un passage à travers les spectateurs qui se tenaient debout entre les échafaudages soutenant les gradins et jeta un coup d'œil sur l'aire réservée à la compétition.

Les cinq tables étaient éclairées par de longs réflecteurs métalliques rectangulaires reproduisant en leur milieu le logo rouge de la bière Budweiser et prolongés aux deux extrémités d'un petit cadre destiné à recevoir un carton portant le nom d'un concurrent. Deux hommes s'affairaient autour de la table du milieu. En manches de chemise, l'arbitre était grimpé sur un tabouret et changeait les cartons dans les cadres. L'autre frottait soigneusement le drap du tapis à la grosse brosse pour en éliminer les traces de craie et de talc. Le premier venait d'introduire dans un cadre un bristol portant le nom de MAKEPIECE, et il se tournait vers l'autre extrémité du réflecteur pour afficher le nom du second concurrent : FELSON. Eddie s'approcha et attendit, sa Balabushka posée sur le talon.

Presque aussitôt, un grand Noir vêtu d'un complet marron de bonne coupe vint le rejoindre près de la table et lui tendit une solide poigne.

« Makepiece, dit-il en se présentant.

– Felson.
– Eddie-Vite-Fait?
– Oui, c'est moi. »

L'arbitre déplaça le tabouret, endossa sa veste de smoking et ajusta son nœud papillon. Puis il déposa deux billes blanches sur la table et se tourna vers les deux adversaires.

« Nous allons tirer l'engagement », annonça-t-il.

La voix du présentateur tomba des haut-parleurs.

« Sur la table Trois, Mr. Brian Makepiece, d'Orange, New Jersey, numéro deux aux Championnats des Etats de la Côte Est en 1983... » (quelques applaudissements timides se firent entendre) « ... va maintenant s'opposer à celui qui fut la co-vedette du célèbre et regretté Minnesota Fats dans la fameuse série télévisée de Mid-American, j'ai nommé Mr. Felson de Lexington, Kentucky, plus connu du public sous l'appellation d'Eddie-Vite-Fait! »

Le public applaudit encore sans chaleur. Earl Borchard jouait sur la table numéro Un et accaparait l'attention de la grande majorité des spectateurs. « Co-vedette d'une série diffusée par Mid-American. » Tout ce qu'ils avaient pu dénicher pour étoffer son palmarès! Il n'avait pas de titres, lui. Rien. Pas même un classement honorable dans un vague tournoi régional. Rien d'autre qu'un surnom. Et quand il lui arrivait de l'entendre prononcer, ce surnom, ou grésiller comme aujourd'hui dans un haut-parleur, il avait toutes les peines du monde à se dire que cet Eddie-Vite-Fait dont on parlait, c'était lui.

Il se baissa pour tirer l'engagement, mais donna un peu trop de force à son coup. Makepiece l'emporta. Il se redressa à l'extrémité de la table, et sitôt que l'arbitre eut formé le losange, il se pencha, se contracta, et d'une brusque détente de tout le corps projeta violemment la blanche dans l'amas de billes inertes. La sept tomba dans une poche. Il fit une moue, examina le placement d'un air docte, puis se courba au-dessus de la table et tira sur la une. Il jouait calmement, sans chercher à impressionner l'adversaire, et Eddie ne percevait rien de menaçant dans son attitude. La tactique à adopter consistait à garder son sang-froid, à tirer sans lui faire de cadeau et à jouer la carotte pour le bloquer quand il n'y aurait pas moyen de faire autrement. Makepiece empocha sans difficulté les billes dans l'ordre, mais manqua la huit, qui fit deux bandes de coin avant de revenir au milieu du tapis. Il regarda la bille d'un air renfrogné et détourna les yeux. Pas besoin d'avoir une grande expérience du jeu pour comprendre que l'homme se laissait aisément démoraliser. Eddie frotta soigneusement son procédé avec le cube de craie et empocha la huit. Puis il fit le point final en expédiant la neuf dans une poche de côté. Au cassage suivant, il se souvint de ce que lui avait dit Boomer et tira de toutes ses forces. La neuf chuta dans une poche. Deux à zéro. Pour la première fois depuis qu'il pratiquait ce jeu, il se sentait en pleine possession de ses moyens et comprenait clairement comment il convient de s'y prendre pour gagner autrement qu'en improvisant. Tout était affaire de stratégie. Il venait de rentrer la neuf au coup d'envoi. Mais il pouvait également tenter de l'empocher ensuite par un doublé, et en cas d'échec continuer à marquer en série, comme au quatorze contre un, pour finir par la neuf. Considéré sous cet angle, le jeu ne présentait pas de difficulté particulière. Tout d'abord, ne tenir aucun compte du public et du peu d'intérêt que celui-ci lui manifestait. Il se concentra sur son jeu. Une heure plus tard, il avait gagné le match par dix à deux. Non pas qu'il eût déployé une adresse fantastique. Mais il avait joué de bout en bout avec rigueur, et à la cinquième partie Makepiece s'était effondré. Ensuite, tout s'était déroulé de façon mécanique.

Quand l'arbitre annonça le résultat, l'assistance applaudit avec un peu plus de chaleur qu'auparavant. Deux victoires. Encore une, et il rentrerait dans ses frais.

Plus tard dans la soirée, il affronta un tout jeune homme sur le billard numéro Deux, à la gauche de la table réservée aux organisateurs du tournoi. Son adversaire – un petit prodige du nom de Parsons âgé de dix-sept ans ou à peu près – s'était classé troisième au quatorze contre un lors du World Open, mais participait pour la première fois à une compétition de neuf. Il était certes très fort – beaucoup plus fort que Makepiece – mais il ne faisait malgré tout pas le poids. Du début à la fin du match, Eddie mena. Il remporta la victoire par dix à sept. Le môme ne l'avait pas sérieusement inquiété. En revanche, sur les cent vingt-huit concurrents inscrits, tout laissait à supposer qu'une douzaine représentaient pour lui un danger autrement redoutable.

Il ramassa son étui de cuir sous la table, démonta sa Balabushka, la fit glisser à l'intérieur et boucla le fermoir. On avait dû réparer le système d'air conditionné, car il s'aperçut que toute trace de fumée avait disparu sous le plafond. Il se sentait fatigué, mais satisfait à l'idée qu'en trois matchs, il venait de rentrer dans ses frais. Les choses ne se présentaient pas si mal. Alors qu'il se dirigeait vers la sortie, plusieurs exclamations admiratives fusèrent des rangs du public et tintèrent agréablement à ses oreilles. « Bravo! »... « Superbe! »... « Continue comme ça, Eddie-Vite-Fait. » En quittant la salle de bal, il se surprit à siffloter.

Dix heures du soir et il n'avait rien mangé. Mais ce détail était sans importance dans l'univers clos de ce casino ouvert vingt-quatre heures sur vingt-quatre où le temps semblait suspendu. Il s'arrêta près d'une table de vingt-et-un aux trois quarts inoccupée. Vingt-cinq dollars l'enjeu minimum. Il prit place sur une chaise et demanda quatre plaques au banquier. A la première donne il totalisa les vingt et un points. Quand il se retira aux environs de minuit, il avait gagné neuf cents dollars. Il laissa une plaque en pourboire au banquier et se décida pour le restaurant polynésien, tout près d'une cascade artificielle qui jaillissait entre d'énormes bouquets de fougères. Pour accompagner le porc sucré qu'il saisissait du bout de ses baguettes, il avait dédaigné les breuvages présentés dans les noix de coco qu'on lui proposait et commandé une demi-bouteille de beaujolais nouveau, en songeant qu'Arabella aurait probablement fait la même chose. Arabella... Avec ce qu'il venait de gagner au jeu, il aurait pu aisément lui demander de venir le rejoindre. Il considéra la question tandis que le maître d'hôtel versait le vin dans son verre. Tout bien pesé, non. Il se trouvait très bien tout seul. Il n'avait besoin ni d'assistance, ni de compagnie, ni de plaisir physique. Ce qui importait pour l'instant c'était de cultiver en lui cette sorte d'état de grâce qui le régénérait, ce sentiment exaltant que lui procurait l'argent gagné au jeu. Et c'était aussi de s'entraîner âprement à la neuf.

A une heure du matin, il retourna dans la salle de bal, contourna les gradins, découvrit avec soulagement qu'une des tables était libre, ne disposa que neuf billes sur le tapis et s'exerça sans interruption pendant deux heures, jusqu'à la fermeture. En dépit du vin qu'il venait de boire et de la fatigue accumulée la veille, il sentait que son jeu ne cessait de s'améliorer. A présent, il était en mesure d'analyser d'un seul coup d'œil la distribution du jeu sur la table, de percevoir les neuf billes éparpillées sous l'aspect d'une configuration globale, de les empocher en une seule séquence comme s'il s'agissait là d'une suite d'opérations automatiquement enchaînées les unes aux autres. Cet automatisme-là, il l'avait bien connu du temps où il jouait au quatorze contre un. Mais depuis lors il l'avait oublié. Et oublié aussi ce sentiment quasiment mystique et purement intuitif qui vous possède quand les billes chutent une à une dans les trous comme sous l'effet d'un sortilège.

C'est à cela qu'il songeait encore en se glissant voluptueusement dans les draps frais de son lit. Dans la chambre ronronnait imperceptiblement l'appareil à air conditionné, et dans l'ouverture des rideaux l'énorme enseigne au néon du Sahara embrasait le ciel nocturne. Depuis deux jours, il avait remporté trois victoires consécutives, fait chaque matin de l'exercice dans le gymnase désert et parcouru une douzaine de longueurs dans l'immense piscine, tâté des différents menus de l'hôtel et joué au vingt-et-un sur les tables du casino. Enfin il commençait à se sentir en paix avec lui-même. Tout ce temps qu'il venait de passer à travailler comme un forcené pour Mayhew, à courir la campagne pour acheter des patchworks, des bonnes femmes en acier chromé et des panneaux de bois sculptés, à s'échiner dans la boutique à peindre les murs, à tirer des fils électriques, à décoller le lino et à faire le ménage, tout cela était bel et bien révolu. Et révolues aussi les incertitudes angoissantes de la cinquantaine, les faux problèmes que posent le sexe, le fric et les passions. Son monde à lui, son véritable univers, c'étaient cette chambre, cette salle de bal et ce casino douze étages plus bas, ce dédale d'interminables galeries de miroirs bordées de somptueuses boutiques inaccessibles au commun des mortels. Depuis son arrivée, il n'avait pas mis les pieds dehors et ne ressentait pas la moindre envie de le faire. Cet hôtel ressemblait à une fourmilière, à un vaisseau spatial, à une citadelle, et lui offrait tout ce qui pouvait suffire à son bonheur. Ce retranchement d'une semaine à l'écart du monde lui faisait l'effet d'une retraite spirituelle dans un monastère. A quatre heures du matin, apaisé par le contact des draps frais sur sa peau, l'épaule à peine endolorie par les efforts déployés pour mouvoir sa splendide Balabushka, il se laissa envahir par une subtile extase qu'il avait bien connue dans sa vie de flambeur : le sentiment de vivre une existence unique, à mi-chemin entre les frontières du réel et le rêve, là où les billes étincelantes virevoltent sur un éclatant rectangle vert et où l'adresse n'atteint à son apothéose que sous la clarté enfumée des projecteurs. Oui, l'expérience qu'il vivait était bien celle d'un moine, d'un somnambule éveillé. Tout comme un moine n'est animé que par la seule volonté de trouver Dieu – à tout le moins durant ses élans de mysticisme – Eddie n'était guidé lui aussi que par une seule soif d'absolu : celle de l'argent. Il jouait pour de l'argent. Il aimait l'argent. Il adulait l'argent. Il le désirait plus que tout au monde. Il allait même jusqu'à vénérer les vignettes sombres gravées sur le papier magique des billets neufs. Certes, le rituel du jeu et ses instruments – le bois poli de la table, le moelleux du drap, l'éclat des billes de résine phénolique, la perfection de sa Balabushka dressée comme un emblème phallique, la griserie des sons et des couleurs – lui procuraient un plaisir en quelque sorte physique. Mais ce qu'il aimait par-dessus tout, c'était l'argent.

Le lendemain, la plupart des tables étaient réservées aux rencontres entre perdants, et si Eddie gagnait, il ne disputerait qu'un seul match au cours de la journée. L'élimination s'effectuerait en effet de la façon suivante : le premier tour des éliminatoires devait départager les concurrents en soixante-quatre vainqueurs et autant de vaincus. Après le second tour, il ne resterait plus en piste que trente-deux invaincus, et seulement seize après le troisième. Puis ce nombre se réduirait successivement à huit, à quatre, à deux, et à un. Chaque tour d'éliminatoire se déroulerait en une seule journée.

Mais le tournoi n'en serait pas clos pour autant, car conformément au règlement du tournoi, seuls étaient définitivement éliminés les concurrents qui perdaient deux matchs consécutifs, de sorte que tous ceux qui s'étaient qualifiés au premier tour devaient ensuite jouer contre le vainqueur d'un autre match disputé au second tour. De dix heures du matin à minuit, ce seraient donc ce jour-là les perdants qui s'affronteraient sur les cinq tables, pour faire pendant aux invaincus dont les noms figuraient en haut à la droite des accolades sur la liste affichant les résultats. Eddie comptait parmi les seize invaincus. Comme Borchard et Cooley. Et aussi comme Boomer, qui de toute évidence s'en était tiré d'extrême justesse.

A dix heures du matin, il disputerait son prochain match. Il se leva tôt, prit son petit déjeuner à la cafétéria du rez-de-chaussée, fit un peu de natation dans le grand bassin, un peu de musculation sur les appareils du gymnase et retourna couvrir encore quelques longueurs dans la piscine. Puis il décida de se faire masser tout le corps par des tourbillons d'eau chaude et s'attarda pendant quinze minutes dans le petit bassin équipé d'un dispositif Jacuzzi tout en buvant une tasse de café. Il en ressortit vers les neuf heures, se sécha et prit le temps de commander des œufs brouillés, qu'on lui servit sur une table en bordure de la piscine, juste au moment où deux jeunes femmes en bikini plongeaient. Il les détailla complaisamment. Pas mal. Jolis petits seins.

Jolis culs. Il reprit une tasse de café et les observa tandis qu'elles reprenaient pied sur le bord. Sachant qu'on les regardait, elles riaient et des deux mains écartaient de leur visage leurs cheveux ruisselants d'eau. Les haut-parleurs diffusaient du Mozart. Eddie vida son assiette et se retira.

Le match s'annonça extrêmement serré, et pour le gagner il lui faudrait compter sur la chance. Mais il en eut. Au coup d'envoi de la troisième partie, son adversaire empocha la neuf, mais perdit son avantage en ratant un tir sur une bille qu'il eût fallu simplement effleurer pour faire le point. A la cinquième partie, il fit rouler la blanche beaucoup trop longtemps et laissa à Eddie un doublé tout simple sur la neuf. De plus, à deux reprises, Eddie manqua un tir et par chance bloqua le jeu, empêchant ainsi involontairement son adversaire de reprendre l'initiative. Le score final fut de dix à sept, et cette fois il recueillit des applaudissements soutenus. C'était sur sa table que le public avait principalement concentré son attention, et sa dixième victoire lui valut une ovation frénétique. Il venait de se classer parmi les huit concurrents invaincus. La chance aidant, certes, mais peu importe. Il se maintenait dans le peloton de tête.

Il allait sortir de la salle lorsqu'il aperçut Boomer qui s'approchait de la table en assemblant sa queue, l'air renfrogné.

« Bon boulot, dit-il à Eddie. A mon tour, maintenant.

– Tu joues contre qui? »

Boomer fit une grimace.

« Borchard.

– Je vais te faire la claque pour te remonter le moral.

– L'idéal, ce s'rait encore que tu lui pètes le bras dès que tu l' vois s' pointer. »

Eddie réussit à se faufiler dans les gradins. Les

spectateurs s'écartèrent pour lui faire une place. Les choses ne traînèrent pas en longueur et Boomer n'eut pas l'ombre d'une chance. Borchard déployait véritablement une adresse de magicien et rentrait les billes en série avec une totale placidité alors que son adversaire, suant sang et eau, maugréant et ne cessant de mettre de la craie sur son procédé, se démenait éperdument autour de la table pour manquer un tir sur deux. Borchard l'emporta par dix à un, sous un tonnerre d'applaudissements.

Après le match, Eddie alla serrer la main de Boomer, encore tout essoufflé de l'effort qu'il venait de fournir.

« T'as vu ce fumier, haleta-t-il. Ce petit branleur m'a balayé comme une merde. Un vrai ouragan. »

Eddie retourna s'entraîner derrière les gradins. En regardant jouer Borchard, il avait observé attentivement sa façon très particulière de préparer pour les coups suivants son placement en tirant la blanche à vitesse moyenne, sans jamais la ramener en rétro, mais en se servant bien davantage des bandes que ne l'aurait fait un joueur de quatorze contre un pour assurer la trajectoire de sa bille. Un tour de main à prendre. Un tour de main qui contrevenait à toutes les règles qu'Eddie avait apprises à respecter trente ans plus tôt. Mais il s'obstina à imiter la tactique de Borchard en tirant lui aussi la blanche à vitesse moyenne, sans effet de rétro, en s'appuyant sur les bandes pour l'expédier en amorti dans les poches de coin. *Si tu ne peux pas les battre,* se disait-il, *colle au moins au peloton.* Pas si facile au début, mais au bout d'un certain temps il sentit qu'il était sur la bonne voie.

Il s'entraîna pendant trois heures. Mais avant d'aller déjeuner au restaurant français il eut envie de risquer un peu d'argent au vingt-et-un. En une vingtaine de minutes, il gagna six cents dollars.

Chaque fois il tirait la bonne carte. La chance ne l'abandonnait pas, et il était d'autant plus conscient de savoir qu'il devait exclusivement sa bonne fortune au hasard qu'à ce jeu, il n'en ignorait rien, la probabilité n'avantage pas le joueur. Il ramassa ses gains, se rendit au restaurant et commanda le menu gastronomique. Mais pas de vin. Mieux valait se contenter de Perrier s'il voulait garder la tête claire et continuer à s'entraîner l'après-midi. Il sentait que le tour de main lui venait peu à peu. Il le sentait au fond de ses tripes et ne souhaitait qu'une chose : continuer inlassablement à s'exercer en réfléchissant à la meilleure façon d'amener docilement la blanche à se positionner pour le tir suivant. Puis pour l'autre. Puis pour l'autre.

Quand il revint vers la salle de bal, il passa sans s'arrêter à côté des tables de vingt-et-un. Il allait sortir de l'aire du casino quand une voix rocailleuse et familière le fit se retourner. « Sors, doux Jésus, sors! » A une table de poker d'as, Boomer lançait les dés en accompagnant le mouvement d'une poussée de tout son corps.

Eddie l'observa pendant quelque temps. Boomer avait renoncé à sa tenue de gala. Il avait largué sa chemise de soie et son jean de minet pour s'attifer d'un velours brun tout froissé, d'une chemise d'un beige délavé et de bottes de bûcheron passablement éraflées. Il s'était coiffé d'un chapeau de brousse olivâtre orné sur le côté d'une épingle à nourrice, avait retroussé sur ses bras velus ses manches de chemise, et sa grosse trogne s'animait d'une passion fiévreuse. « Allez, roule, roule, roule! » cria-t-il au moment où les dés qu'il venait de lancer allaient s'immobiliser. Son visage se décomposa. « La main au joueur suivant », annonça de l'autre côté de la table le banquier en smoking. Eddie passa son chemin et entra dans la salle de bal.

Dès qu'il eut disposé les billes en losange, il tira de toutes ses forces dans l'espoir de dégager la neuf. Mais la bille ne se déplaça sur le tapis que de quelques centimètres. Il refit le losange et tira de nouveau. Cette fois, la neuf fut projetée contre une bande latérale, rebondit, roula mollement et s'arrêta presque aussitôt. Il répéta deux ou trois fois l'opération. Enfin, la neuf chuta dans une poche. Tout le secret consistait non seulement à contrôler parfaitement son tir, mais encore à lui donner le plus de puissance possible. Il s'exerça à casser en coulé, en rétro, ou encore pleine bille, sans aucun effet, jusqu'à ce qu'il réussisse à obtenir le résultat recherché. Jamais un joueur de quatorze contre un n'aurait cassé avec une telle violence. Mais là n'était pas la question. Il était venu à Lake Tahoe pour disputer un tournoi de neuf. Quand il s'estima suffisamment sûr de lui pour casser honorablement, il répartit à la main les billes sur toute la surface du jeu, afin de ne pouvoir les rentrer en série qu'en faisant faire à chaque tir plusieurs bandes à la blanche. Là encore, il manquait de pratique, tout simplement parce qu'au quatorze contre un on ne joue pas en trois bandes pour aller percuter les billes de couleur après avoir zigzagué tout autour de la table. Il persévéra pourtant jusqu'à huit heures. Son épaule le mettait au supplice, mais au moins il n'avait pas perdu son temps. Il était en train de démonter sa Balabushka quand Boomer vint le rejoindre. Il s'était muni de sa queue et mis de nouveau sur son trente et un en troquant sa défroque contre une chemise de soie bleu électrique et un pantalon blanc. Le chapeau de brousse avait lui aussi disparu.

« T'as tout de même du mérite, mon salaud! lança-t-il. Tu passes tes journées ici. Ou tes nuits, va savoir!

– Mais toi, tu tiens le coup?

– Si on allait boire quelque chose. »

Eddie sentait son épaule s'endolorir.

« J'ai besoin d'une séance de Jacuzzi, dit-il.

– Ils en ont un ici? »

Eddie confirma d'un signe de tête.

« D'abord un verre, ensuite le Jacuzzi, trancha Boomer.

– Je t'ai vu jouer au poker d'as cet après-midi, fit Eddie alors qu'ils traversaient le casino.

– Tu m'étonnes! Dans ces cas-là, je fais un tel cirque que je ne passe pas inaperçu. Ce n'est pas d'aujourd'hui, il faut que j'ouvre ma grande gueule. Plus fort que moi! Au fond, j'étais fait pour être chef de chantier. Flamber au jeu, c'est pas tout à fait dans mes cordes.

– Tu t'en sors? »

Boomer enfonça les mains dans ses poches.

« J' me suis fait ratatiner.

– Au poker d'as ou au billard?

– Aux deux. (Il désigna d'une mimique de dégoût la table de poker d'as près de laquelle ils passaient.) Ratatiner par Makepiece. Toi, tu lui as flanqué une déculottée, mais moi, contre lui, je n'ai même pas eu le temps de compter les points. Si bien que je suis raide. (Ils se dirigeaient vers le couloir conduisant à la piscine.) A croire que c'est quand ils jouent contre moi qu'ils se déchaînent. J' ferais mieux d' me recycler dans l' dépannage radio. »

Eddie mit la main à sa poche et en retira deux des billets de cent dollars qu'il avait gagnés au vingt-et-un.

« Tiens, tu me rendras ça une autre fois.

– Merci, dit Boomer d'un ton renfrogné.

– C'est moi qui devrais te remercier. Tu ne te trompais pas en me rappelant comment on doit tirer à la neuf. »

Ils disposèrent du petit bassin pour eux seuls. Boomer était tout en nerfs, blanc de peau et couvert de poils. Il entra dans l'eau avec d'infinies précautions. Ils s'allongèrent côte à côte, et Boomer but coup sur coup deux Drambuie. Eddie se contenta d'un Manhattan. Le contact de l'eau lui assouplissait l'épaule et l'alcool le détendait.

Après son troisième verre, Boomer sembla se dérider quelque peu. Il s'étira les jambes dans les tourbillons, puis les releva pour faire émerger ses pieds et se mit à remuer les orteils.

« Il va falloir que je m' refasse une conduite, dit-il. Que j' tire un trait sur toutes ces conneries. Trop vieux pour continuer à flamber.

– Tu as quel âge?

– Trente-sept.

– J'en ai cinquante. »

Boomer tourna la tête pour dévisager Eddie tout en continuant à agiter les orteils hors de l'eau.

« On n'est pas faits pareils, dit-il. J'aime bien flamber, mais pas exclusivement pour gagner. Ce qui me plaît aussi, c'est de glander à gauche et à droite. Tandis que toi...

– Quoi moi? Vas-y, accouche.

– Toi... reprit Boomer, que tu le veuilles ou non, tu joues pour gagner. Tu as ça dans le sang. »

Eddie le fixa pendant quelques instants.

« Tu reprendras bien un Drambuie », proposa-t-il.

Le lendemain matin, il devait perdre le match. Il s'était pourtant mis en condition comme d'ordinaire. Après une nuit de sommeil profond, il avait fait de l'exercice sur les appareils du gymnase, nagé dans la piscine, et pris un copieux petit déjeuner. Il se présenta frais et dispos devant la table de compétition. Le tirage au sort lui avait désigné pour adversaire un jeune gars tout petit et mince comme un fil du nom de Willy Plummer, qui l'an dernier avait terminé troisième au tournoi et remporté cette année le titre de champion des Etats de la Côte Ouest. Il tirait avec la précision d'une machine et semblait incapable de commettre une erreur de jeu. Eddie mena pourtant ses parties mieux qu'il ne l'avait jamais fait depuis qu'il jouait à la neuf, mais il n'en perdit pas moins le match par dix à sept. Après sa défaite, rien d'autre à faire sinon serrer la main minuscule du vainqueur et aller jeter un coup d'œil sur le panneau d'affichage, derrière les gradins, pour voir contre qui il allait disputer son prochain match à présent que son nom disparaissait de la colonne des invaincus.

Ce soir, il jouerait contre un certain Hastings. Ensuite, à supposer bien entendu qu'il se maintienne dans la course, il disputerait trois autres matchs le lendemain. Et trois autres encore le jour suivant. Il s'efforça de garder son calme en inspirant une grande goulée d'air. Il venait de se faire repousser dans le bourbier, et il lui faudrait se démener comme un forcené s'il tenait à refaire surface. Un tas de concurrents du genre Boomer avaient été éliminés, et aucun tocard n'avait surnagé, même dans la colonne des perdants. La remontée serait rude. Et féroces les dernières empoignades pour la conquête du sommet.

CHAPITRE IX

Il s'étendit sur le dos en faisant de son mieux pour fixer son attention sur l'eau chaude tourbillonnant autour de ses épaules et sur l'amas de fougères poussant le long du mur qui lui faisait face, mais le souvenir du match qu'il venait de perdre se refusait à disparaître et le rongeait comme un mal pernicieux. Il revoyait Willy Plummer se déplacer autour de la table, imperturbable et parfaitement maître du jeu, pour rentrer les billes les unes après les autres alors que lui-même, sur un siège disposé à quelques mètres de là, près d'une petite table, en était désespérément réduit à le regarder jouer. Jamais auparavant il n'avait entendu prononcer le nom de son adversaire. Willy Plummer n'était certainement pas de la force d'un Earl Borchard ou d'un Babes Cooley. Et pourtant il s'était fait battre par ce gringalet sapé comme un petit marlou. Pantalon de satin vert, chemise de soie grise à motifs géométriques marron, escarpins italiens. Toute la panoplie. Eddie se remémorait jusqu'à l'obsession la pâleur du visage de Plummer, la blancheur de ses mains. Il le revoyait réussir ce doublé sur la neuf qui avait déchaîné une ovation délirante dans les gradins quand le public transporté d'enthousiasme s'était levé pour mieux l'applaudir, maîtriser impeccablement des carambolages et des tirs insensés par la bande, ou encore positionner au millimètre près sa blanche après l'avoir fait virevolter frénétiquement tout autour de la table.

« Ne t' laisse pas dézinguer le moral. Mauvais ça. »

Eddie leva la tête. Boomer se tenait à demi accroupi sur le bord du petit bassin, en slip. Il tenait un verre dans chaque main.

« Tiens, je t'apporte un Manhattan pour te requinquer.

– Ce petit fumier n'a pas loupé un seul point, fit Eddie.

– Des choses qui arrivent, affirma Boomer. Dans ces cas-là, mieux vaut boire un bon coup. (Il tendit un verre à Eddie et entra dans le bassin.) Tu vois, continua-t-il, le billard aura empoisonné mes beaux jours. Quand j'avais vingt ans, je m'imaginais que ça ferait de moi un homme. Je pensais que ratatiner d'autres types à la huit était le fin du fin de l'existence. »

Eddie se redressa et but une gorgée d'alcool.

« Et qui te dit que tu te trompais? »

Boomer s'adossa à la paroi du bassin et écarta les bras pour les poser à l'horizontale sur le dallage de céramique.

« A dire vrai, je n'ai jamais trouvé de philosophie de remplacement.

– En tout cas, moi, je ne me suis pas amélioré depuis mes vingt ans! fit Eddie. (Il vida son verre et le déposa sur le bord du bassin.) Merci pour le Manhattan. Je vais retourner m'entraîner.

– Je vais faire un tour au Golden Triangle, dit Boomer. Tu viens avec moi?

– Qu'est-ce qu'on y fait de particulier?

– Faut tout lui apprendre! dit Boomer en levant

les yeux au ciel. Voyons, Eddie-Vite-Fait, mais c'est là que tout se passe! »

Sous ses dehors de camionneur, Boomer n'en conduisait pas moins une Porsche. Passablement poussiéreuse, à vrai dire. C'était un peu bizarre de se retrouver à l'air libre, bien qu'à la nuit tombée l'artère principale de Lake Tahoe, avec ses lampadaires et ses trottoirs envahis par les promeneurs, ressemblât passablement à un casino. A un kilomètre ou deux de l'hôtel, Boomer s'engagea brusquement dans une rue latérale et s'arrêta à proximité d'un édifice de briques sur lequel se détachaient les lettres d'une enseigne au néon. THE GOLDEN TRIANGLE : BILLIARDS.

Dans la salle enfumée et relativement petite étaient disposées huit tables et un bar de dimensions modestes, derrière lequel des panneaux lumineux en verre dépoli vantaient différentes marques de bière. La table du coin le plus reculé était invisible, car de nombreux clients l'entouraient pour observer la partie en cours. Sur celle d'à côté, Makepiece, l'air sombre, s'opposait à un joueur qu'Eddie ne connaissait pas. Deux autres concurrents du tournoi jouaient par la bande sur la table la plus proche de l'entrée. Tous les tabourets du bar étaient occupés par des consommateurs qui avaient apporté leur étui. L'un d'eux reconnut Boomer et l'accueillit en souriant.

« Alors, lança-t-il, en forme pour tenter ta chance à la huit? »

Boomer le dévisagea.

« J' te prends à cinquante la partie. »

L'homme fit jouer la fermeture de son étui, descendit de son tabouret et s'approcha d'une table inoccupée, sur l'avant de la salle. Eddie songea que Boomer ne devait guère avoir en poche plus de cinquante dollars et qu'il avait tout intérêt à ne pas perdre la première partie. Il s'attarda pendant quelque temps près de la table, jusqu'à ce que Boomer ait empoché la huit et replacé les billes dans le triangle pour le prochain coup d'envoi. Eddie retira deux billets de cinquante de sa poche et les lui glissa discrètement dans la main.

« Garde ça, on ne sait jamais », lui dit-il.

Puis il se dirigea vers le fond de la salle, là où la plupart des clients s'étaient massés. Deux hommes le reconnurent et s'écartèrent pour lui faire place. Il réussit à se forcer un passage et à se rapprocher suffisamment pour comprendre la raison de l'attroupement : Babes Cooley se baissait pour tirer et, debout près de la table, sa queue posée sur le talon, Earl Borchard l'observait. Ils jouaient à la neuf. L'un comme l'autre gardaient le silence et se concentraient intensément. Babes empocha d'affilée toutes les billes et tira la neuf avec une application extrême pour faire le point final. Quelqu'un redisposa les billes en losange. Eddie se tourna vers son voisin.

« La mise est de combien? lui demanda-t-il.

– Cinq cents, lui chuchota l'homme à l'oreille.

– En combien de parties?

– Cinq cents dollars *la* partie. »

Babes rentra la neuf au cassage. Au coup d'envoi suivant, il rentra une bille, mais commit une très légère erreur de tir et se bloqua lui-même. Il joua alors magistralement la défensive et laissa à Borchard un placement totalement verrouillé.

Eddie les regarda pendant une heure prendre alternativement l'avantage l'un sur l'autre. Au fur et à mesure que le temps passait, le brio des deux adversaires ne cessait de le stupéfier. Tous les deux étaient de première force, exécutaient des tirs de toute beauté. Mais là n'était pas le plus démoralisant. Ce qui véritablement le consternait, en regardant jouer ces gamins qui accaparaient l'attention de toute la salle comme ils accaparaient celle de tous les spectateurs venus assister à la compétition qui se déroulait à l'hôtel, c'était de constater que non seulement ils semblaient invincibles, mais encore que l'un comme l'autre jouaient mieux que lui-même ne l'avait jamais fait. Jamais. Même du temps où il était en pleine possession de ses moyens, entre vingt et trente ans, quand il ne savait rien faire d'autre que jouer au billard et ne vivait que pour le billard.

Au cours de la seconde demi-heure, Borchard se mit progressivement à dominer. Plus souvent que son adversaire il rentrait la neuf au coup d'ouverture, empochait d'affilée toutes les billes, d'un tir puissant ou d'une simple pichenette, et rarement commettait une erreur qui lui faisait manquer le point. « Suffit pour aujourd'hui », finit par déclarer Cooley d'une voix neutre. Puis il démonta sa queue. Eddie regarda l'heure. Il était minuit passé.

Il regagna l'avant de la salle juste au moment où Boomer coupait la huit pour l'expédier dans une poche latérale. Quand il eut marqué le point, il se redressa, fouilla sa poche, en sortit un rouleau de billets et l'effeuilla pour en retirer deux coupures de cent dollars qu'il tendit avec un clin d'œil à Eddie.

« Tu vois, je reprends du poil de la bête, dit-il. La forme revient. »

L'autre table proche de l'entrée était maintenant libre. Eddie demanda au barman de déclencher le compteur horaire, sortit sa Balabushka de l'étui et disposa neuf billes sur le jeu. Puis il fit le cassage et se mit à marquer des points en série. Pour se sortir de la colonne des perdants, il lui faudrait encore disputer six matchs, et à supposer même qu'il les gagne tous, il devrait ensuite se mesurer soit à Cooley, soit à Borchard. Il tirait sec et s'appliquait à catapulter les billes de couleur contre les tampons de cuir bordant les ouvertures des poches. Deux autres clients vinrent s'appuyer contre une table libre proche de la sienne pour le regarder jouer. Il fit le vide sur le tapis, reforma le losange, cassa et recommença à empocher les billes. Il les disposait une fois de plus sur la table quand il s'aperçut que Borchard l'observait, appuyé lui aussi contre un billard voisin.

« Vous les rentrez sans bavure. »

Borchard s'était exprimé d'une voix traînante et glaciale.

Eddie retira du tapis le cadre de bois et le déposa sous la table.

« Une partie de neuf vous tenterait? » reprit Borchard sur un ton poli.

Eddie le fixa.

« Je ne sais pas.

– Je crois comprendre que vous êtes surtout un joueur de quatorze contre un. Mais je serais prêt à vous laisser une certaine avance.

– De quel ordre?

– Je vous accorde deux parties. Dix contre huit, cela vous convient? »

Eddie eut le sentiment qu'on le giflait en pleine face. Jamais encore personne ne lui avait proposé de l'avantager en acceptant un handicap.

« Pour quelle mise?

– Cinq mille.

– Je ne les ai pas.

– Vos amis pourraient vous les avancer.

– Mes amis? Mais je...

– Alors, disons dix parties contre sept. Si j'accepte un handicap pareil, vous ne pouvez pas perdre. »

Borchard lui adressa un sourire neutre.

« *Je ne les ai pas!* » répéta Eddie.

Le sourire détaché de Borchard le mettait hors de lui.

« Moi, je les ai. »

Eddie se retourna vers l'homme qui venait d'intervenir. Gunshot Oliver! Mais à présent le vieux flambeur avait meilleure allure qu'à New London. Il était correctement vêtu, ne semblait pas avoir bu et tenait à la main son portefeuille.

« J' te baronne, dit-il. J'ai vu comment tu jouais à la neuf. »

Eddie le fixa dans les yeux. Il avait pris Gunshot pour un clodo, un type au bout du rouleau, et il le retrouvait ici ce soir brandissant un portefeuille bourré de fric et lui proposant cinq mille dollars.

« Si tu gagnes, on partage, déclara encore Gunshot en se raclant la gorge. Si tu perds, tu ne me dois rien. »

Dans la salle, tout le monde se taisait, et les parties en cours s'étaient interrompues. Tenant verticalement sa queue, Boomer s'approcha pour ne rien perdre de la scène.

Eddie n'avait pas le moins du monde songé à relever le défi de Borchard, mais maintenant il ne pouvait plus reculer. Son regard se posa sur l'épaisse moustache du jeune homme, sur sa chemise blanche toute tachée de craie bleue et sur ses mains d'enfant. Nul n'était invincible.

« D'accord, dit-il.

– Alors, allons-y. Tirons pour le coup d'ouverture », proposa Borchard.

Eddie remporta l'engagement et au cassage projeta violemment les billes dans toutes les directions. La neuf resta sur la table. Mais après avoir rentré cinq billes, forcé de jouer la défensive, il coinça la blanche contre une bande, derrière la sept. Imperturbable, Borchard se contenta de toucher bande avant la six et de laisser à Eddie un placement inexploitable. Un vrai traquenard. Eddie jeta un coup d'œil circulaire sur la salle. Deux hommes pariaient sur l'issue de la partie et remettaient une pile de billets à un troisième personnage en pardessus marron. Tous ceux qui étaient présents dans ce maudit cercle de billard, y compris les consommateurs groupés autour du bar, avaient les yeux fixés sur leur table. Eddie se mit en position et tira en continuant à jouer la carotte. Mais la blanche roula quelques centimètres de trop, ce qui ne laissait cependant à Borchard qu'une marge de manœuvre extrêmement restreinte : en tirant la six, c'était à peine s'il pouvait l'effleurer, et manquer son tir eût été pour lui catastrophique. Mais il n'empêche que le blocage n'était pas parfait. Borchard mit calmement de la craie sur son procédé, se pencha et tira avec une extrême douceur. La six traversa docilement la table et vint mourir dans une poche de coin, alors que la blanche faisait un tour complet et revenait se positionner impeccablement, en prévision du tir suivant. Borchard empocha la sept. Puis la huit et la neuf. Un spectateur s'avança pour replacer les billes sur le tapis.

Eddie fit quelques pas à l'écart de la table et se rapprocha de Boomer, qui lui posa la main sur le bras.

« Talonne-le. Ne le lâche pas », dit-il à Eddie.

Le coup de bélier de Borchard fit éclater le losange. La neuf toucha deux bandes et tomba dans une poche. Eddie sentit son estomac se nouer. Encore huit parties comme ces deux-là et Borchard aurait gagné. Sans compter que c'était encore à lui de casser. En cinq minutes, il venait pratiquement d'effacer son handicap.

« Il va forcément flancher à un moment ou à un autre, reprit Boomer. Un peu de patience. »

Mais pour l'instant Borchard ne flanchait pas le

moins du monde. Après avoir empoché quatre billes d'affilée, il joua de nouveau la défensive et laissa à Eddie un placement sans espoir, la blanche en haut de la table et la bille orange, la cinq, à un ou deux centimètres du milieu de la bande opposée. Impossible de la couper. Mais la sept était positionnée dans un angle du haut, tout près de l'ouverture d'une poche. Eddie retira ses lunettes et vérifia leur propreté. Aucune poussière. Il les remit et considéra de nouveau la position de la sept.

Il respira à fond, se courba et tira sans donner d'effet, pour faire rouler la blanche à vitesse modérée. La bille effleura à peine la cinq, fit deux bandes de coin et revint en diagonale en direction de la sept, qu'elle poussa dans la poche de coin avant de rebondir elle-même contre la bande du haut pour revenir s'immobiliser au milieu de la table. Ebranlée, la cinq s'était rapprochée d'une poche de coin au bas du billard, dont elle n'était plus séparée maintenant que par une trentaine de centimètres. Dans l'assistance s'éleva une voix rocailleuse. Celle de Boomer.

« Ça c'est envoyé! Qui dit mieux? »

Sur sa lancée, Eddie empocha la cinq, puis les autres billes et finit sa série en expédiant résolument la neuf dans une poche latérale.

Tandis qu'on replaçait les billes sur la table, il soupesa sa Balabushka en songeant à l'extrême violence de l'impact contre la blanche lors du coup d'envoi. Et brusquement une idée lui vint à l'esprit. A sa gauche s'alignaient dans un râtelier mural des queues mises à la disposition de la clientèle par l'établissement. Il s'éloigna de la table pour aller examiner de plus près les numéros figurant sur les fûts. Il repéra le chiffre vingt-trois. Le poids en onces[1] des queues les plus lourdes commercialisées

1. 652 grammes.

par les fabricants. Il vint remettre sa Balabushka entre les mains de Boomer et frotta soigneusement à la craie le procédé de la queue dont il venait de se munir. Puis il se positionna et tira de toutes ses forces. Au moment de l'impact, il perçut parfaitement l'effet communiqué à la blanche par le poids supplémentaire de la queue, et encore accru par la vitesse du tir. Le losange se désintégra et la neuf chuta dans une poche.

Au cassage suivant, il ne rentra pas la neuf, qu'il ne réussit qu'à faire tournoyer sur elle-même. Mais en revanche il rentra deux autres billes. Il reprit sa Balabushka, et sans regarder Borchard se concentra sur son jeu. L'une après l'autre les billes chutèrent en douceur dans les poches. Le point final sur la neuf se fit pour ainsi dire de lui-même.

« Comme sur des roulettes, lui dit Boomer.

– Combien as-tu raflé à la huit?

– Six cents. J' les ai misés sur toi. »

Il désigna d'un signe de tête l'homme en pardessus marron qui avait pris les paris.

« T'as bien fait, approuva Eddie. Je sens que je tiens le bon bout. »

Et de fait, il gagna les trois parties suivantes. Désormais c'était lui qui menait le jeu, et il en était parfaitement conscient. Il le percevait avec cette même clarté qui s'était imposée à son esprit la nuit précédente, alors qu'il était allongé dans son lit. Il ne parvint pas à rentrer de nouveau la neuf d'entrée de jeu, mais à chacun des trois cassages, il empocha des billes et continua sans encombre à marquer jusqu'à l'ultime point de la partie. Il découvrait que, comme au quatorze contre un, le tout était de bien analyser le placement, d'avoir confiance en soi, et de comprendre qu'au fond la tactique à suivre était étonnamment simple.

Mais au quatrième cassage, alors que pourtant il avait tiré avec un maximum de force en se servant de la queue de vingt-trois onces, pas une seule bille ne tomba dans une ouverture. La trois roula bien en direction d'une poche latérale, mais au dernier instant la sept revint la choquer et modifia sa trajectoire. De plus, la neuf se positionna à cinq centimètres d'une poche d'angle.

Le score était de cinq à deux. Encore deux parties et il aurait gagné. Alors que pour vaincre, Borchard devrait en remporter huit. Celui-ci reprit l'initiative en commençant par empocher aisément la une. Eddie se rendit au bar, commanda un Manhattan, et quand il se retourna vers la table, ce fut pour voir son adversaire réussir un doublé et empocher la neuf. Cinq à quatre. Borchard cassa, marqua un point et commença à tirer. Deux paires de billes s'étaient logées chacune à une extrémité de la table. Normalement, songea Eddie, l'une d'entre elles allait interrompre la série, et pour le moins contraindre son adversaire à jouer la défensive. Mais Borchard s'en tira sans encombre, par un carambolage savant digne d'un joueur de quatorze contre un qui lui permit d'empocher la trois. Au coup suivant, il sépara de la même façon et avec le même succès les deux billes de la seconde paire. Puis il fit place nette sur le tapis. Cinq partout.

Au cours de la partie suivante, Borchard rentra simultanément la trois et la neuf au troisième tir. Ensuite, il rentra deux billes au cassage, puis les sept autres d'affilée. Ensuite encore, il empocha la neuf au coup d'ouverture. Eddie et Boomer se taisaient. Le score était à présent de huit à cinq et rien ne semblait pouvoir arrêter Borchard. Un silence absolu régnait dans la salle.

Borchard se mit en position, parfaitement calme et concentré sur son jeu. Puis il tira. Les billes du losange s'éparpillèrent sur la table et la sept chuta.

La blanche s'immobilisa en excellente position pour le tir suivant sur la une. Quand il eut poussé celle-ci dans une poche, il fit successivement le point avec la deux, puis avec la trois. Compte tenu du placement, rentrer la quatre ne présentait pas la moindre difficulté. Ni non plus le tir suivant sur la cinq. Du tout cuit. Borchard considéra la quatre et sembla hésiter. Puis il se courba et tira. Loupé. Incroyable! Borchard venait de louper la quatre, qui maintenant n'attendait plus qu'une infime chiquenaude pour tomber dans la poche. Il leva les yeux au ciel et ses épaules s'affaissèrent.

« Charogne! » laissa-t-il échapper.

Ce qui pouvait arriver à n'importe qui venait de se produire. Eddie retira de sa poche son cube de craie, frotta son procédé et s'approcha de la table. Borchard venait de lui laisser un placement rêvé, un itinéraire balisé : la quatre, la cinq, la huit et la neuf. Comme dans un fauteuil. Et le cassage suivant. Au moment de tirer, Borchard avait dû avaler de travers, ou cligner des yeux, ou faire un mouvement involontaire, ou être victime d'une de ces petites défaillances imprévisibles que tous les joueurs connaissent de temps à autre. Et il lui abandonnait un jeu en or.

Eddie rentra la quatre en amortissant la blanche pour préparer le coup suivant. La cinq, maintenant. Puis la six, puis la huit. La blanche s'arrêta pile à bonne distance de la neuf. Un dernier tir. Huit à six.

Quand le losange fut reformé, il empoigna ferme la queue massive et cogna comme avec une barre à mine, mais les billes réagirent paresseusement, et c'est tout juste si la neuf consentit à bouger. La bille numéro un s'ébranla mollement et finit par vaciller dans une ouverture. Et faire le point suivant sur la deux était une belle vacherie. Il fallait aller chercher la bille à l'autre bout de la table, la couper et ramener la blanche. Le genre de coup qu'Eddie détestait. Il regarda Borchard, qui semblait attendre la suite des événements, puis Boomer, qui lui fit un clin d'œil d'encouragement, comme pour lui signifier que l'affaire était dans le sac. *Il faut absolument que je rentre cette putain de bille,* songea Eddie. *A tout prix.* A nouveau il regarda la deux. Un superbe casse-gueule. Pendant quelques secondes, il ne put s'empêcher de passer en revue toutes les façons de se planter qui le guettaient, mais sachant que le meilleur moyen de perdre consiste à se mettre dans la peau du perdant, il chassa de son esprit ces visions défaitistes. Ce n'était pas maintenant, à cinquante ans, qu'il allait se laisser abattre à l'idée de flancher. Il allait rentrer la deux. Et il allait te la rentrer comme qui rigole.

Parfaitement détendu, il visa et tira. La blanche fila vers l'autre extrémité de la table et percuta la deux selon un angle d'attaque parfait et très exactement à la vitesse requise. Sous le choc, la bille bleue roula en diagonale par rapport à l'axe de tir et tomba dans une poche de coin. La blanche continua sa trajectoire, toucha la bande, traversa en ralentissant toute la grande longueur du billard et vint se positionner dans le bon alignement avec la trois, collée contre la bande du haut. Pas un bruit dans la salle.

Eddie empocha la trois en amortissant encore davantage son tir pour ramener la blanche derrière la quatre, avec laquelle il fit ensuite le point. Puis il rentra la cinq, la six, la sept et la huit. La neuf, la rayée jaune, n'avait pas bougé d'un poil depuis le cassage. Eddie se redressa, mit de la craie sur son procédé et l'envoya rouler dans une poche de coin. Le bruit de la bille heurtant le fond de la poche tinta divinement à son oreille.

« Tu ne peux pas t'imaginer comme douze cents dollars peuvent te faire voir la vie sous un autre angle, dit Boomer, alors qu'ils regagnaient l'hôtel.

– Essaie de ne pas les jouer au poker d'as.

– Pas au poker d'as, à la huit. Je suis venu sur terre pour jouer à la huit », affirma-t-il.

Du pouce, Eddie enfonça plus profondément les deux mille cinq cents dollars qu'il rapportait dans sa poche de pantalon. Sur le siège arrière reposait la queue de vingt-trois onces qu'il velait d'acheter pour dix dollars.

« Il a gagné huit parties, dit-il. Sans handicap, c'était lui qui me battait.

– Ne va pas chercher midi à quatorze heures, dit Boomer. Il a perdu, et toi, tu l'as battu. Point final. »

Il lui restait six matchs à disputer pour émerger de la colonne des perdants, et chaque fois il risquait de se retrouver brutalement sur la touche. Trois tours d'éliminatoires jeudi. Et trois autres vendredi à la condition qu'il ait remporté les trois premiers. Sinon, terminé. Plus qu'à boucler sa valise. Samedi soir, l'unique joueur qui n'aurait pas perdu un seul match du tournoi s'opposerait en finale à celui qui n'aurait pas accusé une seule défaite au cours des rencontres entre perdants. Ainsi seraient attribuées la première et la seconde place au classement. La troisième reviendrait au joueur battu la veille par le vainqueur de la finale. Sept mille dollars de prix au troisième, quinze mille au second, trente mille au premier. Plus la coupe.

Il se mit au lit à trois heures du matin et dormit d'une traite jusqu'à huit heures trente. Avant de prendre son petit déjeuner, il fit quelques longueurs dans la piscine et s'allongea ensuite dans le petit bassin, mais sans s'y attarder. Il ne prit pas non plus le temps d'aller faire un peu d'exercice au gymnase.

A dix heures, il disputa son premier match et battit haut la main son premier adversaire. Un peu après onze heures trente, ne voyant pas Boomer dans les parages, il se rendit au gymnase, fit quelques mouvements sur les appareils de musculation, juste assez pour attraper une bonne suée, puis retourna s'immerger dans l'eau tourbillonnante du petit bassin. Il jouerait de nouveau à deux heures, mais dans l'intervalle ne s'entraînerait pas. Il n'aurait pas trop de toute son énergie pour livrer les deux autres matchs de la journée. Il songea qu'il avait battu Borchard, et qu'en un seul match il avait gagné presque autant d'argent qu'il en avait déboursé pour acheter ses ouvrages en patchwork. Il revit un instant le visage rond et les lèvres pincées de Betty Jo Merser, tels qu'ils étaient reproduits sur l'agrandissement photographique de la galerie, et eut pour elle une pensée attendrie. Si peu de femmes avaient un tel talent. La perte de ces petites merveilles – et en particulier celle qui représentait les trois enfants qu'une pelle va précipiter dans les flammes éclatantes de la fournaise ardente – lui avait fait autant de peine qu'on peut en éprouver quand on perd une partie de billard. Et ces patchworks, impossible de les faire revivre. Ils étaient morts à tout jamais. Mieux valait ne plus y penser. Il laissa reposer sa nuque contre le carrelage tiède. L'eau tournoyante lui montait jusqu'au menton et lui relaxait les épaules. Ses jambes flottaient mollement dans les remous. De par-delà le grand bassin, sur sa droite, lui parvenait une musique de quatuor à cordes dont la suavité s'accordait à la douceur de la lumière filtrant près de lui à travers les bouquets de fougères. Il ferma les yeux et se laissa gagner par une demi-somnolence. Ces freluquets n'étaient pas invincibles. Il avait battu Borchard, et la neuf, après tout, ce n'était jamais qu'une forme de billard comme une autre. Toute sa vie il avait joué au billard.

Il passa un bon moment dans le petit bassin, puis se sécha paresseusement et se rhabilla. Il déjeuna d'un sandwich, retourna dans la salle de bal, s'échauffa pendant dix minutes sur une table d'entraînement et battit Willy Plummer, le concurrent qui la veille l'avait relégué dans la colonne des perdants. Il ne manqua pas un seul tir et l'emporta par dix parties à trois. Plummer sut exploiter deux cassages sans laisser à Eddie la possibilité de reprendre l'initiative, et ensuite se sortir par un tir providentiel d'un placement défensif que lui laissait son adversaire, mais sa défaite ne donnait pas lieu à la moindre contestation. A neuf heures le soir, Eddie disputerait un troisième match.

Il trouva Boomer sur une table d'entraînement, jouant à la huit avec l'un des organisateurs du tournoi. Il s'apprêtait à tirer, mais se redressa quand il vit Eddie s'approcher.

« Cooley s'est fait battre, dit-il. A midi. »

Eddie n'avait pas prêté attention aux résultats des autres matchs.

« Et qui l'a battu? »

Boomer coupa une rayée et la rentra dans une poche de côté.

« Qui, d'après toi? Borchard, bien sûr. »

Eddie s'engagea dans la galerie et entra dans le casino. Pour se sortir de la colonne des perdants, quelqu'un – lui ou un autre – devrait battre Cooley. Resterait à se colleter avec Borchard, qui cette fois ne commencerait pas le match avec un handicap de trois parties sur dix. Il passa près des tables de jeu, puis longea un alignement de machines à sous, et pendant un moment se sentit accablé. Il songea que le mieux serait de revenir en voiture à San Francisco et de sauter dans un avion pour retrouver Arabella. Il regagna sa chambre, dans laquelle on venait tout juste de faire le ménage, et se glissa entre les draps propres pour faire une sieste. Il s'assoupit immédiatement.

A neuf heures du soir, le match s'annonça serré, et Eddie commit deux fautes graves qui auraient fort bien pu lui valoir une défaite. Mais il s'en tira de justesse. Son adversaire, fatigué, manifesta bientôt des signes de défaillance. Vers la fin de la rencontre, Eddie lui abandonna un tir facile sur la six, qu'il empocha, ainsi que la sept et la huit, mais il manqua son coup final sur la neuf. Eddie s'y attendait quelque peu et n'avait pas même pris le temps d'aller s'asseoir. Il se mit en position et empocha la neuf. Ensuite, il continua sa lancée et remporta la victoire. Dix heures trente. Il se retira de la salle de bal et monta directement se coucher.

Le match du lendemain matin se révéla tout aussi serré. Plus de la moitié des concurrents étaient rentrés chez eux, et aucun de ceux qui restaient désormais en piste ne se laisserait éliminer facilement. Eddie se sentait régénéré par dix heures de sommeil réparateur et un solide petit déjeuner, et son adversaire – un type tout jeune – donnait l'impression de ne pas avoir fermé l'œil de la nuit et de ne tenir debout que par la vertu du Corydrane ou de la cocaïne. Il avait des cernes violacés sous les yeux, ses doigts tremblaient quand il faisait la fourche pour tirer, et il ne cessait de se passer un peigne dans les cheveux. Eddie le battit par dix à sept. Encore deux matchs. Le premier à trois heures, contre un concurrent du nom de Wingate. L'autre à neuf heures du soir. Contre Cooley.

Il décida d'aller déjeuner au restaurant japonais, mais il dut faire la queue pour approcher du buffet. Alors qu'il venait de se servir et cherchait des yeux une table libre, un client lui fit de grands signes du bras pour attirer son attention. Eddie s'avança vers lui. Il lui semblait avoir déjà vu cet homme durant le tournoi, mais il eût été incapable de mettre un nom sur son visage.

« Asseyez-vous, je vous en prie », lui dit l'inconnu.

A sa table était assis un autre homme. Eddie prit place sur l'une des deux chaises vides. Il n'avait pas la moindre envie de bavarder avec qui que ce soit, mais aucune autre table n'était disponible.

« Mon nom est Oldfield, dit l'inconnu en se présentant. Et ce monsieur s'appelle Bergen.

– Heureux de vous rencontrer l'un et l'autre. »

Oldfield acheva de mastiquer ce qu'il avait dans la bouche.

« J'entends parler de vous depuis des années, reprit-il. Mais c'est avant hier soir que je vous ai vu jouer pour la première fois. »

Eddie le fixa sans répondre.

Bergen était un petit homme à moustaches qui donnait l'impression de ne pas avoir les pieds sur terre.

« Mr. Oldfield a perdu une coquette somme d'argent, savez-vous, dit-il. Il pariait sur Borchard. »

Il s'exprimait d'un ton désolé.

« Borchard est un bon cheval, fit Eddie.

– Je sais. Je ne le sais même que trop, dit Oldfield. C'est moi qui le finance pendant le tournoi. Je l'ai déjà lancé l'an dernier.

– La plupart de ces petits gars n'ont pas un rond en poche, enchaîna Bergen.

– Cela ne m'étonne pas, fit Eddie. Vous avez perdu beaucoup? demanda-t-il à Oldfield.

– Douze.

– Douze cents?

– Douze mille. »

Eddie hocha la tête.

« Coquette somme en effet. »

L'attitude d'Oldfield l'irritait, car il avait l'impression que celui-ci lui en voulait de lui avoir fait perdre autant d'argent.

« Nous vous reverrons certainement dans les alentours, Eddie-Vite-Fait, dit Oldfield en se levant de table. Je vous souhaite bon appétit. »

Bergen se leva à son tour et les deux hommes se retirèrent. Pensif, Eddie continua son repas. D'autres encore avaient parié de l'argent quand il avait joué contre Borchard. L'homme au pardessus marron tenait à la main une poignée de billets, et le fric circulait à tout va dans la salle. Il se souvint de l'existence d'un vieux système, ou pour mieux dire d'un vieux stratagème baptisé « les deux frères et l'étranger » : deux individus s'entendent pour que l'un d'eux baronne un joueur qui n'est pas dans le coup – l'étranger – et parie ensuite contre son « frère ». Mais alors, si Borchard et Gunshot étaient de mèche et s'ils lui avait fait jouer à son insu le rôle de l'étranger, que signifiait sa victoire?

Après le déjeuner, il passa une heure au gymnase et dans le petit bassin, puis regagna sa chambre pour revêtir une chemise et un jean propres. Quand il redescendit dans la salle de bal, il dut jouer des coudes pour se frayer un passage parmi les spectateurs massés debout entre les échafaudages de gradins, bourrés à craquer, et quand il déboucha sur l'aire réservée à la compétition, il se retrouva face à face avec Babes Cooley. Ce dernier avait changé de tenue et portait une chemise de soie blanche et un pantalon collant de cuir noir tombant sur des escarpins de même couleur. Son visage était fiévreux et ses pupilles dilatées. Il se tenait près de la table Deux.

« Tu t'es bien défendu l'autre soir, l'ancêtre », lança Babes avec un sourire neutre.

Il polissait le fût de sa queue à l'aide d'une serviette blanche.

« Merci.

– Dépense pas tout d'un coup, tu pourrais en avoir besoin. »

Eddie le fixa durement.

« Avec deux mille cinq cents dollars, dit-il, j'ai largement de quoi payer quelqu'un pour te casser le bras droit. »

Le sourire de Cooley ne vacilla pas.

« Je te battrais du bras gauche, l'ancêtre. »

Eddie se rendit à la table numéro Trois et sortit sa Balabushka de son étui.

Son adversaire, un homme de trente ans bien sonnés, ressemblait à un barbier italien. Ross Arnetti. Quand l'annonceur présenta au public les deux opposants, il récapitula le palmarès d'Arnetti. Impressionnant. L'énumération des titres n'en finissait plus. Mais il s'agissait dans tous les cas d'une deuxième ou troisième place au classement : second, et à deux reprises, au quatorze contre un dans le World Open, troisième dans l'U.S. Invitational – toujours au quatorze contre un –, second dans deux tournois régionaux de neuf... Quant à Eddie, l'annonceur le qualifia en une seule formule : « L'un des grands joueurs de notre temps venu donner ici une magnifique démonstration de son talent. »

Eddie gagna l'engagement. Au moment où il se penchait pour tirer le coup d'envoi, il entendit le crépitement des billes dispersées sur la table voisine et leva la tête pour voir Babes Cooley attaquer sa première partie. Eddie s'était muni de son bélier de vingt-trois onces. Il le saisit bien en main et pulvérisa le losange. La neuf vint mourir à proximité d'une poche de coin et la trois s'immobilisa juste derrière elle. La cinq tomba dans une poche. Il rentra ensuite la une et la deux, examina attentivement le placement des deux billes positionnées l'une derrière l'autre dans un angle du jeu et tira pour les empocher en doublé. La neuf chuta dans la poche.

Jusque-là, il avait ressenti de l'agacement en se remémorant les propos que lui avaient tenus Oldfield et Bergen au restaurant japonais, mais à présent la haine que lui inspirait Babes Cooley submergeait tout le reste. Arnetti lui faisait l'impression d'être un homme courtois, un professionnel chevronné, contre lequel il lui semblait impossible de nourrir de l'animosité. Sa haine diffuse, c'était sur le gringalet de la table à côté qu'il la reportait. Et cette haine, il l'acceptait et la couvait. C'était elle qui donnait de la précision à son tir et de l'acuité à sa vision. Il joua superbement. Vers le milieu du match, il perçut que sous son flegme apparent son adversaire commençait à s'effondrer. Il se tenait très droit sur sa chaise, mais son verre d'eau était mal assuré dans sa main et il s'efforçait de prendre un air dégagé quand Eddie regardait dans sa direction. Après avoir remporté sa partie en faisant le point final sur la neuf, Eddie éprouva pendant une fraction de seconde de la compassion pour cet homme réduit à l'impuissance en le regardant empocher les billes. Mais il s'empressa de balayer ce sentiment. Pas le moment de s'apitoyer. L'affaire fut rondement menée et le match bientôt conclu. Dix à quatre. Le public lui fit une ovation. Au moment où il quittait la salle en emportant ses deux queues, les applaudissements explosèrent de nouveau et il entendit, amplifiée par les haut-parleurs, la voix du présentateur annoncer : « Mr. Cooley remporte le match par dix parties à six. » Eddie sortit sans se retourner.

La penderie se trouvait sur la droite en entrant, avant la chambre proprement dite. En ouvrant la porte, la première chose qu'il aperçut fut le duffel-coat gris étalé sur la moquette. Près du vêtement était déposé une machine à écrire portative. Il perçut dans un second temps un bruit d'eau qui gicle et constata qu'au milieu de la chambre le rideau du bain était tiré. Il traversa la pièce et le fit glisser sur sa tringle. Arabella, nue, était assise sur le bord de la baignoire, les pieds dans l'eau, attendant que la cuve se remplisse.

« Je n'avais encore jamais vu de baignoire si grande, dit-elle.

– Comment t'es-tu débrouillée pour arriver ici ? »

Elle se tourna vers lui.

« L'avion jusqu'à Reno. Et ensuite le bus. La femme de chambre m'a laissé entrer. Mais toi, où étais-tu ?

– Je jouais.

– Tu ne peux pas savoir comme l'eau chaude me fait du bien aux pieds. Tu as gagné ?

– Oui.

– Chouette !

– Oui, mais ce soir je joue contre Cooley.

– Seigneur ! fit-elle. Tu crois que tu peux le battre ?

– C'est lui qui m'a battu à New London. »

Elle se pencha en avant pour fermer le robinet et se laissa glisser dans le bain.

« New London, c'est loin, dit-elle. Depuis, il s'est passé bien des choses.

– Son insolence me sort pas les yeux. Je le vomis. Je le hais comme je hais ce jeune type qui était ton amant. »

Elle se tut et continua de se savonner. Eddie retira sa chemise et alluma une cigarette, puis se laissa choir sur le rembourrage de l'ottomane face à la fenêtre. Au bout d'un moment il entendit le bruit de l'eau qui s'écoulait par la bonde de la baignoire et celui de la serviette qu'Arabella frottait contre sa peau.

« La boutique a été complètement déblayée, dit-elle. Mais les flics n'ont mis la main sur personne.

– Pas d'empreintes digitales?

– Aucune. Rien que des traces de peinture et de je ne sais quoi.

– Si je gagne cette fois-ci, fit-il, on pourrait remonter une affaire.

– Eddie, pour le moment je me moque de savoir si nous remonterons une affaire ou pas. L'important, c'est que tu gagnes. »

Il se retourna pour la regarder. Elle avait revêtu une jupe grise et un chandail noir.

« J'ai la trouille de Cooley, dit-il. Une trouille à chier partout. »

Ils arrivèrent dans la salle de bonne heure, car Arabella voulait absolument avoir une bonne place. Elle réussit à en trouver une dans la troisième travée de gradins, près de la blonde placide qui accompagnait Cooley. Il ne restait plus maintenant qu'un seul billard au centre de la pièce. En attendant le match, Eddie alla s'exercer sur une table d'entraînement, derrière les tribunes. Son tir manquait de souplesse, ses lunettes s'étaient mises à lui irriter l'arête du nez et ses mains ne se réchauffaient pas. Au bout d'un certain temps, ses mouvements commencèrent cependant à s'assouplir. Il sentait que la forme lui revenait quand la voix du présentateur résonna dans les haut-parleurs : « Dans trois minutes va débuter le match qui opposera les deux concurrents qui se sont qualifiés pour la finale des perdants : Mr. Gordon Cooley et

Mr. Ed Felson. » Eddie dut prendre sur lui-même pour garder tout son calme. Il alla reprendre la queue de vingt-trois onces qu'il avait appuyée contre le mur, la serra dans sa main droite en même temps que sa Balabushka et regagna l'aire de compétition. La table était nue sous un trapézoïde de lumière, et sur les bancs le public avait fait le silence. Cooley surgit de l'ombre des gradins du côté opposé et s'avança dans la clarté des projecteurs. On eût dit un ring de boxe avant un combat pour le titre. Eddie enfonça sa main gauche dans sa poche pour que nul ne s'aperçoive qu'elle tremblait.

Il était évident que Cooley avait une claque, car dès qu'il eut posé son étui sur la table pour l'ouvrir quelqu'un hurla dans les gradins. « T'as gagné, Babes! » « Massacre-le! » s'époumona un autre spectateur. Cooley sourit, baissa les yeux sur la queue qu'il sortait de son étui, puis lança un bref regard vers Eddie, mais sans rien dire.

Le présentateur énuméra ensuite la douzaine de titres que détenait Cooley – y compris ceux qu'il avait remportés à New London et ici même, à Lake Tahoe, lors du tournoi de l'an dernier – et rappela qu'il allait disputer le match contre « le légendaire Eddie-Vite-Fait ».

L'arbitre portait un smoking flambant neuf, impeccablement pressé, et le plastron de sa chemise blanche miroitait dans la lumière. « Ces messieurs vont maintenant tirer pour l'engagement », annonça-t-il. Il portait des gants blancs et tenait dans ses mains deux billes blanches qu'il posa sur la ligne de départ. Les deux concurrents se penchèrent et tirèrent simultanément. Eddie avait donné un peu trop de puissance à sa détente, et au retour sa bille vint rebondir sur la bande du haut et s'écarter d'elle d'une trentaine de centimètres. L'aller et retour de Cooley était irréprochable.

Il émanait maintenant de lui une assurance tranquille. Il déposa la blanche sur la ligne de départ, donna du recul à sa queue et fit éclater le losange, empochant dès le coup d'ouverture la cinq et la huit. Et sans quitter des yeux le tapis vert, il mit de la craie sur son procédé et entreprit de rentrer les billes d'affilée. En deux minutes, il avait fait le vide sur la table. Des applaudissements crépitèrent et l'arbitre disposa de nouveau les billes sur le jeu. Assis sur sa chaise, Eddie observait en s'efforçant de faire bonne contenance.

« Casse tout, Babes! » hurla une voix au moment où Cooley donnait du recul à son bras pour tirer le coup d'envoi. La blanche désintégra le losange. La neuf ne chuta pas, mais le placement était superbe et il rentra sans encombre les billes les unes après les autres. Des applaudissements plus soutenus saluèrent l'ultime point de la série. Deux à zéro. Eddie commençait à taper nerveusement du pied.

Au cassage suivant, Cooley empocha d'emblée la neuf, et cette fois recueillit un tonnerre d'applaudissements. Il mit de la craie sur son procédé, s'interrompit au milieu de l'opération et tourna le visage vers l'échafaudage de gradins le plus important, celui qui supportait le plus grand nombre de spectateurs. « C'était forcé de se produire, non? » dit-il. Puis il se pencha de nouveau sur la table, tira le coup d'ouverture et peu après rentra la neuf en doublé. Quatre à zéro. Eddie sentait son estomac se rigidifier. Ses paumes étaient moites et ses lèvres totalement sèches. Il vit Babes l'observer à la dérobée et l'entendit distinctement chuchoter : « J'te ferai baisser ton froc » quand il se remit en position à l'extrémité de la table. Eddie sentit son cœur battre à tout rompre et sa main se crispa sur sa Balabushka comme sur un épieu.

Au cassage, Babes empocha une bille et recommença à marquer en série. Mais quand il fit le point avec la quatre la blanche roula trop loin, de sorte qu'au coup suivant il devenait pratiquement impossible de tirer la cinq sans dissocier auparavant trois billes regroupées à proximité du point du bas. Il étudia attentivement le placement et joua la défensive en envoyant la blanche contre la bande du bas et en ramenant la cinq dans la zone de départ. Eddie se leva en s'efforçant d'afficher le plus grand calme. Il pouvait à la rigueur tenter de couper la cinq, mais on ne risque pas un coup pareil quand on joue contre un adversaire de la force de Cooley. La sagesse consistait à rendre coup pour coup et à répliquer par la défensive. Quand il fut près de la table, il examina le jeu pendant quelque temps, davantage pour retrouver tout son calme que pour mûrir sa décision. Avec un peu de chance, il pouvait réussir ce tir. Il en avait réussi de plus aventureux. A sa place, Cooley jouerait probablement la carotte. Et Fats aurait fait la même chose, car quand on vient de perdre quatre parties de rang et qu'on n'en a pas encore gagné une seule, c'est pure bêtise que de vouloir tenter un coup pareil.

Il regarda Cooley qui n'avait pas même pris la peine d'aller s'asseoir, tant il était sûr de reprendre l'initiative l'instant d'après. Eddie ramassa un cube de craie sur le bord de la table. Tandis qu'il frottait son procédé, une grosse voix rocailleuse s'éleva des gradins pour l'encourager. « *Vas-y, Eddie, fais le point!* » Boomer. Il sentit brusquement sa tension retomber. Il reposa le cube de craie, équilibra dans sa main sa Balabushka et se courba au-dessus de la table. Il voyait avec une absolue netteté le contour de la cinq, à près de deux mètres cinquante en avant de la blanche. Et puis, réussir à empocher la cinq n'avait aucun sens si du même coup il ne séparait pas les trois billes agglutinées. Il inspira profondément, visa soigneusement et tira. Le vigoureux impact du procédé contre la blanche se répercuta dans tout son corps. La blanche fila vers l'autre bout de la table, coupa la cinq, tournoya dans un angle et revint vers le point du haut pour percuter le trio de billes et le dissocier. La cinq roula en direction de la poche d'angle avec une lenteur exaspérante, ralentit, sembla chanceler au bord de l'ouverture, à bout de course, et finit par vaciller et choir juste au milieu de la poche. Le public applaudit frénétiquement.

Eddie ne releva pas la tête. Le tir sur la six n'était pas du tout cuit, et la sept occupait une position désastreuse. Mieux valait prendre un nouveau risque et tenter d'empocher la six par la bande pour ramener tout naturellement la blanche vers la sept. Il respira de nouveau un grand coup et tira. La six rebondit et vint s'engouffrer dans une poche de côté tandis que la blanche allait s'immobiliser près d'une bande, en parfaite position pour tirer la bille suivante. Il fit sans difficulté le point sur la sept. La huit avait été empochée en début de partie par Cooley. Restait le point final sur la neuf. Facile. L'assistance applaudit de nouveau.

Eddie se redressa. Cooley était allé s'asseoir.

Ensuite, tout se passa le plus simplement du monde. A présent, rien ne pouvait plus le distraire de sa concentration ni ébranler son sang-froid. Deux fois de suite il rentra la neuf et ne dut passer la main qu'à la partie suivante, contraint de jouer la défensive après un coup d'ouverture médiocre. Mais il laissa à son adversaire un placement effroyable. Un piège mortel dont Cooley ne put se sortir. Ensuite, Eddie ne relâcha plus son contrôle sur la blanche et balaya une à une les billes du tapis. Aussitôt après, il empocha la neuf au coup d'ouverture, et à la partie suivante réussit à la rentrer en doublé par un tir sur la cinq. A diverses reprises il fut contraint de jouer la défensive, et Cooley remporta une autre partie, mais c'était sans importance, car à présent la vapeur était renversée : au cassage suivant, c'était lui qu'on acclamait. « Vas-y, Eddie, c'est dans la poche! » Au milieu du vacarme, il pouvait distinguer la voix claire et l'accent britannique d'Arabella et le timbre plus grave de Boomer, « Vas-y, Eddie. Lâche pas! »

Il était entré dans cet univers où la durée semblait abolie, dans cet univers qu'il avait presque oublié où non seulement ses tirs atteignaient à la précision absolue, mais où aussi son esprit transcendait le jeu et lui révélait lumineusement la grande simplicité de ce qu'il était en train d'accomplir autour de cette table verte sur laquelle virevoltaient des billes de couleur. Le temps s'écoula, immobile, jusqu'à ce que la voix des haut-parleurs annonce : « Eddie-Vite-Fait remporte le match par dix parties à quatre. » L'explosion délirante des applaudissements le ramena à la réalité.

Il appuya sa Balabushka contre la table et retira ses lunettes. A cinquante ans il les avait battus à la neuf. Borchard, d'abord, et à présent cet insolent blanc-bec surdoué pour le billard. Cooley avait déjà disparu. Il vit Arabella se frayer un passage dans les gradins pour accourir vers lui. Et aussi Boomer, qui la devança et accourut pour le congratuler en lui donnant l'accolade, exhalant des vapeurs de Drambuie. « Des p'tits cons, Eddie. Tous des p'tits cons! » Arabella les rejoignit. Il se libéra de l'étreinte de Boomer et elle lui entoura les épaules de ses bras.

Cooley s'était éclipsé, mais à présent il revenait près du billard. Il s'approcha d'Eddie pour lui tendre la main sitôt qu'Arabella se fut séparée de lui.

« Belle performance, l'ancêtre, fit-il avec un sourire forcé.

– Merci », répondit Eddie.

Il détestait ce godelureau.

« C'est Earl qui va te flanquer une déculottée, reprit Cooley.
– Peut-être, mais la dernière fois c'est moi qui l'ai battu. »
Cooley le regarda sans rien dire pendant quelques instants, sans cesser de sourire.
« Les deux frères et l'étranger », fit-il.

On était samedi matin et la finale aurait lieu à deux heures. Assise sur un banc d'haltérophilie, Arabella regardait Eddie exécuter quelques exercices de musculation. Un peu plus tard, ils allèrent se baigner dans la piscine, puis se plongèrent dans l'eau chaude et tourbillonnante du petit bassin.
« Tu sais, en Angleterre, on nous apprend à l'école un tas de choses sur l'Amérique. Le Grand Canyon, par exemple...
– Ici aussi.
– Oui, mais pour vous, ça n'a pas le même attrait. Je me rappelle que dans le livre de troisième, il y avait une photo du lac Tahoe. Je la revois encore.
– Si j'ai bien compris, c'est à deux pas d'ici, fit-il en désignant d'un mouvement de tête le mur du fond.
– Il paraît que c'est un lac de montagne unique au monde. Je ne sais plus quelle profondeur, mais c'est incroyable. Et des eaux extraordinairement limpides. (Elle s'était assise près de lui sur la marche immergée et lui posa la main sur le bras.) Sur le bord de l'eau, il y a un endroit qui s'appelle Vikingsholm. J'aimerais bien y aller. On pourrait peut-être y pique-niquer à midi, qu'en penses-tu? »
Depuis son arrivée, il avait totalement oublié la présence du lac. Quand de sa chambre il regardait les environs, il ne fixait son attention que sur le ciel ou sur les néons de l'hôtel Sahara, et il avait fini par

ne plus même accorder un regard à la petite tache bleue du lac qu'on entrevoyait de sa fenêtre.

« J'aimerais être de retour à une heure, dit-il.

– Bien sûr. Tu veux bien qu'on y aille?

– C'est à quelle distance?

– Je ne sais pas. Le lac fait un peu plus de cent kilomètres de tour.

– Tu pourrais peut-être demander un dépliant touristique à la réception?

– Ils n'en ont pas. Ils ne tiennent pas à voir les clients partir en vadrouille. »

Ils parcoururent une trentaine de kilomètres sur une route en corniche, et de temps à autre Arabella s'extasiait quand elle apercevait le lac à travers les épais bois de pins et de séquoias. Il arrêta la voiture dans un espace ouvert et ils mirent pied à terre pour admirer le paysage. L'eau était plus bleue que le ciel, qui en cette région où le Nevada et la Californie se touchent, était pourtant d'un bleu intense. A l'arrière-plan du lac étincelaient des sommets enneigés, et la forêt était d'un vert si profond que par endroits elle prenait une coloration brun foncé. A une centaine de mètres au-dessous d'eux, la surface de l'eau luisait comme un miroir. Eddie ne cessait de penser à Borchard. Il alluma une cigarette et regarda Arabella. Immobile, elle contemplait le lac. L'air était vif et glacé. Il enfonça les mains dans ses poches, rejeta une bouffée de fumée et attendit. C'était pour lui un véritable choc que de se retrouver au grand air et d'avoir sous les yeux ce lac si proche, si vaste et d'une beauté si parfaite, mais qui pourtant avait quelque chose d'un peu inquiétant et semblait moins réel que le casino de l'hôtel Caesar, moins réel que les tables de vingt-et-un et les machines à sous. Les forêts de pins, le ciel sans nuage, la neige sur les sommets, tous les éléments du décor planté autour de ce lac lui faisaient un peu l'effet d'une carte postale. Il tira une dernière bouffée de sa cigarette, l'écrasa sur le gravier du bas-côté de la route, regarda de nouveau ce lac figé dans une immobilité que rien ne venait troubler, et soudain repensa au golfe de Floride et à Minnesota Fats. A Fats qui était mort invaincu. Si Fats avait réussi à vaincre jusqu'au bout, d'autres que lui pouvaient le faire, pour peu qu'ils soient suffisamment déterminés.

Arabella revint vers la voiture, les joues rosies de froid.

« Tout est aussi extraordinaire que l'affirmait mon livre, dit-elle. (Elle glissa le bras sous le sien et releva la tête pour le regarder.) Essaie de te libérer l'esprit, Eddie. Tu penseras à ton match plus tard. »

La saison touristique n'avait pas encore débuté, et sous l'écriteau du parking portant la mention VIKINGSHOLM on en avait ajouté un autre, plus petit, sur lequel figurait l'inscription FERMETURE ANNUELLE.

« Allons-y quand même », proposa Arabella.

Ils enjambèrent la chaîne tendue en travers de l'entrée et s'engagèrent sur un sentier qui descendait vers le lac, plusieurs centaines de mètres plus bas. L'air, chargé de lourdes senteurs de pin, se réchauffait sensiblement. De temps à autre, le sentier tournait brusquement et ils côtoyaient des parois de granit sombres le long desquelles ruisselait l'eau d'une cascade. La fonte du printemps, mère nourricière du lac. Deux écureuils sautillèrent avec vivacité le long d'un tronc d'arbre couché et disparurent dans les fougères. Eddie et Arabella continuèrent à descendre et, à un détour du sentier, aperçurent en contrebas, entourée d'énormes arbres, une bâtisse de pierres et de rondins surmontée d'une toiture à double pente. A cinquante mètres du bord du lac.

« Qu'elle est belle! s'exclama Arabella. Allons la voir de plus près. »

Seule la pyrite mêlée au sable colorait l'eau limpide, qui venait lécher la rive avec une infinie douceur. A droite de l'entrée, des fenêtres à battants ouvraient directement sur le lac.

« On devrait déjeuner ici, simplement pour le coup d'œil, dit-elle. (Eddie gardait le silence.) C'est une femme qui l'a fait construire, reprit-elle.

– Avec l'argent d'un riche mari? »

Elle le regarda.

« Avec l'argent de deux riches maris. »

Ils déjeunèrent à quelques mètres de la maison, sur le banc de planches brutes qu'on avait disposé là, près du tronc d'un séquoia. Arabella avait apporté des sandwichs de pain de seigle au gruyère, des beignets et du café. Et aussi deux bouteilles de bière, mais Eddie ne voulut pas en boire. Il avait besoin de garder les idées claires. Il s'adossa contre l'écorce de l'arbre et tenta de se détendre, de se vider l'esprit des images de billes s'entrechoquant sur un éclatant tapis vert, de ne plus ressentir le contact de la Balabushka avec la peau de sa main droite et de se libérer la poitrine du poids qui l'oppressait.

« Tu vois, lui dit-elle, quand on a commencé à vivre ensemble, j'avais l'impression que je pouvais t'aider. Tu étais au fond du trou et tu avais perdu confiance en toi. Au point de ne pas vouloir me dire comment tu gagnais ta vie. Et puis, je ne sais pas trop pourquoi, j'ai été toute contente d'apprendre que tu jouais au billard. Et cela t'a soulagé, non?

– Si.

– Ce qui va de travers chez moi, c'est que je réconforte les hommes, mais que je suis incapable de me prendre en main de moi-même. Quand j'ai quitté Harrison, j'étais paniquée. (Son gobelet de café à la main, elle le fixait.) *Paniquée,* répéta-t-elle. J'avais eu une vie conjugale facile, une vie dorée que j'avais continué à mener pendant des années alors que je ne ressentais absolument plus rien pour Harrison. Je me suis entichée de Greg et je l'ai aimé pendant un certain temps. Et cette aventure a été pour moi comme une bouffée d'air frais. Je reprenais confiance en moi-même à l'idée de séduire un homme aussi jeune et aussi brillant. Et puis il y a eu l'accident...

– Je sais.

– Non, je ne crois pas que tu saches. Il a eu la poitrine broyée. Sa famille m'a prise en haine et on m'a écartée le jour de l'enterrement. Pendant des mois, j'ai gardé les deux genoux bandés et j'avais l'impression que jamais je ne pourrais quitter Harrison, quoi qu'il arrive. S'il te plaît, donne-la-moi. (Elle tendit la main vers la cigarette qu'Eddie venait d'allumer.) Mais je n'avais pas un traître sou devant moi, à part trois mille dollars d'obligations et quatre cents dollars sur mon compte courant. Il m'a fallu un an pour trouver le courage de rompre. Je suis terrorisée à l'idée de manquer d'argent. »

Eddie alluma une autre cigarette.

« Moi aussi, dit-il.

– Je sais.

– Ça te plairait de t'occuper d'une affaire d'objets d'art pendant que je voyagerais?

– Tu as l'intention de voyager?

– Je n'en sais rien, dit-il. Ce soir, j'y verrai plus clair. Pour l'instant, je n'ai pas d'idée très précise.

– A propos de quoi? Du billard?

– Je ne sais pas encore si je suis capable d'en vivre en faisant des tournois. (Elle était assise près de lui et il la regarda. Le froid lui colorait violemment les joues.) En ce qui nous concerne... je ne sais pas très bien où j'en suis. »

Elle fronça les sourcils et cligna des yeux.
« Je ne le savais pas très bien moi non plus... jusqu'à ce que j'achète ce billet d'avion pour Reno.
– Et maintenant, tu es sûre de toi?
– J'ai jeté tous les journaux. »
Il se tut un long moment avant de répondre.
« Je crois bien qu'à ta place j'aurais fait la même chose. »
Elle le dévisagea.
« Cela m'a tout l'air de ressembler à un pacte, non? »

En dépit des gradins qui l'empêchaient de voir l'unique table de compétition, il constata que quelque chose avait changé dans la salle de bal sitôt qu'il en eut franchi le seuil. L'éclairage était deux fois plus intense qu'auparavant, et quand il se fut frayé un chemin à travers la foule dense qui occupait tout l'espace disponible entre les échafaudages, il comprit la raison de ce déluge de lumière : la télévision. Une girafe d'acier d'une dizaine de mètres de long, à l'extrémité de laquelle étaient fixés une caméra et des projecteurs, se dressait en oblique au-dessus de l'aire de jeu. Deux techniciens de l'équipe de tournage bavardaient à côté de la table. Ils portaient l'un comme l'autre un blouson de nylon bleu. Dans un cercle de tissu cousu sur une épaule était inscrit le nom de la chaîne : ABC. La finale aurait les honneurs de « Sports dans le monde ». Jamais ABC n'avait voulu programmer dans son émission la série de matchs qu'il avait disputés contre Fats, mais aujourd'hui ces fumiers étaient là avec leur artillerie, sans compter les trois caméras mobiles réparties autour du billard, et près desquelles attendaient des cadreurs eux aussi vêtus de blousons de nylon. Sur la table réservée à la presse, convertie pour la circonstance en régie, s'alignait tout un bataillon d'écrans de contrôle.

Il était deux heures moins dix et Borchard n'était pas encore là. Arabella avait demandé à la blonde qui accompagnait Cooley de lui réserver une place. Eddie se sépara d'elle et s'approcha de la table en grimaçant sous la lumière des projecteurs. De toute évidence, l'équipe de télévision n'était pas encore prête à tourner, mais Eddie songea que mieux valait s'habituer à la clarté aveuglante de l'éclairage. Les techniciens en blouson bleu ne lui prêtèrent pas la moindre attention. Les deux qui se tenaient près de la table étaient penchés sur une liasse de feuilles volantes fixées sur une planchette par une pince. En voyant Eddie se rapprocher, c'est à peine s'ils levèrent la tête, tant ils semblaient affairés. Il commençait à trouver le temps long quand il vit Borchard fendre la foule. Des applaudissements fusèrent dans les gradins. Les techniciens interrompirent leurs préparatifs. L'un d'eux salua Borchard en agitant la main, et les deux personnages qui se tenaient près de la table s'empressèrent d'aller à sa rencontre pour bavarder avec lui sans le lâcher d'une semelle. Les applaudissements redoublèrent. Eddie ouvrit son étui et sortit sa Balabushka.

Vingt minutes s'écoulèrent, durant lesquelles il prit place dans l'un des deux fauteuils pivotants réservés aux joueurs en buvant un verre d'eau pour se calmer les nerfs. Les techniciens de la télévision en blouson tape-à-l'œil se comportaient comme s'ils étaient les véritables vedettes de la journée. Leur girafe, leurs dollies montées sur pneus supportant d'énormes caméras grises, leurs faisceaux de câbles gainés de caoutchouc, leurs moniteurs, étaient devenus les clous du spectacle. Un peu plus tard, l'un d'eux vint trouver Eddie pour vérifier la prononciation de son surmom. « Eddie-Vite-Fait, c'est bien cela? » lui demanda-t-il. Eddie confirma. La girafe n'était guère dressée à plus d'un mètre au-dessus de la table mais à présent les machinistes actionnaient les manivelles et elle se releva lentement, comme si elle allait entrer en piste dans un cirque. Quand elle s'immobilisa à une trentaine de centimètres au-dessous du plafond, quelqu'un de la régie manipula le dispositif de télécommande, la caméra bascula et son objectif s'inclina vers le bas pour cadrer la table. Borchard, qui dans son jean et sa chemise de grosse toile aurait pu lui aussi passer pour un machiniste, était allé bavarder pendant quelque temps avec plusieurs spectatrices assises au premier rang des gradins. Il vint s'asseoir dans un fauteuil pivotant, près de la petite table sur laquelle on avait déposé une carafe d'eau, deux serviettes, un cendrier et des cubes de craie. Il n'eut pas un regard pour Eddie.

La caméra fixée à l'extrémité de la girafe tourna autour de son axe et son objectif se dirigea vers le mur. Eddie regarda l'heure à sa montre. Deux heures et demie.

Le haut-parleur grésilla et une voix annonça : « Nous vous prions d'excuser ce retard. Le réalisateur de l'émission vient de me faire savoir que pour des raisons techniques la caméra destinée à filmer les plans d'ensemble ne sera pas en état de fonctionner avant une heure. Nous sommes désolés de vous infliger cette attente. »

« Merde! » fit Borchard.

Eddie se leva. Arabella descendit des gradins et vint le rejoindre.

« Allons prendre une tasse de café », proposa-t-elle.

Eddie la fixa.

« J'ai besoin d'être seul pendant un petit moment, dit-il.

– Je comprends. Je vais aller boire un verre. »

Une douzaine de personnes s'ébattaient dans la

piscine, et davantage encore faisaient de l'exercice dans le gymnase. Mais le petit bassin était vide. Pour se détendre, il s'adossa à la paroi, laissa retomber sa tête en avant et ferma les yeux. Mais sa tension persistait. Toujours cette boule au creux du ventre et cet atroce sentiment d'impuissance. Et tout ça par la faute de ces satanés mecs de la télévision, avec leurs petits problèmes à la con et leurs grands airs. Une heure d'attente parce que ces incapables qui dans la vie ne prenaient aucun risque et ne montaient jamais en première ligne n'étaient même pas foutus de faire fonctionner leurs bécanes. Enfoirés! De quoi vous refiler des envies de meurtre.

Dans quarante minutes, il devrait retourner là-bas, et il n'en avait pas la moindre envie. Etendu sur le dos contre le dallage du petit bassin, il se sentit soudain vieux et la peur l'envahit. Mais petit à petit l'angoisse qui l'étreignait se dissipa. Il écoutait le bruit de l'eau jaillissante, bercé par la musique des haut-parleurs du plafond. Un agréable engourdissement le gagnait tandis qu'il s'abandonnait au mouvement de l'eau, et pendant quelques minutes, miraculeusement, il s'assoupit, ou tout au moins se laissa envahir par une indolence si proche du sommeil qu'il eût été bien incapable de dire où il était.

Quand il regagna la salle de bal, les neuf billes étaient disposées dans le cadre de bois et l'arbitre avait déjà placé les deux blanches sur la ligne de départ. Il ne restait plus aux joueurs qu'à tirer l'engagement. Borchard attendait, debout près de la table. Eddie retira sa queue de son étui, et pendant qu'il l'assemblait on présenta les deux concurrents au public. Mais c'était tout juste s'il écoutait ce que disait la voix amplifiée par les haut-parleurs. Ses gestes étaient parfaitement calmes et assurés.

Son aller retour fut irréprochable, et son coup d'envoi fracassant. La neuf fit une bande et roula sur toute la longueur du jeu. Elle ne chuta pas, mais il rentra deux autres billes. Alors qu'il examinait le placement, un cameraman rapprocha sa dolly, et un autre s'agenouilla très près de la table pour lui cadrer le visage en contre-plongée. Mais il ne leur prêta pas la moindre attention et empocha d'affilée toutes les billes. La salle était comble et le public l'applaudit bruyamment. Il alluma une cigarette et regarda l'arbitre redisposer les billes en losange. Assis dans son fauteuil, Borchard semblait ne fixer son attention sur rien de bien précis. Dans les gradins, Arabella ne quittait pas des yeux la table. Boomer avait trouvé une place derrière elle, sur la dernière travée. Eddie déposa sa cigarette dans le cendrier, se munit de la queue de vingt-trois onces et tira. Au cassage, la neuf chuta dans une poche de coin. Il revint prendre sa cigarette pendant que l'arbitre reformait le losange. Réussir le coup d'envoi, tout est là. Il cassa et entama une nouvelle série de points, en déplaçant au besoin la blanche tout autour de la table comme il l'avait vu faire aux joueurs de la nouvelle génération, sans se soucier de la vitesse de la bille ou du risque de faire un accroc dans le drap. A chaque tir il ramena la blanche exactement là où il le voulait. Trois à zéro.

Mais au quatrième passage, alors que pourtant il avait tiré avec toute la puissance voulue et que sous la violence de l'impact les billes s'étaient dispersées sur toute la table, aucune ne chuta dans une poche. Rien. Pis encore, la blanche s'immobilisa en excellente position pour tirer le numéro un. Eddie contempla le jeu avec effarement. Irrémédiable. Il alla s'asseoir dans le fauteuil. Borchard se leva.

Le drame, quand on dispute un match de billard, c'est qu'on a beau se sentir au mieux de sa forme, approcher la table – comme aujourd'hui Eddie – dans des dispositions d'esprit de vainqueur, assurer parfaitement ses tirs, rien de tout cela ne compte tant que l'adversaire garde l'initiative. Son épaule lui faisait mal tant il brûlait d'empocher les billes lui-même. Mais il était condamné à rester assis et à regarder passivement un autre homme jouer.

Et le jeu de cet homme était véritablement inspiré. Cet adolescent fluet aux grosses moustaches tombantes qu'on eût dit fraîchement débarqué de son terroir, ce jeune homme qu'il voyait se mouvoir calmement sur ses semelles de crêpe semblait faire ce qu'il voulait des billes. Sans jamais accorder un regard au public, à l'arbitre ou à son adversaire, il concentrait toute son attention sur les neuf billes, qu'il expédiait les unes après les autres dans les poches avec une aisance proprement magique, en immobilisant à répétition la blanche très exactement là où il le fallait. Après chaque tir il remettait de la craie sur son procédé, et pas un instant ses petits yeux ne quittaient le tapis vert. Les cameramen exécutaient leur indolente samba autour de la table, et chaque fois que la neuf chavirait dans une poche le public applaudissait de plus en plus fort. Mais rien ne troublait l'attitude et la concentration de Borchard. Six fois de suite il empocha les neuf billes d'affilée, avant qu'un mauvais roulement au cassage ne l'oblige à jouer la défensive. Le score était de six à trois. Quatre parties encore et Borchard aurait gagné. Eddie, lui, devait en gagner sept pour remporter la victoire. Il se leva.

Son adversaire lui laissait un placement effroyable. La blanche était totalement coincée derrière la sept. Encore heureux s'il touchait la numéro un, et plus encore s'il réussissait ensuite à bloquer le jeu de son adversaire. Il considéra le jeu et pendant quelques secondes fut tenté de sortir de la salle. De renoncer. Borchard se tenait immobile à l'écart de la table, guettant sa défaillance. Sur ses traits juvéniles se dessinait un sourire énigmatique et glacé. Un placement de cauchemar. Rien d'autre à tenter, sinon tisonner la blanche et faire des vœux pour que tout ne se passe pas trop mal.

Il serra les dents, resserra la vis d'assemblage de sa queue et se concentra sur son tir. Et soudain les projecteurs de la girafe s'éteignirent.

Dans l'assistance, quelqu'un applaudit et des rires fusèrent. Eddie se redressa et attendit. Il se tourna vers la table du présentateur et vit le directeur du tournoi faire une grimace de contrariété et se saisir d'un téléphone. Quelques instants plus tard il raccrocha et se pencha au-dessus d'un micro. « On m'annonce qu'un fusible vient de griller, expliqua-t-il dans le haut-parleur. En conséquence, nous devons malheureusement suspendre le jeu pendant une dizaine de minutes. »

Des huées explosèrent dans les gradins.

« Nous sommes absolument désolés de vous imposer cette interruption », ajouta la voix.

Eddie vit Borchard écarter brutalement la foule et s'éloigner. Plusieurs spectateurs tentèrent de lui dire quelques mots, mais il ne prêta attention à personne. Les lèvres serrées, il se forçait un passage à travers le public compact comme un homme qui, toute affaire cessante, craint de manquer un rendez-vous urgent.

Eddie posa sa queue sur la table et gagna les toilettes réservées aux joueurs, derrière les gradins. Il n'y avait personne dans la pièce. Il s'immobilisa devant le vaste miroir violemment éclairé. Ses yeux étaient las et ses cheveux défaits. Il regarda ses mains : des peluches verdâtres arrachées au tapis lui salissaient les ongles et une tache brunâtre noircissait en profondeur le bord externe de sa main gauche. Il tourna un robinet, regarda la cuvette se remplir d'eau chaude et déchira l'emballage d'une savonnette. Puis il ferma le robinet et se nettoya soigneusement les mains sur les deux faces, jusqu'au-dessus des poignets, en frottant vigoureusement. Il se savonna ensuite les doigts, l'un après l'autre, en grattant la tache de sa main gauche avec les ongles de sa main droite. Il fit de nouveau couler de l'eau dans la cuvette, se rinça, se savonna une seconde fois et se rinça encore. Quand il en eut terminé, il se frotta le visage avec la savonnette, en étendant du doigt la mousse sur le pourtour de son nez et de ses yeux, puis il se nettoya la nuque et le dessous du menton. A présent, il se sentait plus détendu. Il vida la cuvette, la remplit à nouveau et se pencha en avant pour se rincer le visage.

Alors qu'il s'essuyait avec une serviette en papier, la porte des toilettes s'ouvrit et Earl Borchard entra dans les toilettes sans même le regarder. Il gagna l'autre extrémité de la pièce pour aller se planter devant l'urinoir et en faire usage bruyamment, le nez ostensiblement collé au carrelage du mur. Eddie sortit son peigne et commença à se coiffer.

Quand il entendit l'eau sous pression gicler dans l'urinoir, il se retourna et vit Borchard entrer dans l'un des compartiments-toilettes et claquer la porte derrière lui. Il finit de se coiffer.

Il replaçait le peigne dans sa poche quand Borchard réapparut. Toujours sans un regard pour Eddie, il vint se placer devant le lavabo voisin du sien, s'observa dans la glace et sortit son peigne. Sous l'éclairage cru des tubes fluorescents, des marbrures rosâtres étaient parfaitement décelables sur son visage.

Sitôt qu'il s'éloignait d'une table de billard, Borchard n'était plus qu'un gamin vaniteux qui déplaçait beaucoup d'air. Eddie se pencha vers lui.

« Ça ne va pas toujours tout seul, hein? » fit-il.

Borchard se tourna brusquement vers lui.

« Je ne t'ai pas adressé la parole. »

C'est à peine s'il avait remué les lèvres pour répondre.

Il détourna les yeux, tira un gobelet de carton du distributeur mural, le remplit à demi d'eau et de nouveau fit volte-face.

« Je vais te foutre une déculottée. (Il regarda le gobelet qu'il tenait dans la main, sourit et fixa Eddie droit dans les yeux.) C'est avec *ça* que je vais te la foutre », reprit-il.

Il entrouvrit les lèvres pour lui montrer la capsule verte et noire posée sur sa langue.

La réaction d'Eddie fut instantanée. Sa main ouverte frappa Borchard en pleine figure comme quand on gifle un enfant insupportable. Borchard lâcha son gobelet.

La capsule de drogue tomba sur le sol et roula au milieu de la pièce. Borchard restait cloué sur place comme un larron qui vient de se faire prendre bêtement la main dans le sac. Eddie fit quelques pas et broya la capsule sous son talon. Il tournait le dos à Borchard, mais ne se sentait nullement menacé en gagnant la sortie.

« J'en ai d'autres, lui dit Borchard au moment où il poussait la porte.

– Alors, prends-en une douzaine. »

« Le match va se poursuivre sitôt que les joueurs seront de retour », annonça le haut-parleur. Eddie traversa la foule et regagna la table de compétition, dont le drap vert était de nouveau inondé de lumière. Les mains derrière le dos, prêt à remplir son office, l'arbitre attendait. Eddie s'approcha de la table, releva le talon de sa queue, et très doucement envoya la blanche contre la bande. La bille rebondit, roula mollement, heurta imperceptiblement la une en ne faisant que l'effleurer et s'arrêta exactement là où il le souhaitait. Il laissait à Borchard un placement qui excluait toute possibilité de tir.

Il fallut un certain temps pour que celui-ci ne réapparaisse, et dès qu'il fut de retour l'arbitre lui annonça que c'était à lui de jouer. Sans un regard pour Eddie, il s'approcha de la table, fronça les sourcils et examina le jeu pendant quelques secondes. Puis il secoua la tête et joua la carotte. Eddie lui rendit la pareille en expédiant la blanche à bonne distance de la une.

« Vas-y, Earl! » cria quelqu'un dans l'assistance. Borchard se leva, se pencha sur le billard et se concentra. Il donna du recul à sa queue et tira puissamment. La blanche fila vers l'autre bout de la table, choqua la une et continua à rouler, mais trop vite, car elle rebondit sur la bande du bas et sépara au retour deux billes collées l'une à l'autre avant de s'immobiliser dans une position à partir de laquelle Eddie pouvait tirer la une. Difficile, mais faisable.

Borchard se détourna immédiatement et retourna s'asseoir près de la petite table.

Eddie retrouvait soudain la forme de ses vingt ans. Il inclina sa Balabushka et sans la moindre hésitation coupa la une pour l'expédier vers une poche. Ensuite la deux. Puis la trois. Maintenant, il ne pouvait plus manquer un seul tir. Il se courba et visa la quatre, l'effleura à peine et fit le point. Et à présent la cinq, la six, la sept, la huit et enfin la neuf. C'est tout juste s'il entendit les applaudissements qui saluaient la chute de sa dernière bille dans la poche. Il appuya la Balabushka contre son fauteuil et reprit la massive queue de vingt-trois onces. L'arbitre reformait le losange. Au cassage, Eddie rentra deux billes. Puis il réussit sans encombre une nouvelle série. L'arbitre replaça de nouveau les billes sur la table et de nouveau Eddie tira. Il égrenait les points les uns après les autres. Il semblait voleter de bille en bille, et sous le flot de lumière blanche des projecteurs de la télévision il les distinguait avec une extraordinaire netteté. Les billes roulaient à la bonne vitesse, selon la bonne trajectoire, et tombaient invariablement dans les poches. Et c'était dans l'ordre des choses.

Alors qu'il s'apprêtait une nouvelle fois à casser, des voix s'élevèrent dans les gradins pour lui crier : « *Lâche pas le morceau, Eddie-Vite-Fait! Tu tiens le bon bout!* »... « *La neuf, Eddie, la neuf!* » Alors il catapulta la blanche dans le losange de billes de couleur, sachant qu'il rentrerait la neuf. Et la neuf chuta dans une poche. L'arbitre replaçait les billes sur la table et l'assistance applaudissait toujours. Et une nouvelle fois il rentra la neuf au tir d'ouverture. Cette fois le public – ce public qui ne distrayait pas son esprit mais lui réchauffait le cœur – lui fit une ovation délirante. Il tira encore, rentra deux billes au cassage et les sept autres d'affilée. Et encore, en empochant la neuf en doublé. A présent, nul ne pouvait plus l'atteindre. Il était invulnérable. Rien ne pouvait plus faire qu'il manque ces billes, ces banales petites billes éclatantes. Il cassa de nouveau, suivit des yeux la blanche tandis qu'elle allait se positionner derrière la une, fit le point sur la une, puis sur la deux, puis sur la trois, et ainsi de suite, jusqu'à ce que la neuf chavire dans une poche de coin après avoir ricoché sur une bande. Et soudain, abasourdi, il entendit sonner à ses oreilles la voix vibrante du présentateur. « M. Felson remporte le match et la finale du tournoi. » Les derniers mots furent ensevelis sous un tonnerre d'applaudissements. Eddie cligna des yeux et parcourut la salle du regard. Les spectateurs des tribunes battaient des mains, sifflaient et hurlaient frénétiquement. Il les vit se lever comme une houle humaine qui n'en finissait plus d'applaudir.

Eddie plongea et s'enfonça dans l'eau jusqu'à ce qu'il sente sous sa main le béton rugueux du fond, à quatre mètres de profondeur. Il se laissa remonter lentement à la surface, émergea et se secoua la tête. Quand il ouvrit les yeux, il vit Arabella qui l'observait, assise au bord de la piscine. Il fit un retournement, et à longues brasses lentement cadencées traversa la piscine et ne s'arrêta qu'à l'intérieur de la caverne creusée dans les rochers à l'autre extrémité. L'eau, peu profonde, était plus chaude que dans le grand bassin, et il régnait dans la grotte une odeur de pierres humides. Une lampe immergée diffusait une lumière douce et tremblotante. D'où il était, il ne voyait plus Arabella.

Trente mille dollars. Il les avait tous battus. Y compris Cooley et Borchard. Il se hissa sans effort sur une saillie rocheuse pour s'y asseoir, ruisselant d'eau. Contre ses cuisses humides il percevait les aspérités du rocher, et il laissait pendre jusqu'aux genoux ses jambes dans l'eau tiède de la grotte. A cinquante ans, il avait battu tous ces jeunots. Peu à peu il se détendait et sentait que la dernière boucle du nœud qui lui avait étreint la poitrine toute la journée était en train de se desserrer. Cette sensation agréable l'enveloppait comme un vêtement douillet. Un frisson lui parcourut l'épaule. Il s'étira et bâilla. Il avait gagné. Jamais encore il n'avait ressenti dans sa vie pareil bien-être.

« J'aimerais qu'on fasse tout le tour du lac avant de partir, lui dit Arabella quand il eut retraversé le grand bassin pour aller la rejoindre.

– On pourrait le faire dès demain matin en se levant. »

Il sortit de l'eau et vint s'asseoir près d'elle.

Peu après, la musique diffusée par les haut-parleurs fut relayée par une agréable voix féminine. « Nous vous informons que dans cinq minutes la piscine fermera ses portes. » Eddie se retourna pour jeter un coup d'œil à l'horloge fixée au-dessus de l'entrée du gymnase. Une heure moins cinq. Il commençait à ressentir le poids de sa fatigue.

Arabella ramassa sa serviette, se leva et se sécha.

« On se croirait dans une église, fit-elle en regardant l'énorme piscine de béton circulaire et la vaste coupole obscurcie par la nuit.

– C'est vraiment chouette, fit-il en sortant paresseusement ses pieds de l'eau et en tendant la main vers sa serviette. Allons nous habiller. »

Un angle droit, et on était tout de suite dans le casino, avec ses lumières agressives et pourtant rassurantes. Sur trois tables de poker d'as, le jeu allait bon train, et toutes les tables de vingt-et-un étaient occupées. La foule s'agglutinait autour des machines à sous. Normal un samedi soir.

« Tu as envie de tenter ta chance? » demanda Eddie.

Elle croisa les bras et se serra nerveusement les épaules.

« Je ne sais pas. J'en suis encore complètement abasourdie.

– Alors allons dormir, si tu préfères. »

Elle lui fit un vague sourire en continuant à se tenir les épaules. Ils s'étaient arrêtés au sommet d'un large escalier de quelques marches au bas duquel s'alignaient les tables de baccara. Personne n'y jouait encore.

« Tu as gagné, n'est-ce pas? fit-elle. Vraiment gagné, et je n'arrive pas à y croire. »

Ils traversèrent ce casino dans lequel les gens et l'argent circulaient librement et de façon toute naturelle. Arabella glissa son bras sous le sien. En dépit de sa fatigue, il se sentait bien dans son corps. Quand ils passèrent à côté de la dernière table de poker d'as, ils virent un très vieux monsieur secouer frénétiquement les dés. Puis, d'un ample mouvement il les lança en les faisant glisser de sa paume sur le long tapis vert. Eddie et Arabella s'arrêtèrent pour regarder rouler les petits cubes qui scintillaient sous les lumières étincelantes. « Onze au premier coup! » exulta le vieux monsieur en se penchant au-dessus de la table pour attirer vers lui une pile de billets verts.

NOTE DES TRADUCTEURS

Le billard à poches (*pool*) compte vingt-cinq millions d'adeptes en Amérique du Nord, où il donne lieu à de multiples compétitions régionales et nationales (et prétexte à de fiévreux paris dans les bars, les cercles et les tripots).

Jusqu'à une époque récente, le billard dit « américain » n'a soulevé en France qu'un intérêt limité. Or, la publication de ce roman survient alors même que la Fédération française de Billard vient d'avaliser la création, sous son égide, d'une section de jeu à quinze billes, et de donner à Gérard Duchatel, président du club de billard américain de Saint-Cyr-l'Ecole et vainqueur de divers tournois disputés en Grande-Bretagne, où il a séjourné durant de longues années, mission d'en normaliser chez nous les règles et d'organiser des tournois de « huit », en tout point comparables à ceux qui se déroulent chaque année dans les pays anglo-saxons.

Nous tenons à le remercier de la collaboration qu'il a bien voulu apporter à l'adaptation de cet ouvrage en langue française. A maintes reprises en effet, c'est à lui que nous avons fait appel pour formuler l'équivalent de telle ou telle expression intraduisible, voire totalement obscure dans la langue originale pour qui ignore tout du *straight* ou du *nine-ball.*

Encore que les trois variétés de jeu pratiquées par le personnage central soient rendues parfaitement intelligibles, on l'a vu, par la description qu'en apporte l'auteur, il nous a cependant semblé indispensable d'en résumer ici les principales règles. Car si, dans les trois cas, le jeu oppose deux adversaires et consiste pour ces derniers à faire chuter dans les poches les billes de couleur (quinze au total, soit huit pleines numérotées de 1 à 8 et sept rayées numérotées de 9 à 15), et cela en les percutant avec la blanche, le nombre des billes disposées au départ sur la table varie d'un type de jeu à l'autre, et aussi l'ordre dans lequel les adversaires doivent les empocher.

Seule constante : le mode de désignation du joueur à qui reviendra le coup d'envoi, ou engagement. D'ordinaire, on se contente de tirer à pile ou face, alors qu'en tournoi on place deux billes blanches sur la ligne de départ, dans la partie haute de la table (celle sur laquelle est vissée la plaque du fabricant), de part et d'autre de la ligne médiane et à une trentaine de centimètres d'une grande bande, et chacun des deux joueurs en tire une pour la ramener par un aller et retour vers la bande du haut. Celui dont la bille revient s'immobiliser le plus près de cette bande remporte l'engagement (autrement dit l'avantage de tirer le coup d'ouverture ou, selon certaines conventions, de céder son tour à l'adversaire).

Au quatorze contre un, on dispose au bas de la table les quinze billes à l'intérieur d'un cadre triangulaire, pointe orientée vers le haut, que l'on retire ensuite pour le tir d'ouverture, ou cassage. Le jeu consiste à empocher une à une quatorze billes, dans n'importe quel ordre, mais en désignant avant chaque tir le numéro de celle qu'on va tenter d'empocher et aussi la poche visée. Tant que le joueur « marque », il conserve l'initiative du jeu. A sa première défaillance, son adversaire le relaie. Quand il ne reste plus sur la table que la blanche et une seule bille de couleur (la quinzième), les quatorze autres (celles qui viennent d'être empochées) sont replacées dans le triangle (qui alors n'a plus de « sommet », puisque la bille qui devrait l'occuper reste en attente sur le jeu). Et la partie se poursuit, le cassage suivant s'effectuant généralement après impact de la blanche sur la bille d'attente. Chaque empochage compte pour un point et celui des deux joueurs qui le premier totalise 150 points remporte le match.

A la huit, variété de jeu la plus commune (la seule qui soit actuellement pratiquée en France), les quatorze billes sont également disposées en triangle (dont la huit, la noire, occupe le centre). Le joueur qui a remporté l'engagement fait le cassage. Pour garder la main, il doit obligatoirement empocher au moins une bille de couleur. Ensuite, selon que cette bille est de numéro inférieur ou supérieur à huit, ce même joueur devra empocher, également dans n'importe quel ordre, soit les billes pleines numérotées de 1 à 7, soit toutes les billes rayées (de 9 à 15). Si au cassage il empoche deux billes ou davantage appartenant à l'un et l'autre groupes (les pleines et les rayées), il doit alors choisir le groupe qui lui convient le mieux. Est déclaré vainqueur de chaque partie celui qui le premier, après avoir rentré les sept billes de son groupe, empoche finalement la huit.

A la neuf, on retire les six billes rayées numérotées de 10 à 15. Il ne reste donc plus sur la table que les huit billes pleines (de 1 à 8) et une seule rayée (la 9), que l'on ne dispose plus en triangle, mais en un losange dont la 9 occupe le centre. Il est obligatoire d'empocher pour le moins une bille au cassage. Mais à la différence des deux variétés de jeu précédemment décrites, les billes qui restent sur la table doivent ensuite être rentrées dans les poches selon leur numéro d'ordre croissant. Si, par exemple, un joueur rentre la 3 et manque la 4 au tir suivant, ce sera alors cette dernière bille que son adversaire devra tenter d'empocher à son tour. Et ainsi de suite jusqu'à la 9, la bille décisive, celle qui vaut la victoire à celui qui l'empoche, même s'il n'a marqué aucun autre point durant la partie. Il existe cependant deux autres moyens de gagner : 1) en empochant la 9 au cassage, seule ou avec d'autres billes et, 2) en l'empochant par un doublé, c'est-à-dire en même temps qu'une autre bille jouée dans l'ordre. Lors des tournois, est déclaré vainqueur du match celui des deux joueurs qui le premier remporte dix parties.

DU MÊME AUTEUR

L'ARNAQUEUR (Inzepocket) Série Noire, Gallimard.
L'HOMME TOMBÉ DU CIEL Présence du Futur, Denoël.
LOIN DU PAYS NATAL Présence du Futur, Denoël.
LE SOLEIL PAS À PAS Présence du Futur, Denoël.
L'OISEAU D'AMÉRIQUE Presses de la Renaissance.

IMPRIMÉ EN FRANCE PAR BRODARD ET TAUPIN
Usine de La Flèche (Sarthe).
LIBRAIRIE GÉNÉRALE FRANÇAISE - 6, rue Pierre-Sarrazin - 75006 Paris.
ISBN : 2 - 253 - 04395 - 8

Thrillers

Karl ALEXANDER
C'était demain...

Michel BAR-ZOHAR
Enigma

Peter BENCHLEY
Les Dents de la mer

William BLANKENSHIP
Mon ennemi, mon frère

Arnaud de BORCHGRAVE - Robert MOSS
L'Iceberg

Thierry BRETON
Vatican III

Thierry BRETON - Denis BENEICH
Softwar

Jean-François COATMEUR
La Nuit rouge

Bernard F. CONNERS
La Dernière Danse

Robin COOK
Vertiges
Fièvre
Manipulations

James CRUMLEY
La Danse de l'ours

Martin CRUZ SMITH
Gorky Park

Clive CUSSLER
L'Incroyable Secret
Panique à la Maison Blanche

Robert DALEY
L'Année du Dragon

William DICKINSON
Des Diamants pour Mrs. Clark
Mrs. Clark et les enfants du diable

Ken FOLLETT
L'Arme à l'œil
Triangle
Le Code Rebecca
Les Lions du Panshir

Frederick FORSYTH
L'Alternative du Diable
Le Quatrième Protocole

Christian GERNIGON
La Queue du scorpion

José GIOVANNI - Jean SCHMITT
Les Loups entre eux

William GOLDMAN
Marathon Man

Michel GRISOLIA
Haute mer

Joseph HAYES
La Nuit de la vengeance

Jack HIGGINS
L'Aigle s'est envolé...
Solo
Le Jour du jugement
Luciano
Exocet

Mary HIGGINS CLARK
La Nuit du renard
La Clinique du docteur H.
Un cri dans la nuit
La Maison du guet

Patricia HIGHSMITH
La Cellule de verre
L'Homme qui racontait des histoires

Stephen HUNTER
Target

William IRISH
Du crépuscule à l'aube
La Toile de l'araignée

William KATZ
Fête fatale

Stephen KING
Dead Zone

Laird KŒNIG
La Petite Fille au bout du chemin

Laird KŒNIG - Peter L. DIXON
Attention, les enfants regardent

D.R. KOONTZ
La Nuit des cafards

Bernard LENTERIC
La Gagne
La Guerre des cerveaux

Robert LUDLUM
La Mémoire dans la peau
Le Cercle bleu des Matarèse, *t. 1 et 2*
Osterman week-end
La Mosaïque Parsifal
L'Héritage Scarlatti
Le Pacte Holcroft

Nancy MARKHAM
L'Argent des autres

Laurence ORIOL
Le Tueur est parmi nous

Bill PRONZINI
Tout ça n'est qu'un jeu

Bob RANDALL
Le Fan

Francis RYCK
Le Piège
Le Nuage et la Foudre

Pierre SALINGER - Leonard GROSS
Le Scoop

Brooks STANWOOD
Jogging

Edward TOPOL
La Substitution

Edward TOPOL - Fridrich NEZNANSKY
Une disparition de haute importance

Irving WALLACE
Une femme de trop

David WILTSE
Le Baiser du serpent

30/6407/8